Für meine Familie, Freunde und
alle Norderney- und Nordsee-Fans.

Die Handlung dieses Buches ist frei erfunden. Jede Ähnlichkeit mit realen Personen wäre zufällig und ist nicht beabsichtigt.

FSC www.fsc.org
MIX
Papier aus verantwortungsvollen Quellen
FSC® C104608

ClimateCalc

Bibliografische Information der Deutschen Nationalbibliothek
Die Deutsche Nationalbibliothek verzeichnet diese Publikation in der Deutschen Nationalbibliografie; detaillierte bibliografische Daten sind im Internet abrufbar über http://dnb.ddb.de

2. Auflage, 2022

www.niemeyer-buch.de

Umschlaggestaltung: C. Riethmüller
Der Umschlag verwendet Motiv(e) von Adobe Stock Foto
Druck und Bindung: Nørhaven, Viborg
Printed in Denmark
ISBN 978-3-8271-9555-5

Tomas Cramer

Frostland

Norderney-Krimi

CW Niemeyer

Kapitel 1

Sommer 1989

Zitrusgelbe Vorhänge hoben und senkten sich im Rhythmus der brandenden See. Sie gebaren gut durchmischte Luft, durch schmale Fenster gelangte sie in Julias Zimmer. Draußen verebbte langsam die Sommerglut der letzten Tage, doch hier unter dem Dach brüllte die Hitze noch immer backofengleich. Irgendjemand hatte den Ofen auf die höchste Stufe gestellt, den Knopf abgezogen und tief ins Riffgat gesteckt.

Julia Heymann zog einen Vorhang beiseite, sah hinaus, kniff die Augen zusammen. Das Licht war grell, die Luft flirrte, tanzte in der Ferne. Ihr Blick sank hinunter bis in den Garten. Ein paar Gäste waren schon da, das Gelächter ihrer Mutter klang dann affektierter. Wieder ließ Mutter sich feiern – sich selbst und insgeheim ihren ... Beichtvater.

Julia zog den Vorhang wieder zu, durchquerte barfuß ihr Zimmer und öffnete die Tür für einen Luftzug – aber nicht mehr. Von unten drangen Musikfetzen sowie das penetrante Gelächter ihrer Mutter herauf. An der veränderten Stimmlage erkannte Julia, dass Pfarrer Martin Sander eingetroffen war. Alle himmelten ihn an. Sogar

Mutter war geil auf ihn – das spürte sie. Nie durfte so etwas ausgesprochen werden, mit einem Knacks im Heiligenschein lebte es sich nicht gut. Julia war nicht verborgen geblieben, dass auch der Pfarrer ein Auge auf Mutters Hintern geworfen hatte, meistens sogar beide. Papa bekam davon nichts mit, der merkte sowieso gar nichts! Ma und Pa redeten kaum noch miteinander, aber die Fassade blieb gewahrt – vor Freunden, Verwandten und natürlich der Kirche. Regelmäßig schaute Mutter sich „Die Dornenvögel" an, und jedes Mal heulte sie sich die Augen wund. Erst vor wenigen Wochen kaufte sie sich die Spezial-Video-Edition im Metallschuber, inklusive Begleitbuch und Stofftaschentüchern mit aufgesticktem Konterfei Pater Ralphs. Die alte VHS-Kassette war unbrauchbar geworden, war durchgenudelt. Und je länger Julia darüber nachdachte, desto mehr wurde ihr klar, dass es zwischen Pfarrer Martin Sander und diesem ätzenden TV-Pater Ralph tatsächlich eine gewisse Ähnlichkeit gab. Vermutlich wartete Mutter nur darauf, bei nächster Gelegenheit mit Sander durchzubrennen. Eine stille Sehnsucht, die sie womöglich mit anderen frustrierten Ehefrauen Norderneys teilte.

Julia wollte den Gästen heute nicht begegnen, auf keinen Fall. Der hektische Aufriss am Vormittag hatte das erforderliche Maß an Kooperation überschritten. Kuchen backen, Kaffee kochen, Tisch decken. Jetzt waren ihre Eltern an der Reihe, und auch heute würde es Mutter gelingen, die gesamte Aufmerksamkeit auf sich zu ziehen. Eigentlich sollte Vaters Beförderung zum

Leiter des Ordnungsamtes gefeiert werden, doch Mutter war talentiert darin, solche Anlässe für ihre eigenen Zwecke zu missbrauchen.

Nach dem Mittagessen nahm Julia den dicken Brief vom Küchenschrank und meldete sich ab. Sie verschwand nach oben ins Zimmer, zog sich aus, streifte sich ein übergroßes Shirt über, warf sich aufs Bett und griff nach dem Kassettenrekorder. Kenos Kassette war endlich da, hoffentlich mit guten Nachrichten, er hatte das Band bereits an die richtige Stelle gespult. Julia öffnete den Schacht des Rekorders, schob die Kassette hinein, schloss die Klappe und drückte auf „Play".

Zwei, drei Sekunden Stille, dann: *„Liebste Julia …"*

Wie sehr hatte sie sich auf seine sanfte Stimme gefreut. Sie war auf der Kassette klar, unmittelbarer als am Telefon. Gerade jetzt, wo Julia sich wegen der Ereignisse der letzten Woche sehr ängstigte, benötigte sie seine Nähe umso dringender.

„… ich vermisse dich."

Eigentlich wäre es Zeit für ein Telefonat gewesen. Der Vorteil der Kassettenaufnahme war: Sie konnte seine Worte immer wieder zurückspulen und sich alles noch einmal von vorne anhören. Sicher würde sie das heute tun.

„Ich kann es gar nicht erwarten, dich endlich wiederzusehen …"

Dies war Julias Möglichkeit, ungestört mit Keno zu kommunizieren. Unten am Telefon stünde sie unter Beobachtung. Manchmal telefonierte sie von Fenja aus, aber vor Lauschern war sie auch dort nicht sicher – und sie wollte ihre Freundin nicht ständig mit ihrem Liebesleben nerven.

„Ich muss dir unbedingt erzählen, was ich in den letzten zwei Wochen erlebt habe ...“

Apropos, auch Julia selbst hatte so etwas wie Dornenvögel erlebt, mit der Betonung auf Dornen. Jan Gronewold, Sohn des Chefs, war ihr bei der Abschlussparty dermaßen an die Wäsche gegangen, dass sie ihm eine geknallt hatte. Jan, drei Jahre älter als sie, hatte auf der Schulparty nichts verloren. Er war nicht mal eingeladen gewesen. Das war ihm scheißegal, er machte Jagd auf sie. Jeder Norderneyer wusste das, es sorgte schließlich für Gesprächsstoff, trotzdem hielt niemand zu ihr – außer Fenja vielleicht.

„... da meinte der Kollege ...“

Julia war bei Keno nur mit einem Ohr, mit ihren Gedanken war sie bei Jan Gronewold. Der Typ machte ihr Angst. „Pass auf, Schlampe“, hatte er ihr zugezischt, als er sich ihr draußen breitbeinig in den Weg gestellt hatte. „Meinst wohl, du kannst mir entwisch'n, hä?“ Er streckte ihr den Mittelfinger entgegen. „Uns Gronewolds gehört hier die ganze Insel, vielleicht kapierst du's nicht ... du Nutte gehörst mir!“ Auf einmal griff er ihr zwischen die Beine, mit der anderen Hand bohrte er ihr einen Finger in den Mund, reflexartig biss sie zu, er boxte ihr dafür in den Bauch. Wenn sie jetzt daran dachte, kroch der Schmerz wieder hoch, es war ihr kaum möglich, sich auf Kenos Worte zu konzentrieren. Vielleicht sollte sie das Band zurückspulen und von vorn beginnen ...

„... ist es nicht toll, dass die Firma mich übernehmen will?“

Kenos Stimme gab Julia ein gutes Gefühl, so etwas wie Trost. Er war so ganz anders als der Drecksack Jan, dachte sie. In ein paar Wochen würde sie Keno wiedersehen, und in zwei Jahren war für sie beide Abschlussprüfung. Julia war dann volljährig. Sie würde zu Keno aufs Festland ziehen, auch wenn Mutter das nicht akzeptierte.

Nach dem Ende der Sprachaufnahme spulte Julia das Band zurück, startete es erneut. Dieses Mal konzentrierte sie sich ganz auf Kenos positive Worte. Von Jan Gronewold, dem Arsch, sollte er nichts erfahren, sie wollte ihn nicht damit belasten. Julia wollte das mit sich ausmachen ...

Nach dem zweiten Durchlauf ließ sie sich durch den Kopf gehen, was sie Keno alles sagen wollte. Dann drückte Julia die Tasten „Rec“ und „Play“, wartete zwei Sekunden und legte los.

Vom Erdgeschoss drangen die Bassläufe und Akkorde des Songs „Good Times“ durch den Türspalt, und mit ihnen das Knarren der Stufen ...

Kapitel 2

Die Sonne hing wie ein Brennglas über der Insel. Eine Brise brachte Staub in Bewegung, der sich als feiner Schleier auf alles gelegt hatte. Jan Gronewold rauchte die Fluppe zu Ende, schnippte den Rest in der Fahrt aus dem Wagen – Brandgefahr hin oder her. Er, gekleidet in einen weißen Anzug mit schmaler, türkisfarbener Krawatte, im Fond des mintfarbenen 64er-Chevy-Impala-Cabrio seines Vaters. Beide Arme auf der hellen Lederpolsterung seitwärts ausgestreckt, das dünne, blonde Haar vom Fahrtwind durchgewirbelt. Gronewold junior genoss es. Sein Kopf sank auf die Lehne zurück, er schloss die hellblauen Augen. Heute endlich sollte der Tag sein. Eine Aktion, die den Pegel seines Adrenalinspiegels höher hielt als den der See. Schon die Vorstellung ließ seine Buntfaltenhose im Schritt anschwellen. Jan schwindelte der Kopf beim Gedanken, sein Ziel in wenigen Minuten erreicht zu haben. Seine Wangen zeigten bei Erregung immer rote Flecken, das hasste er. Jetzt cool zu bleiben, forderte alles von ihm ab. Er ging seinen Plan noch einmal durch, dabei verhärtete sich sein kantiges Gesicht mit Stupsnase und dem Strich als Mund zu einer grotesken Maske. In der Gartenstraße würde er gleich zu Patrick rübergehen, um ihm die Videokassette zurückzubringen. Wenn seine Alten im Haus von Julias Eltern verschwunden waren, würde er durch den Fahrradschuppen nachkommen. Er kannte den inoffiziellen Zugang durch den Außenkeller von Besuchen aus Kindertagen. Und wo Julias Zimmer war, wusste er noch ganz genau. In einem passenden Moment würde er ihr einen netten Besuch abstatten ... und dann ...

Bei diesen Gedanken verfiel Jan Gronewold fast in einen Rausch, er stöhnte kurz auf, hatte sich aber augenblicklich wieder in der Gewalt. Vater blickte ihn mit hochgezogenen Augenbrauen vom Fahrersitz aus an.

„Alles klar, Junge?“

Jan hob den Kopf, schob die Beine zusammen. „Ja, klar!“, antwortete er gelangweilt, nickte und behielt den Blick auf den Hinterkopf seines alten Herrn gerichtet, der wieder die Straße anvisiert hatte. Vater, Quaderkopf, Stoppelfrisur, Oberlippenbärtchen mit einem Lineal abgezogen. Gekleidet in einen hellen Leinenanzug, Sonnenbrille, Modell Kid Creole für Norddeutsche – was fehlte, waren der Hut und die Coconuts. Hin und wieder schenkte er Mutter auf dem Beifahrersitz einen gequälten Blick. Mutter in ein weißes Sommerkleid gezwängt, knallrote Lippen aus der Murano-Glasbläserei, leichter, heller Hut mit breiter Krempe, der ihr wegen des Fahrtwindes fast vom Kopf flog. Sie hielt ihn mit einer Hand. Sonnengegerbte Haut, dünnes Goldkettchen, dünne Ärmchen, dünner Hals, Stimmchen ebenso dünn.

„Musst du immer so rasen, Willi?“, war Mutters Standardfrage ohne Aussicht auf Erwiderung, denn Vater antwortete nur, wenn es Sinn hatte. Willi Gronewold reagierte ohnehin nur noch, wenn es ihm etwas einbrachte. Es kümmerte den Bau- und Immobilienmogul nicht, was der gemeine Insulaner tat, er stand drüber – darin war er Jan ein großes Vorbild. Vater brauste mit dem Chevy auch durch jene Viertel, die für den Autoverkehr gesperrt waren. Für die meisten Beschränkungen erhielt er Sondernutzungsgenehmigungen, „Ausnahme“ war sein zweiter Vorname. Wer ihm blöd kam, sollte aufs Festland ziehen. Dort gehörten „Loser“ hin, die es nicht mit ihm aufnehmen konnten. Gronewold senior war auf der Überholspur des Lebens unterwegs, und es gab immer jemanden, der ihm eine neue asphaltieren würde.

Der Weg führte sie vom ruhigen Nordosten ins westlich gelegene Herz der Insel, ausgehend von der Villa Gronewold, vorbei am Leuchtturm und dem Golfplatz, durch Deich- und Hafenstraße. Unterwegs genoss Junior die bewundernden Blicke der Mädchen, mit Kühltaschen und Badesachen bepackt auf dem Weg zum Strand. Das Licht gleißend hell, ein ums andere Mal plötzlich auf- und abschießende Möwen, kreischende Jäger zwischen Salzwiesen, Stadt und Strand. Die Sonne verstreute scharfe Ecken grellen Lichts in der für Norderney typischen Bäderarchitektur mit den weißen Häusern. Es war einer dieser Tage, an denen alles schwebte, dafür war Jan Gronewold aber kaum empfänglich. Einzig der Gedanke, sich in wenigen Minuten seiner Lust hingeben zu können, löste so etwas wie Erleichterung in ihm aus – alles andere war dem untergeordnet.

In der Gartenstraße endete die Fahrt, in unmittelbarer Nähe des Parks. Jan griff nach der „Miami Vice"-Videokassette, schwang sich aus dem Wagen und sah sich um. Der Chevy war der einzige Wagen hier in dieser Straße. Seine Eltern trabten schon zum hell verputzten Einfamilienhaus der Heymanns, Jan steuerte links den Backsteinbau an. Fast synchron drückten sie die Knöpfe der jeweiligen Türglocken. Junior sah seine Eltern in der Tür verschwinden, kurz darauf öffnete Patrick die Tür, vor der Jan stand.

„Na endlich." Jan sah in ein ausdrucksloses Gesicht. Patrick streckte die Hand aus, nahm die Kassette entgegen, grummelte etwas und drückte die Tür wieder zu. Jan sagte nichts. *Danke fürs Alibi, Schwachkopf*, dachte er und grinste in sich hinein. Jan vollzog eine gekonnte Rechtsdrehung, ging zum Fahrradschuppen der Heymanns, zog an einem Griff, blickte sich kurz nach allen Seiten um und verschwand hinter der schmalen Tür. Der Raum dahinter war fast dunkel, aber Jan wusste ungefähr noch, wo die Betontreppe hinunter in den Keller führte. Er ging tiefer in den Raum hinein, bis ganz hinten rechts, dort ging es abwärts. Unten war der Zugang zur Wohnung mit aufeinandergestapelten Getränkekisten versperrt, die Jan zur Seite wuchtete, bis er daran vorbeischlüpfen konnte. Weiter ging es durch den Keller, unterwegs bediente er sich an Schnittchen unter Folie auf silbernen Servierplatten mit Lachs, Schinken, Heringssalat und Käse. Er schob sie sich zwischen die Zähne, tänzelte fast bis zur Kellertreppe, blieb stehen und horchte. Klappern in der Küche, Öffnen und Schließen des Kühlschranks, Schritte durch einen Glasperlenvorhang hinaus in den Garten, Gelächter, Musik, ABBA. Keine Menschenseele im Parterre, Stimmen allesamt draußen. Jan stieg die Kellertreppe hinauf, weiter scharf rechts durch den Flur. Die Musik wechselte auf „Good Times“ von „Chic“. Triumphale Umrundung der Treppenbrüstung, und zum Spaß weiter tänzelnd die leicht knarrenden Holzstufen hinauf ins Obergeschoss. Aufstieg im Takt der Musik ... er fühlte sich gut. Es rauschte in seinen Ohren. Je näher Jan seinem Ziel kam, desto heißer wurde es. Die Flecken auf seinen Wangen hatten sicher schon den Hals erreicht. Unter den Achseln triefte es, er zog das Jackett aus, legte es oben über die Treppenbrüstung. Jans Puls hämmerte gegen die Schläfen, auch im Schritt, jeweils zu gleichen Teilen. Ihm schwindelte, er zog an der Krawatte. Es gab nichts mehr, das ihn aufhalten konnte ...

Jan beobachtete sie durch einen Türspalt, wie sie bäuchlings auf dem Bett mit einem Kassettenrekorder herummachte. Das T-Shirt etwas hochgerutscht, lange Beine bis zum Hals. Sie streckten sich ihm entgegen, und er sah, dass sie kein Höschen trug, was seine Erwartung bis zur Ekstase steigerte. *Genau so soll es sein! Das ist ja ... der ... absolute Traum!* Jan Gronewold verlor jegliche Kontrolle, war bereit zur Explosion, sowohl im Kopf als auch ein paar Etagen tiefer. *Die Schlampe kriegt das, was sie verdient! Die langen Beine ... die Bahn ist frei, frei zur Landung.*

Gronewold öffnete Gürtel und Reißverschluss seiner Hose, schob die Tür auf. Er ging ins Zimmer, drückte die Tür hinter sich zu, schloss ab. Julia nahm eine Bewegung wahr, fuhr herum und zog gleichzeitig ihr Shirt herunter. „Jan, was machst du hier?", rief sie entsetzt. „Wie bist du hier reinge...?"

Noch bevor sie sich ganz aufrichten und den Satz beenden konnte, warf er sich auf sie, hielt ihr den Mund zu. Julia schrie in seine Hand hinein, bäumte sich wild auf, wollte ihn wegstoßen, ihn treten, beißen, kratzen. Jan umklammerte ihren Kopf mit seinen Händen, drückte ihren schmächtigen Körper mit vollem Gewicht aufs Bett. „Jetzt bist du fällig, Schlampe. Hast du's vergessen? Du gehörst jetzt mir", stieß er wild hervor. Dabei presste er seine Knie gegen die Innenseite ihrer Beine, mit ganzer Kraft drückte er sie auseinander.

Hektisch bewegte Julia ihren Kopf hin und her, um sich seinen eisernen Pranken zu entziehen. Für einen Moment gelang es ihr. Sie atmete hektisch, ein Schrei durchbrach ihre Kehle: „Nein, lass mich! Neeeeeiiiin, neeeeeeeiiiiiiiiinnn ...!"

Jan lachte, stöhnte. Nachdem er ihre Abwehr gebrochen hatte, drang er in sie ein.

Kapitel 3

20. Dezember 2017

Einer dieser unerbittlichen Herbststürme hatte Norderney fest im Griff. Feuchtkalte Böen fegten durch die Stadt, sie versiegelten Dächer und Straßen mit glänzendem Lack. Für die Nacht war Sturm der Stärke neun angekündigt worden. Küsterin Bärbel Saathoff wusste sehr genau, wie es um die Einwohner Norderneys bestellt war: Die vielen Stürme konnten nur Vorboten des großen Gerichts über die Insel sein, deren gewählte Vertreter nichts gegen das schamlose Treiben der Touristen in Bars und sogar in Ferienwohnungen unternahmen. Das ostfriesische Sodom und Gomorra würde bald untergehen dessen war sie sich ganz sicher. Die Dämmerung hatte eingesetzt. Befriedigt blickte Bärbel in scheinbar ausgestorbene Straßen, als sie den Weg zur St.-Ludgerus-Kirche antrat, um die Vorabendmesse mit Eucharistie für ihren innig geliebten Pfarrer Martin Sander vorzubereiten. Das war ihre Aufgabe seit etlichen Jahren, und sie erfüllte sie stets pünktlich und zuverlässig. Bärbel war die gute Seele der Gemeinde – vielleicht sogar die reinste in ganz Ostfriesland. Und wenn sie im Gebet ein gutes Wort für die Insulaner einlegte, wäre die kommende Katastrophe womöglich noch abwendbar, wenn man Bärbel darum bitten würde – vielleicht.

Pfarrer Martin zeigte sich bei verschiedenen Anlässen überaus zufrieden mit ihrer Arbeit. Nie gab es ein Wort der Klage, und beim letzten Seniorenkaffee hatte er sie ausdrücklich für ihre treuen Dienste gelobt. Oft schenkte er ihr ein charmantes Lächeln – für dieses Lächeln hätte sie alles getan, für ihn möglicherweise sogar ihr zölibatäres Leben aufgegeben. Bärbel hatte sich nie getraut, diesen Gedanken zu Ende zu denken – wohl des Gerichts wegen ...

Die ersten Jahre ihrer Gemeindetätigkeit wirkte Bärbel unter Pfarrer (Suffkopp) Weerts. Es wollte keine echte Freude aufkommen, denn wiederholt musste sie den Herrn Pfarrer daran erinnern, den Kelch nicht neu aufzufüllen, wenn er ihn während der Messe bereits geleert hatte. Bärbel konnte so etwas unmöglich verzeihen. Ein paar Jahre später – das müsste um 1989 gewesen sein – wurde Weerts vom schönen Pfarrer Martin Sander abgelöst. Aus Altersgründen, hieß es offiziell, dabei war der erst achtundfünfzig. Gleichwohl begann ab diesem Zeitpunkt die segensreiche Zeit ihrer Kirchenarbeit, die sie hoffentlich noch lange würde fortführen können. Bärbel Saathoff wurde wehmütig ums Herz. Würde der *liebe Martin* eines Tages in den Ruhestand treten, wäre der Sinn ihres Wirkens mit einem Male dahin – schließlich tat sie das alles nur für ihn. Der Pfarrer war so schön anzusehen: mit Lachgrübchen in den Wangen, die strahlenden Augen, das grau melierte Haar und dann seine schönen Hände – ein Bild von einem Mann ...

Von Norden zogen schwarze Wolken auf, sie schickten peitschende Winde durch die Straßen. Auf ihrem Fußmarsch durch die Friedrichstraße war Bärbel keiner Menschenseele begegnet. Dafür gab es dank ihres theologisch geschulten Urteilsvermögens einen triftigen Grund: Das verderbte Geschlecht der Norderneyer fürchtete sich vor der Verdammnis, die beizeiten auch in winterlichen Sturmnächten daherkam. Bärbel war in Gedanken versunken, als auf einmal der neogotische Kirchenbau aus dem neunzehnten Jahrhundert vor ihr stand. In den dunklen Monaten fürchtete sie sich, in den Glasvorbau zu treten. Hin und wieder war ihr dort die ein oder andere gestrauchelte Seele begegnet, die um Beichtgelegenheit bat. Dann wäre es an ihr gewesen, den Notfallseelsorger zu informieren, und das hätte ihr heute Abend gerade noch gefehlt! Bärbel war gerne allein, um ihrer Arbeit ungestört nachgehen zu können. Mutig trat sie in die leere Saalkirche, vermied es aber, das volle Licht einzuschalten – es würde die Leute nur anlocken wie Motten. Stattdessen entzündete die Küsterin ein paar Kerzen, nahm eine vom Standleuchter und ging mit festen kleinen Schritten auf die Sakristei zu. Das Klacken ihrer Absätze hallte, Schatten tanzten, eine Atmosphäre zum Fürchten. Etwas Seltsames hing in der Luft, das spürte sie – und das war nicht der angekündigte Sturm. Bärbel Saathoff spürte ein atmosphärisches Ungleichgewicht. Sie fühlte sich unwohl bei dem Gedanken, jemand könnte ihr auflauern. Das Herz schlug ihr bis zum Hals. Plötzlich blieb sie stehen. Irgendetwas hinderte sie daran, weiterzugehen. Bärbel schaute auf die Steinplatten direkt vor ihren Füßen. Der Fußboden war an dieser Stelle besudelt mit Flecken unterschiedlicher Größe. „Wer zum Teufel hat denn hier so herumgesaut?", zischte sie. In Gedanken hatte sie Eimer und Feudel bereits parat, die Küsterin war auf hundertachtzig: „Eine einzige Schweinerei ist das!" Bei diesen Worten bewegte sie ihren Arm mit der Kerze in der Hand abwärts. So verharrte sie in der Bewegung, wenige Zentimeter über dem Boden, als auf einmal dunkle Flecken wie Tinte in das Wachs platschten oder an der Kerze herunterliefen – doch diese Tinte war blutrot! Verwundert hob sie den Blick zum Zenit, direkt über ihr. Bärbel Saathoff erschrak fürchterlich! Etwas großes, schwarzes Gewaltiges hing schwankend an der offenen Dachkonstruktion. „Um Himmels willen, was ...?", sagte sie, dabei richtete sie sich auf, hob die Kerze an. „Was ...? Nein ...!", rief sie laut aus. Bärbel traf der Schlag. Das ... konnte nicht sein ... oder doch? Sie blickte in die verdrehten Augen eines verzerrten Gesichts. „Ein menschlicher Körper, in Schwarz gekleidet, hing kopfüber am Ende eines Seilzugs direkt über ihr. Küsterin Bärbel kannte dieses Gesicht und das grau melierte Haar, aus dem die blutrote Tinte triefte ... Ein unkontrollierter Schrei des Entsetzens entfuhr ihrer

Kehle, der zwischen den Mauern zu einem fürchterlichen Klagegeschrei anschwoll: „Neeeeeiiiiiiinnnnnn ... Maaaaaaartttiiiiiiiiiiiiiinnnn!“

Kapitel 4

16. Januar 2018

Mit versteinerter Miene legte Gesa Jacobs ihrem Mann Menno den Telefonhörer in die Hand, den er nur widerwillig ergriff. Träge führte er ihn zum Ohr, als wäre er so schwer wie eine Hantel. Mit der anderen Hand beförderte er das Lifestyle-Magazin Sportcars & Watches auf den gläsernen Wohnzimmertisch und schaute auf seine Armbanduhr, es war einundzwanzig Uhr fünf. „Hier Doktor Jacobs", sagte er in den Hörer.

Eine dünne, krächzende Stimme antwortete zögerlich: „Doktor Jacobs, guten Abend! Bitte entschuldigen Sie die Störung. Ich ... habe Ihre Nummer vom Vorsitzenden des Seglervereins."

„Nun, gut. Was gibt es denn?" Es war ihm zuwider, wenn man nicht zur Sache kam.

„Ich möchte Sie bitten, zum Jachthafen zu kommen. Beim Transport eines Flügels für die Offshore-Windkraftanlage ist es zu einem ... Missgeschick gekommen. Leider wurde dabei Ihre Jacht, die Ney-Cruiser, beschädigt. Sie steht doch auf dem Gelände hinter der Halle A? Die Jacht ist zwar abgedeckt, aber ..."

Um Himmels willen, dachte Menno Jacobs, *erst der verheerende Brand in der Bootshalle und jetzt das.* Die aufsteigende Verärgerung verschlug ihm fast die Sprache. Er räusperte sich und sagte: „Ja, das ist ... meine Jacht. Was genau ist denn passiert, wie groß ist der Schaden?"

„Es wäre gut, wenn Sie gleich kommen könnten, um sich das mal anzusehen. Alles Weitere können wir gern hier besprechen."

Dr. Jacobs ließ seinen Blick über die helle Wohnzimmereinrichtung im Landhausstil mit diversen Tisch- und Stehlampen sowie den hochwertigen Gemälden von Poppe Folkerts schweifen. Dieser heimeligen Atmosphäre mochte er sich heute Abend kaum mehr entziehen. Zudem peinigten ihn erneut Rückenschmerzen auf eine Weise, die seinen verdienten Ruhestand seit Wochen vergiftete, ganz zu schweigen von den dunklen Schatten der Vergangenheit, die ihm des Nachts kaum mehr Ruhe gönnten.

Er sah zum Fenster. *Jetzt noch raus in die Dunkelheit?*, fragte er sich. Seine Augen spielten im Dunkeln nicht mehr so gut mit. Dem Kapital, der Jacht und dem Verein zuliebe wollte er das Risiko, im Dunkeln zu fahren, doch eingehen. „Na schön", gab er der Bitte des Anrufers nach, „bin unterwegs. In etwa fünfzehn Minuten bin ich bei Ihnen." Er legte auf und bereute es dann doch, zugesagt zu haben.

Dr. Menno Jacobs informierte seine Frau über den Inhalt des Telefonats, nahm Jacke und Autoschlüssel, ging zur Garage hinüber, stieg in den silberfarbenen Mercedes SL Coupé und startete. Die Fahrt ging ein kurzes Stück über freies Gelände, dann links auf den Karl-Rieger-Weg. Ab Höhe Birkenweg setzte sich ein dunkler SUV hinter Dr. Jacobs, der ihm auch auf der Richthofenstraße folgte. Erst als er die letzte Kurve hinunter zum Hafen nahm, wuchs seine Skepsis. Dr. Jacobs trat die Kupplung, schaltete runter in den zweiten Gang und bog scharf links in den Jachthafen ein. Der Verfolger erhöhte kurz das Tempo, folgte im halben Meter Abstand. Dr. Jacobs bremste ab, der Verfolger fuhr so dicht auf, dass es eigentlich hätte knallen müssen – aber der Knall blieb aus. Im Schritttempo ging es am Hafenbecken entlang. Links in einer Reihe das Hafenamt, ein Getränkeshop und die Seenotretter, Gebäude allesamt unbeleuchtet. Keine Menschenseele, nicht der geringste Hinweis auf ein Windkraftanlagen-Desaster – nichts! *Was sollte das? Wer steckt hinter dem Anruf? Vielleicht sollte ich jetzt besser umkehren*, dachte er, als das Fernlicht des SUV hinter ihm in kurzen, unregelmäßigen Intervallen aufflackerte. Dr. Jacobs stoppte seinen Mercedes. Im Rückspiegel sah er, wie die Fahrertür des SUV geöffnet wurde. Eine dunkle Vorahnung ließ ihn wie gelähmt dasitzen. Die Geister der Vergangenheit waren zurück, und sie würden sich wohl nicht mehr vertreiben lassen ...

Eine vermummte Gestalt entstieg dem dunklen Wagen, sie ging zwischen den beiden Fahrzeugen hindurch, um das silberne Coupé herum bis zur Beifahrertür. Sie wurde geöffnet. Der Unbekannte setzte sich neben Dr. Jacobs auf den freien Sitz. Der Doktor protestierte nicht, er schloss die Augen, atmete schnell und schwer. Noch ehe er einen klaren Gedanken fassen konnte, hatte ihm der Unbekannte die rechte Hand mit einem Kabelbinder ans Lenkrad fixiert. Der Schlüssel wurde blitzschnell abgezogen, das Lenkrad nach rechts eingerastet, der Gang herausgenommen.

Der Vermummte stieg aus und beugte sich noch einmal halb zu Dr. Jacobs herab: „Du hast es verdient – Arschloch!"

Die Tür flog zu, der Unbekannte ging zurück, stieg wieder in den SUV. Der setzte sich wieder in Bewegung, dockte an, schob das Mercedes-Coupé langsam, aber stetig in Richtung Hafenbecken. Dr. Menno Jacobs erkannte, dass es keinen Sinn hatte, weiter vor seiner Verantwortung zu fliehen. Die Schatten der Vergangenheit hatten ihn endgültig eingeholt. Dies war sein Ende und er würde es hinnehmen müssen. *Wie würdelos. Und was ist mit Gesa, mit den Kindern und den Enkeln? Und was ist mit Sabine? Sie alle wollen, dass ich lebe! Sie ... brauchen mich!*, kam ihm in den Sinn. Mit letzter Kraft ein Aufbäumen: Er trat auf die Bremse, öffnete die Fahrertür, die aber von einer Dalbe, die linksseitig am Wagen entlangschrammte, wieder zugedrückt wurde. Mit der linken Hand ein Übergreifen zur Handbremse, er zog, doch zu spät. Das erste Drittel des Mercedes hing über der Spundwand. Das schiebende Fahrzeug stoppte, setzte zurück, nahm Anlauf und rammte das Coupé mit voller Wucht, Glas splitterte. Dr. Jacobs schrie panisch, sein Wagen hüpfte vorwärts, rutschte ein Stück weit auf dem Bodenblech, bis er nach einem kurzen Wippen ins Hafenbecken kippte und versank.

Kapitel 5

Februar 2018

Die Luft war feucht und kalt. Über der Fähre hing die Wolkendecke wie ein fahles Tuch, bald würde sie aufreißen. Für Norddeutschland sollte es Frost geben, so war die Ansage. Es war Viertel nach zwölf. Auf der Frisia III tummelten sich ein paar Touristen, hochmotivierte Geschäftsleute, unmotivierte Arbeiter und das Fährenpersonal mit freundlichen Gesichtern. Wir alle wurden mitgezogen durch das anfänglich enge Siel, hinaus auf die offene See, wo Wogen uns huckepack nahmen. Tief im Bauch der Fähre dröhnte ein Dieselmotor, er erzeugte wohliges Vibrieren. Eine Etage darüber und auf dem Zwischendeck gab es Kaffee, belegte Brötchen und Würstchen mit Fensterblick. Auf dem Oberdeck standen Fahrzeuge und ein paar Frischluftfanatiker. Über mir die Brücke, ein gläserner Verschlag für die Captain's Crew. Der kühle Wind wirbelte meine Haare durcheinander, ich zog den Schal enger, knüpfte den obersten Knopf meiner schwarzen Cabanjacke zu und stellte den Kragen hoch. Der Blick über die Nordsee war fantastisch, ich hatte ihn über die Jahre ganz vergessen. Mein letzter Norderneybesuch lag fast achtunddreißig Jahre zurück, damals noch mit meinen Eltern, nur wenige Jahre vor ihrem Verkehrsunfall, der beiden das Leben entriss. Es war eine dunkle Zeit damals, ich vermisste meine Eltern unsagbar. Der Inseltrip nun gab mir das Gefühl, auf eine ganz besondere Art wieder mit ihnen verbunden zu sein.

Beim Anblick der Weite und des Horizonts spürte ich ein schmales Band, das uns Menschen mit einer wie auch immer gearteten Ewigkeit verbindet. Eines jener Phänomene, das sich vielleicht tief in unser kollektives Unterbewusstsein gegraben hat, und ich fragte mich, ob es den täglichen Pendlern auf der Fähre auch noch so erging.

Der Wind brandete in Böen auf, weiße Gischtkämme schäumten direkt am Schiffsrumpf entlang. Mein Blick ruhte mal auf der Gischt, dann wieder hoch oben bei den Möwen, die der Fähre kreischend folgten. Ich schaute ein Stück weit entfernt aufs Wasser. Dort gab es glatte, lange und gleichmäßige Wogen ohne Schaumkronen. Senken und Heben hatten genau die richtige Balance, dass einem nicht übel wurde. Ich schaute zum Horizont in Richtung Norderney. Die Insel war als dunstiger Strich auszumachen. Eine separate Welt, ähnlich einer sich selbst organisierenden Zelle, darauf abgestimmt, sowohl Einkommen als auch Erholung zu generieren. Tourismus ist der Kleber, der beide Interessen zusammenhält – und gleichwohl vor Probleme stellt ...

Februar war vielleicht nicht der aufregendste Monat, um eine Insel des Nordens zu besuchen. Februar ist ein grauer Monat, ähnlich dem November. Aber beide haben so etwas wie Erwartungen im Gepäck, zumindest in touristischer Hinsicht: der November die Advents- und Weihnachtszeit, der Februar Flüchtlinge aus Karnevalshochburgen. Was würde mich erwarten? In Hamburg las ich von den Kapitalverbrechen an einem katholischen Geistlichen der Kirchengemeinde Norderney und dem ehemaligen Chefarzt einer Norderneyer Klinik. Das blieb haften, denn ich war ja vom Fach, wie man so sagt. Studiert hatte ich am Kriminalwissenschaftlichen Institut in Hamburg, dann der Wechsel in die Fakultät für Rechtswissenschaften, Schwerpunkt Ökonomie. Mit dem Diplom zum Wirtschaftsjuristen in der Tasche setzte ich alles auf eine Karte und eröffnete eine Detektei für Wirtschaftskriminalität, mietete ein Büro in der Speicherstadt an, später noch eines in Wilhelmshaven. Der Terminkalender war von Anfang an voll, wenngleich unausgewogen, denn freie Zeit gab es kaum noch, und das brachte unsere Ehe zum Stillstand. Es war die klassische Ehefalle, der Susanne und ich auf den Leim gegangen waren. Wir hatten uns immer weniger zu sagen, jeder lebte sein Leben, es gab keine gemeinsamen Unternehmungen, keine gemeinsamen Inhalte mehr. Bevor uns das richtig klar wurde, überschlugen sich die Ereignisse. Ich wurde von meiner verschütteten Vergangenheit eingeholt, kam ohne psychologische Hilfe nicht mehr auf die Beine. Der erfolgsverwöhnte Privatermittler Frank Gerdes war unten, ganz unten.

Es war eine wertvolle Erfahrung, denn ich begann zu ahnen, worauf es im Leben ankommt.

Der Himmel wölbte sich hell schimmernd über der See wie Perlmutt. Die Sonne zeichnete sich als weißer Fleck hinter silbrigen Wolken ab, gleich wollte sie durchbrechen. Ich zog die kleine Flasche Coke Zero aus der Tasche und nahm einen Schluck. Ich dachte zurück an das Wiedersehen mit meiner Jugendfreundin Antje nach fünfundzwanzig Jahren. Antje Meiners unterstützte mich nach Kräften bei meinen Ermittlungen vor vier Jahren in der Südoldenburg-Region. Und sie war es auch, die mir half, mich meiner Vergangenheit zu stellen, wenngleich am Ende alles erlosch, was zwischen uns neu entflammt war. Seitdem gingen wir wieder getrennte Wege, bis vor vierzehn Tagen, als mich ihre Mail erreichte. Es war ein knapper, aber dringlicher Text. Was mich verwunderte, war, dass sie sich von Norderney aus gemeldet hatte. Gehörte Antje doch für mich zu jenen Menschen, die ihre Heimat nie verlassen würden, aber so ist das nun mal mit den Annahmen. Antjes Privatleben war wegen der schwierigen Pflegesituation der Mutter einige Jahre auf der Strecke geblieben, womöglich hatte sich das nach dem Tod ihrer Mutter vor vier Jahren geändert.

Ich war Antjes Bitte, auf die Insel zu kommen, gern gefolgt. Genau genommen war es nicht Antje, die meine Hilfe benötigte, vielmehr ihre Kollegin und Freundin Sabine Bakker. Frau Bakker war die inoffizielle Geliebte des getöteten Chefarztes, der vor einem Monat ans Lenkrad gefesselt mit seinem Wagen im Hafenbecken versenkt wurde und dabei ums Leben kam. Offenbar war die Polizei bei ihren Ermittlungen kaum vorangekommen. Bereits einen Monat vorher fand man den erstochenen Leichnam eines beliebten Pfarrers kopfüber in seiner Kirche baumelnd. Und auch hier habe die Polizei keine nennenswerten Ergebnisse vorweisen können, schrieb Antje. Sabine Bakker konnte nicht länger nichts tun. Auf Antjes Empfehlung hin wollte sie mich beauftragen, in Bezug auf den ermordeten Chefarzt private Ermittlungen anzustellen.

Das Silbergrau der See lag in Verhandlungen mit dem Himmel, als Ergebnis bekam das Wolkentuch Risse, die Sonne fiel in schmalen Streifen auf das Wasser und auf eine kleine Sandbank, die an ihren Rändern mit Seehunden bevölkert war. Ein einsames Segelboot steuerte um die Westspitze der Insel, es kreuzte in weiter Entfernung unseren Fahrweg.

Wenn ich an Norderney dachte, musste ich auch an Nele Hansen denken, eine gute Freundin aus Studientagen, die später im Innendienst für die Direktion Polizeikommissariat Hamburg-Bergedorf arbeitete. Wir waren drei Monate ein Paar, es war eine On-off-Beziehung, ziemlich kompliziert, und ich war erleichtert, als es vorüber war. Unmittelbar darauf lernte ich Susanne kennen. Soviel ich wusste, war Nele der Liebe wegen nach Norderney gezogen. Für den Fall, dass wir uns auf der Insel begegnen sollten, würde ich sie vielleicht nicht einmal wiedererkennen. An ihr Gesicht konnte ich mich nur noch schemenhaft erinnern, es gab nicht mal mehr Fotos aus der Zeit. Geblieben war eine kurze, aufflackernde Hitze, die sich tiefrot in mir ausbreitete, wenn ich an sie dachte.

Wir erreichten die Insel nach einer Stunde Fahrt. Wie eine schüchterne Geliebte schipperte die Frisia III in weitem Bogen auf den Anleger zu, bereit für den Inselkuss. Ein futuristisch anmutendes Terminal empfing uns, der Anleger hatte sich herausgeputzt. Wir legten an. Zwei Fährleute mit gelben Westen positionierten sich am Ausgangsschott, einer warf das Tauende über die Dalbe, fuhr die Fußgängerbrücke aus, der andere gab Zeichen zum Aussteigen. Die Passagiere gingen rasch die Gangway hinauf, ich folgte den anderen ins Empfangsgebäude.

Antje stand am anderen Ende der Wartehalle, in der Nähe des Ausgangs. Als sie mich sah, sandte sie mir ein Lächeln per Eilboten. Wir begrüßten uns als alte Freunde. Sie küsste mich leicht auf die Wange und wir umarmten uns, dabei strich sie mir mit beiden Armen über den Rücken. Ich genoss es und es versagten alle Worte. Wir schauten uns in die Augen. Sie hatte sich kaum verändert. Antje gehörte zu den Frauen mit zeitloser Schönheit, nicht der Kleidung, sondern der Ausstrahlung wegen. Mittelgroß und schlank, schulterlanges, braunes Haar, mit vereinzelt grauen Fäden. Der sorgenvolle Zug um ihren Mund, den ich vor vier Jahren noch bei ihr ausmachte, war gänzlich verschwunden. Antjes

Mandelaugen strahlten, und dieses Strahlen war nicht aufgesetzt, es kam tief aus ihrem Inneren.

„He!“, grüßte ich sie mit dem Norderneyer Gruß.

„He!“, gab Antje zurück. Sie umfasste meine Hände, drückte sie kurz. „Frank, es ist so schön, dich hier zu haben!“ Sie seufzte tief. „Danke, dass du es einrichten konntest!“ Bei diesen Worten löste sie eine Hand, führte eine meiner langen, dunkelblonden Haarsträhnen hinters Ohr, auf dem Rückweg strich sie mir mit der flachen Hand über die stoppelige Wange. Eine ihrer liebenswerten Gesten, die ich vermisste hatte.

Ich sagte: „Ich hatte sowieso etwas Luftveränderung nötig, Antje. Deine Anfrage kam wirklich nicht ungelegen.“ Antje trug einen anthrazitfarbenen Dufflecoat, darunter Bluejeans und weinrote Stiefel. Sie hatte noch immer keinen Ring am Finger. Ich lächelte sie offen an. „Es ist schön, dich wiederzusehen, Antje. Du siehst sehr gut aus.“

Hinter ihren sinnlich geschwungenen Lippen wurde eine Reihe makelloser Zähne sichtbar. Sie lächelte, und die Milchstraße sanfter Sommersprossen auf ihrem Nasenrücken kräuselte sich leicht. „Danke, du Schmeichler. Es geht mir wirklich gut, aber es hat sich so vieles verändert ...“ Ihre Augen schienen nach etwas zu suchen, sie blieben an meinen Lippen hängen. „Nach unserem plötzlichen und harten Abschied vor vier Jahren sah es so aus, als ... würden wir uns nie wiedersehen, Frank.“

Ich wusste nicht recht darauf zu antworten, ich versuchte es: „Wenn ich mich recht erinnere, ... war ich ... völlig außerstande, überhaupt einen klaren Gedanken zu fassen. Ich war ... gefangen in dem Trauma, das mich eingeholt hatte. Lass uns jetzt nicht darüber reden, Antje."

Sie nickte, sagte nichts mehr dazu. Wir lösten uns, und Antje sah mich von oben bis unten an. „Hey, du trägst ja deine Schimanski-Jacke nicht mehr ..." Sie unterbrach sich abrupt, ihre Wangen bekamen Farbe, schnell schob sie nach: „Ach was, das war dumm von mir, bitte entschuldige." Ich wollte auch dazu nichts erwidern. Es war ihr bewusst geworden, dass unser letzter gemeinsamer Fall gewissermaßen mit meiner hellen US-Feldjacke in Verbindung stand, die hinlänglich auch als „Schimanski-Jacke" bekannt ist. Aber seit meinem Zusammenbruch trug ich konsequent schwarze Kleidung.

Ich nahm meinen Trolley, wir traten aus dem Terminal hinaus ins Freie. Der Himmel war komplett verhangen. Auf dem Parkplatz verteilten sich die Ankömmlinge auf Busse, Taxis, und ein paar Leute machten sich zu Fuß auf den Weg. Links, direkt am Empfangsgebäude, hielt eine rüstige Rentnergang eine Bank besetzt, den ganzen Rummel beobachtend, als hätte sie ihr komplettes Leben auf diese Weise verbracht. Käme man in zehn Jahren wieder, würden dieselben Herrschaften wohl noch immer hier sitzen und beobachten.

Meinen Koffer übergab ich einem Taxifahrer, für den Transport zum Hotel am Denkmal. Antje und ich setzten unseren Weg zu Fuß fort, sie hakte ihren Arm unter meinen. Rechts hinter den geparkten Fahrzeugen gab eine neue Sichtachse den Blick hinunter zum Jachthafen frei, wo sich Möwen gegen den grauweißen Himmel warfen und wieder hinabsegelten. Es roch nach Tang und Salz. Auf unserem Weg in die City sprachen wir über Belangloses. Antjes Unruhe verriet mir, dass sie etwas auf dem Herzen hatte. Ich schaute sie demonstrativ von der Seite an, ihr Blick war stur nach vorn gerichtet. Unvermittelt blieb sie stehen und sagte mit einer Stimme, die mir fremd war: „Frank, damit ich es besser verstehe, muss ich das ansprechen: Vor vier Jahren wolltest du zu deiner Susanne zurück, das war mir klar. Und mit dem Schock, dass du selbst in den Mordfall verwickelt warst, musstest du erst mal fertigwerden."

Ich nickte. „Das ist wahr, mein Leben hatte sich mit einem Schlag verändert. Ich wusste nicht, ob ich meinen Beruf weiter ausüben konnte, und meine Ehe wurde mit dieser neuen Belastung erneut auf die Probe gestellt. Alles stand mit einem Mal zur Disposition, sämtliche Planungen und Vorsätze zerplatzten wie Seifenblasen, und nichts war mehr wichtig", sagte ich mit belegter Stimme.

Antje sah mit hochgezogenen Augenbrauen zuerst mich an, dann wieder nach vorn. Nach ein paar Sekunden des Schweigens senkte sie das Kinn, funkelte mich kurz an, blickte wieder geradeaus und fragte: „Und ich war eine dieser Seifenblasen, die nicht mehr wichtig war für dich?"

„Was meinst du?", fragte ich vorsichtig.

Antje sah mir direkt in die Augen. „Kam ich in deiner Zukunft gar nicht mehr vor? War ich für dich abgeschrieben?", fragte sie mit bebender Stimme.

„Es tut mir leid, ich ... ich kann es nicht anders beschreiben: Es gab gar nichts, was mir noch etwas bedeutet hätte, und das war nicht gesund. Ich weiß es. Und es wäre jetzt falsch, den damaligen Zustand nach heutigen Kriterien beurteilen zu wollen. Ich ..."

Sie unterbrach mich, und ich spürte, wie sie einem angestauten Druck nachgab, der sich über zu lange Zeit aufgebaut haben musste. „Ganze vier Jahre lang gab es keinen einzigen Gedanken an mich?" Ihre Augen wurden feucht, und das lag nicht an der kalten Luft.

Ich hob eine Hand flach an, wie um das Gesagte zu unterstreichen. „Antje, alles hing am seidenen Faden ... Ja, ich gebe zu, es gab keinen Platz für dich, weil ich alle Mühe hatte, mein Leben und meine Ehe wieder auf die Kette zu kriegen."

Sie nickte entschieden, als wollte sie mir ein *genau das habe ich mir gedacht!* entgegenschleudern. Ihr Blick ließ mich sofort los, der Winter strich mit kaltem Finger über ihre Stirn und hinterließ eine frostige Stimmung. Eine ganze Weile gingen wir schweigend nebeneinander her, dann taute es. Antje sagte: „Ich kann es mir heute noch nicht verzeihen, dass ich dich einfach so wegfahren ließ." Hinter ihren Augen lauerten Tränen, aber sie fügte fest hinzu: „Du warst in einem labilen Zustand, es hätte wer weiß was passieren können."

Wir blieben kurz stehen, stellten uns voreinander hin, ein paar endlose Sekunden sahen wir uns an. Ich flüsterte fast: „Antje, es war gut, dass du die Kraft hattest, mich gehen zu lassen. Ich hatte Susanne erzählt, was sich ereignet hatte, gleich darauf habe ich mich bis in die letzte Konsequenz meiner Vergangenheit gestellt. Und Susanne stand mir in allem bei, sie hat mich durch Untiefen begleitet. Erst die Selbstanzeige, dann die Psychotherapie – das alles brauchte seine Zeit."

Wir drehten uns wieder auseinander und setzten unseren Weg fort. Langsam, als wäre eine Krise überstanden, besserte sich Antjes Laune. „Das habe ich alles nicht gewusst, weil du dich mit keinem Wort gemeldet hast. Es kostete mich ungeheure Überwindung, dir überhaupt zu schreiben." Es klang wie ein Vorwurf, ich hoffte aber, dass es keiner war. Mittlerweile erreichten wir die Bülowallee. Antje lud mich ins Tide zum Essen ein. Sie hatte einen Tisch reservieren lassen, wir wurden an unseren Platz geführt. Es war ein modernes Ambienterestaurant mit Panoramafenstern, hellem Parkett, Sonnenterrasse und Showküche. Die Musik aus der unsichtbaren Anlage war leise und einschmeichelnd, wir kamen zur Ruhe. Der Kellner kam angeschwebt, nahm die Bestellung auf und legte sich ins Zeug. Für mich gab es nach der Cremesuppe mit Seeluftschinken einen Seesaibling mit Safransoße, für Antje Entenbrust auf Preiselbeerjus mit frischen Beilagen und einen trockenen Chardonnay für uns beide. Es schmeckte herrlich. Dann sprachen wir über die alten Zeiten, ganz besonders über jene Abschnitte, die wir beide als „nett“ in Erinnerung hatten. Nach dem Dessert, dem Pistazien-Mandelparfait an warmen Waldbeeren, fragte ich: „Weißt du noch unser letztes gemeinsames Essen?“

Antje antwortete mit einer Gegenfrage: „Du meinst doch nicht die Pizza, oben in deinem Loft?“

„Nein, es war dieses Restaurant ...“, ich schnipste mit den Fingern, „ich glaube, Agrarlobby hieß es.“

„Du meinst das ‚Agora‘“, korrigierte sie mich. „Ich erinnere mich sehr gut. Der Wein war staubtrocken und die Stimmung zwischen uns war auf Grundeis. Ein paar Grad kühler, und man hätte uns als Trockeneis abfüllen können.“

„Und der Kellner brachte uns die Rechnung auf einer Warmhalteplatte“, schob ich nach.

„Nachdem er die Eiskarte vor uns versteckt hatte!“, ergänzte Antje.

Wir lachten. Es war ein erleichterndes Lachen. Es war jenes Lachen, das man gern lacht, um Belastendes zu vergessen. Es wollte nicht recht gelingen, nach ein paar Schlenkern kamen wir zu unserem Thema zurück.

„Frank, du sprachst vorhin von einer Selbstanzeige. Was wurde daraus?“, wollte Antje wissen.

Ich nahm einen Schluck aus dem Weinglas und sagte: „Die Selbstanzeige ... sie kostete mich viel Überwindung. Schließlich stand meine berufliche Existenz auf dem Spiel. Aber dann kam alles ganz anders: Das Verfahren wurde nach § 153 Absatz 1 der Strafprozessordnung eingestellt, weil schon während des Ermittlungsverfahrens glaubhaft dargelegt werden konnte, dass ich zur Tatzeit aufgrund des Schocks nicht im Vollbesitz meiner geistigen Kräfte war. Zudem hatte ich mich, nachdem mir das bewusst geworden war, unverzüglich gestellt. Es lag keine Tötungsabsicht vor und es bestand nicht die Gefahr einer Wiederholungstat. So etwas wird als Erstverstoß im Bereich geringer Schuld behandelt, es gab auch keine Nebenkläger."

Eine Denkerfalte erschien auf Antjes Stirn. „Du bist damit aber nicht wirklich zufrieden, wenn ich deinen Tonfall richtig deute?"

Ich nickte zustimmend. „Darum die Therapie. Ich weiß jetzt, dass ich mir nichts mehr vorzuwerfen brauche, und ich habe gelernt, mit diesem dunklen Kapitel in meiner Biografie umzugehen. Die Vergangenheit lässt sich nicht korrigieren, aber sie lässt sich aufarbeiten. Das ist ein Prozess, der noch anhält."

Während des Gesprächs gelang es, unsere Beweggründe verständlich zu machen, ohne uns gegenseitig anzuklagen. Die Stimmung wurde zusehends lockerer, die Lacher waren deutlich in der Überzahl, wir ernteten entrüstete Blicke. Genau wie beim letzten Mal erkundigte sich Antje nicht nach dem Status meiner Ehe. Sie war sich in ihrer zurückhaltenden Art treu geblieben. Aber sie erkundigte sich nach meinem Job – nach der Auftragslage, nach der Aufklärungsquote. „Was ich schon immer mal wissen wollte: Wie macht man das als privater Ermittler, wie kommst du an deine Informanten, wie kriegst du die Leute dazu, sich dir gegenüber zu öffnen?“

Nicht undankbar für dieses Thema, begann ich zu erzählen: „Es ist ein Unterschied, ob ich professionell in Wirtschaftsangelegenheiten unterwegs bin oder als *privater* Ermittler. Professionell warte ich mit verifizierbaren Fakten auf, die im Grunde nicht widerlegt werden können. Es gibt da keinen großen Spielraum, die Beweislage spricht für sich. Oft treten ehemalige oder geschasste Mitarbeiter an mich heran, sie präsentieren mir von sich aus Unterlagen, aus denen die Sachverhalte eindeutig hervorgehen – und wenn nicht, bohre ich nach. Das gestaltet sich recht unkompliziert. Unmittelbar nach dem Einschalten der Behörden werden Anwälte beauftragt, die die Anklage im Interesse des Beschuldigten auszuräumen versuchen. Der Ausgang dieser Verfahren ist durch die Gesetzgebung gewissermaßen vorgezeichnet. Beide Seiten wissen, was sie erwartet. Dafür gibt es Anwälte. Bei meinen privaten Ermittlungen – wie hier – bin ich auf eine vertrauensvolle Basis angewiesen. Der persönliche Kontakt und das vertrauensvolle Auftreten stehen dabei im Vordergrund. Wenn es gelingt, wollen die Leute erstaunlich gern erzählen. Endlich ist da jemand, der zuhört, der ein Interesse daran hat, die Dinge zurechtzurücken. Und noch was: Solange ich nicht als Ermittlungsbehörde auftrete, ist klar, dass die Leute nichts riskieren, falls sie sich vergaloppieren. Wenn es hart auf hart kommt, können sie einfach alles abstreiten.“

Antje dachte über das Gesagte nach, sie sagte: „Umgekehrt kann es aber auch bedeuten, dass du nichts in der Hand hast."

„Zunächst sieht es so aus, da gebe ich dir recht." Ich hob leicht die Schultern. „Wenn ich auf diese Weise aber an Beweismittel gekommen oder mir sicher bin, dass die Indizien ausreichen, übergebe ich den Fall den Ermittlungsbehörden. Die kümmern sich um den Rest, weil nur sie mit den nötigen Befugnissen ausgestattet sind."

Als wir merkten, wie sehr am Nebentisch der Kreis der Zuhörer angewachsen war, beschlossen wir zu gehen. Die Bedienung kam mit der Rechnung, Antje zahlte. Wir verließen das Tide und gelangten zum Kurplatz, dem hellen Conversationshaus mit Arkadengang und Uhrentürmchen in der Mitte, nebst Spielcasino, Bibliothek, Café und Touristeninfo. Rechts daneben das imposante Badehaus mit Wellenplanschbecken, Solebad und Thalasso-Anwendungen. Gegenüber das markante Zinnentürmchen des Inselhotels König. Wir überquerten den Kurplatz in Richtung Weststrand. Antje erzählte, sie habe für den Nachmittag ihre Kollegin und Freundin Sabine Bakker zum Kaffee eingeladen. Wir steuerten also Antjes Wohnung in Strandnähe an. Auf dem Weg zum Damenpfad wollte ich wissen, warum es Antje nach Norderney verschlagen hatte. Grübchen erschienen auf ihren Wangen und die Nasenspitze bewegte sich leicht, als sie erzählte: „Du weißt vielleicht noch von meinem Interesse an der Psychologie, daraus wurde tatsächlich mehr. Ich schrieb mich als Gasthörer an der Uni Oldenburg für Allgemeine Psychologie ein, weitere Seminare folgten. Zwei Jahre später hielt ich mein Zertifikat zur psychologisch-technischen Assistentin in den Händen, und damit habe ich mich hier beworben."

Ich sah sie anerkennend an. „Glückwunsch! Und, warum Norderney?"

Sie lächelte wehmütig. „Es ist die Insel meiner Kindheit, ich war ja oft mit meiner Oma hier. Die Insel, das Meer, die Architektur und das ganze Flair habe ich immer sehr gemocht. Und als ich vor eineinhalb Jahren meine Bewerbungen verschickte, war die Altenpflegeeinrichtung Casa Vitalis auch darunter. Es hat geklappt, und ich bereue es kein bisschen." Ihre Augen leuchteten. „Und eine tolle Wohnung habe ich auch gefunden, gleich hier im Damenpfad."

„Wie passend."

Wir gingen links in die Wilhelmstraße, schlugen Haken und erreichten Antjes Wohnung, in Sichtweite des Weststrands. Wir stiegen in die zweite Etage hoch, Antje schloss auf, wir gelangten in eine gemütliche Wohnung mit Aussicht. Eine kleiner, quadratischer Flur, die Küche mit glänzend hellen Schränken, das Wohn- und Esszimmer mit dunkelgrauen und verchromten Möbeln, Couches im Loungedesign, auf denen weiche Kissen lagen. An den hellen Wänden waren Bilder in natürlichen Farben, und die Fenster, die zum Meer hin wiesen, waren Lichtschächte in die Unendlichkeit. Meinem Blick hinaus auf die See folgend sagte Antje: „Toll, nicht? Das habe ich mir immer gewünscht, freie Sicht aufs Meer. Und das Beste daran ist, nicht mal Touris können mir das Panorama vermiesen!“ Antje lachte. „Die gehen brav auf der Promenade spazieren – und die ist auf der anderen Seite des Deiches, etwas tiefer gelegen.“

„Die Aussicht ist wirklich umwerfend!“, bestätigte ich. Während Antje den Kaffeeautomaten startklar machte, schaute ich mich um. Das Wohnzimmer verbreitete Behaglichkeit. An der Wand ein großes Bücherregal mit Sachbüchern zu Psychologie und Gerontologie, aktuelle Romane, Lyrik und Bildbände. Auf dem kleinen Wohnzimmertisch lag ein angesagter Kriminalroman mit Lesezeichen etwa in der Mitte des Buches. Ich nahm es, las den Rückentext durch. Es ging um einen kauzigen Kommissar mit Eheproblemen – hm, das klang vertraut. Manchmal braucht man Bücher nicht mehr zu lesen, wenn man die Rückseite durchhat. Auf diese Weise kriegt man ein gewisses Gespür, auch wenn es letztlich oberflächlich bleibt. Man verschafft sich ein kleines Update und ist ein informierter Gesprächspartner auf Cocktailpartys, wenn man trotz der Oberflächlichkeit noch eingeladen wird.

Es klingelte an der Haustür. Antje drückte den Summer, Sabine Bakker kam die Treppe herauf. Antje umarmte die schlanke Frau, bat sie herein, nahm ihr den Trenchcoat ab und parkte ihn an der Garderobe. Frau Bakker blieb unschlüssig stehen, als sei sie wegen einer freien Stelle gekommen. Wir gaben uns die Hand, nachdem Antje uns einander vorgestellt hatte, und sie lotste uns in ihr Wohnzimmer. Frau Bakker war eine Frau von Mitte bis Ende fünfzig, etwa so groß wie ich. Sie hatte schöne, freundliche Gesichtszüge und große, braune Augen. Hohe Wangenknochen ließen sie jünger wirken, so auch ihre schmale Nase. Das braune Haar reichte ihr bis zu den Schultern, es war voluminös und in der Mitte gescheitelt. Sabine Bakker war stimmig gekleidet, ihr Anblick war Ausdruck klassischer Eleganz, Make-up und Nagellack hätten das womöglich entwertet. Wir setzten uns, sprachen kurz über die prognostizierte Kälte, die bald den ganzen Norden erfassen würde, und gaben unsere Wünsche bezüglich Tee oder Kaffee an Antje ab, die damit in die Küche verschwand. Frau Bakker hatte ein offenes, ehrliches Wesen, aber ein Lächeln, das von Traurigkeit gezeichnet war. Vielleicht lag es an den Augen, die sich weigerten, mitzulächeln. Rasch entwickelte sich ein Gespräch über ihre und meine Tätigkeit. Ich gab Frau Bakker einen Überblick über mein Tagesgeschäft als Ermittler, während Antje uns mit Kaffee und Sanddorngebäck versorgte und sich dazusetzte. Es war an der Zeit, etwas über Sabine Bakkers Anliegen zu erfahren, nicht ohne darauf hinzuweisen, dass Antjes Freunde auch meine Freunde seien, denen ich meine Dienste diskret und unentgeltlich zur Verfügung stellte.

Ich sagte: „Frau Bakker, Antje erzählte mir vom gewaltsamen Tod Ihres Geliebten und Ihrer Trauer, die Sie nicht zeigen können, weil Ihre Beziehung zu Doktor

Jacobs nicht öffentlich war." Sabine Bakker nickte mit zusammengepressten Lippen, ich sprach weiter: „Wir wollen hier über die Dinge sprechen, die bisher nicht nach außen gedrungen sind, die Sie den Ermittlungsbehörden wahrscheinlich vorenthalten haben, sofern die überhaupt von Ihrer Existenz wissen ..."

Frau Bakker schüttelte energisch den Kopf, sie sagte mit ihrer tiefen Stimme: „Nein, nein, die Polizei weiß nichts von mir ... und sie weiß auch nichts von dem Verhältnis zwischen Menno und mir. Ich habe niemandem außer Antje davon erzählt, weil sie eine Herzenskennerin ist. Sie hat gespürt, dass ich ... verzweifelt bin."

Als ahnte ich nicht schon die Antwort, fragte ich: „Was, wenn ich fragen darf, ist der Grund, dass Sie sich den Behörden gegenüber nicht offenbaren? Sie müssen wissen, dass, sollte Ihr Verhältnis nachträglich bekannt werden, Sie automatisch zum Kreis der Verdächtigen gehören."

Frau Bakker sah mich ratlos an. „Wie ... warum das?", fragte sie aufgebracht, mit einer Stimme, die Verzweiflung und Empörung zugleich ausdrückte.

„Aus dem einfachen Grund, dass Sie durch Ihr Schweigen die Ermittlungen behindern beziehungsweise erschweren." Ich machte eine Pause, dazu ein kritisch abwägendes Gesicht. „Weshalb wollen Sie die Behörden bei der Aufklärung nicht unterstützen?"

„Also, nein. Ich will da nicht mit hineingezogen werden." Sie sprach jetzt lauter und schüttelte den Kopf, langsam und nachdrücklich. „Fast zwanzig Jahre waren wir ... ein Paar. Wir haben es so lange geschafft, unsere Beziehung geheim zu halten. Niemand hat etwas bemerkt. Menno war so geschickt darin, Treffen und sogar Urlaube mit mir zu arrangieren." Frau Bakker zögerte etwas, sie sprach leiser weiter: „Mein Mann Rudolf und Mennos Frau Gesa sind ja vollkommen ahnungslos, und ich möchte, dass das so bleibt. Wenn die beiden jetzt nach so vielen Jahren von unserer ... Verbindung erführen, würde für sie die Welt einstürzen." Ihre Stimme rutschte in eine höhere Tonlage. „Wissen Sie, Herr Gerdes, was dann los wäre?" Sie sah mich abwartend an. Ich nickte, sagte aber nicht, was dann los wäre. Etwas Düsteres zog in ihren Blick, was vorher nicht da gewesen war. Ihre Stimme bekam einen gereizten Unterton: „Nein, das werde ich auf keinen Fall tun. Ich betrachte das als eine Art Vermächtnis, als ein Erbe, das ich aufrechterhalten möchte. Mennos ganzes Bemühen, all die Jahre sollen nicht umsonst gewesen sein. Bitte, verstehen Sie mich!" Dann nahm sie eine Tasse in die Hand, lehnte sich etwas zurück und betrachtete mich mit forderndem Blick.

Ich nickte und sagte ruhig: „Ich respektiere Ihre Entscheidung selbstverständlich." Ich lächelte, als würde ich sie vollkommen verstehen. „Ich möchte Ihnen dennoch empfehlen, dass jetzt, wo ... die Polizei auf der Stelle tritt ..."

„Auf gar keinen Fall!", fuhr sie dazwischen, dabei füllten sich ihre Augen mit Tränen. Sie wagte es kaum, ihren Blick irgendwo ruhen zu lassen.

„... jetzt, wo die Polizei auf der Stelle tritt, es an der Zeit wäre, die ganze Wahrheit zu erzählen", beendete ich meinen Satz.

„Die Wahrheit!? Ja, es ist und bleibt die Wahrheit, dass ich Menno liebe, ihn immer lieben werde und er mich geliebt hat! Aber das geht jetzt nur mich etwas an, und sonst niemanden." Ihre Stimme wurde dünn und zerbrechlich wie gesprungenes Porzellan, dann liefen Tränen. „Es war unsere gemeinsame Liebe, sie gehörte nur uns ..." Die Tränen zeichneten glänzende Spuren auf ihr Gesicht. Sabine Bakker zog ein Taschentuch hervor, sie schnaubte und fuhr mit brüchiger Stimme fort: „Glauben Sie mir, ich habe das alles schon durch – es ist alles richtig so ..." Ihre letzten Worte kamen wie ein Hauch. Antje legte tröstend ihre Hand auf den Unterarm ihrer Freundin. Mein Blick wanderte von Antjes Hand hinauf zu Sabine Bakkers großen, traurigen Augen.

Ich nickte schweigend, als Zeichen, dass es okay war. Bestätigend sagte ich: „Von mir wird niemand etwas erfahren." Ich nahm einen großen Schluck Kaffee.

Frau Bakker beruhigte sich, Antje fasste ihre Hand und sah sie mitfühlend an. Eine Viertelminute verging, in der nichts gesagt wurde. Ich nahm einen Keks und brach die Andacht: „Antje sagte mir, Sie haben das Gefühl, die Ermittlungen der Behörden würden nicht vorankommen?"

Sabine blickte auf, sie hatte sich wieder im Griff, steckte das Taschentuch weg, strich sich eine Strähne hinters Ohr und sah mich aus erschöpften Augen an. „Ja, ich finde es skandalös, dass die Polizei sich nicht öffentlich zu diesem Fall äußert. Es gibt überhaupt keine Nachrichten über die aktuellen Ermittlungsergebnisse. Was ist denn da los?"

Ich hob die Hände und gab zu bedenken: „Nun, vielleicht ist das beabsichtigt, um die laufenden Ermittlungen nicht zu gefährden. Wissen Sie, wer den Fall bearbeitet? Das würde mir die Kontaktaufnahme mit den Behörden erleichtern."

Sie schüttelte den Kopf und wollte gerade antworten, da mischte sich Antje ein: „Kann ich dir später erzählen, das wird etwas ausführlicher."

Ich bemerkte ihren veränderten Blick, darum legte ich die Frage vorübergehend auf Halde und bezog einen anderen Aspekt mit ein: „In der Presse stand etwas von einem weiteren Mord auf Norderney, es handelte sich dabei um Pfarrer Sander. Das dürfte etwa vor einem Monat gewesen sein." Frau Bakker reagierte nicht, aber ich sah, wie sich ihre Lippen zusammenzogen. Antje nickte unmerklich. Ich sagte in gedämpftem Ton: „Können Sie sich vorstellen, dass der Mord an Pfarrer Sander etwas mit dem Verbrechen an Doktor Jacobs zu tun haben könnte, Frau Bakker?"

Abwägend bewegte sie ihren Kopf hin und her, legte ihre Hände zusammen und hob sie unters Kinn. Sie sagte: „Das weiß ich wirklich nicht. Die beiden kannten sich zwar, aber ... Menno und seine Frau Gesa waren freigiebige Förderer der Kunst und damit auch Förderer der Kirche. Kunst sei die Brücke zwischen Kirche und Gesellschaft, war Mennos Credo. Und über die Galerie seiner Frau pflegten beide geschäftliche Beziehungen bis nach Italien, aber ich kann mir wirklich nicht vorstellen, was diese beiden Morde miteinander zu tun haben könnten."

Mein Interesse an der Konstellation Dr. Jacobs, seine Frau Gesa sowie Pfarrer Sander war geweckt. Solche Kontakte hinterlassen Spuren – irgendwie, irgendwo. Und in diesem Zusammenhang kam mir ein weiterer Gedanke: „War Doktor Jacobs Mitglied in der katholischen Kirche?", fragte ich möglichst einfühlsam.

Ihr Blick verschwand für einen Augenblick. Dann kam er zurück, sie antwortete: „Ja, aber warum ... ist das ... wichtig?", ihre Stimme brach in der Mitte durch.

Ich suchte die Schnittmenge von Klinikchef und Pfarrer, ich fragte: „War Doktor Jacobs ein religiöser Mensch? War das Vertrauensverhältnis zwischen ihm und Pfarrer Sander so gut, dass er bei ihm beichten ging?"

Ihre Hände senkten sich, die Finger flochten sich ineinander. „Ach, Sie meinen, Menno habe dem Pfarrer von unserer Beziehung erzählen können?", fragte sie mit leichter Unruhe in der Stimme.

„Entweder dies oder etwas anderes. Jedenfalls konnte Doktor Jacobs sich wegen des Beichtgeheimnisses darauf verlassen, dass Pfarrer Sander damit nicht hausieren ging."

Sie rührte sich nicht, zuckte mit keiner Wimper. Sie sah mich unverwandt an, dann beugte sie sich leicht vor.

Ihre Stimme klang schwächer, als habe sie gerade unbemerkt ein starkes Medikament eingenommen: „Menno war ein ... religiöser Mensch, wie Sie es ausdrücken, aber er sprach so gut wie nie darüber. Nur wenn es um etwas Organisatorisches ging, wie zum Beispiel wegen des Kirchenfestes oder des Pfarrgemeinderates. Davon hatte er mir das ein oder andere erzählt. Aber in der Regel wollte er diese Dinge von mir fernhalten. Menno sagte immer, dies gehöre zu seinem anderen, komplizierten Leben. Mit mir sei alles viel unproblematischer und leichter als mit seiner ..." Frau Bakkers Stimme verebbte, und ihr Blick schweifte hilflos durch den Raum, als suche sie etwas.

Mir drängte sich die Frage auf, wie ein solches Doppelleben über so viele Jahre in einem vergleichsweise kleinen Ort gelingen konnte, ohne aufzufliegen. War so etwas möglich? Ich stellte diese Frage nicht. Sie würde allzu moralisch klingen und das gerade entstandene Vertrauen zerstören. Ich schlug einen unverfänglicheren Weg ein, ich fragte: „Können Sie sich vorstellen, wer etwas gegen Doktor Jacobs haben konnte? Hatte er Feinde?"

Sie sah mich direkt an, ihre Augen bekamen einen leicht trotzigen Ausdruck. „Nein, meines Wissens hatte er keine Feinde. Er war überall beliebt und angesehen, er war ein freigiebiger und geachteter Bürger der Stadt."

Ich betrat eine andere hauchdünne Scholle, um auszuschließen, dass dahinter womöglich eine Erpressungsgeschichte stand: „Frau Bakker, gab es einen besonderen Ort, an dem Sie beide sich regelmäßig privat getroffen haben?"

Ihre Hand fuhr plötzlich hoch, als wollte sie etwas wegwischen, und sie senkte sich wieder, während ihre Wangen glühende Flecken bekamen. „Warum sagen Sie nicht einfach heimlich, Herr Gerdes?", fragte sie trotzig.

„Weil ich Sie nicht mit gängigen Klischees konfrontieren möchte."

„Ach ...", sie winkte mit einer trägen Handbewegung ab. Für einen Augenblick sprach sie schneller, als wollte sie es hinter sich bringen: „Nehmen Sie keine Rücksicht auf mich! Sie glauben ja gar nicht, mit welchen Klischees ich schon bedacht wurde." Sie besann sich auf meine Frage und antwortete knapp: „Ja, es gibt einen solchen Ort, wo wir uns *privat* getroffen haben." Sie lächelte ein fast wehmütiges Lächeln, als erinnerte sie sich an etwas, das ihr ein wertvoller Schatz geworden war. Es wurde still. Frau Bakker, die Hüterin verborgener Liebesschwüre, wollte nicht alles kampflos preisgeben, das merkte ich ihr an. Sie bekam einen seltsamen Zug um den Mund. „Warum ist das wichtig?", fragte sie.

Ich legte Honig in meine Stimme: „Frau Bakker, jeder kleine Anhaltspunkt kann wichtig sein, um ein differenziertes Bild aus Motiv und Tathergang zu entwickeln. Wichtiges kann von Unwichtigem unterschieden werden, das Offensichtliche tritt zutage, abschließend lassen sich Indizien besser zuordnen, und der Fall kann abgeschlossen werden – was sicherlich auch in Ihrem Sinne sein dürfte?" Das war eine rhetorische Frage, niemand antwortete. Ich unterbrach mich selbst, schenkte mir zwei Sekunden und fügte hinzu: „Deshalb kann es jetzt wichtig sein, auch wenn es später bei der Aufklärung womöglich keine Rolle mehr spielt."

Frau Bakker tat sich schwer, ihr bis heute gehütetes Geheimnis zu lüften. Wieder ein wertvolles Stück ihrer Sammlung, das sie aufgeben musste. Ihre Lippen öffneten sich, aber die Worte kamen nur langsam heraus: „Wir ... trafen uns in einem ... Hotel, in der Luisenstraße. Es war das ... alte Nordstern. Es ist mittlerweile fast eine Hotelruine."

In meinem Kopf ratterte es wie ineinandergreifende Zahnräder, bis ich merkte, dass ein Zahn fehlte. Ich hakte nach: „Wie sind Sie beide auf dieses Haus gekommen? Hatten Sie einen Schlüssel dazu oder steht es offen? Ich gehe davon aus, dass auch solche Gebäude auf irgendeine Weise gegen unbefugtes Betreten gesichert sind."

Frau Bakker bewegte sich kaum noch, nur ihr Mund öffnete sich inmitten eines blassen, versteinerten Gesichts: „Es gibt da ... einen jungen Freund von Menno, sie kennen sich vom Golfclub und dem Seglerverein." Nach einer Pause fügte sie gereizt hinzu: „Von ihm hatte Menno die Schlüssel."

Ich nickte, in der Hoffnung, dass sie mir den Namen ohne weitere Nachfrage eröffnen würde. Dann kam er. Frau Bakker sagte in einem bitteren Ton: „Es ist ... der größte Immobilienmakler hier auf Norderney, also seien Sie bitte äußerst diskret!"

Ich bekam einen dicken Kloß im Hals und verspürte eine sich ballende Faust in der Magengegend. Wenn sie jetzt nicht seinen Namen sagte, würde ich meinen Dienst quittieren.

Sie sagte: „Sein Name ist ... Jan Gronewold."

Kapitel 6

Als Sabine Bakker gegangen war, fragte ich Antje, ob wir einen Spaziergang am Strand machen könnten. Ich wollte das Meer sehen, und sie war damit einverstanden. Wir verließen das Haus und wandten uns nach rechts, in Richtung Norden. Die Nähe des Meeres war in der Luft spürbar, aber sehen konnte man es von hier aus nicht, des Schutzdeiches wegen. Wir passierten das Norderneyer Brauhaus, wechselten nach links in die Strandstraße und gelangten über den Deich zur Promenade an den Weststrand. Der Blick auf das winterliche Panorama mit horizontalen Streifen unterschiedlicher Schattierung war atemberaubend, es umfing mich wie einen alten Freund, der nach Hause gekommen war. Wir gingen über den festen Sand bis zum wogenden Meeressaum. Die kalte Salzluft zerrte an den Lungen, der Wind durchwühlte das Haar. Möwen kreisten über uns, sie schossen übers Wasser davon. Antje stand ein paar Meter von mir entfernt.

„Es gibt keine bessere Luft als diese", rief ich ihr zu. „Es fühlt sich an, als hätte ich jetzt ein Extrapaar Lungen."

Antje hob die Nase, sie sog die Luft in tiefen Zügen ein. Dieser Moment zauberte ihr ein Lächeln aufs

Gesicht. Sie trug Strickmütze und einen dicken Schal. Im Gegensatz zu mir war sie gut ausgestattet. Wir entschieden, weiter nach Norden zu wandern, dem Wind entgegen. Antje meinte, später böte sich noch die ein oder andere Gelegenheit, um eine gepflegte Pause einzulegen. Ich vergrub mein Kinn im Jackenkragen, wir marschierten los.

Ich wollte Antjes Meinung zu unserem Gespräch mit Sabine Bakker wissen. „Deine Freundin ist wirklich nett, aber auch sehr vorsichtig, was ihre Beziehung mit Doktor Jacobs anbelangt. Und aus ihrem Blickwinkel ist das sicherlich nachvollziehbar, aber was ist dein Gefühl? Kann es sein, dass sie uns etwas Wichtiges verschweigt?"

Antje warf mir einen fragenden Blick zu. „Wie kommst du darauf?"

„Es ist so wenig Greifbares herausgekommen, um loslegen zu können. Als bekäme man einen anonymen Anruf, bei dem der Anrufer sagt, er habe eine wichtige Information, mit der er aber nicht rausrücken will, und dann auflegt."

Antje überlegte und sagte: „Ja, so fühlt es sich an, da gebe ich dir recht. Dieses Zaudern kenne ich sonst nicht bei ihr. Ich hatte den Eindruck, als wollte Sabine lieber über ihre Trauer und ihre Gefühle sprechen."

„Dafür bin ich nicht angereist, ich bin kein Seelsorger." Mein Blick war fast immer auf die Nordsee gerichtet. Die Wellen brachen sich an Teerfingern, die ins Meer griffen. Dann sah ich hoch. Eine Handvoll zeternder Möwen stand sekundenlang in der Luft, um untereinander Positionen zu wechseln, ein himmlisches Bäumchenwechseldichspiel. Von Südwest stach ein Sonnenstrahl durch die Wolken, der das Meer funkeln ließ. Ich schaute Antje an und sagte: „Und die wenigen Fakten, die Sabine erzählte, musste ich ihr mühsam aus der Nase ziehen."

„Was hat es dir bis jetzt gebracht, Frank? Vielleicht gibt es etwas, das ich beisteuern kann?"

Ich zählte auf: „Nach Sabines Meinung weiß Mennos Frau Gesa definitiv nichts vom jahrelangen Fremdgehen ihres Mannes – was an sich etwas unglaubwürdig ist. Nach zähen Verhandlungen ist uns nun auch das ehemalige Liebesnest bekannt, wenigstens eins. Nur mal so in den blauen Dunst hinein, Antje: Wäre es nicht denkbar, dass irgendwer die beiden Turteltäubchen beobachtet und es Gesa Jacobs brühwarm serviert hat? Was ist mit Sabine Bakker? Wird sie vielleicht selbst erpresst? Ist das der Grund, warum sie nur halbherzig aus der Defensive kommt? Solch ein Fehltritt kommt in den besten Familien vor – ich würde sogar sagen, gerade in den besten. Und was ist mit dem Immobilienmakler Jan Gronewold, der für das Techtelmechtel die Schlüsselgewalt hatte? Und wie ist sein Verhältnis zu Frau Jacobs? Könnte sie die schmerzliche Wahrheit nicht auch von ihm haben?"

Antje schüttelte leicht ihren Kopf. „Du unterschätzt die Verschwiegenheit der Leute, wenn es ums Fremdgehen geht. Es wird viel getuschelt und getratscht, aber diejenigen, die es tatsächlich betrifft, erfahren es fast nie."

Wir erreichten das Café Marienhöhe, einen runden Steinbau in Form eines kleinen Zirkuszeltes mit breiten Fenstern ringsum, thronend auf einer Anhöhe. Mir wurde immer kälter am Kopf, und meine Ohren waren dabei, abzufallen. Mit einem flehenden Blick fragte ich: „Sag mal, wollten wir nicht irgendwo einkehren?"

„Bist du schon sehr erschöpft oder schaffst du noch ein paar Meter?" Mit runden Augen schaute sie mich an, ihr motivierender Blick war unübertrefflich.

Ich sagte: „Geht noch."

Sie wies auf eine Anhöhe rechts vom Café. „Hier unter den Hügeln befinden sich drei Luftschutzbunker."

„Eignen die sich auch als Liebesnest?"

Antje blickte mich mit seltsamen Augen an. „Wie soll ich das denn jetzt verstehen?"

Ich hob die Arme als Antwort.

„Das hättest du wohl gern", schob sie nach und kicherte. Wir marschierten weiter, umrundeten den äußersten Westen. Ein paar Augenblicke später führte Antje unser Gespräch über Sabine Bakker fort: „Also, dass Frau Jacobs irgendetwas vom Doppelleben ihres Mannes gewusst haben könnte, kann man nur vermuten."

„Und was ist mit Sabines Mann? Wie war noch gleich sein Name ... Rudolf?"

Antje nickte.

„Da klingelt's doch im Busch. Könnte nicht auch er etwas davon mitgekriegt haben?", fragte ich.

Antje hob kurz die Arme, sie schaute zweifelnd. „Das Problem wird sein, ihn das zu fragen, oder? Wie gehst du in einem solchen Fall vor?"

„Ich behalte das im Hinterkopf. Sollte sich dieser Verdacht erhärten, gebe ich der Polizei einen entsprechenden Tipp. Alibiüberprüfungen überlasse ich gerne den Behörden, die Polizei macht da saubere Arbeit. Für mich, als jemand, der in der zweiten Reihe ermittelt, bleiben Nebenschauplätze übrig, und die können es in sich haben – ich vertraue meiner Intuition."

„Und was sagt die dir gerade?"

„Dass ich mehr von deinem Hintergrundwissen brauche."

Antje lachte.

Die Teerfinger, ausgehend von der unteren Promenade über den Strand bis ins Meer, versanken zusehends in der ansteigenden Flut. Eine weitere Gelegenheit, um eine Pause einzulegen, gelangte in Reichweite, es war die Milchbar. Ein rundum formschöner Flachdachbau im Bauhausstil. Vertikal fließende Formen, gebogenes Fensterglas in einem Stück bis zum Boden, eingefasst von grauen Holzpaneelen, dazu eine Terrasse aus demselben Holz. Die Milchbar sei hip, ein Place to be, klärte Antje mich auf. Wir betraten die fast volle Loungebar durch den vorgelagerten historischen Bau aus den 1930er-Jahren. Der Raum war erfüllt von Stimmen und der rhythmischen Musik von *northsea:groove*. Und obwohl es noch zwei freie Plätze gab, waren wir uns schnell darin einig, nach einer anderen Lokalität zu schauen, wo es ruhiger zuging. Beim Hinausgehen meinte Antje: „Hast du dir die Gesichter der Gäste eingeprägt? Die sitzen morgen noch da."

„Noch oder wieder?", fragte ich irritiert.

Sie zuckte mit den Schultern. „Wer weiß das schon?"

Zurück auf der Promenade ließ ich ein paar Minuten verstreichen, knüpfte an etwas an, das während des Gesprächs mit Sabine Bakker unbeantwortet geblieben war: „Antje, als ich nach dem Namen des Ermittlers fragte, wolltest du mir dazu noch etwas sagen?"

„Danke, dass du mich daran erinnerst!" Sie hob die Hände an, drehte die Innenflächen nach oben. „Du willst wissen, wer die aktuellen Mordfälle untersucht?" Antjes Gesicht spiegelte Bedauern wider. „Du musst jetzt sehr tapfer sein", sagte sie und blickte mich voll an. „Aber eigentlich willst du es gar nicht wissen."

„Was redest du da? So schlimm wie vor vier Jahren in Südoldenburg wird es ja wohl nicht sein! Hauptkommissar Deeken und sein Adjutant Vaske können schließlich nicht überall sein ..." Antje schaute mich mit versteinerter Miene an, und mir wurde flau. Ihr Schweigen hielt an und ich spürte, wie das Unerwartete dem Unverhofften wich. Immerhin brachte ich den einen Satz zustande: „Sag, dass das nicht wahr ist!"

Antje nickte. „Nicht verzweifeln, Frank. Und auch hier kenne ich den Hintergrund."

„Ich hätte es mir denken können."

Sie lächelte und erklärte: „Der Kriminalermittlungsdienst des Kommissariats Norden wurde wegen der Morde auf Norderney um genau zwei Leute aufgestockt. Die Namen der Ermittler waren in der Norderneyer Badezeitung abgedruckt, und du kennst sie: Hauptkommissar Thomas Deeken und Oberkommissar Ralf Vaske." Ich kniff die Augen zusammen, Antje sprach einfach weiter. „Hin und wieder begegnet man den beiden, beispielsweise beim Nachmittagskaffee im Bittersüß oder beim Inselbäcker Bethke."

Diese Neuigkeit schmerzte. Hauptkommissar Thomas Deeken und ich waren damals Studienkollegen. Unsere Wege trennten sich, als er sich für die Polizeikarriere entschied, während ich die Selbstständigkeit anpeilte. Aus irgendeinem Grund wurde Deeken nach Südoldenburg versetzt, und unsere Wege kreuzten sich dort. Jetzt würde ich ihn hier also wiedertreffen – die Welt war klein. Hauptkommissar Deeken, mit dem Habitus einer Feldhaubitze und der Durchschlagskraft eines Rohrkrepierers, hatte sich als Miesepeter und Unsympath einen Namen gemacht. Unverdiente Erfolge verbuchte er für sich, Niederlagen trat er gern an andere ab. Geballte Inkompetenz gepaart mit verbaler Inkontinenz gehörten zu seinen Stärken. Aber immerhin – sein junger, tüchtiger Kollege hatte es bis zum Oberkommissar gebracht. Ich schluckte ein paarmal. „Danke für die Warnung, Antje. Ich möchte Deeken so wenig wie möglich begegnen, aber das wird sich wohl nicht ganz vermeiden lassen."

„Wenn er dir auf die Pelle rückt, bekommst du bei mir Asyl", sagte sie mit einem Lächeln so breit wie die Strandpromenade. „Gib einfach Bescheid."

„Danke für das Angebot, ich komme vielleicht darauf zurück."

Antje schenkte mir ein Lächeln, ich spürte es bis in die Hosentaschen. Sie nahm und behielt meine Hand und ich hatte nichts dagegen. Weiter gingen wir auf der Promenade entlang, parallel zur Kaiserstraße. Rechts eine fast lückenlose Aneinanderreihung beachtlicher Hotels und Apartmenthäuser, die ein oder andere Bausünde war auch darunter. Ich schaute in den Himmel. Eine Möwe bekam Schlagseite, legte sich in den Wind und ließ sich treiben. Der Himmel trübte ein, das Meer funkelte nicht mehr. Der letzte Rest von Farbe war dabei, zu verblassen. Tiefgraue Wolkenfronten zogen auf, vermutlich sogar mit Schnee im Gepäck.

„Antje, gibt es noch etwas anderes, das Sabine Bakker betrifft? Du sprachst vorhin davon, noch etwas beisteuern zu können? Hat das etwas mit diesem Fall zu tun?"

„Sabine hat es bestimmt nicht absichtlich getan, das will ich ihr nicht unterstellen. Es ist ja auch schon lange her. Vor Jahren gab es einen ungewöhnlichen Vorfall im St.-Ludgerus-Hospital. Es ist das Krankenhaus, in dem Doktor Jacobs als Chefarzt tätig war."

„Und, worum ging es?"

„Es ist eine Ewigkeit her, vor ungefähr fünfundzwanzig Jahren, als ein Krankenpfleger fristlos entlassen wurde, der schwere Anschuldigungen gegen den Gynäkologen Doktor Jacobs erhoben hatte. Unmittelbar darauf war der Pfleger weg vom Fenster, von einem Tag auf den anderen. Der Personalrat wurde nicht eingeschaltet, und der Pfleger klagte auch nicht. Es gab wohl eine stillschweigende Übereinkunft mit der Pflegedienstleitung, und dann – aus die Maus. Die Krankenschwestern hatten mir irgendwann davon erzählt, ich war ja damals noch nicht hier. Aber Sabine habe ich nie darauf angesprochen."

„Weiß man, um welche Anschuldigungen es sich damals handelte?"

„Doktor Jacobs soll angeblich seine Sorgfaltspflicht missachtet haben. Ein Säugling soll vertauscht worden sein." Antje hob die Schultern. „So etwas in der Art."

„Ein schwerwiegender Vorwurf. Was denkst du, weshalb hat Sabine Bakker uns nichts davon erzählt?"

Antje dachte kurz nach, bevor sie antwortete: „Wie gesagt, es ist sehr lange her. Vielleicht hat sie nicht daran gedacht, oder sie verbucht das unter den Dingen, die Teil *seines* Lebens bleiben sollen. Und jetzt will sie natürlich sein Andenken in Ehren bewahren. Keine Ahnung."

„Ihr seid Freundinnen, aber ihr könnt nicht über alles reden."

„Nö."

„Okay, ich kenne das. Es gibt immer auch individuelle Abstufungen von Freundschaft."

Antje nickte. Vor uns tauchten die beiden Karusselldächer des Strandrestaurants Riffkieker und des Surfcafés auf. Wir entschieden uns für das Café mit hellem, modernem Interieur, feinem Strandsand unterm Couchrondell und einer aufgeräumten Bar, die zum Dosenwerfen einlud. Bei einem heißen Latte Macchiato tauten unsere Gesichtsnerven auf, und weil der Wind fehlte, sprachen wir wieder in Zimmerlautstärke miteinander. Ein paar Tische von uns entfernt saßen junge Leute, die ihre Köpfe zusammengesteckt hatten.

Ich nahm einen Schluck Macchiato und fragte: „Ist dir Sabine Bakkers veränderter Gesichtsausdruck aufgefallen, als ich sie auf Pfarrer Sander ansprach?"

Antje rührte mit langem Löffel im Kaffeeglas. „Allerdings. Pfarrer Sander war ja auch sehr beliebt hier. Eine charismatische Persönlichkeit, eloquent und sehr gut aussehend." Antje stockte und fügte belustigt hinzu: „Er war irgendwie die Norderneyer Antwort auf George Clooney." Sie lachte laut.

Ich lächelte ein wehmütiges Lächeln, das viele Männer befällt, wenn sie selbst nie mit George Clooney verglichen werden – also fast alle. „Na, dann wird er wohl auch etliche Verehrerinnen gehabt haben ... zumindest heimliche ... so als Priester, meine ich."

„Es gab tatsächlich solche Gerüchte, aber wie du dir vorstellen kannst, gebe ich darauf nichts." Sie lege den Löffel beiseite und nahm einen Schluck.

„Nein, klar. Darauf geben wir ja nichts", bestätigte ich. Beredtes Schweigen, und nach etwas Bedenkzeit fragte ich wie beiläufig: „Und, was waren das für Gerüchte?"

Als hätte sie auf mein Stichwort gewartet: „Versprich mir, dass du das, was ich dir jetzt sage, unter „Gerüchte" ablegst!"

„Ich habe einen ganzen Aktenschrank voll davon."

Antje rollte mit den Augen. „Ein Gerücht, das sich erstaunlich hartnäckig hielt, war die Liaison mit einer verheirateten Frau, hier aus der katholischen Kirchengemeinde."

„Gibt es Anhaltspunkte? Namen vielleicht?"

Antje schüttelte mit dem Kopf. „Nein, das nicht. Nur dass diese Beziehung wohl ziemlich lange hielt. Es geht um Dinge, die sich vor über zwanzig Jahren ereigneten, und ich bin ja noch nicht lang genug hier."

„Hm, eine lange Beziehung. Das ist eine weitere Gemeinsamkeit von Doktor Jacobs und Pfarrer Sander, aber bei aller Vorsicht. Nun gut", sagte ich mehr zu mir selbst, „es sind eben Gerüchte, bleiben wir besser bei den Fakten."

„Nun gut, Herr Privatermittler. Du wolltest es ja wissen." Antje biss in einen Karamellkeks, führte mit dem kleinen Finger einen verirrten Krümel zurück in ihren Mund. Als sie zu Ende gekaut hatte, sagte sie: „Übrigens, für die nächsten Tage ist in der Kirche Stella Maris eine Gemeindeversammlung anberaumt worden. Das genaue Datum weiß ich gerade nicht. Es geht um die seelsorgerische Betreuung der Gemeinde, um die zukünftige Ausrichtung und Aufgabenverteilung. Leider kann ich nicht dabei sein, weil ich für ein paar Tage auf einer Fortbildung in Osnabrück sein werde.

Wenn es dich interessiert, kannst du dir das mal anschauen."

„Na ja. Was könnte so interessant daran sein?"

Antje strich sich eine Strähne aus den Augen. „Ich dachte dabei weniger an die Tagesordnungspunkte als vielmehr daran, dass du auf diese Weise die Gemeinde kennenlernst, in der Doktor Jacobs ehrenamtlich tätig war. Er war eine der Säulen der Gemeinde und im Kirchenvorstand. Und ich glaube, er war sogar Kirchenprovisor. In der Versammlung triffst du auf die Leute, die mehr oder weniger mit ihm zu tun hatten."

Ich grübelte nach. „Und es ist dieselbe Gemeinde, in der das andere Mordopfer Sander als Pfarrer tätig war?"

„Tja, wenn du nach Gemeinsamkeiten von Doktor Jacobs und Pfarrer Sander suchst, dann wäre dies der richtige Ort, offiziell und ohne Gerüchte, meine ich." Sie lächelte mich offen an.

„Ich habe verstanden, liebe Antje. Wäre meine Anwesenheit nicht unangebracht? Dort werden sicherlich Interna beraten ..."

„Nein, wirklich nicht!" Antjes Brauen hoben sich. „Die Versammlung ist öffentlich. Und sie wird auch gern von einigen Dauergästen Norderneys besucht, die sich mit der Kirchengemeinde verbunden fühlen. Eine gute Freundin von mir, Fenja Groothuis, ist in der St.-Ludgerus-Gemeinde als Pastoralreferentin tätig. Wenn ich ihr erzähle, dass du kommst, wird sie dich unter ihre Fittiche nehmen, da bin ich mir sicher." Ein spitzbübisches Lächeln flatterte über ihr Gesicht.

„Bitte gib mir Bescheid, wenn es so weit ist. Ich überlege es mir."

Es entstand eine Pause. Die Handvoll Leute, die am Fenster saßen, verließen das Café. Es wurde still, wir leerten die Gläser und sahen uns eine Zeit lang schweigend an. In den Blicken lag mehr, als wir zu sagen vermochten. Während der dramatischen Ereignisse vor vier Jahren war zwischen uns wieder etwas aufgeflammt, das an unsere gemeinsamen Jugenderlebnisse anknüpfen wollte. Antje hatte kein Geheimnis daraus gemacht, dass sie mich nicht vergessen konnte, ja dass ich sogar die Liebe ihres Lebens war. Aber ich vermochte nicht, ihre Liebe vorbehaltlos zu erwidern – ich trug einen Ehering am Finger, obschon sich meine Ehe in einer gehörigen Schieflage befand. Zudem hatte Susanne jemand anderen kennengelernt, aber sie meinte, Stefan sei nur ein guter Freund, nicht mehr, und ich glaubte ihr das. Später aber sah ich ein Leuchten in Susannes Augen. Sie hatten wieder diesen Glanz, den ich zuletzt bei ihr wahrnahm, als wir frisch verliebt waren, und ich hatte es versäumt, diesen Glanz zu pflegen, ihn hin und wieder aufzupolieren. Ich war zu sehr mit mir selbst und meiner Karriere beschäftigt, hatte zu wenig auf Susanne geachtet ...

Von meinen Eheproblemen hatte ich Antje bei unserem Treffen vor vier Jahren erzählt, ein Upgrade wäre natürlich hilfreich, aber ich wollte damit warten. Antje sollte erzählen. Und sie schien nicht überrascht, als ich fragte: „Wie war es bei dir in den letzten Jahren? Gibt es jemanden in deinem Leben, oder haben wir uns schon zu weit voneinander entfernt, als dass ich dir diese Frage stellen darf?"

„Du kannst mich alles fragen, Frank. Ja, es gibt ... nein, es gab ihn – bis vor zwei Jahren. Ich lernte Bernd kennen, als ich taufrisch auf die Insel kam. Ich traf ihn in einer Bar für einsame Herzen. Na ja, es war ein Treffen über ein Datingportal. So etwas hatte ich noch nie gemacht, ich wollte das mal ausprobieren, aber es ging total schief." Antje sah mich mit verschatteten Augen an, und ich spürte die Beklemmung, die sie empfand.

Ich versuchte, sie aufzuheitern: „Bernd, der Name steht für Esprit und Kreativität."

Antje lachte bitter. „Vor allem für Kreativität", bestätigte sie. „Ich verliebte mich in ihn oder, besser gesagt, in das Bild, das er allen vorgaukelte, denn er war ein Charmeur der übelsten Art. Er machte einen auf Stimmungskanone und den Kultivierten, anfangs. Irgendwann war die Luft raus, und ich merkte, dass sich auch andere Frauen in dieses Bild verknallt hatten. Sein Handy verriet ihn. Mit der Treue hatte er es nicht so, und am Ende hing er wieder an der Theke. Wie eine fleischfressende Pflanze wartet er auf das nächste Opfer. Vielleicht gibt es ja eine Frau, die solche Eskapaden duldet, oder es gibt echt niemanden mehr, der auf ihn reinfällt wie ich dumme Kuh. Es war sehr naiv von mir." Für einen Moment schloss sie die Augen. „Jedenfalls bin ich ihm nicht mehr begegnet." Es vergingen ein paar Sekunden, ehe sie weitersprach. „Ich wollte mir nicht eingestehen, was das eigentlich war. Ich hätte es mit meiner psychologischen Ausbildung erkennen müssen, aber ich war wie blind. Ich fühlte mich verloren, als ich auf die Insel kam, und Bernd suchte Ablenkung. Heute weiß ich, dass solche Typen, die sich Hals über Kopf in Abenteuer stürzen, regelrechte Plagegeister sein können. Und als ich zufällig ein Foto von der Ex auf seinem Handy sah, wurde mir klar, dass ich genau in sein Beuteschema passte. Die Ähnlichkeit war nicht zu übersehen. Auf den Partys gab er gern mit mir an, aber es ging ihm gar nicht um mich als Person, sondern als ... Objekt."

„Wie merkt man das?"

„Es war diese verkrampfte Distanz, die er wie einen Schutzwall um sich herum aufgebaut hatte. Sobald ich von Partnerschaft oder Liebe sprach, erfand er immer irgendwelche Ausreden. Zum Beispiel, für seine Kumpel da zu sein. Während er prächtig vor ihnen glänzte, fühlte ich mich ausgesaugt und benutzt. Ich fühlte mich meiner Gefühle beraubt und war in meiner Selbstwahrnehmung komplett gestört. Warum konnte er mir nicht geben, was er für seine Freunde übrighatte? Oder war das nur ein Vorwand? Bernd manipulierte mich, und wenn er dann fragte, was mit mir los sei, was schon selten genug vorkam, konnte ich meine Bedenken nicht richtig beschreiben. Das legte Bernd als Schwäche aus. Er sagte immer, ich wäre nicht ganz richtig im Kopf."

Ich sagte: „Ich kenne solche Menschen. Sie verdrehen einem das Wort im Mund und hören nicht wirklich hin, was man sagt. Es fehlt an der Bereitschaft zu verstehen, es fehlt an Empathie."

Antje nickte. „Er benutzte mich in meiner Sorglosigkeit und in meinem Vertrauen, ließ mich aber fallen, als ich meine Zweifel anmeldete. Erst erzählte er mir, dass er seit Monaten von seiner Ex getrennt war, bis ich durch einen dummen Zufall erfuhr, dass er sich regelmäßig mit ihr traf. Später erzählte er mir, dass er selbst tief verletzt sei, und das machte ihn noch unberechenbarer, fast wie ein verwundetes Raubtier." Sie legte ihre Finger an die Stirn und schloss wieder kurz die Lider. „Und ich, ich glaubte ihm das Theater auch noch." Die schmerzliche Erinnerung schnitt ihre Stimme in Streifen: „Es ist so ... erniedrigend. Ich wurde zum Opfer gemacht, und das Schlimmste ist, ich begann tatsächlich, diese Opferrolle zu leben. Das war so würdelos."

Ich glaubte zu wissen, wovon sie sprach. Hin und wieder begegnet man Menschen, die sich selbst für den Mittelpunkt des Universums halten und dabei umliegende Galaxien verschlingen wie ein schwarzes Loch. Der schöne Schein kann täuschen: Jeder Matador hat auch seine irritierende Facette, der Kultivierte hat primitive Phasen, der Alleinunterhalter ignoriert ernsthafte Themen, und ein Romeo versprüht seinen Charme auch an andere Frauen. Dabei geht es immer auch um Kontrolle, Dominanz und Manipulation. Antjes Bedürfnis nach Anerkennung, Wertschätzung und Liebe ist eine gesunde Empfindung, aber in dieser Win-lose-Situation mit einem Narzissten war sie die Verliererin.

Antje wollte dieses Nullsummenspiel nicht länger mitmachen, hatte einen Schlussstrich darunter gezogen. Nun – es ist immer leichter, das Leben anderer zu beurteilen als sein eigenes.

Als Nächstes erzählte ich Antje von meinen Narben, die teilweise noch Wunden waren. Ich beschrieb, wie es um meine Ehe stand, dass ich ihr – anders als vor vier Jahren – nun kaum mehr eine Chance einräumen würde. Das Leben ging weiter, unerbittlich – neue Sommer, neue Winter, fast unmerklich. Bis irgendwann etwas passiert, das einen dazu bringt, innezuhalten und sich Gedanken zu machen, oder zu begreifen, dass man nicht mehr mitgehen will. Ich fragte mich: Erkennt man die guten Jahre, wenn man sie gerade erlebt, oder wartet man immer darauf, dass sie besser werden, bis auf einmal klar ist, dass sie vorbei sind? Ich wusste es nicht, und ich belastete Antje nicht damit. Ich schilderte ihr diverse Beispiele sinnlosen Streits und aufreibender, unwürdiger Situationen, die einer Partnerschaft auf Augenhöhe nicht zuträglich waren. Ich zog das traurige Fazit: „Wenn ich daran denke, wie unterschiedlich Susanne und ich die Dinge beurteilen, ist eine Trennung unausweichlich geworden. Die Distanz zwischen Selbst- und Fremdwahrnehmung wird täglich größer, wir haben uns auseinandergelebt. So abgedroschen das klingt – das ist die Situation."

Während meiner Schilderungen spiegelte Antjes Gesicht die unterschiedlichsten Gefühle wider. Traurigkeit, Empathie, Unsicherheit, aber auch etwas ganz anderes, eine Form von Zärtlichkeit vielleicht, verschüttet und wieder ausgegraben. Der Ausdruck ihrer Augen war warm, als sie sagte: „Frank, ich bin froh, dich hier zu haben und dass wir so offen und vertraut miteinander reden können. Vielleicht versuchen wir, die dunklen Zeiten einfach auszublenden und an das anzuknüpfen, was wir ganz am Anfang hatten. Einfach und ganz leicht, ohne etwas zu erwarten." Eine sanfte Röte erblühte auf ihren Wangen, als sie hinzufügte: „Leichtigkeit ist eine Lebenskunst, die sich nur auf eine Art erlernen lässt: mit Leichtigkeit."

Ich fragte mich, ob das ein Kalenderspruch war, behielt das aber für mich. Ich wusste, dass sie damit recht hatte. Ich legte meine Hand auf die ihre.

Anje lächelte mich an und sagte: „Es ist ein Kalenderspruch, aber ein kluger."

„Danke für dich", sagte ich und schenkte ihr ein vorbehaltloses Lächeln, ohne etwas zu versprechen oder zu erwarten – ganz leicht eben. Sie betrachtete mich mit etwas im Blick, das wirklich an Erleichterung erinnerte, die verwirrenden Gefühle wichen aus ihrem Gesicht. Natürlich, die Tragik um die verlorenen Jahre, die wir nicht miteinander verbringen konnten, machte betroffen. Die Chance auf eine glückliche Zweisamkeit, vielleicht sogar eine Familie mit Kindern war so gut wie dahin. Es ist dieses Gefühl, als wäre dir das Leben durch die Finger gerieselt, als läge das Kommende bereits hinter dir, als wäre es schon immer hinter dir gewesen. So ist es in der verpassten Liebe. Es gibt darüber nicht viel zu sagen, was nicht schon einmal gesagt oder geschrieben wurde, weil die Liebe zwar jedes Mal neu ist, aber genauso alt wie die Zeit selbst. Immer wieder geschieht alles von Neuem – dieselbe Freude, dasselbe Glück, dieselben Verletzungen, dieselbe Trauer. Wir machen ganz ähnliche Fehler wie die Menschen vor ewigen Zeiten, aber das reicht uns nicht. Auch zukünftige Generationen werden sie machen, weil es immer neue Menschen mit eigenen Erfahrungen sind, die ihre eigenen Lebensgeschichten schreiben wollen und müssen. Und wenn wir begriffen haben, wie es läuft, ist es Zeit zu gehen. Alle Hoffnung, alle Sehnsucht, alles Wissen, alles Streben ist dahin. Wenn es da einen Sinn gibt, muss der wohl außerhalb unserer Erfahrung liegen.

Als wir das Surfcafé verließen, standen zwei Streifenwagen auf dem Deich, ungefähr dort, wo der gepflasterte Weg einen Kniefall vor dem Nordstrand machte. Mehrere Beamte waren damit beschäftigt, einen Strandabschnitt und die Stufen, die zum Strand hinunterführten, mit Flatterband abzusperren. Auf dem Strand parkte ein schwarzer T3-Kastenwagen, dem Kennzeichen nach ein Zivilfahrzeug der Auricher Polizei. Vier bis fünf Beamte trugen mehrere prall gefüllte Taschen, die wie Sporttaschen aussahen, zum offen stehenden Transporter und stellten sie hinein. Die Taschen lagen verstreut auf dem abgesperrten Strandabschnitt herum, sie waren vermutlich von der Flut angespült worden und wurden jetzt eingesammelt. Es waren Sporttaschen im Retrostyle in den

Farben Hellblau, Weiß und Schwarz mit einem auffälligen, weißen Logo. Aus der Entfernung ähnelte es dem Markenemblem der ehemaligen amerikanischen Fluggesellschaft Pan Am.

Antje sagte: „Da ist wohl wieder ein Container über Bord gegangen.“

„Und das Strandgut wird höchstpersönlich von der Staatsmacht eingesammelt?“, wollte ich wissen. Wir schauten einander skeptisch an, dann wieder zum Strand.

Antje sagte: „Sieht so aus, als wären die Taschen bumsvoll.“

Ich nickte und lieferte die Erklärung: „Mit verschwitzten Aerobic-Suits von Olivia Newton-John.“

Antje fummelte ihren Schal in Position und sagte: „Let's get physical, und lass uns hier verschwinden.“

Wir setzten uns in Bewegung, folgten aber nicht mehr der Promenade, sondern spazierten nach rechts über den Januskopf in die Knyphausenstraße. Antje wollte mir die örtliche Polizeistation zeigen, von außen, versteht sich. Als wir uns dem beigefarbenen Ziegelsteinbau näherten, kamen zwei Männer aus der Tür. Sie steuerten auf einen dunklen 5er-BMW zu, der am Straßenrand parkte. In derselben Sekunde, als ich Hauptkommissar Thomas Deeken und seinen Kollegen Oberkommissar Ralf Vaske erkannte, sah Deeken zu uns herüber, während sein jüngerer und größerer Kollege mit einem Telefonat beschäftigt war. Zunächst erkannte Deeken mich nicht, dann rutschte sein Blick zu mir zurück und krallte sich fest. Seine Stimme dröhnte über die Straße: „Ja, da brat mir doch einer mal 'nen Storch! Was seh'n meine Adleraugen denn da?“ Deeken wich von seiner Route ab, lenkte direkt auf mich zu. Vaske schaute ihm irritiert hinterher. Ich blieb stehen, konnte nichts erwidern, bewegte mich nicht. Das brauchte ich auch nicht, der Berg kam zum Propheten. Ein Berg mit einer Zigarette im rechten Mundwinkel und sich bewegenden Lippen in einem zu großen Gesicht. Der dünne Haarwuchs war noch spärlicher geworden, die Kauleisten um eine Nuance dunkler, die grauen Augen schienen blasser, die Falten noch tiefer – man konnte Langlauf darin veranstalten, ohne von der Piste abzukommen. Die hochgezogenen Enden der Mundwinkel wären bei einer Leichenpräparation als Lächeln durchgegangen. Deeken reichte mir seine Koteletthand, die ich auf ihren Wassergehalt hin überprüfte und wieder zurückgab. Er war fülliger und kurzatmiger geworden, schnappte nach der Extraportion Luft und posaunte: „Gerdes, bist du es wirklich?! Frank Gerdes, hahaha! Wo kommst du denn auf einmal her?“ Er schlug mir auf den Oberarm. Vaske beendete das Telefonat, kam schlurfenden Schrittes zu uns herüber. An seinen Füßen waren Schuhe wie Torfziegel – denen war er über die Jahre treu geblieben.

Ich öffnete den Mund, um etwas zu entgegnen, aber es langte nicht.

„Halt! Sag nichts!", fiel er mir schmetternd ins Wort. „Du hast von den Morden hier auf der Insel gehört, und weil dir dein Job als Privatschnüffler sowieso nichts einbringt, hast du dir gesagt: Mensch, ich könnte Hauptkommissar Deeken und dem ganzen Polizeiapparat doch mal unter die Arme greifen, bevor mich in Hamburg die Langeweile packt, oder? Die Polizei auf dem Land schafft das nicht allein, was? Hast du dir so vorgestellt, oder?" Seine Augen betrachteten mich misstrauisch, das heißt, sofern sie überhaupt einen Ausdruck hatten.

Ich hütete mich, ihm von meinen Absichten zu erzählen, ich sagte nur: „Ich ..."

„Na, lass mal!" Sein Stummel rollte auf die andere Seite. „Du willst mir jetzt irgend so ein Märchen auftischen. Du bist hier auf Urlaub, und alles ist nur ein blöder Zufall und so ..." Er sah mich an, als hätte ich etwas Witziges gesagt.

Ich sagte: „Nicht ganz. Von einem Zufall kann keine Rede sein, ich wurde von meiner Freundin Antje hierher eingeladen, wenn du es genau wissen willst. Ihr kennt euch noch?"

Deeken grinste Antje an. „Ja ... natürlich! Wir haben gut zusammengearbeitet damals – die Polizei und die Presse." Er blies seine Wangen auf und ließ die Luft wieder ab, während er Antjes Hand schüttelte, als hätte er etwas Heißes angefasst. Er runzelte die Stirn, als er versuchte einzusortieren. „Sie sind doch Journalistin, wenn ich mich nicht irre. Machen Sie Urlaub oder betreiben Sie hier etwa Recherche?"

Antje klärte ihn auf: „Ich lebe und arbeite auf Norderney seit über einem Jahr."

Er stieß Vaske den Ellenbogen in die Seite, witzelte: „Etwa für den Norderneyer Morgen? Das wäre in der Tat ein Karrieresprung, harhar."

„Ich habe das Metier gewechselt und bin bei Casa Vitalis als psychologisch-technische Assistentin beschäftigt."

Deekens Visage ließ für einen Augenblick eine Mischung aus Erstaunen und Bewunderung erkennen. Offensichtlich unbekanntes Terrain für ihn.

Kollege Vaske räusperte sich, er dozierte: „Casa Vitalis ist mir als Tochtergesellschaft des Sankt-Ludgerus-Hospitals bekannt. Neben der ambulanten Tagespflege ist die Gesellschaft für die Disposition der ärztlichen Versorgung, den mobilen Mittagstisch und die Freizeitgestaltung für Senioren zuständig, in Zusammenarbeit mit der Stadt Norden."

Antje ergänzte: „So ist es. Übrigens, auch in Zusammenarbeit mit dem Landkreis Aurich."

Deekens Schläfenadern pochten und er bewegte stumm seine Lippen, als wollte er den Stummel aufknabbern. Er wurde zusehends nervös und entzündete eine weitere Zigarette an der alten. Ich sah, wie seine Kiefermuskeln verkrampften, als er um seinen Glimmstängel herum sagte: „Hmhm, nun gut. Und du, Gerdes, warum bist du wirklich hier?"

„Nur so."

„Nur so, hm?"

„Nur so.“

Deeken nickte übertrieben, zuckte kurz mit den Schultern und sagte: „Nun gut. Wenn du nicht damit rausrücken willst. Ich nehme an, dein plötzliches Erscheinen hat tatsächlich etwas mit den Vorkommnissen der letzten Wochen zu tun.“ Er hob seinen Autoritätszeigefinger und fuchtelte mir damit vor der Nase herum. „Aber ich dulde kein Einmischen in die Ermittlungen. Das weißt du, und ich hoffe, wir verstehen uns.“

„Wir sind hier in Ostfriesland, das ist ein freies Land, oder nicht? Friesische Freiheit. Kennst du sicher“, stellte ich klar.

Deeken sah mich an, als überlegte er, von welchem Planeten ich käme. Er räusperte sich und blickte um sich, als wollte er sich davon überzeugen, dass niemand vom Verein Polizeigeschädigter Privatermittler hinter ihm stand. Mit gespielter Bedachtsamkeit sagte er: „Gerdes, ich kenne dich gut. Du bist einer von diesen Querulanten, die ihre Nase in anderer Leute Angelegenheiten stecken und dabei unsere Ermittlungen behindern.“

Ich ließ seine heiße Luft als Kondensstreifen an mir vorüberziehen und entgegnete: „Du erinnerst dich an unser letztes Zusammentreffen? Ich verhalf dir zu Schlagzeilen, die dir zur Ehre gereichten. Dafür war ich gut genug, und du warst zufrieden.“ Ich rief ihm kurz die Ereignisse von 2014 in Erinnerung – die Version zum Einprägen. Er hörte zu, ohne den Blick von meinem Gesicht zu wenden, nicht einmal ein Wimpernzucken. Sein Körper blieb unbewegt, als bemühe er sich, alles, was ich sagte, von sich abtropfen zu lassen. Ich schloss mit dem Satz: „Es ist durchaus möglich, dass sich unsere Wege hier kreuzen werden. Jedenfalls werde ich mich nicht vor dir verstecken, vielleicht habe ich hin und wieder einen Hinweis für dich, und du für mich. Einigen wir uns auf eine friedliche Koexistenz, Deeken. Probiere es mal mit Leichtigkeit." Ich zwinkerte Antje zu, und sie konnte sich ein Lächeln nicht verkneifen.

„Hm", war seine Reaktion, unerwartet und knapp. Und ich war mir nicht sicher, was er damit ausdrücken wollte – unterdrückten Ärger oder baffes Erstaunen. Dann wurde der Hauptkommissar zappelig, er wandte sich an seinen Kollegen, abrupt wechselte der Klang seiner Stimme, sie war nun pflichteifrig: „So, Vaske, wir haben zu arbeiten." Deeken drehte sich noch einmal zu mir um. „Übrigens, Gerdes, du kannst dich gerne nützlich machen und herausfinden, welche unangemeldeten Köter hier die Insel vollscheißen. Den Auftrag hast du, ganz offiziell!" Er wandte sich wieder an Vaske: „Was war das gerade für ein Anruf?"

„Ein Hauseinbruch im Hause Jacobs", gab Vaske preis. Hauptkommissar Deeken warf ihm einen scharfen Blick zu, als habe sein jüngerer Kollege soeben ein Staatsgeheimnis ausposaunt. Beide machten kehrt, sie bewegten sich zum Fahrzeug. Auf dem Dach des BMW begann ein einzelnes Blaulicht zu zucken, der Wagen machte einen Satz und brauste in südlicher Richtung an uns vorbei. Antje und ich blickten uns ratlos an.

Jeglicher Kommentar zu Deeken erübrigte sich, aber ich fragte: „Was war das gerade? Einbruch im Hause Jacobs? Ob das Haus der Witwe Gesa Jacobs damit gemeint ist?"

Antjes Mandelaugen wurden walnussrund. „Hoffentlich nicht! Die arme Frau hat ja schon genug durch." Eine Pause. Antje sagte weiter: „Und wenn doch? Könnte der Einbruch etwas mit dem Mord an ihrem Mann zu tun haben?"

Ich hob die Schultern und sagte: „Darüber lässt sich nur spekulieren und das bringt jetzt nichts. Wir packen das in unsere Akte zur Wiedervorlage."

Im selben Moment bog ein T3-Kastenwagen auf das Grundstück der Polizeiwache. Im Schlepptau ein rasender Radfahrer, der dem Transporter unmittelbar folgte. Antje kannte ihn, er war Journalist beim Ostfriesischen Kurier. Wir wandten uns, folgten weiter dem Straßenverlauf am Kaiser-Wilhelm-Denkmal vorbei, das von Einheimischen nur Klamottendenkmal genannt wurde. Ein pyramidenförmiger Flickenteppich aus Steinen unterschiedlichster Herkunft und Beschaffenheit. Wir gingen durch die Friedrichstraße, auf beiden Seiten waren Shops, Bistros, Boutiquen, Cafés, Andenkenläden. Menschen gingen dort ein und aus, ein paar Shops waren über die Wintermonate geschlossen. In Höhe der Karlstraße wies Antje mich mit dezentem Kopfnicken auf einen älteren Herrn mit schwarzem Hut und Mantel hin. Aus seiner Manteltasche lugte ein Garrels-Zollstock hervor, er war bewaffnet mit Bleistift und Notizbuch.

Antje sprach mit leiser Stimme. „Siehst du den da? Das ist Rolf Heymann, pensionierter Verwaltungsbeamter. Vor wenigen Jahren war er noch Leiter des Ordnungsamtes." Aus den Augenwinkeln beobachteten wir, wie er den Vorbau eines Hotels inspizierte, den Zollstock aus der Tasche zog, aufklappte und ihn vor sich auf den Boden legte. Abschnittsweise verschob er ihn nach rechts oder links und machte sich Aufschreibungen. Antje erklärte: „Seit der Pensionierung ist er auf einer Art Rachefeldzug. Zumindest sagen das seine Opfer über ihn."

„Wen oder was rächt er denn? Und wer sind die Opfer?"

Sie hob die Schultern. „Keine Ahnung. Opfer sind jedenfalls diejenigen, die sich nicht haargenau an die Bauvorschriften gehalten haben und darum ganze Teile wieder abreißen müssen, wenn Heymann sie überführt. Ihm entgeht wohl nichts. Angefangen von kleineren Verstößen wie überzogenen Ladenöffnungszeiten, falschen Preisauszeichnungen bis hin zu kleinsten Anbausünden, bringt er alles zur Anzeige, was nicht niet- und nagelfest ist. Man nennt ihn hier den Knöllchen-Rolf. Das Fernsehen hat auch schon über ihn berichtet."

Amüsiert schaute ich noch einmal hin. Ich sagte: „Auch eine Art, sich im Alter Feinde zu machen. Was treibt einen dazu an, die fehlende Wertschätzung?"

„Ich weiß nicht, was es ist, aber wenn ich es herausgefunden habe, melde ich mich bei dir."

Wir gingen zwei, drei Schritte, und ich fragte: „Sag mal, wäre es möglich, sich dieses ehemalige Hotel anzuschauen, von dem Sabine Bakker gesprochen hat? Ich meine das Hotel Nordstern, den Unterschlupf für das Liebespaar. Oder ist es zu weit von hier?"

Antje strich sich eine Haarsträhne unter die Wollmütze, sie sagte: „Gut, dass du jetzt danach fragst. Es ist ganz in der Nähe, in der Luisenstraße – das ist die übernächste."

Von Westen trieb seichte Tintenfärbung auf die Insel zu. Es dämmerte, und es lag Frost in der Luft, wie am Morgen. Die Straßen verwaisten allmählich, Menschen verschwanden in ihren Wohnungen und Häusern, und in den Fenstern gingen die Lichter an. Es standen nur wenige Fahrzeuge in den Straßen. Das Fahren war hier ohnehin nur mit Ausnahmegenehmigung erlaubt. Dann setzte Schneefall ein. Zunächst sanft, dann in dicken Flocken. Im Schein der sprühenden Straßenlaternen bildeten sie einen dichten, weißen Vorhang. Eine Viertelstunde später standen wir vor dem Nordstern, einem mittelgroßen Hotel mit hell verkleideter Front, davor eine geteilte Glasveranda, die bis zum Gehweg reichte. Ein typischer Bau im Stil der Achtzigerjahre. Blinde Fenster, fleckige Rahmen, schmuddelige Fassade. Links verkündete ein großes Schild die strahlende Zukunft dieses Fleckchens Erde – ein Hotelneubau namens New Wave sollte hier entstehen. The eighties never die. Ich ging zum Eingang und rüttelte an der doppelflügligen Tür. Verschlossen. Die Fenster waren unbeschädigt und zu, jedenfalls zur Straßenseite hin. Rechts ein Durchgang. Ich folgte dem schmalen Weg, schob alte Bretter und anderes Gerümpel zur Seite, um zur Rückseite zu gelangen. Antje blieb vor dem Gebäude stehen, sie rief mir hinterher: „Was machst du? Suchst du ein Liebesnest? Und wenn ja, für wen?“ Sie kicherte und hielt sich die Hände an den Mund.

Ich ging unbeirrt weiter, murmelte so etwas wie: „Manchmal ist es ganz gut ... die Örtlichkeiten ...“

Antje bewegte sich, sie kam ein paar Meter hinterhergelaufen und rief bemüht leise: „Erde an Frank?!?“ Ich blieb stehen, drehte mich um. Antje stand da in der Dämmerung, zwischen tanzenden Flocken, im Schein einer Straßenlaterne. Ein zauberhafter Anblick – Narnia auf Norderney.

Ich rief genauso leise zurück: „Entschuldige, bin gleich zurück. Wartest du?“

Ihre Antwort war ein lautes Nicken. Ich kämpfte mich weiter vorwärts. Es gab einen Anbau aus rotem Klinker, die Hotelküche vielleicht. Auch hier waren die Fenster allesamt dicht und unbeschädigt. Der Abstand zum Nachbarhaus dahinter betrug nur wenige Meter. Ich umrundete den Anbau, suchte nebenbei nach einer Möglichkeit für einen problemlosen Einstieg. Dann erspähte ich einen dämmrigen Schein aus einem schmalen Lichtschacht. Ich beugte mich hinunter. Das Fensterglas hinter dem Rost war in große Stücke zersprungen und zum Teil herausgebrochen. Langsam hob ich das Gitter an. Plötzlich ein Räuspern von oben, eine

Ansage hinunter in den Knasthof: „Hey, Sie da! Gibt es da was zu sehen!?“ Der aufmerksame, gesichtslose, qualmende Statist auf dem abendlichen Schneekugelbalkon nebenan hatte was zu melden.

Ich fuhr hoch, ließ das Gitter laut scheppernd zurückfallen. „Objektschutz!“, sagte ich laut und trat den Rückzug an.

Vorn wartete Antje geduldig und auf der Stelle stapfend. „Gleich bin ich eine Schneefrau“, sagte sie, „dann musst du mich auftauen.“ Sie schlug die Arme um ihren Körper. „Hast du was entdeckt?“

„Nicht wirklich, aber ich bin um eine Erkenntnis reicher geworden.“ Ich schüttelte mir den Schnee vom Kopf und klopfte ihn mir von den Schultern.

„Um welche denn?“, fragte sie gedämpft durch den Schal hindurch.

„Norderney braucht keine Überwachungskameras.“

Sie lachte. „Bist du etwa bei irgendwas erwischt worden?“

Ich wechselte das Thema. „Es ist Zeit einzuchecken. Kommst du noch mit zum Hotel?“

Sie nahm sich die Zeit. Ich meldete mich bei der Rezeption, bekam den Schlüssel und während Antje auf mich wartete, brachte ich meinen bereitstehenden Koffer hinauf ins Zimmer. Es roch frisch gereinigt und war kalt. Es war ein einfaches Zimmer, fast quadratisch, mit Dusche und Toilette links und einem Kleiderschrank rechts. Ich durchquerte den Raum, zog die Vorhänge und Gardinen zur Seite und schloss das Fenster. Unten war ein Hinterhof mit Mülltonnen und sonstigem Krempel, der fast vollständig mit Schnee bedeckt war. Ich öffnete meinen Koffer, hängte ein paar Kleidungsstücke in den Schrank und verließ das Zimmer wieder. Antje und ich verließen das Haus, zogen plaudernd durch die Straßen und ließen den Abend im Goode Wind bei ein paar Cocktails ausklingen. Die Atmosphäre in der kleinen Seemannskneipe mit dem dunklen Interieur und dem gedämpften Licht war zeitlos. Wenn man dort saß, wusste man nicht, ob es Winter oder Sommer war und ob nicht vielleicht jeden Moment Walfänger in die Kneipe stürzten, um ihre Beute zu feiern. Frau Zaineb Elkhazein, ihres Zeichens *Professional Bartender*, bediente uns persönlich. Sie stellte zwei Strandläufer vor uns auf die Theke, eine Mixtur aus Sanddorn, Queller aus den Salzwiesen und geheimen Zutaten. Antje und ich sprachen über dies und das und die alten Zeiten, wie zwei Staubsaugervertreter auf einer entlegenen Haltestelle spätabends im November – die Jahre dazwischen waren wie weggesaugt. Als wir gegen Mitternacht die Bar verließen, war die Welt komplett mit Zuckerguss überzogen. Ich begleitete Antje nach Hause, gab ihr einen Kuss, mir einen Ruck und lief zurück zum Hotel am Klamottendenkmal. Auf dem Weg gingen mir die bisherigen spärlichen Fakten meines Auftrags durch den Kopf. Eine vage, aber interessante Spur schienen mir der Verdacht der vertauschten Babys und dessen mögliche Folgen zu sein. Es hatte jedenfalls mit Dr. Jacobs zu tun, und genau deshalb war ich auf die Insel gekommen. Für den nächsten Tag nahm ich mir vor, den ehemaligen Pfleger des St.-Ludgerus-Hospitals aufzusuchen, wenn der hier noch lebte.

Kapitel 7

Der Schneefall hatte aufgehört. Ich saß fast allein in der verglasten Veranda zur Straße hin und nahm ein stilles Frühstück ein, mit Blick auf freigefegte Gehwege. Ein älteres Paar vertrieb sich die Zeit am Büfett. Kunstvoll drapierte es die Teller mit Beilagen aller Art auf eine Weise, die dem Turm zu Babel zur Ehre gereicht hätte. Man konnte nie wissen, wann der Russe vor der Tür steht. Als sie sich endlich setzten, war mein Frühstück beendet. Ich blieb noch sitzen, ging in Gedanken ein paar Tai-Chi-Übungen durch und legte mir den Vormittag zurecht. Dann ging ich zurück aufs Zimmer, warf mir die Jacke über und steckte Kuli und Notizblock ein. Ich verließ das Hotel, ein paar Sonnenstrahlen brachen durch himmlische Winkel. Antje hatte mir noch in der Nacht Namen und Anschrift des ehemaligen Krankenpflegers aufs Smartphone geschickt. Bonno Cornelius lebte tatsächlich auf der Insel, in einem Mehrparteienhaus in der Jann-Berghaus-Straße, Ecke Mühlenstraße. Er sei etwa fünfundfünfzig Jahre alt, meinte Antje. Was Herr Cornelius heute, achtundzwanzig Jahre nach seiner Kündigung, beruflich machte, wusste sie nicht. Gestern auf dem Nachhauseweg bot Antje mir ihr Fahrrad an und für größere Entfernungen sogar ihren Fiat 500, der auf einem Großparkplatz an der Hafenstraße parkte. Sie machte mich allerdings darauf aufmerksam, dass der Fiat in den vergangenen Jahren keinen Zentimeter gewachsen war. Ich bedankte mich für das Angebot und steckte die Ersatzschlüssel beider Fahrzeuge in meine Jackentasche.

Es war ein schöner Tag zum Spazierengehen, ich steckte meine Fäuste in die Taschen und stapfte los. Die Luft war frisch, aber nicht frostig. Ich sah dem Winter nie mit Unwohlsein entgegen, im Gegensatz zu vielen anderen, die die Tage zählten, bis sie wieder länger wurden. Der klare Morgen heute zeigte, wie schön Winter sein kann. Kalte und kürzere Tage drosseln zwar das Tempo, gleichwohl bieten sie Kontemplation und Ruhe. Diese Zeit des Vormittags, zwischen acht und zehn, mag ich, besonders bei mir zu Hause in der Hafencity und der Speicherstadt. Die meisten Berufstätigen sind dann an ihrem Arbeitsplatz, und doch ist es verhältnismäßig still dort. Vereinzelt sind die Fleißigen unterwegs, ohne zu übertreiben – weder in die eine noch in die andere Richtung. Und dann, zwei Kilometer weiter, an der Binnenalster, findet man Rentner, Obdachlose und andere Zeitgenossen, die die Muße haben, stehen zu bleiben, über das ruhige Wasser zu schauen, hineinzuspucken und zu sagen: „Was glaubste, wird's heute noch was von oben geben?“ Und da findet sich immer jemand, der die richtige Antwort parat hat. Aber hier auf der Insel kann es sein, dass niemand die Antwort kennt und das Meer zurückspuckt.

Nach ungefähr zwanzig Minuten erreichte ich die Wohnsiedlung zwischen Friedhof und Arbeitsagentur. Sie lag in einem gesunden Abstand zum Stadtkern, abseits der Touristenströme. Kaum jemand war auf den verschneiten Straßen unterwegs. Es schien, als wollten die Menschen in den dunkelroten, ehemaligen Luftwaffenhäusern in Ruhe gelassen werden. Zwischen den massiven Backsteinhäusern standen vereinzelt Sträucher und Bäume herum wie Wächter. Ich erinnerte mich daran, wie es hier vor etwa achtunddreißig Jahren aussah, als ich mit meinen Eltern auf der Insel war. Die Straßen waren mit Ziegelsteinen gepflastert, heute lag unter dem Schneematsch Asphalt. Mit unbekümmertem Blick spazierte ich zum Hauseingang und drückte den richtigen Knopf für die Türglocke. Ich warf einen Blick durch matte Scheiben im Eingangsbereich, sie waren einbruchsicher wie Papiertüten.

Links im erhöhten Erdgeschoss öffnete sich ein Fenster, der Kopf eines Mannes kam zum Vorschein. „He! Was is'n?"

„He! Bitte entschuldigen Sie, ich suche Bonno Cornelius", sagte ich.

Der Mann sah müde aus, etwas zu müde für einen Mittfünfziger. Er hatte tiefe, graue Ringe unter den Augen und einen verhärteten Mund. Mit rostiger Stimme sagte er: „Dat bün ick!"

„Haben Sie vielleicht ein paar Minuten? Ich recherchiere wegen einer alten Sache, die sich vor vielen Jahren im St.-Ludgerus-Hospital abgespielt hat."

„Wa? Und dann komm' Se hierher? Warum interessier'n Se sich denn ..." Bonno Cornelius stockte, machte dicke Backen. Auf einmal schaute er eine Spur interessierter, Bewegung kam in ihn. „Ach, einen Moment mal. Ich komm eben an die Tür. Der Summer ist nämlich kaputt." Eine halbe Minute später kamen kurze, schlurfende Schritte die zwei Stufen herunter, und die Tür öffnete sich einen Spalt. Graublaue Augen in einem länglichen, melancholischen Gesicht mit Leberflecken musterten mich von oben bis unten.

„Wer sind Se denn?" Seine Stimme klang auf einmal, als wäre sie gerade geölt worden.

Ich bot ihm das wenige an, das ich bis jetzt hatte, verpackte es aber so, dass die Tür sich noch weiter öffnete. „Mein Name ist Frank Gerdes. Ich recherchiere Verdachtsfälle von vertauschten Babys in Kliniken. Sie haben vielleicht davon gehört?"

Sein Interesse war auf Anhieb geweckt, er zog die Tür weiter auf. Die Skepsis wich, dafür wurde sein Gesicht um eine Nuance nachdenklicher. Er sagte: „Jaja, davon habe ich ... gehört." Ich betrachtete ihn genauer, er stand ein wenig nach vorn gebeugt, als trage er die Last der Welt auf den Schultern. Sein Gesicht hatte tatsächlich etwas Friesisches, das eher melancholisch als heiter, eher verschlossen als ausgelassen wirkte. Es war weder das Gesicht eines harten Burschen noch das Gesicht eines Mannes, den man triezen konnte. Er hatte buschige, helle Brauen, darunter ausgeprägte Knochen, eine mehr hohe als breite Stirn, einen lichten, angegrauten Wuschelkopf, breite Nase, schmaler Mund, das Kinn lief spitz zu. Und es war das Gesicht eines Mannes, der Wertschätzung witterte. Doch plötzlich veränderte sich sein Ausdruck, er blickte unsicher. „Wie komm' Se denn grade auf mich?"

„Ich sprach mit jemandem, der beruflich mit dem St.-Ludgerus-Hospital zu tun hat. Man sagt über Sie, dass Ihnen damals übel mitgespielt wurde, nachdem Sie einen Skandal aufgedeckt hatten. Ist diese Information richtig?"

Sein Unterkiefer klappte nach unten und ermöglichte Durchzug. Auch seine Zähne zeigten Leberflecken. Ein schwaches, wissendes Lächeln kräuselte seine Lippen, als ich hinzufügte, wie mutig ich sein couragiertes Verhalten fand. Er grinste schief. Nach zwei, drei Sekunden formten sich seine Lider zu Schlitzen, das Grinsen fiel von seinem Gesicht wie ein luftgetrockneter Wischlappen. Und ich ahnte, dass ich mir den Gesprächsbeginn zu einfach vorgestellt hatte. Er schluckte, sagte kleinlaut: „Na ja, so richtig aufgedeckt ..."

Noch ein wenig Stimulation und er würde gesprächsbereit sein. Ich gab Gas: „Man könnte meinen, in der Öffentlichkeit fand Ihr mutiges Verhalten viel zu wenig Anerkennung."

Seine Nasenflügel vibrierten wie die Nüstern eines Jagdhundes. Er murmelte: „Ja, ja, da ist natürlich was dran." Sein schiefes Grinsen kam wieder zum Vorschein.

Ich legte noch eine Schippe obendrauf. „Herr Cornelius, wären Sie bereit für ein Interview, um diesen fast in Vergessenheit geratenen Skandal ein für alle Mal aufzuklären und um auf diese Weise der Gerechtigkeit Geltung zu verschaffen? Vielleicht folgt darauf ja die ein oder andere Einladung zu einem TV-Auftritt, wer weiß." Während er das Leckerli verdaute, studierte ich sein Gesicht, aber es sagte mir nichts Konkretes.

Er streckte seine Hand aus, rieb mit dem Daumen gegen Mittel- und Zeigefinger und sagte: „Sie meinen, da springt was für mich dabei heraus?"

Ich blieb unverbindlich. „Das kommt auf die Verträge an. Wir sollten aber erst einen Schritt nach dem anderen machen."

Angestrengt hob er die Augenbrauen als Ausdruck schweren Nachdenkens. Dann legte er die Stirn in Falten, und als sie sich glättete, war sie voll weißer Linien, die rötlich anliefen. „Soso, ein Schreiberling also." Nach einer kleinen Pause fügte er mit milder Stimme hinzu: „Na, da komm' Se mal rein." Er wendete und schlurfte die Stufen hoch. „Warum komm' Se denn erst jetzt, nach so langer Zeit?", murmelte er vor sich hin, ich folgte ihm schweigend und blickte mich dabei um. Die Briefkästen erzählten, dass in diesem zweistöckigen Altbau ungefähr genauso viele Menschen wohnten wie in einem mittleren Hochhaus, oder es wurden immer neue Briefkästen montiert, wenn die alten überquollen. Es ging zwei Stufen hinauf, anschließend links in die Wohnung. Ich folgte Cornelius durch einen schmalen

Flur in eine geräumige Wohnküche. Es war stickig, die Heizung lief auf Hochtouren, Temperatur auf Saunaniveau. Ich öffnete meine Jacke, um nicht ersticken zu müssen. Es war ein Wohnraum, in dem es sich gut leben ließ, solange man nicht übertrieb.

Das Interieur war in die Jahre gekommen. Hätte man die Wohnung Anfang der Achtzigerjahre betreten, wäre einem nichts Ungewöhnliches aufgefallen. Es gab jede Menge Platz für Bücher, gestapelt in hohen Regalen. Die Buchrücken wirkten alt und verschlissen, als habe Cornelius Bücher gesammelt, um sie wirklich zu lesen, oder er hatte sie aus der Inselbücherei geliehen und nie zurückgebracht. Sie waren wild übereinandergestapelt, ohne System, jederzeit einsturzgefährdet, sobald jemand an das Regal stieß. „Reader's Digest"-Kunstlederrücken, zerfledderte Leinenbände, vergilbte Romane, Magazine, Zeitungen, Gesundheitsbücher aus der Zeit vor der Hochkonjunktur der Nahrungsmittelunverträglichkeit. Sie machten die Luft so trocken, dass ich Zellulose hüstelte, vielleicht war es aber auch das Nikotin in der Luft. Auf dem Küchentisch lag eine Zigarette im Ascher, die damit beschäftigt war, sich selbst zu rauchen. Der Ascher war voll, die Tischplatte verhunzt, als habe sie eine Zeit lang als Aschenbecher herhalten müssen. Auch ein Smartphone lag darauf. Über der Lehne eines der vier Stühle hing ein rot-weiß kariertes Tuch. Unterm Tisch ein dicker, schmuddeliger Teppich, in dem sich ein Murmeltier eine Woche lang hätte verkriechen können, ohne dass seine Nase zum Vorschein gekommen wäre. Nahrung inklusive. In der linken Ecke stand ein schmaler Schreibtisch, der auf kosmetische Art aufgeräumt war, womöglich um unerwartete Besucher wie mich zufriedenzustellen. Neben dem Fenster ein kleines, abgewetztes Sofa. In der anderen Ecke eine hohe Pflanze mit hängenden Blättern auf einem dunklen Holzgestell. Die wenigen robusten Pflanzen auf der Fensterbank wären vermutlich in der Lage, eine Atomkatastrophe zu überstehen. Daneben eine alte, vergilbte Zeitung, vermutlich ein Keil für den unwahrscheinlichen Fall, dass das Fenster geöffnet wurde. An der Decke eine Lampe mit mehreren niedlichen Schirmchen aus vergilbtem Stoff oder Lederhaut. An der Wand keine Bilder, nur eine Küchenuhr von Oma, darunter eine Küchenzeile, Spüle mit einem Abwasch von Tagen, Herd, Ofen, Kühlschrank.

Bonno Cornelius setzte sich, ohne mir einen Stuhl anzubieten. Ich zog einen zurück und setzte mich, dabei nahm ich Kuli und Notizblock aus der Jackentasche und legte beides auf den Tisch. Von hier aus hatte ich freie Sicht aufs Nachbarhaus. Cornelius fragte, ob ich Kaffee wollte, ich wollte. Er stellte Becher auf den Tisch, dazu Milch, Zucker, Teelöffel. Er schenkte ein, danach setzte er sich wieder. Seine Körperhaltung blieb auch im Sitzen unverändert. Nach vorn gebeugt, wie jemand, auf dem Traurigkeit oder Schuld lastete. Er zog Tabak und Zigarettenpapier aus seiner Hemdtasche und begann umständlich, zwei oder drei Zigaretten zu drehen. Seine Fingerkuppen waren nikotingelb. Er bewegte seinen Kopf nach links, im Nacken knackte es, jetzt war die andere Seite dran, es knackte wieder. Ich sah nach rechts, nichts knackte, aber rechts von der Küchenzeile war eine zweite Tür mit Milchglasscheibe, sie war mir bisher nicht aufgefallen. Im Zimmer nebenan sah ich still einen Schatten hin- und herhuschen.

Im Notizblock schlug ich eine leere Seite auf, drückte auf den Schreiber, schrieb etwas Sinnvolles und zog einen kurzen Strich darunter. Ich nahm einen Schluck schwarzen Kaffees und sagte etwas zu formell: „Herr Cornelius, danke, dass Sie sich für dieses Gespräch bereit erklärt haben. Wir können es so machen, dass ich Ihnen ein paar Fragen stelle, es sei denn, Sie möchten frei erzählen." Ich ließ den Satz auf ihn wirken. Bonno Cornelius grinste wieder, er entzündete seinen Glimmstängel, schaufelte drei Löffel Zucker in den Kaffee und nickte knapp. Ich fuhr fort. „Beginnen möchte ich mit Ihrem Werdegang, wenn Sie nichts dagegen haben." Er hatte nichts dagegen. „Welche Tätigkeit übten Sie Anfang der Neunzigerjahre im St.-Ludgerus-Hospital aus?"

Er sog tief den Rauch seiner Zigarette ein, der kam nicht wieder heraus – Stoffwechsel vom Feinsten. Nach einer Viertelgedenkminute sagte er: „Ich war 1984 mit der Ausbildung zum Krankenpfleger fertig, da war ich zwanzig Jahre alt. Im April 90 ... ja, genau, da war ich auf der Säuglingsstation."

„Einen Moment bitte", unterbrach ich ihn. „Sie waren als Krankenpfleger auf der Säuglingsstation tätig?

Ist dafür nicht eine Ausbildung zum Kinderkrankenpfleger erforderlich?"

Er sah mich an, offen und doch ausdruckslos. „Ich weiß ja nich, wie andere Krankenhäuser das machen, bei uns war das pure Not." Er drehte eine Handfläche nach oben. „Keine Leute", sagte er und ergänzte: „Es war ja viel los damals. Ich war nur für ein paar Monate auf der Station, um auszuhelfen. Und die kleinen Bälger schnauzen einen nich so blöd an wie die großen. War eigentlich ganz putzig da, bis mir was auffiel." Bonno Cornelius legte sein Lungenbrötchen auf die Kante des Aschenbechers und zog wechselseitig an seinen Händen, dass es in den Gelenken knackte, gleich darauf nahm er die Zigarette wieder zwischen seine Finger.

Ich machte mir Notizen, wie ein Journalist sie machen würde, ein wenig ausführlicher vielleicht. Als Nächstes die Frage: „Und, wie war das? Was war Ihnen damals konkret aufgefallen?"

Seine linke Hand krampfte sich um das Feuerzeug, die Finger waren angespannt und die Knöchel zeigten sich als helle Dünen. Während er erzählte, starrte er trüb vor sich hin: „Ach, das war eher zufällig. Die kleinen Würmer hatten ja immer so Plastikbändchen um ihre Ärmchen, mit den Namen drauf und so. Na, und die hatte ich mir mit der Zeit eingeprägt, is klar. Und immer wenn ich so einen Wurm aus dem Bett genommen hatte, begrüßte ich ihn mit seinem Namen."

Ich nickte. Seine Geschichte machte den Eindruck, als wäre sie ein Kopfnicken wert.

Er nahm einen Zug und fuhr fort: „Aber irgendwann las ich zufällig wieder, was auf dem Bändchen stand, und das passte nich zum Balg! Wissen Se, jedes Baby hat unverwechselbare Merkmale. Haare, Augen, Ohren und das ganze Zeug, alles etwas anders, und das prägt sich mit der Zeit ein." Er sprach aufgeregter weiter: „Und ich hab's nich kapiert, ich bin nich dahintergekommen, aber aus irgendeinem Grund waren Armbänder vertauscht. Also, ich meine, mit Absicht! Auf einmal standen da ganz andere Namen. Da lief ganz gehörig was schief." Cornelius hatte seine Zigarette aufgeraucht. Er begann, an jedem einzelnen seiner Finger zu ziehen, bis es knackte. Leute machen solche Sachen, die auffallen, um beachtet zu werden.

Ich hoffte, dass meine Gelenke uninteressant für ihn waren, und kam zur nächsten Frage: „Wer war damals der verantwortliche Chefarzt?"

Er steckte sich die nächste Zigarette an, der Rauch trieb in Serpentinen um uns herum und blieb unter der Decke hängen. Er antwortete nicht direkt, sondern sah auf den Tisch, er wirkte plötzlich müde. Dann strich er sich energisch mit der Hand über die Stirn. „Ach, das ... weiß ich gar nich mehr." Sein Blick stieg wieder herauf, an mir vorbei, und weiter durch den Raum. Cornelius erinnerte mich an einen kleinen Jungen, der sich um eine Antwort drückt.

Aber ich ließ nicht locker. „Und wenn Sie versuchen, sich zu erinnern?"

„Was denn noch alles? Ist das denn so wichtig?", flog es aus ihm heraus.

Ich verstand seine plötzliche Gereiztheit nicht, behielt meine Stimme aber in einer geduldigen Tonlage, wie um zu unterstreichen, dass ich mich nicht provozieren ließ. Ich schlug ihm den einzigen Namen vor, der mir in diesem Zusammenhang bekannt war: „Könnte das Doktor Jacobs gewesen sein?"

Cornelius zuckte unmerklich, als ich den Namen erwähnte, er druckste herum. „Das könnte ... sein", antwortete er, und nach einem Zug schob er nach: „Dem können Sie aber nich ans Leder. Am besten, Sie lassen den Doktor da fein raus." Er machte eine Seitwärtsbewegung mit der Hand und er grinste schon wieder, ziemlich oft seit ich hier war. Vielleicht war der Tagesvorrat bald erschöpft.

Ich runzelte die Stirn und versuchte auszusehen, als würde ich nachdenken, was ich auch tat, aber für gewöhnlich ohne Stirnrunzeln. Ich fragte: „Wie verhielt sich die Klinikleitung Ihnen gegenüber, als Sie Ihren Verdacht äußerten?"

Er zog wieder an der Fluppe. Die Glut fraß sie so schnell auf, dass man dabei zusehen konnte. Er steckte sich wieder eine an. Etwas von dem Rauch staute sich wohl hinter seinen Augen, denn sie wurden trüb. Er biss sich auf die Lippen, zuckte mit den Schultern und schüttelte stumm den Kopf, bedächtig, aber mit Nachdruck. Das Schweigen senkte sich über uns wie ein Sack Federn. Endlich sagte er: „Die hatten mich ermahnt, ich sollte das auf keinen Fall öffentlich machen, von wegen Schaden von der Klinik abwenden und so. Die Einzelheiten weiß ich nich mehr, ist ja auch schon ein paar Jährchen her." Mit dem Ausdruck eines Mannes, dem Einzelheiten nach so langer Zeit nicht wichtig sind, starrte er aus dem Fenster.

„Und, haben Sie sich daran gehalten?", fragte ich.

„Selbstverständlich", sagte er mit milder Süffisanz. Vielleicht war ihm nicht klar, dass er soeben dabei war, die ihm auferlegte Verschwiegenheitspflicht aufzuweichen. Ich wandte meinen Blick kurz nach rechts. Hinter der Milchglasscheibe war wieder eine Bewegung auszumachen.

Weiter fragte ich: „Und, haben Sie mit den Eltern der vertauschten Babys sprechen können? Ich frage das wegen etwaiger Zeugen."

Er strich sich mit seiner sehnigen Hand übers Gesicht und sagte: „Das war mir auch untersagt worden."

„Und auch das war kein Problem für Sie?"

„Klar. Was sollte ich machen? Meinen Se, ich leg mich mit deren Anwälten an?"

Ich war irritiert. „Ihnen wurde also gekündigt, obwohl Sie sich an die Auflagen gehalten haben?"

„Wer sagt denn so was?", fragte er in einem herablassenden Tonfall. „Ich bin freiwillig gegangen, hatte keinen Bock mehr auf den Saftladen!"

Irgendetwas stimmte nicht. Entweder tischte mir Cornelius ein Märchen auf oder die Gerüchteküche hatte die falschen Ingredienzien auf dem Zettel. Ich ließ den Blick auf meine Notizen sinken und malte ein Strichmännchen in Luxusausführung hinein, sodass Cornelius es nicht sehen konnte. Vermutlich hatten wir beide uns gewünscht, dass das Gespräch anders verlief. Ich wollte mehr über Dr. Jacobs und sein Verhältnis zu Bonno Cornelius in Erfahrung bringen, während es Cornelius ins Rampenlicht zog, ohne seinen ehemaligen Arbeitgeber zu denunzieren. Und noch etwas: Bonno Cornelius hatte bis jetzt mit keinem Wort erwähnt, dass Dr. Jacobs vor wenigen Wochen getötet worden war. Das musste nicht zwangsläufig etwas bedeuten, aber ich sollte das im Hinterkopf behalten.

Die Aktivitäten hinter der Milchglastür fingen an, mich zu nerven. Auf einmal verschwand der Schatten und ich hörte eine Tür zuklappen. Unmittelbar darauf sah ich durchs Fenster einen Mann zum Nachbarhaus laufen. Er trug einen grauen Hoodie, die Kapuze tief ins Gesicht gezogen, und über der Schulter eine hellblaue Sporttasche mit dem Aufdruck Pan Am. Die Ahnung, die sich meiner bemächtigte, war ebenso verschwommen wie das Flimmern der Luft über dem Heizkörper. Mir schwindelte, ich ließ mir aber nichts anmerken. Bonno Cornelius griff nach dem Handy und hielt darin Ausschau, vielleicht nach Mitteilungen, die er erwartete.

Ich probierte einen weiteren Anlauf: „Wie hat sich Doktor Jacobs Ihnen gegenüber verhalten, nachdem Sie Ihren Verdacht geäußert hatten?“

Er legte das Handy beiseite, richtete sich gewichtig auf und sagte: „Der wollte mir was einreden, aber damit hatte er auf Kies gefurzt."

„Was meinen Sie?"

Sein Mund bekam einen grimmigen Winkel. „Na, der meinte doch, dass ich mich getäuscht hätte. Der wollte mir einreden, dass ich nich ganz fit bin in der Birne. Er hat mir sogar angedroht, mich für unzurechnungsfähig erklären zu lassen. Aber nich mit mir!" Cornelius schaute durch mich hindurch, als sei ich nicht da. Auf einmal fixierte er mich wieder. „Shit, Mann! Ich weiß doch, was ich gesehen hab!"

„Und wie gingen Sie weiter miteinander um?"

„Wieso? Keine Ahnung", sagte er verunsichert. „Wir gingen uns aus dem Weg, und ein paar Wochen später war ich sowieso weg."

Ich stellte die Frage, die mich unerwartet auf die richtige Spur brachte: „Haben Sie für Ihr Schweigen Geld bekommen?"

Er grinste nicht mehr, wurde einsilbig. „Wä?"

Ich räusperte mich, sah ihn nur an, aber das machte keinen besonderen Eindruck, anders als in Filmen.

Er zögerte, sagte gedehnt: „Schweigegeld? So richtiges ... Bestechungsgeld? Und wovon träumen Se nachts?" Er verzog den Mund zu einem schiefen, verwinkelten Lächeln und schüttelte den Kopf. Dabei drückte er die Fluppe aus und senkte die Stimme. „Hören Se. Wie hoch die Abfindung war, das geht Se nun wirklich nichts an." Er fuhr sich mit der Zunge über die Lippen.

„Aber das hatte nun wirklich nichts mit den vertauschten Babys zu tun. Das könn' Se mir glauben! Denn ich bleib bei dem, was ich gesehn hab."

Mir gefielen die Antworten nicht, sie waren allzu schwammig. Ich hatte das Gefühl, über feuchte, schlüpfrige Salzwiesen zu wandern. Im Nachbarhaus gegenüber erschien eine junge Frau am Fenster, sie nahm eine Babyflasche aus dem Wärmer, prüfte die Temperatur an ihrer Wange und bewegte sich wieder aus dem Blickfeld. Cornelius schaute erneut aufs Mobiltelefon, er wirkte zunehmend nervös.

Ich setzte zu einer weiteren Frage an, behielt aber jede Anspielung auf Dr. Jacobs' Tod für mich. „Und wie ist das, wenn Sie und Doktor Jacobs sich im Alltag begegnen? Sie müssen sich doch hin und wieder zufällig über den Weg laufen. Wie verhält er sich Ihnen gegenüber?"

Cornelius sah mich spöttisch an, seine Wangen zuckten. Er begann mit den Armen zu gestikulieren. „Was wollen Se mir denn da unterstellen? Da kennen Se uns Norderneyer aber nich! Da ist schon lange Gras drüber gewachsen. Es gibt keine bösen Blicke, oder was wollen Se da andeuten? Wir sind hier nich so nachtragend wie auf dem Festland, sonst würde unser ganzes System kippen. Hier können wir uns aufeinander verlassen, weil wir auf jeden Einzelnen angewiesen sind." Er tippte mit dem Zeigefinger auf die Tischplatte. „Das war hier immer schon so. Frei nach Lessing: Sie mögen sich die Köpfe spalten, auf Norderney, da bleibt's beim Alten." Cornelius hatte nicht nur Goethes „Faust" gelesen, er konnte auch interpretieren. Und ich wurde das Gefühl nicht los, dass er damit ablenken wollte. Sein Mund lächelte, aber es wirkte zunehmend aufgesetzt. Irgendwo war bei mir der Schimmer des Zweifels. Bevor ich zur nächsten Frage kam, klingelte sein Smartphone. Cornelius nahm das Handy in die Hand und schaute aufs Display. „Ein' Moment eb'n", sagte er. Ich nickte. Er erhob sich, drückte auf „Annehmen" und verschwand durch die Milchglastür ins Nebenzimmer. Just in dem Moment, als er die Tür öffnete, sah ich auf dem Fußboden zwei helle Sporttaschen mit Pan-Am-Aufdruck stehen. Es gab nun keinen Zweifel mehr. Ich blickte vor mich hin. Wohin war ich geraten? Ein Keil Sonnenlicht rutschte über die Tischkante und fiel lautlos aufs Laminat. Nach ein bis zwei Minuten kam Cornelius zurück. In seinen Augen war ein schwaches Leuchten, ein Schimmern wie weit hinten in einem schmutzigen Korridor. Er setzte sich, schaute zum Fenster hinaus, langsam drehte er seinen Kopf zur Decke, als müsse er nachdenken, dabei verharrte er kurz. Dann kletterte sein Blick von der Decke herab und hängte sich in meinen. Er atmete schwer durch die Nase, nur zögernd kam die Frage: „Sie sind ... gar kein Schreiberling?" Dabei kniff er ein Auge zu, mit dem anderen starrte er mich an.

Ich setzte kurz mit dem Atmen aus. Mit dieser Frage hätte ich rechnen müssen, nur nicht so bald. Und ich hatte mir Antworten zurechtgelegt, die in verschiedene Richtungen gingen, falls die erste wirkungslos sein würde – nur, sie waren in diesem Moment alle verschwunden. Ich zog es vor, bei der Wahrheit zu bleiben, ich nickte widerstrebend. „Das ist richtig“, sagte ich überrumpelt. „Das habe ich auch nicht behauptet.“

Cornelius hatte so etwas wie eine Eingebung, er zog die Augenbrauen hoch und legte den Kopf schräg, als wollte er *Ach, ahnte ich es doch* sagen. Er holte tief Luft und ließ sie fiepend wieder heraus, dann lehnte er sich zurück und fing an, sich den nächsten Nikotinlutscher zu drehen. „Ich rieche Polente“, sagte er, dabei sah er mich an, als sei ich zu weit gegangen.

Ich hob kurz die Schultern. „Ich bin keine.“

Pause.

Er ließ die Zigarette aufglimmen, lachte trocken auf und fragte: „Ist das eine Antwort, Sportsfreund? Was bist du dann?“ Dabei streckte er die andere Hand nach dem Festnetztelefon aus, um mir zu zeigen, dass er irgendwen anrufen würde – vielleicht die Polizei. Er nahm sogar den Hörer ab, aber er rief die Polizei nicht an. Ich wusste, dass er sie nicht anrufen würde, und er wusste, dass ich es wusste. Das machte das Ganze sinnlos.

Ich hob die flache Hand und sagte: „Nun mal langsam! Der Teil mit den Ermittlungen stimmt. Ich bin privater Ermittler.“ Mehr brauchte er nicht zu wissen, aber das Interview war damit wohl hinfällig. „Für weitere Fragen und Antworten stehen Sie jetzt wohl nicht mehr zur Verfügung?“

„Wozu?“ Mit einer Geste, die seine ganze Verärgerung ausdrückte, tippte er die Asche von seiner Zigarette. „Es gibt nichts mehr zu sagen." Sein Gesicht wurde zu einem steinernen Monument des Schweigens. Er biss die Zähne so sehr zusammen, dass es knackte. Ich wurde das Gefühl nicht los, dass er mich loswerden wollte, darum schaute ich demonstrativ auf die Uhr und schickte mich an, zu gehen, als ihm plötzlich bewusst wurde, was ihm entgangen war. Mit unvermittelter Gereiztheit schnauzte er: „Sie blähen sich ziemlich auf mit Ihrer Schnüffelei, Mr. Privatnase. Also, kein Artikel und kein Fernsehauftritt?" Er hatte kapiert. Man konnte direkt zuschauen, wie Seifenblasen vor seinem Gesicht zerplatzten. Von mir kam nichts mehr, ich ging hinaus, und er knallte die Wohnungstür hinter mir zu, obwohl ich sie auch gerade leise geschlossen hatte. Draußen vor der Tür saugte ich alles ein, was es an frischer Luft gab, und kam ins Grübeln. Was hatte es mit diesen Pan-Am-Taschen auf sich? Drogen? Es waren die gleichen Modelle, die gestern am Strand von der Polizei eingesammelt worden waren. Ich ging weiter, wechselte zum Frischemarkt auf die andere Straßenseite.

Der Schnee war fast weggetaut, Nebel zog auf, aber nicht viel. Auf dem Platz vor dem Einkaufsmarkt stand ein Fischwagen, ich verspürte Appetit auf ein Fischbrötchen, kaufte es, blieb am Wagen stehen und aß es an Ort und Stelle. Wenige Minuten später säuselte ein Tesla heran, stoppte vor jenem Haus, aus dem ich gerade gekommen war. Der Fahrer kletterte aus dem Fahrzeug und ging zum Eingang. Ich schätzte ihn auf etwa fünfzig. Er war groß, schlank, trug einen hellbraunen

Wintermantel, blonde, mittellange, an den Seiten glatt gegelte Haare, am linken Ohr baumelte einer dieser prägnanten Norderney-Ohrringe, wenn ich das von hier aus richtig sah, gold und glänzend. Auf seiner Nase saß eine relativ große Sonnenbrille mit Sundowneffekt.

Ich ließ das Kauen, legte das Brötchen auf die Theke, fingerte mein Smartphone aus der Jackentasche und fotografierte, was ich sah. Dasselbe noch mal mit Zoom, leider undeutlicher. Die Haustür mit den Papierfenstern wurde geöffnet, Cornelius stand im Eingang, mit Tabakbäumchen im Gesicht. Der rückte wortlos einen beigefarbenen Aktenordner mit einem grün-braunen Logo heraus. Der Tesla-Pilot nahm ihn in Empfang, im Gegenzug legte er Cornelius einen prall gefüllten Papierumschlag in die Hand. Ich machte ein paar Fotos von dem Tausch. Beide traten den Rückzug an, der Tesla beschleunigte, bog um die nächste Ecke und war weg.

Ich widmete mich wieder dem Brötchen und dachte an Cornelius' Telefonat, mit dem der Tesla-Fahrer vermutlich seinen Besuch angekündigt hatte. Ich trank eine Coke und betrachtete die eben gemachten Fotos, als der Kerl mit dem grauen Hoodie aus dem Nachbarhaus zurückkam. Er ging quer über die mit Maulwurfshügeln übersäte Rasenfläche, kam direkt auf mich zu. Noch immer die Pan-Am-Sporttasche unterm Arm, überquerte er die Straße und bog unmittelbar vor dem Fischwagen auf den Gehweg, ohne Notiz von mir zu nehmen. Sein Gesicht war nicht zu erkennen, die obere Hälfte lag tief unter der Kapuze verborgen. An der

Bushalte blieb er stehen, die Hände in den Taschen vergraben, er bewegte sich kaum. Keine zwei Minuten später kam Bonno Cornelius aus dem Haus geschossen, er zog sich im Gehen eine Jacke über, verschwand aber in die entgegengesetzte Richtung. Ich musste mich entscheiden, wem ich folgen wollte, und meine Wahl fiel auf den Kapuzinermönch. Pünktlich zur Gebetsstunde um zwölf rollte der Tjaden-Bus an. Ich stellte die leere Coke-Flasche auf den Tresen und ging zur Bushalte. Die graue Eminenz stieg ein, ich sprang hinterher, unmittelbar bevor sich die Türen schlossen. Ich gab dem Fahrer das Geld bis zur Endstation, wo auch immer die sein mochte, und nahm im hinteren Teil des Busses Platz. Kapuzenpulli saß etwa in der Mitte rechts am Fenster. Der Bus war nur etwa zu einem Drittel besetzt. Die Fahrt ging über die Richthofenstraße Richtung Osten, vorbei am Wasserturm. Rechts gab es Kleingartenparzellen, einen Minigolfplatz und ein Gewerbegebiet. Wir passierten das Cumberland-Denkmal am Bahnhof Stelldichein, und ich fragte mich, wohin die Reise wohl gehen sollte. Ich aktivierte den GPS-Ortungsdienst auf meinem Smartphone, um die Fahrt in etwa nachvollziehen zu können. Bis zur Reitschule Junkmann war die Vegetation üppig, darauf folgte Tundra. Hin und wieder stoppte der Bus, Fahrgäste stiegen aus, kaum jemand stieg zu. Mein grauer Freund nahm selbst im Bus die Kapuze nicht ab. Die Fahrt ging den Karl-Rieger-Weg entlang, vorbei an der Zufahrt zum Flugplatz und dem Leuchtturm. Der Bus folgte der Straße bis zum Nordstrand, an dessen Ende sich der flache Holzbau eines Restaurants erstreckte. Auf dem Display beim Fahrer stand „Weisse Düne. Endstation". Die restlichen fünf Fahrgäste stiegen aus, ich ebenfalls. Während vier den Weg zum Nordstrand wählten, wandte sich der Mönch nach Osten. Ich blieb stehen, tat, als wäre ich mit dem Smartphone beschäftigt. Der Bus vollzog eine Schleife und machte sich auf den Weg zurück in die Stadt. Ich blickte hoch. Die Wolkendecke war so dicht, dass die Sonne keine Chance mehr hatte. Über den mit Schneeflecken bedeckten Braundünen lag eine Dunstschicht wie ausgedehntes Gähnen in offener Landschaft. Von hier aus hörte man das Meer rauschen und in weiter Ferne, auf Südost, pulsierte das Signalfeuer des Leuchtturms durch leichten Nebel.

Der Pan-Am-Vertreter verschwand hinter einer Anhöhe. Ich steckte das Smartphone weg, zog die Cabanjacke zu und nahm die Verfolgung auf. Auf der Anhöhe sah ich den Mönch in einen Kiefernwald verschwinden, ich folgte und merkte bald, dass das kein Wald, sondern nur eine Ansammlung von Kiefern war, auf deren Rückseite die Hügellandschaft über Strecken seicht abfiel. In einiger Entfernung waren die Dächer zweier Häuser auszumachen, vielleicht war es aber auch ein Haus mit Garage. Aus einem Schornstein kam Rauch, gedämpfte Geräusche drangen herüber. Von hier war es unmöglich festzustellen, ob es das Brausen des Meeres oder das Knattern von Motoren war.

Ich achtete auf genügend Abstand, falls der Hoodie-Typ sich umdrehte. Das Brausen verstärkte sich, es kam von der See, die sich hinter den Dünen gegen den Wind stemmte. Nach etwa achthundert Metern endete der Pfad, er ging unvermittelt in einen sumpfigen Wiesenweg über. Das Blinkfeuer des Leuchtturms erreichte mich nicht mehr, die Senke war zu tief, links gaben sich öffnende Dünen den Blick aufs Meer frei. Über mir der Schrei einer Möwe, die knapp über meinen Kopf hinwegsegelte. Erschrocken fuhr ich zusammen. Rechts sturmerprobte Bäume, die der Nordsee ihre gekrümmten Rückenpartien zuwandten. Der Nebel nahm zu. Ich fürchtete schon, Kapuzenpulli aus den Augen zu verlieren. Es ging weiter bis zu einer Reihe knorriger Pfähle, dazwischen waren Drahtzüge gespannt. An einem Pfosten war der Hinweis PRIVAT angebracht. Ich trat bis an den Zaun heran, starrte dem Hoodie nach, der unbeirrt auf die Häuser zuging. Als privater Ermittler war ich in dieser Sache „privat" unterwegs, also zwängte ich mich privat zwischen den Drähten durch, richtete mich privat wieder auf und setzte meinen privaten Weg fort.

Dumpfig hing Regen in der Luft, der aber nicht fallen wollte. Vor mir zeichneten sich die Konturen eines Backsteinhauses ab, davor ein salzverkrusteter, eingerissener Zaun. Ich stieg darüber und näherte mich in gebückter Haltung der Fassade mit Fenstern, an denen größtenteils die Rollläden heruntergelassen waren. Zahlreiche Schlitze waren erkennbar, und man konnte nie wissen, wer solche Aussichten dahinter genoss. Über mir prangte der Rest eines Firmenschildes mit abgeblätterter Farbe, vielleicht aus den Sechzigerjahren. Nur die Lettern ... NEWO ... waren übrig geblieben.

Ich achtete auf Geräusche, aber da waren keine. Selbst die Brandung war in diesem Dünental kaum noch auszumachen. Vorsichtig bewegte ich meinen Kopf seitwärts über den Mauerrand des Hauses, sah in einen ungepflasterten, unaufgeräumten Hof, mit frei stehender Doppelgarage, versetzt hinter dem Haus und einer Halle mit fleckiger Brandschutztür und Wellblechdach auf der rechten Seite. Zwischen Garagen und Halle war eine Ansammlung kleiner, knorriger, blattloser Bäume und Sträucher, von denen ein schmaler Pfad bis zur Halle führte. Zwei dunkelgrüne Landrover älteren Datums standen auf dem matschigen Hof, dazwischen Pfützen und Schneeflecken. Rechts zwischen Baumgruppe und Halle war ein breiter Schotterweg, der vom Hof wegführte.

Der Hof war wie ausgestorben, es gab keinen Mucks, keine Bewegung. Ich schlich zurück, wollte das Haus lieber auf der Westseite umrunden. Ich stieg über Gräser, durch dichtes Gestrüpp, Planken und anderen Schrott. Auch auf der anderen Seite war die Sicht durch die Fenster mit Rollläden versperrt. Unter meinen Füßen war es feucht und rutschig, beinahe wäre ich auf einer vergammelten Bohle ausgerutscht. An der hinteren Hausecke angelangt, stoppte ich. Die geschlossene Doppelgarage war nur wenige Meter von mir entfernt.

Links war eine Holztür, sie stand einen Spalt offen. Ich sah mich um. Niemand da, der Eintritt kassierte, also spurtete ich auf die Tür zu. Unmittelbar davor bremste ich ab, presste mich flach an die Wand. Konzentriert horchte ich in den Spalt, auch hier alles still. Vorsichtig zog ich an der Tür, blickte in einen stockfinsteren Raum. Ich stolperte hinein und zog rasch die Tür hinter mir zu. Dunkelgrau in mehr als fünfzig Schattierungen. Als sich meine Augen daran gewöhnt hatten, bemerkte ich weiter links einen offenen Zugang in die eigentliche Garage. In kleinen Schritten bewegte ich mich durch den Vorraum, ein fahler Lichtschein fiel von den Rändern der großen Tore in die Garage, die mit unzähligen Dingen vollgestellt war. Ansonsten aufregend wie eine Leichenhalle am Sonntagabend. Plötzlich ein Scheppern und ein Schließgeräusch an einem der Tore. Ich sprang in den Verschlag zurück. Das rechte Tor wurde hochgezogen, herein kam ein Tier – ein Bär von Mann. Mit der Frisur einer Billardkugel und einem Gesicht, das, abgesehen von einer Kettensäge, wohl schon mit allem in Berührung gekommen war. Unter dem Kinn baumelte ein Zottelbart. Nackter Oberkörper, darüber schwarze Lederweste, schwarze Lederhose. Die Billardkugel zog an einer Plane, darunter kam ein schnittiges Motorboot auf einem Anhänger zum Vorschein. Der Bär griff nach einem Kanister, zog die Plane noch etwas weiter zurück, schraubte an etwas herum, füllte Benzin in einen Tank. Als das erledigt war, deckte er das Boot wieder ab, trat aus der Garage und schob das Tor zu.

Ein paar Minuten hielt ich die Füße still, dann ging ich auf demselben Weg raus, wie ich hineingekommen war, umrundete die Garage auf deren Rückseite, um eine Begegnung mit der Lederweste zu vermeiden. Auf dem Gelände dahinter war ein dunkler Tümpel, umsäumt von Büschen, Rabatten und vertrocknetem Schilf. Weiter hinten eine Baumgruppe und im Wasser mehrere Pfosten, die schräg herausragten. An wenigen Stellen war das Ufer von einem Schneerand umgeben, unter dem das Wasser gluckerte. Ich drehte mich herum, sah von der anderen Seite in den Hof.

Regen fiel jetzt in kleinen Tröpfchen. Ich stand da, atmete Regen und sah zum Dach des Wohnhauses. Gelbliches Licht leuchtete aus einer Luke. Der Kapuzinermönch war mir entwischt, der hockte vermutlich jetzt da oben, zusammen mit mindestens einer weiteren Person. Unter diesen Umständen blieb mir nichts anderes übrig, als mich weiter umzusehen. Ich sah zur fleckigen Tür der mittelgroßen Halle, die jetzt links von mir stand. Zwischen Haus und Halle war der schlammige Hof mit den beiden Fahrzeugen. Nichts rührte sich. In geduckter Haltung pirschte ich zur Halle hinüber, überquerte dabei ein Stück geschotterten Wegs, patschte durch Pfützen und Matsch. Dünne Rinnsale waren an beiden Seiten der Halle, darin gurgelte Regen- und Schmelzwasser. Nah an der linken Wand kam ich zum Stehen, ich sondierte die Umgebung. Das Licht in der Dachluke war erloschen. Plötzlich flog die Haustür auf, drei Männer traten heraus. Ich duckte mich hinter einem Holzstapel. Es waren der Mönch, die Billardkugel und eine Gestalt, die mich auf den ersten Blick an den Weihnachtsmann erinnerte. Langer, hellgrauer Bart, ein Schnauzer wie eine schimmelige Zahnbürste, auf dem Kopf eine spitz zulaufende Mütze mit Norwegermuster, gekleidet in einen dunkelbraunen, gewachsten Mantel mit Schlagseite – Rute oder Schießeisen. Solche Typen kannte ich. Wenn sie Lust verspürten, konnten sie dir zum Spaß und ohne mit der Wimper zu zucken einen über den Schädel ziehen.

Endlich hatte der Mönch die Kapuze abgenommen. Sein Gesicht war breit, die dunklen Haare sehr kurz, fast abrasiert. Er blickte verschlagen mit winzigen Augen, und die Bartstoppeln überzogen seine weiße Gesichtshaut wie Schlagschatten eine Schneefläche. Alle drei redeten aufgeregt durcheinander, als wären sie aufgescheucht worden. Nikolaus bellte Kommandos, mit einer Aussprache, als habe er den Mund voller Bratkartoffeln. Billardkugel und Mönch öffneten die hinteren Klappen der beiden Landrover. Sinterklaas trat an die Fahrzeuge heran, blickte abschätzend hinein, den Kopf zur Seite geneigt wie ein Schaufensterdekorateur. Er vollzog eine Drehung um hundertachtzig Grad und trabte auf die Halle zu, die beiden anderen folgten. Ich blieb in geduckter Haltung, zog mich weiter zurück, dabei stieß mein Fuß gegen eine angelehnte Eisenstange, die seitwärts rutschte und aufschlug. Es war kein lautes Geräusch, eher wie ein dumpfer Hammerschlag in die Erde, aber ich ging auf Nummer sicher, verzog mich hinter die Halle. Ich verharrte dort mucksmäuschenstill, jederzeit zum Sprung bereit, wenn es sein musste. Die Pumpe schlug mir bis zum Hals. Ich atmete lautlos durch den Mund, der sich anfühlte wie im Schnellverfahren gereinigt.

Plötzlich eine Stimme, vermutlich die der Billardkugel: „Nee, is nix! Ich dachte ... na ja, keine Ahnung ...“ Es wurde still, ich wartete ab. Der Regen wurde heftiger, er schlug hart aufs Blechdach und mich verwandelte er in einen Schwamm. Ich lauschte. Mehrmals hörte ich die Hallentür zuschlagen. Irgendwann klappten Autotüren, die Landrover starteten und brausten über den breiten Zufahrtsweg davon. Vorsichtig kam ich aus dem Versteck. Der dunkle Platz zwischen Wohnhaus und Halle war leer wie ein verbranntes Kuchenblech. Die Gelegenheit war da, die Halle zu besichtigen. Ich wandte mich zur Tür und drückte die Klinke, die massive Tür war zu meiner Überraschung nicht verschlossen. Bevor ich eintrat, schaute ich mich nochmals um. Es konnte noch jemand im Haus sein, aber die Luft schien sauber. Ich schlüpfte rein, ein übler Geruch empfing mich. Es war fast dunkel, nur wenig Tageslicht gelangte durch hohe, schmale Fenster. Ich lauschte dem Regen, wie er auf das Dach schlug, sonst kein Laut. Keine Fahrzeuge, keine Stimmen, nur der trommelnde Regen. Ich nutzte die Taschenlampen-App meines Smartphones, um mich in der Halle zurechtzufinden. Sie war mittels halbhoher Leichtbauwände in verschieden große Boxen unterteilt. Es war vielleicht mal eine Halle für Baustoffe, heute ohne, dafür aber mit braunen Päckchen auf einer Palette mit Folie umwickelt, und daneben in einer Gitterboxpalette verschiedenfarbige Sporttaschen. Hinten in der Ecke standen drei blaue, brusthohe Plastiktonnen, abgedeckt mit schwarzen Deckeln. Ein handfestes Kokainlager, ein Großmarkt vielleicht oder ein kleines Verteilerzentrum. Ich trat an eine der Tonnen, öffnete sie. Wieder die gleichen Päckchen gestapelt bis zum Rand. Dann die zweite Tonne, wieder Kokain. Ich zog den Deckel von der dritten Tonne – bestialischer Gestank schlug mir entgegen. Angewidert ließ ich den Deckel fallen, hielt schützend meinen Arm vor Mund und Nase. Nach ein paar Sekunden Überwindung trat ich wieder näher, leuchtete hinein. Ich konnte nicht glauben, was mich da anstarrte. Es waren die toten Augen eines Menschen, es war ein asiatisches Gesicht, mit kurzen, schwarzen Haaren, männlich. Er trug einen schwarzen Strickpullover und eine blaue Arbeitshose, die Träger waren ihm von den Schultern gerutscht. Im Gesicht waren Spuren von Schmiere. Die Leiche war klatschnass und offensichtlich in die Tonne hineingepfercht worden. Ich atmete schwer und ließ meinen Blick durch den Raum schweifen. Welche Überraschungen würden mich hier noch erwarten? Zufällig schaute ich durch das hohe Hallenfenster zum Wohnhaus. Das Licht in der Dachluke leuchtete wieder, es war noch jemand im Haus! Sofort löschte ich das Licht meines Smartphones und verstaute es in der Jackentasche. Unvermittelt heulten draußen Motoren auf, die Landrover waren zurück!

Sie hielten direkt vor der Hallentür. Autotüren knallten, die Tür wurde aufgerissen: Bescherung! Nikolaus war zurück, mit ihm Knecht Ruprecht und der glatzköpfige Engel in Lack und Leder. Es gab aber kein Ständchen. Billardkugel schlug mit der Faust in die offene Hand, er brüllte: „Siehste, hab' mich doch nicht geirrt! Überlass ihn mir ...!" Nikolaus hielt ihn zurück, er griff in seine Mantelinnentasche.

Ich hatte keine Gelegenheit, mir weiter den Kopf zu zerbrechen, das hatte Nikolaus sich bereits vorgenommen. Die Rute hatte er dabei, und die sah wie ein Baseballschläger aus. Der flitzte hoch und donnerte mir auf den Schädel. Erst rieselte leise der Schnee, dann ruhte still der See ... der dunkle See.

Kapitel 8

Eine Spur matten Lichts rieselte durch den dunklen, wolkenverhangenen Himmel. Ich sah den Vollmond, sonst nichts. Dunkelheit um mich herum. Ich war eine Landschaft, über die ein Orkan hinweggefegt war, in der Ferne hörte ich das Heulen von Wölfen, oder ein Summen, nein, ein Jaulen. Ich nahm mich zusammen, horchte ganz genau hin. Es waren Polizeisirenen. Die Nachtluft trug den prägnanten Klang weit über die Landschaft. Die Kälte knabberte an mir, sie war unerbittlich. Es musste weit nach Mitternacht sein. Ich leckte über die salzige Kruste meiner ausgetrockneten Lippen. Mein Kopf brummte, Schmerzen in Knie und Ellenbogen, Hände und Gesicht brannten. Ich befühlte meinen Schädel. Geronnenes Blut inmitten einer Beule, dazu ein Riss oberhalb der Stirn. Ich ließ meinen Arm sinken.

Waren es doch Wölfe? Es wurde stockfinster.

Mühsam hob ich tonnenschwere Lider. Ein Fenster, mattes Licht, Regen. Ich ließ die Augen wieder zufallen. Ein neuer Versuch. Regen schlug in diagonalen Streifen gegen ein Fenster. Der dunkle Wolkeninhalt schob sich wie ölverschmierte Polierwatte gegen das Glas. Ich lag in einem Bett. In meiner linken Hand steckte eine leere Kanüle. Meine Augen wollten nicht gehorchen. Dunkelheit umfing mich mit einem düsteren Mantel. Funkstille.

Auf einmal war ich wieder da. Ich hatte geschlafen, und ich wusste nicht wie lange. Es war egal, denn die Zeit, die hier verging, wurde nicht in Uhren verbastelt. Irgendwann sah ich Antjes besorgtes Gesicht, sie beugte sich über mich. Ich spürte ihren Atem, er war sanfter Morgentau.

„Frank, wie geht es dir?", flüsterte sie.

Ich legte mir was zurecht, bevor ich es aussprach: *Ich habe eins drübergezogen bekommen, lag die Nacht draußen, die Knochen sind vom Regen aufgeweicht, es ging mir nie so dreckig*, heraus kam ein leises: „Ach, ganz okay." Antjes schöne, braune Augen waren nur wenige Zentimeter von mir entfernt. „Bekomme ich jetzt einen Kuss?", flüsterte ich.

Ein überraschter Ausdruck auf ihrem Gesicht. „Es geht dir also schon besser, wie ich sehe?" Antje richtete sich auf, und plötzlich erschien eine sorgenvolle Linie auf ihrer Stirn. „Frank, ich kann dir gar nicht sagen, wie leid mir das tut. Ich kann es mir nicht verzeihen." Ihre Stimme war ein sensibles Vortasten, das eben noch mein Ohr erreichte.

„Was denn?", fragte ich mit ebenso schwacher Stimme.

Sie legte ihre Hand auf meinen Oberarm, sprach jetzt etwas lauter. „Ich habe dich doch gebeten, Sabines Fall zu übernehmen, und nun liegst du hier, verletzt! Ein paar Stunden später, und es wäre vorbei gewesen."

Ich bewegte meinen Kopf millimeterweise und verzog die Lippen zu etwas, das wie die Andeutung eines Lächelns aussehen sollte. Vor dem Fenster flackerte etwas, bis ich merkte, dass es meine Lider waren, die sich auf und ab bewegten. Langsam stabilisierte sich der Blick, und ich hörte, wie der Regen wie mit Nadeln gegen die Fensterscheiben tippte. Nach einer Weile sagte ich: „Nein, nein, so war das nicht ... das ... hatte nicht mal etwas mit dem Fall zu tun. Ich liege hier, weil ich meine ... Neugier nicht im Zaum hatte." Ich nahm ihre Hand und drückte sie. Wir schwiegen, und als wir gleichzeitig das Wort ergriffen, prallten wir zusammen:

„Wie hat man mich –"

„Was ist denn –"

„– gefunden?"

„– passiert?"

Antje lächelte, sie setzte sich auf die Bettkante. Ich versuchte es erneut, die Worte flossen jetzt leichter aus mir heraus: „Wem hab ich meine Rettung zu verdanken?"

„Es waren mehrere Ereignisse, die zusammenkamen", sagte sie. „Ich hatte versucht, dich gestern Abend zu erreichen. Ich wollte wissen, wie es bei diesem Bonno Cornelius war. Und weil du dich nicht zurückgemeldet hast, fürchtete ich, dir könnte was zugestoßen sein. Ich wandte mich an die Polizei, Deeken meldete sich persönlich bei mir. Er gab sich Mühe, mich zu beruhigen. Ich sollte bis zum nächsten Tag warten. Aber ich machte ihn darauf aufmerksam, dass es bereits zwei

Morde innerhalb eines Monats gab, ob er das vergessen hätte?" Ich hob meinen Daumen, sie erzählte weiter: „Dann orteten sie dein Handy."

„Also habe ich dir mein Leben zu verdanken, Antje."

Sie ging nicht darauf ein. „Die Polizei fand dich halb tot auf dem Gelände eines alten Baustofflagers, am östlichen Rand der Stadt. Was hast du da gesucht?"

Meine Kopfschmerzen nahmen zu. Mit der rechten Hand tastete ich nach der Verletzung. Die Wunde war mit einem Pflasterverband abgedeckt. Ich ließ meinen Blick durchs Zimmer schweifen, wir waren allein. Nach und nach kamen mir die gestrigen Ereignisse wieder in den Sinn. „Das fing bei diesem ehemaligen Krankenpfleger Cornelius an. Ein seltsamer Vogel ist das, offen und verschlossen zugleich." Mein Rachen war wie ausgetrocknet, ich hustete. Antje gab mir Wasser, ich erzählte weiter: „Er sagte von sich aus nicht viel, gelegentlich lockte ich ihn aus der Reserve. Sobald ich ins Detail wollte, blockte er. Gegen Ende wurde Cornelius nervös, und nach einem Telefonat wollte er mich loswerden." Etwas anderes kam mir in den Sinn. „Antje, die Sporttaschen gestern am Strand."

„Was ist damit?" Sie griff nach ihrer Handtasche, während ich weiterredete.

„Du wirst es nicht glauben, ein paar solcher Taschen standen in seiner Wohnung herum."

„Was sagst du da?" Antjes Wangen bekamen Farbe. Sie zog eine zusammengerollte Zeitung aus ihrer Tasche und reichte sie mir. „Hier, lies das mal, wenn es dich nicht zu sehr anstrengt."

Es war die aktuelle Ausgabe des Ostfriesischen Kuriers mit der Schlagzeile: „KOKAINFUND AM NORDERNEYER STRAND", darunter in kleineren Lettern: „In Sporttaschen verpackt – Herkunft unbekannt." Ich überflog den Artikel. Die Kokainfunde würden auf neuste Schmugglermethoden deuten, wonach die Taschen von Containerschiffen in die Nordsee geworfen, mit kleineren Booten eingesammelt und an Land transportiert wurden. Mit einer chemischen Analyse sollte nun geklärt werden, ob ein Zusammenhang zwischen diesen und weiteren Drogenfunden an der belgischen Küste bestand. Ich gab Antje die Zeitung zurück und ließ die Informationen sacken. Ich musste kurz an die Aktion vor einem halben Jahr im Hamburger Hafen denken, bei der fast vier Tonnen Kokain in einem Straßenverkaufswert von circa achtzig Millionen Euro beschlagnahmt wurden. Der Artikel bestätigte meine Entdeckung in der Halle, unmittelbar bevor ich eins auf die Mütze bekam. Ich erzählte Antje, wie es dazu kam. Ausgehend von der Verfolgung des Mönchs bis zum Auffinden des Toten in der Tonne. Antje riet mir, diese Dinge Deeken und seinem Team zu überlassen.

Ich sagte: „Sobald ich ihn sehe, kriegt er den Auftrag."

„Das trifft sich gut", sagte Antje. „Deeken hat für heute seinen Besuch im Krankenhaus angekündigt."

„Umso besser“, sagte ich. Es gab generell noch etwas mit ihm zu klären. So, wie es bei unserem letzten Fall lief, durfte es hier nicht weitergehen. Seine permanenten Zurechtweisungen hatten ausgedient, das Ende des erhobenen Zeigefingers durfte nun eingeläutet werden. Ich wusste, wie er tickte. Er war effizient darin, möglichst großen Erfolg mit minimalem Aufwand zu erzielen. Für Lorbeeren und gute Presse war er zu haben, um bei den Vorgesetzten und der Öffentlichkeit zu glänzen. Damals hatte ich ihm einiges geboten, damit er auf Kurs bleiben konnte. Das war ihm vielleicht entfallen, darum wurde es langsam Zeit, ihn einzunorden. Ich befürchtete nur, er würde das nicht ohne Weiteres akzeptieren.

Leben kam in mich, ich griff nach einer Banane im Früchtekorb. „Kommt das Obst von dir?“

„Ja“, sagte sie und fügte hinzu: „Deine Klamotten liegen im Schrank, Unterwäsche habe ich neu gekauft, und der Bademantel, der da liegt, ist meiner. Wiedersehen macht Freude.“ Über dem Bettende lag ein schreiend mintgrüner Mantel, den ich vermutlich nicht anziehen würde, dennoch dankte ich ihr dafür.

Die Tür öffnete sich, eine Schwester kam herein. „Wollten Sie mir nicht Bescheid geben, wenn Herr Gerdes aufgewacht ist?“, sagte sie an Antje gerichtet.

„Oh, entschuldigen Sie bitte, das habe ich ganz vergessen.“

„Das ist nicht schlimm, ich informiere den Stationsarzt.“ Und an mich gerichtet: „Wie geht es Ihnen, Herr

Gerdes? Brauchen Sie etwas? Möchten Sie etwas trinken, einen Tee vielleicht?"

Ich sah die halb volle Flasche auf meinem Nachtschrank stehen. „Ich trinke von dem Wasser, danke. Haben Sie vielleicht etwas gegen die Kopfschmerzen?"

Die Schwester lächelte. „Kommt gleich." Sie machte kehrt, ließ uns allein.

Ich fragte: „Antje, weißt du, wo mein Smartphone geblieben ist?" Sie zog die Schublade des Nachtschranks auf, holte es heraus, gab es mir. Ich öffnete die Bilddateien und zeigte Antje das Foto von dem seltsamen Zusammentreffen von Bonno Cornelius und dem Unbekannten. „Kennst du den?" Mit zwei Fingern zog ich das Foto auseinander, vergrößerte das Gesicht des mir unbekannten Tesla-Fahrers.

Antje betrachtete es, sie nickte. „Das ist Gronewold, Jan Gronewold, der Immobilienkönig, von dem Sabine gesprochen hat. Von ihm bekamen sie den Schlüssel für das Hotel."

„Du kennst ihn?"

Antje hob ihren Kopf, sah mich mit sanften Augen an. „Von kennen kann keine Rede sein. Ich kenne ihn so, wie ihn hier jeder kennt. Er ist so etwas wie ein Promi, eine Persönlichkeit, die dir fast bei jedem wichtigen Ereignis über den Weg läuft." Sie warf noch einmal einen Blick darauf. „Was hat der Immobilienkönig beim ehemaligen Krankenpfleger Bonno Cornelius zu suchen? Der ist doch überhaupt nicht seine Liga."

„Das entzieht sich meiner Kenntnis, aber ich kann dir erzählen, was ich beobachtet habe. Cornelius rückte einen Aktenordner heraus, und im Gegenzug bekam er einen dicken Umschlag in die Hand.“

Antje überlegte, sie fragte: „Was war das für ein Ordner?“

Mit einem Wisch zauberte ich das zweite Foto aufs Display. Antje betrachtete den beigefarbenen Aktenordner mit dem grün-braunen Emblem. „Das ... das gibt es doch nicht!“ Sie schaute mich irritiert an.

„Was ist?“, fragte ich zurück.

Antje holte tief Luft, an ihrem Hals pochte es. „Ich kenne diese Farben und auch das Logo auf dem Aktenordner, es gehört zum St.-Ludgerus-Hospital!“ Sie schüttelte ungläubig den Kopf. „Was hat das zu bedeuten?“

„Das gilt es herauszufinden. Es ist verwirrend“, bestätigte ich ihr. Wir blieben eine Weile stumm und versuchten, zur lockeren Atmosphäre zurückzufinden. Ich brach die Stille: „Was wir bis jetzt wissen, ist: Der Immobilienmakler Gronewold kennt Doktor Jacobs, der bis zu seiner Pensionierung im St.-Ludgerus-Hospital tätig war. Bonno Cornelius betreibt mutmaßlich eine Art Verteilerzentrum für Kokain und war vor achtundzwanzig Jahren in derselben Klinik beschäftigt. Doktor Jacobs und Bonno Cornelius verbindet ein dunkles Kapitel, wenn Cornelius' Anschuldigung von den vertauschten Babys stimmt. Vielleicht war es sogar mehr. Doktor Jacobs ist tot, Cornelius lebt und verschachert nicht nur das Kokain, sondern – und das ist meine Vermutung – auch die Unterlagen seines ehemaligen Chefs an einen Immobilienmanager." Antje kaute auf ihrer Unterlippe. Ich schaute noch einmal aufs Foto. „Sieh dir mal Gronewolds Ohrring an. Ist das nicht ein klassisches Norderneyer Markenzeichen oder so?"

„Ganz genau. Norderneyer Kerle, denen ihre Herkunft etwas bedeutet, tragen einen solchen Ohrring mit ihren Initialen. Das Tragen des Ringes sollte dem Seemann damals ein christliches Begräbnis sichern, falls er über Bord ging und irgendwo als Wasserleiche aufgefunden wurde. So soll das hier bis ins achtzehnte Jahrhundert Tradition gewesen sein. Heute ist es das Erkennungszeichen für einen waschechten Norderneyer."

Es klopfte, die Tür öffnete sich wieder, das Pflegepersonal schob ein weiteres Bett mit einem Patienten herein. Ich bekam einen Zimmergenossen und das ersehnte Medikament. Sofort warf ich die Tablette ein. Die Tür war noch nicht zu, als ein bekanntes Gesicht im Türrahmen erschien. Hauptkommissar Thomas Deeken und in seinem Fahrwasser Oberkommissar Ralf Vaske. Deeken schaute uns an, seine grauen Augen blickten herausfordernd wie Stecheisen. Antje hob diskret die Schultern, stand auf und verabschiedete sich. Sie würde sich bald wieder bei mir melden, meinte sie. Ein kurzer, freundschaftlicher Blickwechsel, eine Berührung, sie ging hinaus. Vaske war in der Tür stehen geblieben, er trat zur Seite, ließ Antje vorbei und grüßte.

Deeken sagte: „Na, wie geht's? Alles wieder im Lot, Gerdes?" Er sprühte vor Euphorie. Er klang nach jemandem, der den Handyakku voll und guten Stuhlgang hatte. Voller Tatendrang rieb er seine Handteller gegeneinander.

„Bis gerade eben ging es mir hervorragend", konterte ich seinen Genesungswunsch. Jedenfalls verstand ich es so. „Du hast mich trotz des Kopfverbands wiedererkannt?", fragte ich.

Deeken sagte: „So eine Visage wie deine vergisst man nicht." Ich überlegte, ob ich das Kompliment erwidern sollte, ließ es aber. Deeken warf einen Blick auf meinen Zimmergenossen. „Wäre es nicht besser, wir setzten unser Gespräch woanders ...?"

Er hatte recht. Niemandem wäre Deekens Gerede zuzumuten gewesen. Schon gar nicht, wenn man Ruhe benötigte. Ich schlug die Decke zurück, hievte mich behutsam aus dem Bett, stieg in die bereitliegenden Badelatschen und zog mir Antjes Frotteemantel über. Die Farbe erinnerte an verunglückte Götterspeise. „Gehen wir auf den Flur", schlug ich vor. Die ersten Schritte gingen mit etwas Schwindel einher, der Kopfschmerz ließ nach.

Deeken vollzog eine Drehung, schnauzte Vaske an: „Mach dich nützlich, beweg dich, Junge! Blockier nicht die Tür, unser *Privatdetektiv* ist auferstanden."

Vaske machte ein Gesicht, als hätte er eine Hummel verschluckt. Mit etwas Anstrengung kriegte er es wieder glatt. Wir gingen ein paar Schritte durch den

Krankenhausflur. Deeken zog derweil seinen Derrick-Mantel aus, darunter kam ein brauner Anzug zum Vorschein, dazu ein graues Hemd mit grün-braun kariertem Schlips. Die Bügelfalte in der Hose war scharf, man hätte Kartoffeln damit schälen können.

„Der modernen Technik hast du es zu verdanken, dass du noch lebst, Gerdes!", begann er unvermittelt. Wie gern hätte er „Der modernen Technik *und mir*" gesagt, jedenfalls hing es in der Luft.

Wir blieben stehen und starrten einander an, schließlich sagte ich: „Der modernen Technik und dem Anruf von Antje, um genau zu sein."

„Ja, sicher, und auch mir, denn ich habe die Ortung durchgeführt, um ganz genau zu sein!"

Vaske räusperte sich.

Deeken korrigierte sich: „Na schön, sie wurde auf meine Anweisung hin vom Herrn Oberkommissar durchgeführt."

Gegenüber den Fahrstühlen zeigte Deeken auf eine Sitzgruppe. Er ging darauf zu, Vaske und ich folgten ihm. Bevor wir uns setzten, warf ich einen Blick durch den Flur, zum anderen Ende. Ein Pulk von Ärzten bewegte sich von Zimmer zu Zimmer, die Visite hatte begonnen.

Deeken ließ sich auf einen der Stühle fallen und faltete die Hände, als wollte er ein leises Gebet sprechen, bevor wir anfingen. Nach Sekunden der Abstinenz griff er erleichtert in sein Zigarettenetui, beförderte einen Nikotinlutscher zwischen die Lippen und brachte ihn zum Glühen. Er ließ die Zigarette in seinem Mund auf und ab wippen und sah mich über die Nasenspitze hinweg prüfend an. Oberkommissar Vaske setzte sich nicht dazu, vielleicht um auf diese Weise den Nikotinschwaden ausweichen zu können. Der Hauptkommissar sagte: „Soso, dann hat dir deine Antje also schon erzählt, wie wir dich gefunden haben." Sein Gesicht wirkte erschöpft und seine Stimme angestrengt.

Ich nickte. „Sie ist nicht meine Antje. Aber ja. Sie hat mir von der Handyortung und der anschließenden Rettungsaktion erzählt. Für das alles bin ich sehr dankbar."

„Nun werde mal nicht sentimental, das ist schließlich unser Job!" Er lächelte schief. Jetzt, bei Licht betrachtet, sah er markanter aus als vor ein paar Jahren. Das Haar hellgrau, tiefere Falten auf der Stirn, sein Blick noch resignierter. Er hatte sich nicht rasiert, es knisterte, wenn er sich über die Stoppeln strich. Seine Lippen bewegten sich, er sagte: „Was mich interessiert, kannst du dir sicher vorstellen. Du tauchst hier auf und ... sofort gibt es Probleme! Du machst *mir* Probleme!"

Ich gab ihm etwas zum Nachdenken: „Die Probleme hattest du schon vorher, nehme ich an. Wenn wir beide wirklich Probleme hätten, würden wir uns über Anwälte unterhalten." Ich musste mir seine Einschüchterungsversuche nicht länger anhören. Diese Ebene war mir zuwider – es war ja nicht mal eine Ebene.

Deeken dachte nach. Er blies silbergrauen Rauch aus und beobachtete, wie der zur Decke emporstieg und sich in kleine Fähnchen zerteilte. Sie lösten sich in einem Nichts auf. Dabei seufzte er und sagte: „Nun gut, dann eben die harte Nummer: Was hattest du auf dem Grundstück des ehemaligen Baubetriebs Gronewold zu suchen? Die Hütte steht doch schon seit Jahren leer, ist kurz vor dem Abriss!"

Ich stutzte und sagte: „Einen Moment! Gronewold? Ist der Eigentümer dieser Baufirma etwa Jan Gronewold, der Immobilienmakler?"

„Heute nicht mehr. Wieso? Kennst du ihn? Der Betrieb gehörte seinem Vater Willem. Jan hat die Firma vor etwa zwanzig Jahren übernommen, er ist damit aber gegen die Wand gefahren. Seitdem gibt es nur noch die Immobilienfirma Gronewold, und damit ist der Filius sehr erfolgreich." Er unterbrach sich und insistierte: „Noch mal zum Mitschreiben, Gerdes, was hattest du da zu suchen?"

Ich siebte meine Erinnerung durch und erzählte, was sich auf dem Hof zugetragen hatte. Bonno Cornelius ließ ich komplett raus, weil ich das unbestimmte Gefühl hatte, ihm selbst noch einmal auf den Zahn fühlen zu müssen. Auch den Toten in der Plastiktonne ließ ich zunächst unerwähnt. Ich schob alles auf die Kokainfunde, ohne auf Details einzugehen. Zudem gab ich eine Personenbeschreibung derjenigen ab, die mich ins Reich der Träume beförderten. Vaske schrieb fleißig mit.

Deeken hörte erst aufmerksam zu, irgendwann gähnte er. Und um den eingebrannten Zigarettenstummel herum murmelte er hin und wieder ein „Hm, hm". Als ich zum Ende kam, veränderte sich etwas in seinem

Gesicht. „Gerdes, ich glaube nicht, dass du wegen des Kokains hier bist! Was geht dich das an? Da steckt doch mehr dahinter!"

Ich nahm meine Hände aus den Taschen des Bademantels. „Was mich das angeht? Im Hamburger Hafen stellten die Kollegen fast eine Tonne Kokain sicher, und an der belgischen Küste landeten auch ein paar Päckchen. Hin und wieder arbeite ich im Auftrag der Behörden, das ist mein Tagesgeschäft. Meine Detektei ist auf Fracht- und Schiffsverkehr in Hamburg und Wilhelmshaven inklusive des Jade-Weser-Ports spezialisiert, wie du vielleicht weißt."

Deeken beugte sich vor, schaute mich eindringlich an und sagte: „Trotzdem gehe ich davon aus, dass du diesen Fall von jetzt an als erledigt betrachtest. Wenn dir dazu noch etwas einfallen sollte, wendest du dich selbstverständlich an mich. Hier müssen Profis ran, Gerdes. Das ist ein Fall für die Polizei, nicht für Hilfssheriffs."

Ich schaute unschuldig wie ein Kurtaxepreller und nickte stumm.

Der Hauptkommissar lehnte sich schwer zurück. „Ich sehe, wir verstehen uns."

Oberkommissar Vaske schniefte still vor sich hin, nahm ein Papiertaschentuch und schnäuzte hinein. Sein Handy klingelte, er nahm ab und ging ein paar Schritte zu den Fahrstühlen. Ich sah die Zeit gekommen, meine neue Strategie im Umgang mit Deeken auszuprobieren. Ich ließ einen Testballon steigen, sagte mit gedämpfter Stimme: „Deeken, jetzt mal unter uns. Ich habe den Eindruck, dass du bei den Mordfällen nicht wirklich weiterkommst."

„Wer sagt denn so was?", sagte er mit gespielter Empörung.

„Das verrät mir mein Instinkt, und nach allem, was man sich so erzählt ..."

Deeken unterbrach mich in einem Tonfall, als erbarme sich der Beichtvater über einen reuigen Sünder: „Sieh mal, Gerdes, genau das unterscheidet uns. Wir handeln nach Faktenlage und du achtest zu viel auf Gerede. Das Resultat siehst du ja auf deinem Konto. Kannst du deine Rechnungen überhaupt noch bezahlen oder fütterst du damit den Bürokamin?"

Ich ignorierte die Plattitüden, meine Stimme nahm einen vertraulichen Unterton an. „Dein Dienstherr ist an handfesten Ergebnissen interessiert, du aber strapazierst die Ökobilanz der Insel mit laufenden Ermittlungen. Dir sitzt der Bürgermeister im Nacken und die gesamte Touristikbranche, weil die Besucherzahlen einbrechen. Der Druck muss unglaublich groß sein." Ich öffnete meine Hände und drehte die Handflächen nach oben. „Bei den Mordfällen der letzten Monate kann ich dir nicht helfen, aber ich habe einen Tipp für dich, was das Kokain anbelangt."

Deeken schaute sehnsüchtig wie ein Kind, dann eine abwertende Geste. „Wenn du Gronewolds Hütte meinst, die kannste vergessen – war sauber wie ein gepuderter Babyhintern."

Ich stutzte. „Ihr habt auch die Halle nebenan durchsucht?"

Er entzündete eine neue Zigarette an der alten und schnippte den Stummel in eine Kübelpflanze. „Wir hätten sogar den Mond durchsucht, wenn der da gerade vorbeigezogen wäre."

„Mit einem Spürhund?"

„Gerdes, weißt du überhaupt, was für ein Aufwand das ist, um diese Uhrzeit? Du machst dir keine Vorstellung!"

Es war den dreien also gelungen, die Fässer während meiner Bewusstlosigkeit zu beseitigen, einschließlich des Toten. Für einen kurzen Moment schloss ich meine Augen, holte mir die Eindrücke von gestern ins Bewusstsein zurück: Die Fahrzeuge kamen zurück, die Hallentür öffnete sich, drei Typen kamen herein, und unmittelbar bevor Nikolaus zuschlug, kam mir der Gedanke an den See, der dunkel und ölig hinterm Haus lag ... Ich setzte alles auf eine Karte: „Es fehlt dir der Jackpot, und das weißt du. Es liegt an dir selbst, ob du das Superlos willst – denke an die Schlagzeilen."

Das Wichtigste war erreicht, Deeken hielt die Klappe und blickte nachdenklich. Er tat, als wäre er schwer von Begriff, aber das Glitzern in seinen Augen war unübersehbar. Der Hauptkommissar hatte angebissen, er sagte: „Auf die Art verhökert man Teppiche, Gerdes." Ich schwieg. Die Falten auf seiner Stirn wurden zu Serpentinen. „Nun, gut ... warte mal", flüsterte er und beobachtete dabei seinen Kollegen Ralf Vaske, der gerade sein Telefonat beendete und zurückkam.

Vaske sagte: „Ich habe die Kollegen angewiesen, die Zelte abzubrechen."

„Das hast du gut gemacht", sagte sein Chef in einem Tonfall, als spräche er mit einem Kind. Ein Lächeln huschte über Vaskes Gesicht, er schob das Handy in seine Jackentasche, und Deeken war noch nicht fertig: „Vaske, hör mal. Ich glaube, dass ich die Handschellen im Auto vergessen habe. Hole sie mir mal!"

Die Augen des Oberkommissars verengten sich. „Wie bitte? Brauchen wir die hier?"

„Man kann nie wissen. Und lass dir Zeit dabei!"

Vaske machte kehrt, trottete zu den Fahrstühlen.

„Irgendwann läuft dein Kollege Amok", mutmaßte ich. Meine Vision verhallte unkommentiert. Hinten im Flur zog die Ärzteprozession einen Raum weiter, Vaske trat in den Fahrstuhl, die Türen schoben sich zu.

Deeken füllte seine Lunge mit Rauch und stieß ihn wieder aus, die nächsten Sekunden schien er die Zigarette zwischen seinen Fingern zu vergessen. „Gerdes, nun spuck die Hinweise aus, von denen du sprichst. Ich hab nicht den ganzen Tag Zeit, Rätsel zu lösen."

„Und ich habe keine Zeit, welche zu erfinden. Zunächst muss klar sein, dass du mich zukünftig in Ruhe lässt. Wirf mir keine Knüppel zwischen die Beine, und das Rechtfertigungsgetue, wie einst in Cloppenburg, hat ein Ende." Deekens zynischer Gesichtsausdruck verlor an Schärfe. Er machte Zeichen, dass ich weiterreden sollte, was ich auch tat. „Und noch zwei Punkte aus meinem Wahlprogramm: Du wirst mich nicht mehr grundlos auf die Wache zitieren, und bei Bedarf versorgst du mich mit Informationen aus der Datenbank für die Recherche, also nichts wirklich Giftiges."

Deeken schüttelte den Kopf, er machte eine unbestimmte Handbewegung. „Du weißt, dass ich Nein sagen muss."

„Du weißt, dass du Ja sagen wirst."

„Und wenn ich Nein sage?"

„Dann werde ich Adieu sagen."

„Du wirst die Insel verlassen?"

„Nein, *du* wirst die Insel verlassen müssen, weil du keine Erfolge vorzuweisen hast. Und ich werde am Anleger stehen und winke, winke machen." Wir starrten einander an wie Pokerspieler, unschlüssig, wie gut das Blatt war, das der andere im Ärmel hatte. „Also, gilt unsere Abmachung? Die Täter sind gerade auf der Flucht", drängte ich.

Er lächelte wieder sein leicht schiefes Lächeln, prüfte die Fingernägel, einen nach dem anderen, indem er sie gegen das Licht hielt und sorgsam musterte. „Ich gehe ein Risiko ein, Gerdes, das ist dir doch wohl klar!? Gib mir eine Minute."

„In einer Minute kann ein Imperium zusammenbrechen", gab ich zu bedenken.

Deeken dachte so überzeugend nach, dass die Kaumuskeln hervortraten. Nach einer halben Minute endlich die erlösende Antwort: „Im Namen der Gerechtigkeit müssen manchmal ungewöhnliche Wege eingeschlagen werden." Das aufgesetzte Pathos in seiner Stimme verriet Verärgerung. „Also gut, aber kein Wort zu Vaske! Diese Abmachung ist eine Sache nur zwischen dir und mir, um der alten Zeiten willen." Ich nickte und hoffte, dass dieses Einverständnis glaubwürdiger war als ein Indianerehrenwort in Bad Segeberg.

Jemand räusperte sich, wir drehten die Köpfe, Vaske war zurück. Er hob die Schultern an. „Es waren keine Handschellen im Auto, ich habe alles durchsucht."

Deeken positionierte die Zigarette in der Mitte der Lippen und fummelte in den Taschen seines Mantels herum, den er über die Stuhllehne gelegt hatte. Er zauberte eine Handvoll Kabelbinder hervor. „Zur Not tun's die auch", knurrte er und steckte sie wieder ein, und an mich gerichtet: „Kommen wir nun zum zweiten Teil unserer Abma...", er unterbrach sich, ein Blick zu Vaske und zurück zu mir. „Raus mit der Sprache, was ist dir sonst noch aufgefallen auf Gronewolds Anwesen? Ich bin ganz Ohr!"

Ich erzählte von dem toten Asiaten in der Plastiktonne. Deeken ließ aus dem verkniffenen Mundwinkel Rauch aufsteigen. „Himmel!", schimpfte er, nahm die Zigarette aus dem Mund und leckte sich die gespannte Unterlippe. „Das mit der Leiche ist neu, aber ich sagte bereits, dass wir nichts gefunden haben." Er wandte sich an seinen jüngeren Kollegen: „Wir brauchen umgehend die Spusi!" Vaske nahm sein Taschentelefon und kümmerte sich darum. Deeken sagte etwas leiser: „Gerdes, unter ‚Jackpot' stelle ich mir etwas anderes vor. Wenn das alles ist ..." Er sprach nicht weiter, vermied eine Anspielung auf unsere Vereinbarung.

Ich griff tief in die Kiste mit den Annahmen und Vermutungen und zog heraus, was sich ganz unten verbarg: „Hinter dem Haus befindet sich ein Teich. Habt ihr den überhaupt bemerkt?“

Deeken schaute Vaske an, der mitgehört hatte. Vaske nickte, Deeken nickte auch und sagte: „Selbstverständlich!“

„Was ihr sucht, befindet sich darin. Lasst eure Leute dort suchen.“

Deeken gab Vaske Anweisung, die er per Telefon an seine Kollegen weiterreichte. Ich fragte den Hauptkommissar: „Was habt ihr wegen des Einbruchs bei Witwe Jacobs herausgefunden?“

Deeken schaute verblüfft. „Woher weißt du …? Ach, Vaske hatte das ja ausgeplaudert. Mysteriöse Sache, das Ganze. Es wurde bei ihr eingebrochen, aber kaum etwas gestohlen, jedenfalls nichts Wertvolles. Der Sachschaden dazu stand in keinem Verhältnis.“

„Und was wurde gestohlen?“, fragte ich wie beiläufig.

„Nicht der Rede wert“, es schien so nebensächlich zu sein, dass er mich nicht mal mehr anschaute.

„Was war es denn?“, fragte ich beharrlich wie ein Amboss auf dem Weg nach unten.

Er wandte sich an Vaske: „Vaske, was war es? Eine Akte?“

Ralf Vaske unterbrach sein Telefonat, seine Antwort kam prompt: „Es war ein Aktenordner, mit Unterlagen aus der Klinik, in der Doktor Jacobs tätig war. Frau Jacobs weiß aber nicht, welche Akten sich in dem Ordner befunden haben."

Ich rührte mich nicht. Meine Vermutung, die ich Antje gegenüber geäußert hatte, war soeben bestätigt worden.

Deeken wandte seinen Blick nicht von meinem Gesicht. „Das scheint dich ja schwer zu treffen, Junge. Was ist denn los?"

Oberkommissar Vaske unterbrach unser vertrauliches Geplänkel, er stellte sein Handy auf „Mithören". „*... und dann kannste dem Alten sagen, wir haben Plastikfässer gefunden. Sollen wir die aus dem Tümpel holen oder wollt ihr dabei sein? Also, wir können das gern ohne euch machen*", dröhnte es blechern aus dem Hörer. Sowohl Deeken also auch Vaske nickten unisono. „Sofort rausholen!", brüllte Deeken, Vaske gab den Befehl weiter.

Ich klatschte einmal in die Hände. „Bravo! Und währenddessen suchen die Täter das Weite."

Deeken quittierte meine Anmerkung mit einem bissigen Lächeln.

Die Ärzteschaft kam näher, und von der anderen Seite schwebte die Stationsschwester heran. Sie fixierte Deeken mit irren Andrea Berg-Augen, der gerade dabei war, eine weitere Zigarette aus dem Etui zu fischen. „Ich möchte Sie bitten, das Rauchen zu unterlassen. Hier herrscht absolutes Rauchverbot! Das ist Ihnen doch wohl klar!" Sie stemmte ihre Fäuste in die Hüften.

Deeken gefiel das nicht, er zog die Unterlippe zwischen die Zähne und steckte das Etui weg. Und als die Schwester gegangen war, drückte er den aktuellen Stummel im Pflanzenkübel aus.

Vaskes Telefon vibrierte, Deeken sprang auf und ließ es sich aushändigen. „Hier ist Hauptkommissar Deeken. Was gibt's?“ Er presste den Hörer so fest an sein Ohr, dass niemand etwas mitbekam. Nach einer Weile wurde sein Gesicht nachdenklicher. „Wie? Hm, ich verstehe ...“ Er bemühte sich, sein Erstaunen aus der Stimme herauszuhalten: „Lasst die Forensiker aus Aurich kommen ... ja ... Wie? ... Nein, das ist nicht nötig. Der Tote wird für die Gerichtsmedizin in Oldenburg fertig gemacht ... ja, die rufe *ich* an. Wir machen uns auf den Weg zu euch.“ Deeken legte auf. „Volltreffer! Die Leiche steckte in einer der Tonnen. Vermutlich ein Seemann aus Fernost.“ Vaske pfiff durch die Zähne. Sein Boss fügte hinzu: „Die Spusi ist schon am Machen.“ Aus seinem Mund hörte es sich irgendwie unanständig an. Vaske fragte, ob er das Gespräch mit dem Medizinmann in Oldenburg übernehmen sollte, was Deeken bejahte. Vaske entfernte sich ein paar Schritte und tätigte den Anruf.

Die Weißkittel kamen näher, und ich war bemüht, unser Gespräch zum Abschluss zu bringen. „Wie ich sehe, kommt ihr zurecht.“ Ich erhob mich langsam.

Deeken seufzte und sagte: „Du hast einen gut bei mir. Melde dich, wenn du was brauchst.“

Deeken hatte verstanden. Er hatte seinen Jackpot. Eine große Menge Kokains wurde aus dem Verkehr gezogen, gleichwohl hatte er eine weitere Leiche an den Hacken, worum ich ihn nicht beneidete. Der Druck auf ihn würde noch größer werden.

Vaske wandte sich an seinen Chef: „Die Gerichtsmedizin weiß Bescheid."

Deeken nickte wie beiläufig, dann rieb er wieder seine Handteller aneinander. „Heute ist ein guter Tag, um eine Presseerklärung abzugeben. Findest du nicht, Vaske?"

Er nickte. „Und was ist mit Herrn Gerdes?"

„Der wird hoffentlich bald gesund."

„Brauchen wir ihn noch als Zeugen oder können wir ihn entlassen?"

„Gib ihm die Entlassungspapiere."

„Gerdes ist übrigens noch da", sagte ich.

Die Stationsschwester näherte sich. „Herr Gerdes, die Ärzte sind gleich bei Ihnen. Bitte begeben Sie sich auf Ihr Zimmer."

Ich hob die Hand, als Zeichen, dass ich verstanden hatte. Und an Deeken gerichtet: „Viel Erfolg bei der Tätersuche." Wir tauschten einen mentalen Händedruck.

Im Weggehen hörte ich Deeken zu Vaske sagen: „Mach den Hafen dicht, auch den Jachthafen. Ordne eine Personenkontrolle bei den Fähren an. Gib die Personenfahndung heraus, und ich will die Bilder der Überwachungskameras am Hafen auf den PC – das ganze Programm.“ Die beiden verschwanden im Fahrstuhl, und ich begab mich aufs Krankenlager. So schieden wir wie zwei Geschäftspartner, den Mund voller Phrasen und den Kopf voll mit Fragen.

Kapitel 9

Die Diagnose der Ärzte ließ sich in zwei Wörtern zusammenfassen: Glück gehabt. Mein Schädel war ganz geblieben, ich hatte eine Platzwunde, die lediglich einen Verbandswechsel erforderte. Zum Fädenziehen sollte ich nach einer Woche vorstellig werden, bis dahin verordneten sie mir Ruhe. Wenn nichts dazwischenkam, wäre ich in drei Tagen draußen. Ich rechnete mit weniger. Und wenn ich nun schon mal hier war, sollte mein Aufenthalt nicht ergebnislos sein, eine analoge Recherche bot sich an. Digital blieb mir der Weg ins Hospital versperrt. Bis auf die üblichen Informationsseiten im Internet gab es keinen digitalen Zugang zu internen Daten – das wäre wohl auch unüblich. Patientendaten waren in den Achtziger- und Neunzigerjahren in real existierenden Akten erfasst worden, die man mit den Händen durchblättern konnte – ein Bewegungsablauf, der im Tablet-Zeitalter womöglich in Vergessenheit gerät. Die Frage, die mich beschäftigte, war, wo diese Akten aufbewahrt wurden. Ich stellte Antje diese Frage mittels Smartphone, sie antwortete umgehend und kündigte mir Sabine Bakkers Besuch am Krankenbett an – sie würde die Antwort kennen.

Die Tür öffnete sich, ein Pfleger und die Stationsschwester mit dem irren Blick kamen ins Zimmer. Zwecks OP wurde mein Bettnachbar Janto samt Bett herausgeschoben. Ich war allein, und mir fiel die Decke auf den Kopf. Also stand ich auf und ging zum Fenster. Draußen fiel der Schnee in dicken Flocken. Es klopfte, ich sagte: „Herein", die Tür öffnete sich, Schwester Sabine Bakker war da. Sie erkundigte sich nach meinem Befinden. Ich gab ihr einen knappen Lagebericht und gestand ihr ein, dass es meine Leichtfertigkeit war, die mich ins Krankenhaus befördert hatte. Mit ihrem Auftrag hätte es nichts zu tun gehabt. Anschließend erzählte ich ihr von dem Gespräch mit dem ehemaligen Pfleger Bonno Cornelius. Frau Bakker war überrascht, dass ich von den alten Klinikgeschichten wusste, und ich gab preis, dass Antje mir davon erzählt hatte. Ich weihte Sabine Bakker in meinen Plan ein, alte Klinikunterlagen nach Anhaltspunkten zu durchforsten, um die Aussagen von Bonno Cornelius zu überprüfen. Meine konkrete Frage war, ob es ein hauseigenes Archiv gab. Sabine Bakker schien zunächst irritiert, gab aber bereitwillig Auskunft. Die Ablage war in einem separaten Bau auf dem Dach des Krankenhauses untergebracht. Sie fragte, ob die Verwaltungsleitung denn ihr Okay dazu gegeben hätte, was ich verneinte. „Ungewöhnliche Aufgaben erfordern ungewöhnliche Maßnahmen", war meine Devise. Sie zeigte sich kooperativ, legte mir einen Zentralschlüssel in die Hand und empfahl, das Archiv besser nach Büroschluss aufzusuchen. Eine mündliche

Wegbeschreibung zum Dachaufgang gab es als Bonus obendrauf. Ich dankte für ihr Vertrauen und versprach, gut auf den Schlüssel aufzupassen. Sie räumte aber ein, dass dieser eventuell nicht zum Türschloss des Archivraums passte.

Der darauffolgende Tag war ein Samstag. Aus den Büros würde mir niemand über den Weg laufen. Ich saß aufrecht in meinem Bett und überlegte, wie ich es anstellen sollte, unverdächtig durchs Haus und auf das Dach zu gelangen. Die Tarnung als Patient erschien mir die sinnvollste. Ich warf mir Antjes Bademantel über, stieg in die Schlappen und schlurfte aus dem Zimmer. Im Flur und im Treppenhaus begegneten mir die üblichen Verdächtigen, bestehend aus Pflegepersonal und herumlungernden Patienten. Im dritten Stockwerk wechselte ich in den Fahrstuhl. Dort wurde ich Ohrenzeuge eines Gesprächs zwischen einer Patientin und einer Pastoralreferentin mit teuflisch rotem Haar, für die sogar der Weihbischof eigenhändig einen separaten Zugang ins Offizialat geflext hätte. Die Patientin brachte ihre Besorgnis wegen der aktuellen Inselmorde zum Ausdruck. Mehr bekam ich nicht mit, weil ich den Fahrstuhl verließ. Weiter ging es gemäß Sabine Bakkers Beschreibung durch einen breiten Korridor mit Linoleumboden. Über die letzten Treppenstufen gelangte ich bis zu jener Tür, zu der ich hoffentlich den passenden Schlüssel hatte. Der passte. Ich schob die schwere Brandschutztür auf, frostiger Wind schlug mir entgegen. Der Schneefall hatte aufgehört, aber auf der gesamten Fläche des Daches lag ein Teppich aus Schnee. Ein paar Sonnenstrahlen bahnten sich den Weg durch bleifarbene Wolken. Sie tauchten die Häuser, die sich im Westen aus dem Nebel erhoben, in silbriges Licht.

Ich schlug das Revers des Bademantels hoch und hielt mir den Kragen zu. Die Tür fiel krachend ins Schloss. In etwa zehn Metern Entfernung stand der kastenförmige Archivbau, der etwa so groß war wie vier zusammengewürfelte Container. Seltsam war der freie, ungeschützte Zugang bis dahin. An den Betonelementen auf dem Dach war erkennbar, dass hier wohl ursprünglich ein weiteres Stockwerk geplant gewesen war. Ich schlitterte die Meter über einen verschneiten Plattenweg bis zum Eingang. Ich drückte die Klinke, die Tür war wie erwartet verschlossen. Statt eines Zylinderschlosses war hier ein herkömmliches Bartschlüsselschloss. Mist! Mit dem Schlüssel von Sabine Bakker kam ich hier nicht weiter. Ich vergrub die Hände in den Bademanteltaschen und sah nach einer anderen Möglichkeit, ins Archiv zu gelangen. Meine Finger spielten derweil in den Manteltaschen mit etwas, das ich nicht einordnen konnte, ich zog es raus. Antje sei Dank – es war eine große Haarklammer. Mit spitzen Fingern bog ich sie zurecht und versuchte mein Glück. Nach wenigen Sekunden guten Zuredens und Bearbeitens kitzelte ich das Schloss auf.

Vorsichtig zog ich an der Tür, schaute durch den Spalt in einen finsteren, miefigen Raum. Allein das matte Licht der Vormittagssonne, das durch den Spalt in den Raum fiel, ließ einzelne Umrisse erkennen. Links war ein Lichtschalter, den ich drückte. Leuchtstoffröhren flackerten auf. Ich schlüpfte hinein und zog die Tür hinter mir zu. Stille in dem fensterlosen Raum mit Gängen aus Linoleum, die wohl zu Willy Brandts Amtsantritt das letzte Mal gebohnert worden waren. Der rechte Bereich war sauberer und heller, was aber nicht heißt, dass er sauber und hell war, die Lichtröhre darüber hatte vermutlich mehr Watt. Kalt und feucht war die Luft, hier hauste der Geruch jahrelanger Routine. Rechts an der Wand ein Schreibtisch, klobig wie ein Altar, darüber die Monstranz der Registratur. Ich öffnete sie und zog ein paar Kästen mit Karteikarten heraus. Fein säuberlich und alphabetisch sortiert waren hier die Namen von Patienten und deren Behandlungszeiträume notiert und einsortiert worden, zudem Angaben, wo die Akten in der Ablage zu finden waren. Hinter mir die Patientenakten gestapelt auf Regalen, und auch ein paar Hängeordner, sortiert nach Jahren und Monaten. Wahllos zog ich einen heraus. EKG-Zickzacklinien, ärztliche und pflegerische Notizen, Krankenkassenabrechnungen, Ultraschallbilder. Ich legte sie zurück und ging durch die Reihen. Für jede einzelne Akteneinsicht wäre ein Gerichtsbeschluss vonnöten gewesen. Heute war ich – meiner Kleidung entsprechend – auf dem kleinen Dienstweg. Weiter hinten an der Wand gab es ein paar leere Regalfächer wie verwaiste Kammern eines Bienenstocks, die noch darauf warteten, gefüllt zu werden.

Nun ging ich es systematisch an, suchte nach jenen Akten, die in die Zeit von Bonno Cornelius reichten, unmittelbar bevor er die Klinik verließ. Das war Ende der Achtziger-, Anfang der Neunzigerjahre. Ich schlug Akten auf, blätterte darin herum, schloss sie wieder. Ein ums andere Mal las ich intime Details und Befindlichkeiten über Patienten, von denen viele schon nicht mehr am Leben waren. Mir fiel auf, dass die einzelnen Dokumente wie EKG, EEG, Röntgenbilder in jeder Akte stets in derselben Reihenfolge einsortiert waren. In wenigen Akten fehlten Abteilungen, die laut Inhaltsverzeichnis eigentlich vorhanden sein müssten. Ich nahm mir die Entbindungen vor. Davon gab es eine ganze Reihe. Es waren unverhältnismäßig viele Geburten für eine Inselklinik dieser Größe. Viele Schwangere kamen vom Festland auf die Insel, aus dem gesamten norddeutschen Raum. Und, wenn ich die Dokumentationen richtig deutete, waren sie nur zum Entbinden auf die Insel gekommen. Nachweise von Voruntersuchungen lagen nicht vor. Entweder waren sie nicht durchgeführt worden, oder man pfuschte bei der Anamnese. Was hatte das zu bedeuten? Der Akte Heymann widmete ich besondere Aufmerksamkeit. Heymann ... wo war mir dieser Name begegnet? Ich erinnerte mich. Antje erzählte mir von dem Pensionär Rolf Heymann, der die Norderneyer Kaufleute mit Paragrafen und Zollstock um ihren Geschäftsfrieden brachte. Hier in der Krankenakte ging es aber um Julia Heymann, geboren am 25. Mai 1973 auf Norderney. Sie entband im jungen Alter von siebzehn, am 5. April 1990. Über das Kind gab es keine Angaben, rein gar nichts. Vielleicht handelte es sich um eine Totgeburt, aber auch dieser traurige Umstand hätte irgendwo vermerkt sein müssen.

Ich entschied mich, die Akte Heymann mitzunehmen, steckte sie ins Revers des Bademantels, zog ihn straff und band den Gürtel fester. Alle anderen Akten kamen zurück an ihren Platz, das Licht schaltete ich aus, zog die Tür hinter mir zu. Mit eisigen Füßen in den Latschen stakste ich zurück über den Frostteppich zur Dachgeschosstür. Als ich am Knauf rüttelte, ließ sich die Tür nicht mehr öffnen. Ich nahm den Zentralschlüssel aus der Tasche und schob ihn hinein, der blockierte auf halbem Weg. Schlüssel noch einmal raus, dann wieder rein, die Prozedur ließ sich unendlich wiederholen, aber es änderte nichts daran, dass das Schloss eingefroren oder verdreckt war. Ich betrachtete es näher. Ein kleines, bewegliches Abdeckplättchen, das dem Schloss als Schutz dienen sollte, war abgebrochen. Hier war kein Weiterkommen. Ich ging auf Wanderschaft, streifte wie ein Eremit in mintgrüner Ordenskutte über die Weite des Daches, hielt Ausschau nach Alternativen oder einer winterlichen Fata Morgana in der Gestalt eines beheizten, auf mich wartenden Fahrstuhls. Nach Norden hin war das Meer zum Greifen nah. Möwen stiegen auf und ab, wie an einem zu groß geratenen Mobile. Gefrostete Dünengräser und Rabatten lugten aus frischen Schneeverwehungen, über Meer und Strand hingen Nebelbänke und unter den Dunststreifen rollten

Schaumkronen lautlos über den Strand. Einige Unerschrockene spazierten am Meeressaum entlang, andere auf der Promenade, die Kapuzen tief ins Gesicht gezogen oder Wollmützen auf dem Kopf, umwickelt mit dicken Schals, die Kragen hochgeschlagen. Ein Passant hob den Kopf, zeigte mit langem Arm zum Krankenhaus. Ein paar Spaziergänger blieben stehen, sie blickten zu mir herauf. Ich stand unsicher an der Dachkante und wusste nicht, wie ich reagieren sollte.

Von unten kamen aufgeregte Stimmen: „Nicht!"

Was meinten die?!

„Nein, nein, nicht ...!" Immer mehr Leute wedelten mit den Armen, sie liefen los, näherten sich dem St.-Ludgerus-Hospital. Sie riefen so etwas wie: „Tun Sie das nicht!"

Ah, ich kapierte. Als Antwort auf ihre besorgten Zurufe wedelte ich mit gekreuzten Armen, als hätte ich mein vermeintliches Vorhaben, vom Dach zu springen, aufgegeben – alles abgeblasen für heute. Die Leute ließen sich nicht davon abbringen, mich retten zu wollen. Der ein oder andere zückte sein Handy. Ich trat unverzüglich den Rückzug an, verschwand vom Rand und suchte nach einer Möglichkeit, schnell vom Dach hinunterzusteigen. Ich schaute auf der Westseite des Flachdachs nach und erspähte hinter einem Aufbau mit mehreren Schornsteinrohren eine Feuerleiter, die aber wegen eines Baugerüstes nicht bis zum Boden reichte. Sie war mittendrin gekappt worden, ungefähr in Höhe des dritten Stockwerks. Von dort würde ich, wohl oder übel, aufs Baugerüst springen müssen. Vorsichtig setzte ich einen Fuß auf die oberste Sprosse. Die Leiter wackelte, sie quietschte auch. Der zweite Fuß folgte unter größter Konzentration, um die Schlappen nicht zu verlieren. Die Verschraubung in der Wand hatte schon bessere Tage gesehen, sie war schwarz und rostig. Sprosse für Sprosse begann ich den Abstieg, an der hellen Fassade wirkte ich unscheinbar wie eine Blattwanze auf Sahnetorte. Von unten drangen Rufe herauf, die ich ignorierte. Von weit her trug der Wind den durchdringenden Klang sich nähernder Martinshörner zu mir herauf.

Nach einer gefühlten Ewigkeit war ich am unteren Ende der Leiter angelangt, das Baugerüst befand sich einen Meter von mir entfernt. Ich kratzte allen Mut zusammen, machte aus dem Stand einen Sprung und bekam das eiskalte Gerüst mit beiden Händen zu packen. Die Füße kamen nicht ganz mit, sie rutschten ab von dem gefrorenen Metall. Panik ergriff mich, meine Beine pendelten über dem Abgrund. Ich strampelte wild, die Badelatschen waren nicht mehr zu halten, sie segelten abwärts wie Schmetterlinge auf Dope. Mit aller Kraft zog ich mich hoch. Ein Bein erreichte das Gerüstbrett, mit der rechten Hand packte ich die nächsthöhere Stange und zog mich ein weiteres Stück empor, das andere Bein folgte. In meinem Kopf pochte es, die Wirkung der Schmerzmittel war verpufft. Nicht nur der Kopf dröhnte, sondern auch die Feuerwehrsirene, die unten im Hof angekommen war. Das Fahrzeug rangierte herum,

Männer sprangen heraus, öffneten die Seitentüren. Ich fühlte mich wie ein Eisblock beim Extrem-Yoga, und beinahe wäre mir in dieser Position die Patientenakte aus dem Bademantel gerutscht. Unten entfaltete das Feuerwehrteam das Sprungtuch, ein Megafon quietschte.

„Behalten Sie Ruhe!“, tönte es von unten herauf. „Machen Sie nichts Unbedachtes! Wir werden Sie da heile herunterholen!“

Gewünscht hätte ich mir: „Frank möchte aus dem Kletterparadies abgeholt werden.“ Es half nichts, ich musste da selbst rauf. Endlich fanden meine Füße festen Halt, ich kam auf die Beine und gelangte über das Gerüst zu einer Reihe Fenster, von denen eins angelehnt war. Ich drückte es auf, stieg über die Fensterbank in ein Patientenzimmer mit vier älteren Damen, die halb laute, spitze Schreie ausstießen, sich gespielt empörten und dabei die Bettdecken bis zum Kinn hochzogen. Erst ein paar Anzüglichkeiten, dann johlendes Gelächter und anerkennende Pfiffe.

„Na, Jungchen, hat se dich rausgeworfen? Haha, hohoho, hihihi.“

Ich beeilte mich, durchs Zimmer zu kommen, dann durch die Tür in den Stationsflur und weiter hinten rechts ins Treppenhaus. Es ging eine Etage tiefer, in die Männerstation und zurück in mein Zimmer. Völlig entkräftet steckte ich die Krankenakte unter das Kopfkissen, warf den Bademantel ans Fußende des Bettes und legte mich rein. Ich drehte mich auf die Seite, stellte mich schlafend. Wenige Sekunden später öffnete sich die Tür, es war die Stimme von Schwester Andrea Berg: „Sehen Sie? Das kann gar nicht sein, Herr Gerdes schläft nämlich."

Ich hörte eine männliche Stimme antworten: „Tatsächlich, es stimmt." Die Tür wurde geschlossen, und ich kletterte jetzt noch tiefer hinab, in das Reich der Träume. Das Letzte, was ich dachte, war, *Gleich morgen bin ich hier weg,* dann hüllte mich die Wärme in ihren wohligen Mantel.

KAPITEL 10

Nach dem Schlaf gab es ein verspätetes Mittagessen, das mir Kraft gab. Ich fühlte mich, als könnte ich Baugerüste verschieben. War der Kletterparcour ein Traum gewesen? Ich fasste unter das Kopfkissen und zog die Akte heraus – kein Traum. Auf dem Tablett stand noch das Dessert. Während ich es in mich hineinlöffelte, studierte ich die Eintragungen in der Akte Julia Heymann. Es klopfte, ich sagte „Herein", bereit, die Akte zu verstecken. Antje stand in der Tür.

„Störe ich?", fragte sie mit einem Lächeln.

„Du störst nie", war meine Antwort, und ich ließ die Akte zufallen. „Ich bin froh, dass du da bist."

Antje kam näher. „Wie geht es dir heute?"

„Gut. Ich spüre meine Kraft zurückkehren, und eigentlich möchte ich so schnell wie möglich hier raus. Es nervt mich, bis nach dem Wochenende hier liegen zu müssen."

Antje erklärte: „Genesung ist ein Prozess, dein Körper ist nicht untätig. Gönne dir die Auszeit, lass dich verwöhnen, während ich weg bin."

„Während du weg bist?"

Antje legte ihre Hand auf meine. „Ich hatte dir doch von der Fortbildung in Osnabrück erzählt. Ab morgen geht's los. In den nächsten zwei Tagen werde ich auf den aktuellen Stand der psychologischen Forschung gebracht."

„Ja, natürlich, du hattest davon erzählt. Wie spät fährst du?"

„Morgen Vormittag, die Fähre geht um zehn. Und am Nachmittag ist hier die Gemeindeversammlung in der Stella Maris-Kirche – ich sollte dir Bescheid geben."

Trotzig sagte ich: „Noch ein Grund, die Klinik eher zu verlassen!"

Antje schaute mich mitleidig an, schüttelte leicht den Kopf und sagte: „Kettet mir dieses Tier an!"

Am nächsten Tag entfernte ich das Pflaster nach dem Frühstück, packte meine Sachen zusammen, hinterlegte Frau Bakkers Schlüssel in einem Umschlag bei der Stationsschwester, unterschrieb einen Wisch, bedankte mich und war ruckzuck draußen, mit dem Gefühl, einer Art Gefangenschaft entkommen zu sein. Ich schaute noch einmal zum Baugerüst hinauf. Und mir wurde klar, wer dort in Bademantel und Flipflops herumkletterte, war reif für die Geschlossene.

Es war hell, obwohl die Sonne nicht wirklich schien, sie verbarg sich hinter einer Milchglasscheibe. Ich trat den Weg durch die Stadt an, kalte Luft durchströmte meine Lungen. Die heimischen Spediteure waren mit Elektrokarren auf gestreuten und geräumten Straßen unterwegs, belieferten Hotels und Shops. In Cafés und

Bäckereien herrschte Hochbetrieb, Hunde wurden Gassi geführt, die Insel reckte sich.

Antje war reisefertig, sie bot mir dennoch ein schnelles Frühstück an, das ich dankend ablehnte. Sie bot mir auch ihre Wohnung an, die ich dankend annahm. Letzte Instruktionen für den Wohnungsgebrauch, dann gingen wir gemeinsam zum Hafen, mit einem kurzen Abstecher zum Jachthafen. Antje zeigte mir den Ort, an dem Dr. Jacobs samt Mercedes ins Hafenbecken gestürzt war. Die Kante war an der betreffenden Stelle deutlich abgeschürft und auch eine Dalbe gleich daneben. Ich registrierte, dass die Zufahrt zum Hafenbecken frei zugänglich war und es keine Wohnhäuser in unmittelbarer Nähe gab. Von Statisten, die am Abend bei einer Zigarette auf einem Balkon zufällig das Geschehen hätten beobachten können, war hier leider nicht auszugehen. Wir gingen zum Anleger und in der Wartehalle sagte ich Antje zu, sie hin und wieder über den aktuellen Stand meiner Ermittlungen zu informieren. Als der Moment der Abfahrt kam, tauschten wir einen Kuss, der die Beschreibung verdiente.

Auf dem Rückweg über den Westdeich machte ich mir Gedanken, was es war, das mich mit Antje verband, aber auch, was Susanne und mich scheitern ließ. Ich begann, das eine gegen das andere abzuwägen, aber solche Gedanken führten zu nichts. Unmittelbar vor der Giftbude ging ich hinunter an den Strand und spazierte am Saum der ansteigenden Flut entlang. Ebbe und Flut im Abstand von sechs Stunden und zwölf Minuten, Gezeiten als Symbol für das Auf und Ab des Lebens, Liebe kommt – Liebe geht, dazwischen das Leben, das bitter sein kann, und am Ende der Tod, der manchmal erlösend daherkommt. Der Blick zum Horizont lässt mich still werden vor den Fragen des Lebens. Was mochte dahinter liegen? Ein Nautiker kennt die Antwort, aber ein Philosoph? Ich dachte über Julia Heymann nach, die allzu früh schwanger geworden war. Warum fand sich in der Akte kein Eintrag zu ihrem Kind? Was war damals geschehen? Es lag nahe, Julia Heymann selbst danach zu befragen. Ich wollte sie aufsuchen.

Die Sonne tropfte durch Wolkenlücken wie klecksende Farbe auf die Häuser der Inselstadt. Der aufklarende Himmel ermunterte mich, meinen Weg über den Nordstrand fortzusetzen. Ich ging vorbei an niedrigen sich wallenden Hügeln von gefrorenem Sand, verwehtem Schnee und Dünengras. Die salzige Luft, die vom offenen Meer hereinströmte, ließ mich tief durchatmen. Wind und Gezeitenwechsel prägten seit jeher das Wattenmeer, das zum UNESCO-Weltnaturerbe gehörte. Neben den Hochalpen war es die einzige noch weitgehend naturbelassene Großlandschaft Mitteleuropas. Das hatte ich auf einer Infotafel gelesen. In extremen Wintern konnte es vorkommen, dass das Wasser gefror und die Flut Eisschollen aufs Land schob. Bei Ebbe gab die Nordsee das von Rinnen und Prielen durchzogene Watt frei, Robben sammelten sich auf trockengefallenen Sandbänken, die der Insel vorgelagert waren. Jede Flut formte die Landschaft immer wieder neu. Auch wenn die Sandrippen im Sand fest gegossen erschienen, glättete und verwischte die nächste Flut solche Wellenprofile. Die Veränderung blieb beständig – wie das Leben. Der feine Sandstrand auf der Insel, aufgespült schon vor Jahrtausenden, Dünen fortwährend umgestaltet vom Westwind. Norderney war ein natürlicher Schutzschild für das Festland gegen die stürmische Nordsee, wie auch die anderen ostfriesischen Inseln. Wind, Sand und Wellen, der Himmel über der Nordsee, ein sich minütlich veränderndes Kunstwerk, auf dem das Licht die Palette fast aller Farben durchlief. Eindrücke, die demütig machten, vor der Anmut und Kraft der Schöpfung.

Ich wandte mich inselwärts, machte einen Bogen über den Ostheller Platz zum Grohdepolder, jenes Gebiet, das 1928 dem Meer abgetrotzt wurde, wie mir ein anderes Hinweisschild verriet. In der Ferne die pyramidenförmige Peilbake auf der Möwendüne, im Frühjahr angestammter Brutplatz für Silber- und Sturmmöwen. Über die Dünen fegte kontinuierlich kühler Nordostwind. Zitternde Gräser, tiefziehende Wolken, in einiger Entfernung das dunkelgraue Festland. Keine Menschenseele, Natur pur. In den Böen richteten die Bäume ihre Strubbelhaare auf, streckten dem Himmel ihre kahlen, gefrorenen Äste entgegen. Etwas weiter die Postbake von 1879 als Wattzielzeichen für damalige Postpferdewagen vom Festland, sie wies mir den Weg zurück zum belebten Teil der Insel. Entfernungsmäßig hatte ich mir etwas zu viel zugemutet, trotzdem machte ich noch den Abstecher zum Hotel am Denkmal, um die ausstehende

Rechnung zu begleichen und meine Sachen abzuholen. Antjes behagliche Wohnung bat mir alles, was ich jetzt brauchte. Ich fand einen vollen Kühlschrank vor, stellte mir daraus ein schnelles Mittagessen zusammen und legte mich für ein paar Minuten aufs Ohr, bevor es zur Kirche Stella Maris ging, einer Filialkirche der St.-Ludgerus-Kirche.

Der Himmel war wieder grauweiß geworden, nur hier und da schimmerte er wie mattes Glas. Im Norden wölbte sich der Himmel, bedingt durch unterschiedliche Wolkenschichten, und ein frostiger Wind blies scharf in die Stadt. Ich schlug den Kragen hoch, stapfte durch die Friedrich- und die Knyphausenstraße und bog nach dem Klamottendenkmal links in die Goebenstraße ein. Der Kirchenbau aus der Weimarer Republik überraschte durch eine moderne, schnörkellose Form mit großen weißen Flächen und kleinen Fensteröffnungen. Durch einen bis zur Straße vorgezogenen Eingangsbereich gelangten die Besucher in das Innere. Ich reihte mich da ein, folgte ihnen durchs Portal und wurde unmittelbar darauf von einer Frau begrüßt, die ich bereits im Krankenhaus gesehen hatte. Es war die rothaarige Pastoralreferentin.

„Herr Gerdes?“, fragte sie mit melodischer Stimme.

Ich nickte und sagte: „Genau der bin ich.“

Sie strich sich eine rote Welle aus den Augen. „Ich bin Fenja Groothuis, Pastoralreferentin der St.-Ludgerus-Gemeinde.“ Sie streckte mir ihre Hand entgegen, die ich ergriff.

„Angenehm. Antje hatte Sie mir bereits angekündigt“, sagte ich lächelnd.

„Ja, und sie hat Sie sehr gut beschrieben, Herr Gerdes!“ Frau Groothuis schenkte mir auch ein Lächeln, es war offen und herzlich. Sie war etwa Mitte vierzig, hatte feine intelligente Gesichtszüge mit einem dichten Muster von Sommersprossen. Ihre Lippen waren voll, sinnlich und ungeschminkt. Sie trug enge Jeans, darüber eine bordeauxfarbene Bluse mit dezenter Brosche. Es sah aus, als fiele es ihr leicht zu lächeln, aber in ihren Augen war eine Portion Bedachtsamkeit, als wäre es ihre Natur, sorgsam abzuwägen.

Fenja Groothuis sagte: „Antje hat mich darüber informiert, was Sie herführt. Es ist alles so furchtbar. Die ganze Gemeinde ist zutiefst erschüttert. Erst unser Pastor Sander, dann der Herr Doktor“, sie führte eine Hand an den Mund, während sie weitersprach. „Das ist ja alles so schrecklich!“ Sie schüttelte leicht den Kopf und ließ die Hand wieder sinken. Frau Groothuis sagte jetzt leiser: „Ich werde mir alle Mühe geben, Ihnen behilflich zu sein. Den ein oder anderen aus der Gemeinde kann ich Ihnen vorstellen. Und wenn Sie Fragen haben, können Sie sich gern an mich wenden. Das gilt natürlich auch für später. Wenn Sie möchten, können wir gern unsere Handynummern austauschen.“

„Ähm, später. Vielleicht.“

Frau Groothuis hob wedelnd die Hand. „Na ja, ich rede mal wieder zu viel. Bitte kommen Sie hier entlang.

Ich führe Sie zu einem Sitzplatz, von dem Sie alles gut mitverfolgen können."

„Vielen Dank. Und ich möchte Sie bitten, Frau Groothuis, den Grund für meinen Besuch nicht weiterzuerzählen. Sie verstehen?"

Sie machte eine Bewegung, als könne sie ihren Mund wie einen Reißverschluss verschließen. Dann führte sie mich ins Hauptschiff, im rechten Winkel zur Orgelempore. Dieser Bereich war schon mit etwa hundertfünfzig Besuchern gefüllt. Die Bänke links unter der Orgel waren frei geblieben. Gemurmel und Geflüster erfüllten die Kirche. Frau Groothuis hatte in der dritten Reihe einen Platz für mich reserviert. Jeder andere Platz wäre ebenso geeignet gewesen, um „alles gut mitverfolgen zu können". Ich setzte mich, und Frau Groothuis nahm in der Reihe vor mir Platz. Ihr kupferrotes Haar bildete einen hübschen Kontrast zu den gedeckten Farben des Altarraums, dessen Grundfläche um zwei Stufen erhöht war. Fenja Groothuis drehte sich langsam zu ihrer Banknachbarin, sprach ein paar Worte mit ihr und bewegte sich wieder nach vorn. Die Drehung vollzog sie langsam und selbstsicher, als fühlte sie sich kontinuierlich beobachtet. Durch die kleinen Fenster fiel wenig Tageslicht, und um die Buchstaben im Gotteslob erkennen zu können, war Licht eingeschaltet worden. Ich betrachtete das Bild hinter dem Altar. Das großflächige Ölgemälde stellte Maria, die Patronin der Kirche, dar, die mit dem Jesuskind auf dem Arm vom Meer her kommend über der stilisierten Insel Norderney dem

Betrachter entgegenging, dazu links und rechts ein paar Segelboote.

Unmittelbar vor dem Altar standen eine Reihe Stühle und Tische, darauf Namensschilder. Aus dem Hintergrund traten schwarz gekleidete Herren und eine Dame in den Kirchraum, sie nahmen hinter den Tischen Platz. Der Dechant des Dekanats Ostfriesland Johann Willenbrink setzte sich noch nicht, er stellte die geladenen Sprecher von der Pfarrgemeinschaft Küste und dem Generalvikariat Osnabrück vor. Darunter der Offizial Pater Hans Zink von der Abteilung Kirchenrecht, Stabsabteilung Recht und Revision, in einer besonderen Mission. Auch eine Vertreterin der Bistumspresse, des Kirchenboten, war zugegen. Dechant Willenbrink zeigte sich tief betroffen vom plötzlichen, gewaltsamen Tod des Glaubensbruders Pfarrer Martin Sander, der vielen in der Gemeinde eine unkonventionelle Stütze, ein liebevoller Seelsorger, eine unvergleichliche Vertrauensperson und nicht zuletzt ein persönlicher Freund gewesen war, der bis weit über die Grenzen der Gemeinde höchste Wertschätzung erlangte.

Ich blickte mich diskret um. Vor allem sah ich Frauen, wie sie still in ihre Papiertaschentücher weinten, vereinzelt hörte man es schluchzen. Die ältere Dame neben mir jammerte: „Oh, der arme, arme Martin ...“ Andere Frauen saßen kummervoll und gekrümmt da, sie erinnerten an entkräftete Vögel, die an einer schroffen Klippe gestrandet waren. Jede einzelne Kirchenbank war ein schützendes Refugium.

Der Dechant holte aus: Pfarrer Sander sei es mehrfach gelungen, den Gemeindehaushalt mit einem nicht unerheblichen Habenbetrag abzuschließen, trotz mannigfaltiger Probleme in der Diözesen- und Dekanatsarbeit, deren Mittel für die Ortsgemeinden sukzessive gekürzt wurden. Es ging um den allseits bekannten Priestermangel, den geregelten Austausch und die Präsenz der Pastorale und das Schreckgespenst der Zusammenlegung von Gemeinden. Der Ausbau des Wortgottesdienstes sowie unumgängliche Einsparpotenziale kamen ebenfalls zur Sprache, gleichwohl wurden die daraus resultierenden Chancen benannt. Mitunter kämen immer mehr Priester aus Afrika und Indien zum Einsatz, um die flächendeckende Versorgung der Gemeinden sicherzustellen, einen festen Gemeindepfarrer könne die Kirchengemeinde nicht mehr erwarten. Buhrufe aus dem Publikum, unheilige Unmutsäußerungen, gedämpfter Tumult als Reaktion. Dechant Willenbrink beschwichtigte, er zog ein Stofftaschentuch aus der Hosentasche und betupfte sich die Stirn. Ein Wort gab das andere, Tränen flossen, der Diakon mit schiefem Schlipsknoten erhob sich, wedelte synchron mit beiden Handflächen auf und ab, um der Menge Einhalt zu gebieten oder eine Boeing 737 in den Hangar zu lotsen. Er beugte sich zum Mikrofon hinab und sagte, dass dies eine reine Informationsveranstaltung sei. Etwaige Beschlüsse würden erst nach erfolgter Beratung mit Pfarrgemeinderat und Kirchenvorstand gefasst. Die Zuhörer beruhigten sich. In der zweiten Runde kamen Freunde und Weggefährten des getöteten Pfarrers zu Wort. Gewürdigt wurden seine herausragenden Leistungen um die seelsorgerische Betreuung von Krankenhauspatienten, dann ließ Offizial Pater Hans Zink vom Bistum Osnabrück die eigentliche Bombe platzen. Schwer erhob er sich von seinem Stuhl, ob seiner Körperfülle oder seines Amtes wegen, war nicht erkennbar. Er blickte mit traurigen Augen in die Gesichter der versammelten Gemeinde, seine Schäfchen wurden mucksmäuschenstill. Der Offizial behielt den Nacken gebeugt, tiefe Falten erschienen auf der Stirn, seine Gesichtshaut war blass, abgesehen von einem rötlichen Muster über der Nase und unter den Augen. Sein Haar war silbrig und nach hinten gekämmt. Ich schätzte sein Alter auf sechzig oder ein wenig darüber.

Zunächst räusperte er sich. „Glauben Sie mir, ich teile Ihren Schmerz um den Verlust des beliebten und geliebten Pfarrers und Glaubensbruders Martin Sander. Es ist durchaus nicht üblich, dass ich mich persönlich auf den Weg mache, um Ihnen mitzuteilen, was leider unumgänglich ist, bevor es an die große Glocke gehängt wird und Sie es aus der Presse erfahren. Es ist meine Pflicht, Ihnen persönlich mitzuteilen, dass Pfarrer Sander nicht nur Menschenseelen, sondern überdies einen nicht unerheblichen Betrag monetären Vermögens gefischt hat. Wir von der Diözese waren Hinweisen über Unregelmäßigkeiten nachgegangen, denen zufolge wir uns gezwungen sahen, die Vermögensverhältnisse des Verstorbenen näher unter die Lupe zu nehmen. Bei der

Überprüfung von Konten, Wertpapieren und Unterlagen zu Beteiligungen, Liegenschaften, Stiftungen und testamentarischen Verfügungen wurde erkennbar, dass unsere Möglichkeiten, die Quellen dieses Vermögens ausfindig zu machen, an ihre Grenzen stoßen. Wir haben deshalb die Staatsanwaltschaft eingeschaltet. Pfarrer Martin Sander ..." Pater Zink wurde unterbrochen.

„Hören Sie auf! Hören Sie auf! Der arme Pastor Sander hat nichts Ungehöriges getan!", rief die Frau neben mir, sie sprang von ihrem Platz auf, ihre Sitznachbarn redeten beruhigend auf sie ein. Es nützte nichts. Zeternd und wild gestikulierend schob sie sich durch die Reihe, trat in den Mittelgang, drehte auf dem Absatz und stapfte dem Ausgang entgegen.

„Lügen! Alles Lügen!", tönte es auf einmal von den hinteren Bänken, aufgeregtes Stimmengemurmel folgte. Der Diakon wedelte wieder mit den Armen.

Offizial Pater Hans Zink ergriff erneut das Wort, wobei sich die Falten strafften, seinem Gesicht einen energischeren Ausdruck verpassten: „Bitte, ich habe größtes Verständnis für Ihren Schmerz! Glauben Sie mir, ich würde solch einen unangenehmen Vorgang hier nicht ungeprüft vorbringen. Es geht um die Wahrheit, so schmerzvoll sie auch sein mag."

„Sie haben doch eben gesagt, dass Sie die Wahrheit noch gar nicht kennen!", schallte es von hinten.

„Ein erheblicher Teil der unangenehmen Wahrheit ist bekannt", gab der Offizial zurück. „Die anstehenden Ermittlungen werden die Details offenlegen. Wir haben den Behörden die Papiere übergeben, nun müssen wir den ermittelnden Institutionen vertrauen und die Ergebnisse abwarten. Mehr lässt sich derzeit nicht sagen. Ich kann Ihnen aber versichern, dass, sobald wir Näheres wissen, wir uns umgehend mit Ihrer Gemeinde in Verbindung setzen werden."

„Das ist doch der pure Neid!", rief eine andere Stimme. „Das soll wohl die Begründung dafür sein, dass wir keinen neuen Pfarrer mehr bekommen, was?"

Der Offizial schüttelte mit dem Kopf. „Das ist unsachlich ...", stammelte er und setzte sich.

Fenja Groothuis drehte sich zu mir herum. Sie war blass um die Nase. Ihrem Blick war zu entnehmen, dass sie vom desaströsen Verlauf der Veranstaltung mehr als überrascht war. „Äh ... tja, ich weiß gar nicht, was ich sagen soll", sagte sie peinlich berührt, sie wechselte das Thema: „Darf ich nachträglich bekannt machen: Die Dame, die gerade die Kirche verlassen hat, war unsere langjährige Küsterin Bärbel Saathoff. Im Dezember fand sie die Leiche des ermordeten Pfarrer Sander in unserer Hauptkirche Sankt Ludgerus."

Ich machte eine beschwichtigende Geste. „Wir sind alle ein bisschen perplex, glaube ich. Die Gemeinde ist bis ins Mark erschüttert. Es ist schwer, so etwas zu bewältigen."

Fenja Groothuis nickte dankbar, überraschenderweise ganz ohne Worte.

Der Diakon, jetzt mit tadellosem Schlipsknoten, bedankte sich bei den Gästen, lud zu einer Kaffeetafel nebenan in den Gemeinschaftsraum ein und beendete den offiziellen Teil. Die Kirchengemeinde kam jedoch nicht zur Ruhe, es folgten aufgeregte Gespräche, die mit verständnislosem Kopfschütteln und anderen Gesten der Uneinsichtigkeit quittiert wurden. Die Besucher teilten sich auf. Während sich nur wenige an der Tortenschlacht beteiligten, strömte der überwiegende Teil dem Ausgang entgegen. Ein paar Besucher blieben einfach sitzen oder formierten sich zu Grüppchen. Ich stand auf und wartete auf eine Idee von Frau Groothuis. Kurz darauf wandte sie sich mir zu, lud mich zu Kaffee und selbst gebackenem Kuchen ein. Ihrer Einladung folgend, wechselten wir in einen Konferenzraum, der sich im hinteren Bereich des Gebäudes befand. Kleine Gruppen standen herum, andere saßen an den Tischen mit Kaffeegedecken. An der Fensterseite stand ein Büfett mit Sahnetorten, Obst- und Topfkuchen, daneben Isolierkannen und Geschirr. Sowohl der Dechant als auch der Offizial waren mit Gästen im Gespräch, unterdessen war die Dame von der Presse damit beschäftigt, Fotos zu machen. Aufnahmen für den zwölfteiligen Kirchenboten-Starschnitt vielleicht.

An der Stirnwand des kleinen Saals hing das Porträt eines gut aussehenden Mannes in Priesterkluft. Pfarrer Martin Sander, folgerte ich, was Frau Groothuis mit betroffener Miene bestätigte. Die Ausstrahlung des Pfarrers beeindruckte. Hätte er eine Schauspielkarriere angestrebt, so mutmaßte ich, wäre er die erste Wahl für die Rolle des Pater Ralph in „Dornenvögel“ gewesen.

Rechts neben dem Porträt hing eine Fotoserie, die Pfarrer Sander bei verschiedenen Anlässen und in unterschiedlichen Posen zeigte. Einige Frauen standen vor den Bildern und weinten. Es heißt, Fotos seien Honig für die Seele – angesichts des heraufziehenden Skandals waren sie hier wohl Lebertran.

Fenja Groothuis nahm mich mit ins Getümmel, sie stellte mir Menschen aus der Pfarrgemeinde vor. Small Talk gestaltete sich schwierig, angesichts der vorangegangenen Hiobsbotschaften. Man war allenthalben bemüht, die Stimmung nicht kippen zu lassen. Eine ältere Frau mit abgeklärtem Gesicht, einer vor langer Zeit einstudierten Körperhaltung und streng duftendem Kölnisch Wasser nahm den Offizial ganz für sich in Beschlag.

„Was halten Sie von einer Tasse Kaffee und einem Stück Torte, Herr Gerdes?", fragte Frau Groothuis. Ein dezentes Lächeln umspielte ihre Mundwinkel, wie um zu unterstreichen, sie wisse genau, was ich benötigte, und dieses Wissen sollte mich beeindrucken.

„Das kommt jetzt gerade recht. Danke für die Einladung!" Wir bedienten uns am Kuchenbüfett, dazu eine Tasse mit Kaffee. Damit pilgerten wir zu einem der Tische und setzten uns. Gegenüber saßen vermutlich Mutter und Tochter einträchtig beieinander, wie in einem stillen Gebet versunken, Kaffee und Sahnetorte vor ihnen. Als ich grüßte, zuckten beide zusammen. Sie musterten mich mit ganz unterschiedlichen Mienen. Die Jüngere offen und interessiert, die Ältere unterkühlt und argwöhnisch. Fenja Groothuis' Lippen waren unablässig im Einsatz, sie erzählten mir irgendetwas von früheren Aktionen und Gemeindefesten, von Jubiläen und Grillabenden. Hin und wieder wagte ich es, meinen Blick durch den Raum schweifen zu lassen. Weitere Besucher kamen in den Konferenzraum, auch sie bedienten sich am Büfett. Frau Groothuis bemerkte mein Interesse, sie flüsterte mir Namen zu, und gegebenenfalls die entsprechenden Funktionen und Aufgaben in der Gemeinde. Bei einer rundlichen Frau um die siebzig handelte es sich um die ehemalige Inselhebamme Meina Sigges. Frau Groothuis meinte, dass gefühlt jeder heute lebende Norderneyer von ihr „auf die Welt geholt" worden sei. Das fand ich interessant, und das entging Fenja Groothuis nicht.

Ich stellte fest: „Also war sie auch in den Achtziger- und Neunzigerjahren hier tätig."

„Ja, das war sie. Darf ich sie Ihnen vorstellen?"

„Nach dem Kuchen gerne. Die Dame sollte sich auch erst stärken dürfen, meine ich."

„Oh, ja ... selbstverständlich. Entschuldigung." Frau Groothuis' Wangen bekamen frisches Rot.

Ich schüttelte gelassen den Kopf, zeigte mit der Gabel auf die Schwarzwälder Kirsch und sagte mit halb vollem Mund: „Die ist übrigens ausgezeichnet!"

„Vielen Dank! Die hat Frau Bünting gebacken. Sie wird sich über das Kompliment freuen."

Ich fragte mich, ob es diese Person wirklich gab oder ob damit die norddeutsche Handelsgruppe Bünting gemeint war – Torte aus dem Eisfach, sozusagen. Unmittelbar bevor ich mir ein weiteres Stück in den Mund schob, fragte ich Frau Groothuis unvermittelt: „Sagen Sie, kennen Sie eine Julia Heymann?"

Ihr Gesicht bekam plötzlich einen beklommenen Ausdruck. „Julia ...", stieß sie halblaut hervor, und wieder mit fester Stimme: „... Julia Heymann?"

Ich merkte, dass es Frau Groothuis nicht gut ging, nachdem ich diesen Namen erwähnt hatte. Ich ließ das Kauen. „Es tut mir leid, dass ich so unvorbereitet gefragt habe. Ist sie Ihnen bekannt?", wiederholte ich die Frage nun viel vorsichtiger.

Fenja Groothuis nickte mit todernster Miene. „Wir gingen zusammen zur Schule, sogar in dieselbe Klasse."

Ich ahnte, dass das nicht alles war, darum wartete ich ab.

„Julia hatte ... Suizid begangen ..." Fenjas Stimme brach.

Nach einer Pause sagte ich, es tue mir sehr leid. Ich wartete einen Moment, bevor ich fortfuhr: „War das erst vor Kurzem oder schon länger her?"

Frau Groothuis schien es nachzurechnen. „Das war vor ... achtundzwanzig Jahren, im November 1990. Damals ... es war eine dunkle Zeit ... ja, das war es. Julia ging ins Meer, ins eiskalte Wasser." Ihr Blick wanderte in die Ferne, und ich wollte sie dort nicht stören.

Jemand sprach sie an. Fenja Groothuis erhob sich langsam wie in Trance. Sie brauchte ein paar Sekunden, um sich zu fangen und sich weiter zu unterhalten. Ich beobachtete Frau Groothuis und ihre Gesprächspartnerin aus den Augenwinkeln. Es ging um etwas Organisatorisches für die Buchhaltung, die Stundenabrechnung oder Ähnliches. Die Stimme der anderen, jüngeren Frau klang wie eine rostige Kette. In ihren harten Gesichtszügen lag etwas Verbissenes. Ihre Augen waren klar, die Augenbrauen mit fester Hand nachgezogen, der Mund mit knallig rotem Lippenstift bemalt, das Kinn entschlossen. Sie trug ein nachtblaues Businesskostüm mit heller Bluse und rote Schuhe mit hohen Absätzen, die Farbe passend zum Lippenstift. Als ich den Eindruck hatte, das Gespräch neige sich dem Ende zu, schaute ich noch einmal hoch zu den beiden. In diesem Moment schaute auch die Frau mich mit frostig-blauen Augen an. Sie beendete das Gespräch und ging.

Der Diakon gesellte sich zu uns, er stellte sich selbst vor, wir gaben einander die Hand. Tjark Risius war ein mittelgroßer, blonder Mann von großer Liebenswürdigkeit, so viel Liebenswürdigkeit, dass man sie als Teil seiner Berufung akzeptierte, und er hatte ein gewinnendes Wesen, so gewinnend, dass er vermutlich den Rest seines Lebens bei uns bleiben würde. Und er offenbarte eine heitere Gelassenheit, jene Art Gelassenheit, die von niemandem unbemerkt bleiben sollte. Ich hatte genug, entschuldigte mich und wandte mich den Fotos an der rechten Wand zu. Nur wenige Sekunden später stand Frau Groothuis neben mir, mühelos ordnete sie die Bilder jenen Erlebnisberichten zu, die sie vorhin zum Besten gegeben hatte. Die Fotos zeigten diverse

Kirchengruppen bei ihren sozialen Aktivitäten, manche Bilder waren schon etwas älter. Zum Beispiel das Sechsunddreißig-Stunden-Projekt für soziale Gerechtigkeit in einer Kleiderkammer 2011, dasselbe in der Kooperativen Gesamtschule Norderney 2016, die Entrümpelungsgruppe für Wohnungsauflösungen 2012, das Vorleseteam in Kindergärten, in Seniorenwohnungen und beim Flurflohmarkt in der Grundschule 2013, 2016 und 2017, die Sternsinger und Messdiener 1999, 2003 und 2011, der Kirchenchor bei diversen Auftritten und ganz aktuell die Hygge-Gruppe für Wohn-, Back- und Kochwellness 2018.

Frau Groothuis wurde vom Dechanten angesprochen, und im nächsten Moment waren sie in ein Gespräch vertieft. Währenddessen schaute ich mir die Gesichter auf den Fotos genauer an, blieb bei der Entrümpelungsgruppe hängen. Junge Kerle im Alter von siebzehn bis fünfundzwanzig standen um ein altes Sofa herum, drei dahinter, zwei saßen, einer lag quer auf den Beinen derer, die es sich gemütlich gemacht hatten, er stützte seinen Kopf mit angewinkeltem Arm. Je links und rechts des Sofas bogen sich zwei weitere Burschen ins Bild. Alle trugen T-Shirt und Bluejeans. Breites Lachen oder Grimassen, die Stimmung war gut. Manche hielten halb volle Bierflaschen ins Bild. Im Hintergrund ein paar Schränke mit offenen Schubladen. Den etwa zehn Jahre jüngeren Diakon erkannte ich wieder, und auch ein anderes Gesicht. Ich war mir aber nicht sicher. Rechts daneben ein Foto, das auf einem Flugplatz aufgenommen wurde, vermutlich auch auf Norderney. Wieder dieselben Gesichter, aber alle ein paar Jahre älter. Manche trugen bunte Nylonanzüge, auf dem Rücken gepackte Fallschirme. Am Fenster der einmotorigen Cessna die Frau mit den frostig-blauen Augen. Ihre Gesichtszüge wirkten angespannt, sie hielt den Daumen hoch. Ready for take-off.

Ich wandte mich um und sah eine Frau in Kriegsbemalung, die sich soeben von Pater Hans Zink verabschiedete. Diese Möglichkeit nutzend stellte ich mich vor: „Herr Offizial, mein Name ist Frank Gerdes." Wir gaben uns die Hand, und ich spürte, dass seine Handflächen feucht waren.

Er unterbrach mich. „Ach bitte, nennen Sie mich Pater Hans. Herr Offizial klingt so fürchterlich förmlich." Seine buschigen Augenbrauen waren weiß wie sein Haar, und die Nase bog sich aristokratisch, wenn er das M aussprach.

„Sehr gern, Pater. Danke." Ich räusperte mich. „Ich bin privater Ermittler aus Hamburg und untersuche im Auftrag meiner Mandantin den Todesfall eines Norderneyer Arztes."

Er zog die Augenbrauen in die Höhe. „Ich habe davon gehört. Das war im Januar, nicht? Eine ebenso tragische Geschichte wie die unseres Pfarrers." Sein Gesicht verdüsterte sich.

„Ganz genau." Ich strich mir mit Daumen und Zeigefinger über den Dreitagebart. „Darf ich Ihnen in Bezug auf Pfarrer Sander ein paar Fragen stellen?"

„Sie dürfen." Er stutzte. „Aber gibt es zwischen diesen beiden Morden denn eine Verbindung? Das wäre mir neu."

Ich zuckte leicht mit den Achseln. „Gemeinsam ist beiden Fällen, dass sie binnen eines Monats geschahen und beide Mordopfer im Dienst sowohl der Kirche als auch der Sankt-Ludgerus-Klinik standen." Ich sagte eine Spur leiser: „Und genau darum geht es mir, Pater Hans. Ich möchte Ihnen Fragen zu Pfarrer Sander und seinem Engagement für die Klinik stellen."

Eine Pause, ein prüfender Blick. „Nun, da gibt es keine Geheimnisse." Er überlegte und sagte dann: „Bitte kommen Sie. Wir gehen in das Büro nach nebenan, dort ist es ruhiger." Pater Hans nahm einen Schlüsselbund vom Tisch und wandte sich um. Gemeinsam gingen wir zu einem Durchgang mit einer Glastür, die Pater Hans aufzog, weiter ging es durch einen Flur mit mehreren Bürotüren. Auf halbem Weg blieb er stehen, schloss links eine Tür auf, schaltete das Licht ein und bat mich herein. In dem kleinen Raum mit hellen Wänden und sakralen Motiven unter Glas bot Pater Hans mir einen Platz an einem kleinen, runden Tisch an, auf dem Flyer von Adveniat lagen. Wir setzten uns auf gepolsterte Stühle, gegenüber ein Fenster mit immergrünen Pflanzen auf der Fensterbank, davor ein weißer Schreibtisch mit PC und Büroutensilien, an der Wand rechts ein Aktenschrank.

Er schaute mich ratlos an. „Können Sie sich ausweisen, Herr Gerdes?", fragte er geschäftsmäßig. Seine

Stimme wurde um eine Nuance kühler. „Ich muss sicher sein, dass Sie nicht von der Presse sind oder etwas anderes im Schilde führen."

Ich zeigte ihm meinen Personalausweis, die Gewerbeanmeldung und einen Ausweis des Bundes der Privatdetektive. Papiere, die ich stets bei mir trage, genau für solche Fälle. „Wenn die Papiere nicht ausreichen sollten, erteilt Hauptkommissar Thomas Deeken entsprechende Auskünfte", sagte ich und hoffte, dass er diesen Vorschlag nicht in die Tat umsetzte. Deeken brächte es fertig, mich kalt zu verleugnen.

„Na, lassen Sie mal." Er gab mir die Papiere zurück. „Wir stehen mit der Kriminalpolizei in engem Kontakt, doch die Informationen fließen nur spärlich, darum ist es erfreulich, dass auch aus anderer Richtung ermittelt wird. Ich wünsche Ihnen jedenfalls Erfolg damit. Sie können sich nicht vorstellen, wie verunsichert die Gemeindemitglieder sind. Als wäre ihnen der Boden entzogen worden ..." Es schien, als habe Pater Hans Probleme, sich zu konzentrieren. „Ach, entschuldigen Sie bitte. Was wollen Sie eigentlich wissen?"

„Mir geht es ebenso wie Ihnen, es gibt kaum Verlautbarungen zu den Ermittlungsergebnissen, falls es die gibt. Da ich aber mit der hiesigen Polizei in direktem Kontakt stehe, kann ich bestätigen, dass weiterhin ermittelt wird. Nun aber zu meiner Frage: Sie sprachen vorhin vom Engagement Pfarrer Sanders für das Sankt-Ludgerus-Hospital. Bezog sich das lediglich auf die Seelsorge oder gab es auch monetäre Transaktionen zwischen Krankenhaus und der Kirchengemeinde?“

„Die Kirche müssen Sie fairerweise da heraushalten, das war allein Pfarrer Sanders Werk.“

Ich konkretisierte meine Frage. „Nun gut, zwischen Krankenhaus und Pfarrer Sander?“

„Von solchen Transaktionen ist mir offiziell noch nichts bekannt. Allerdings erzählte Dechant Willenbrink mir unmittelbar vor der heutigen Veranstaltung, dass es über einen Zeitraum von zehn bis fünfzehn Jahren tatsächlich finanzielle Verflechtungen mit dem Krankenhaus gab, die heute allerdings nicht mehr nachvollziehbar sind. Das soll schon eine ganze Weile her sein und es gibt nichts Schriftliches darüber.“

„Woher weiß Dechant Willenbrink davon?“

„Sein Vorgänger war Kuratoriumsvorsitzender der Klinik, und als solcher wurde ihm mündlich zugesichert, dass Pfarrer Sander für seine seelsorgerischen Tätigkeiten eine besondere Vergütung zustünde.“

„Und die Klinik hat gezahlt?“

„Soweit ich weiß, ja. Pfarrer Sander machte sich für den Fortbestand der Klinik stark, ermöglichte die Finanzierung sowohl der hauseigenen Kapelle als auch eines neuen OP-Traktes.“

Ich dachte über das Gehörte nach, und mir kam der Satz „Eine Hand wäscht die andere“ in den Sinn. Ich fragte: „Wozu benötigte Pfarrer Sander diese Extravergütung? Sein Gehalt war doch bestimmt kein Hungerlohn.“

Pater Hans lächelte. „Weiß Gott nicht. Sie haben recht." Dann schüttelte er in einem Anflug von Selbstzweifel den Kopf. „Der Zwischenruf vorhin in der Versammlung hat mich regelrecht aus dem Konzept gebracht. Eigentlich wollte ich noch von dem Umstand berichten, dass Pfarrer Sander sich in der Schweiz eine zweite Existenz aufgebaut hatte, mit Villa im Tessin am Lago Maggiore, Privatkapelle, Kunstgalerie und exklusivem Fuhrpark. Es ist mir schleierhaft, wie man das alles mit nur einem Leben meistern kann."

„Zusätzliche seelsorgerische Tätigkeiten werfen so viel ab?", fragte ich.

Pater Hans hob die Schultern. „Wohl kaum."

Die nächste Frage flog mir einfach so heraus: „War dabei auch eine Frau im Spiel?"

Er bewegte seine müden Augen und die Beine schlug er bedächtig übereinander. Seine Stimme nahm einen bedauernden Klang an, als habe er immer öfter mit dem Zölibatsproblem zu tun. Er fragte: „Beschäftigen Sie sich in der Regel mit solchen Dingen? Hören Sie so etwas gern?"

„In meiner freien Zeit bin ich Mönch."

Sein Mund verzog sich zu einem schmerzlichen Grinsen. „Ja, es war eine Frau mit im Spiel. Aber wegen der laufenden Ermittlungen und wegen des Daten- und Persönlichkeitsschutzes kann ich Ihnen ... nicht sagen, um wen es sich dabei handelt."

„Jemand von dieser Insel?"

„Dazu kann ich keine Angaben machen. Ich bitte um Verständnis."

Ein Kopfnicken meinerseits. Ich sagte: „Sicher."

Er sagte: „Ich habe mich ohnehin schon weit aus dem Fenster gelehnt. Ich hoffe, dass Sie das entsprechend würdigen und meine Informationen vertraulich behandeln." Er schickte sich an, aufzustehen. „Wir sollten nun wieder zurück ..."

„Eine Frage bitte noch, wenn Sie erlauben. Glauben Sie, dass Pfarrer Sander sich dieses Doppelleben allein aufgebaut hat, oder steckt eine Art Netzwerk dahinter?"

Der Pater drehte seine rechte Handfläche nach oben. „Das kann ich Ihnen beim besten Willen nicht sagen. Im Moment sieht es so aus, als habe er die Fäden allein in der Hand gehabt. Zusammen mit dieser Frau natürlich."

Wir gingen zurück in den Konferenzraum. Die Stimmung war bedrückt, gedämpfte Gespräche, kein Lachen, das ein oder andere Gesicht war gerötet, manche Träne wurde getrocknet. Ich sah Fenja Groothuis und die ehemalige Inselhebamme Meina Sigges beisammensitzen. Frau Sigges sah mit ausweichendem Blick zu mir herüber, dann wieder nicht, immer im Wechsel. Ich blickte sie offen an, kam näher und fragte mich, warum ihr Blick so unruhig war. Sie hatte ein rundes Gesicht mit Säckchen unter den Augen und verbitterten Linien um den Mund. Die dunkelgrünen Augen lagen tief in ihrem Gesicht, ihre Nase war klein und spitz, die Lippen schmal. Es war ein Gesicht, an das man sich nur schwer würde erinnern können, wenn man sich abwendet, und nach längerer Zeit vergisst man es ganz. Ihr Haar war grau, es lag fest an, hinten straff in einem Dutt zusammengehalten. Sie trug einen dunkelbraunen Mantel, darunter lugte ein brauner Rock hervor. Frau Groothuis nickte mir zu, als stilles Einverständnis, mich zu ihnen setzen zu dürfen.

Frau Sigges blickte auf ihren Kuchenteller, und als ich mich setzte, stieg ihr Blick wieder empor. „Guten Tag", sagte sie. Es war diesem Gruß nichts weiter zu entnehmen. Ich erhob mich und wollte ihr die Hand geben, sie hob ihre Hand ebenfalls, aber nur, um nach ihrer Kaffeetasse zu greifen. Ich ließ meine Hand sinken und setzte mich wieder. Hinter mir tauchte Pater Hans auf, legte seine Hand väterlich auf meine Schulter und sagte: „Ich bin nebenan in der Kirche, falls Sie mich suchen. Ansonsten alles Gute für Sie!"

„Danke schön! Für Sie ebenfalls", gab ich zurück. Pater Hans entschwand durch die Tür in den Kirchenraum. Frau Sigges schaute ihm nach, in ihren Gesichtszügen lag etwas Verwundertes. Als sie mich anvisierte, verkniff sich ihr Mund zur formalen Sachlichkeit. Ich spürte, dass es an mir war, das Eis zum Schmelzen zu bringen: „Es ist ein gutes Zeichen, wenn nach dieser emotionalen Debatte auch wieder Ruhe einkehrt."

Der Anflug eines Lächelns erschien auf Meina Sigges blassem Gesicht. Ich sah ihre runden Zähne, die an den Rändern fast durchsichtig waren. Sie nickte knapp. „Solange sie hält", sagte sie. Ihre Stimme war dunkel, ein angenehm sonorer Ton. Fenja Groothuis entschuldigte und erhob sich, sie folgte Pater Hans ins Kirchenschiff. Bei Frau Sigges gab es kein Lächeln mehr, Augen kühl bis eisig. Ihr ganzer Körper schien jetzt angespannt. Sie sagte: „Ich habe gerade mit Fenja über Sie gesprochen. Fenja hat mir erzählt, dass Sie ein ... privater Ermittler sind?“

Anscheinend ließ sich diese Tatsache doch nicht so leicht verbergen. Ich nickte, ging in die Offensive und sagte bedächtig: „Das ist richtig. Ich wurde beauftragt, private Ermittlungen zum Tod von Doktor Jacobs anzustellen. Und ich sehe es als meine Aufgabe an, mit möglichst vielen Menschen zu sprechen, die sowohl in privater als auch in beruflicher Beziehung zu Doktor Jacobs standen.“

Frau Sigges machte große Augen und verschluckte sich fast an einem Schokoladenmuffin. Sie hustete, und als sie sich beruhigt hatte, sagte sie: „Es ist schon ein paar Jahre her, aber ich hatte manchmal beruflich mit ihm zu tun. Er war Gynäkologe und ich Hebamme, und immer wenn es bei der Geburt Komplikationen gab, kam es vor, dass ich ihn oder einen anderen Arzt hinzurufen musste.“

Ich sagte: „Ich verstehe. Frau Groothuis erzählte mir, dass Sie in den Achtziger- und Neunzigerjahren im Sankt-Ludgerus-Hospital tätig waren. Und in diesem Zusammenhang ...“

„... und in den den Sechziger- und Siebzigerjahren auch!“, warf sie mit erhobener Kuchengabel ein.

Ich hob meine Brauen. „Das sind annähernd vierzig Jahre! Eine ganz schön lange Zeit, Frau Sigges. Und wenn man sich vergegenwärtigt, wie vielen Menschen Sie auf die Welt verholfen haben …" Ich schüttelte leicht den Kopf. „Das übersteigt meine Vorstellungskraft." Dann nickte ich und ließ die Anerkennung einen Augenblick zwischen uns in der Luft hängen, bevor ich zu meinem eigentlichen Anliegen kam. „Wenn Sie gestatten, möchte ich etwas über die Zeit erfahren, als Julia Heymann entbunden hatte. Erinnern Sie sich an sie?"

Meina Sigges war gerade damit beschäftigt, mit einem Schluck Kaffee den letzten Happen ihres Muffins hinunterzuspülen. Die Tasse war leer, sie schepperte, als sie auf der Untertasse landete. Ihre Augen zeigten lebloses Grün, wie gefrorenes Plankton. „Julia … Julia Heymann", wiederholte sie den Namen so leise, als sei die Erinnerung an Julia längst beerdigt gewesen, und ich hatte sie allzu leichtfertig zum Kaffeeklatsch exhumiert. Meina Sigges überlegte, sie überlegte lange. Ich merkte, wie schwer sie sich tat. Auf einmal sagte sie: „Lassen Sie uns hier weggehen, ich möchte hinüber in die Kirche." Ihre Stimmbänder waren auf einmal belegt, als ob ein Kloß dagegendrückte. Ich brachte unser Geschirr zurück, wir wanderten gemeinsam in den Kirchenraum und setzten uns weit hinten in die leeren Bänke. Frau Sigges hüstelte. Ihre Augen wurden eine Spur wachsamer und die Stimme wurde energischer, als sie fragte: „Wenn ich Sie mal was fragen darf: Sie ermitteln doch wegen des Mordes an Doktor Jacobs. Warum sind Sie dann hier? Hängen die beiden Morde etwa doch zusammen? Wir in der Kirche vermuten das schon lange, aber die Polizei hat das bis heute nicht bestätigt."

„Es besteht selbstverständlich eine Zusammenarbeit zwischen der Klinik in kirchlicher Trägerschaft und der Kirche, das liegt auf der Hand. Aber es wäre unseriös, einen Zusammenhang zwischen den Morden anzunehmen, solange die Beweise dafür fehlen. Primär untersuche ich die Umstände, die zum Mord an Doktor Jacobs geführt haben, und dazu gehört auch, dass Pfarrer Sander einen Monat vorher getötet wurde. Ich behalte mir vor, in alle Richtungen zu ermitteln."

„In alle Richtungen ... na, dann", ihre Stimme verlor sich im großen Raum. Vereinzelt saßen in einiger Entfernung noch kleine Gruppen beieinander, die ihre Köpfe zusammengesteckt hatten. Man hörte es zischeln, hin und wieder schaute jemand zu uns herüber.

Meine Stimme klang jetzt zuvorkommend und liebenswürdig, ich wiederholte meine Frage: „Frau Sigges, wie war das damals mit Julia Heymann?"

Was in ihr vorging, war an ihrem Gesicht nicht abzulesen, und als sie mich anschaute, war ihr Blick unscharf und ohne Fokus, als habe sie Schwierigkeiten, mich zu erkennen. Sie dämpfte die Stimme, der eindringliche Unterton war verschwunden. „An Julia Heymann erinnere ich mich ..." Dann Schweigen. Belastende Gedanken formten ihren Mund wieder zu einer Linie.

„Wollen Sie mir erzählen, was damals passiert war, im Jahr 1990?", fragte ich ruhig.

Einen Moment lang saß sie ganz still da und sah mich an, als überlegte sie, ob sie vielleicht einen Fehler machte, wenn sie mir davon erzählte. Sie sagte: „Es war sehr traurig, und es ist immer noch traurig ..." Meina Sigges schaute mich kurz prüfend an, sie legte ihre Stirn in Sorgenfalten und schüttelte leicht den Kopf. „Und am Ende hat Julia sich das Leben genommen ... Es ist unbegreiflich." Die Augen wurden feucht, sie nahm sich ein Papiertaschentuch aus der Manteltasche, trocknete die Tränen und schnäuzte sich. Für einen Moment schwankte ich zwischen Tröstung und Nachfrage, Frau Sigges nahm mir die Entscheidung ab. „Sie wollen wissen, was so traurig war?" Ich nickte stumm. Für einen Augenblick sah sie mich mit bedauernswertem Blick an, als sollte ich dieses Geheimnis besser nicht mit ihr teilen, doch dann sagte sie: „Das mit Julia ... belastet mich so sehr, ich kann ... seit vielen Jahren nicht mehr ruhig schlafen. Immer wieder kommen diese Albträume. Sie quälen mich immer und immer wieder." Frau Sigges atmete schwer, sie sprach lauter. „Jede Nacht kommt Julia an mein Bett ... und dann höre ich das Baby schreien, ich höre Julia schreien, und dann schreie ich selber und wache schweißgebadet auf."

Plötzlich stand Frau Groothuis neben uns, zwischen zwei Kirchenbänken. Ihre Stimme überschlug sich fast. „Ach, hier sind Sie, Herr Gerdes. Ich habe Sie schon gesucht! Bitte nicht einfach so weggehen, ja? Ich habe noch etwas für Sie. Falls Sie mich suchen, Sie finden mich im Konferenzraum oder in der Küche."

Ich nickte dankend und bestätigte ihr, dass ich gleich zu ihr käme. Frau Groothuis schien zufrieden, sie drehte sich um und ging weg. Ich wandte mich wieder an Frau Sigges, ihre Augen blieben feucht. Sie schnäuzte sich wieder. „Ich ... ich kann Ihnen hier nicht sagen, was damals passiert war ... die Leute. Das ganze Gewusel ...“

Ich intervenierte sanft: „Möchten Sie, dass ich zu Ihnen nach Hause komme?“

Sie wurde still, legte ihre Hand auf meine. „Würden Sie das wirklich tun?“

„Selbstverständlich, ich komme gern. Sagen Sie mir, wann es Ihnen am besten passt.“

Sie zog ihre Hand wieder zurück und überlegte. „Morgen besucht mich meine Tochter, zusammen mit meiner Enkelin. Wäre Ihnen der Dienstag recht? Gegen zehn?“

Ich überschlug die Termine, es lag nichts an. „Das passt“, bestätigte ich. „Darf ich erfahren, wo Sie wohnen?“

„Mein Haus steht am Ende der Lippestraße, es hat die Hausnummer hundertneununddreißig.“

Ich hörte genau hin. „Ist notiert.“ Ein kurzes Lächeln huschte über ihr Gesicht. Ich stand auf, gab ihr die Hand zur Verabschiedung und ging in den Konferenzraum zurück. Frau Sigges blieb regungslos sitzen. Frau Groothuis war damit beschäftigt, Geschirr auf ein Tablett zu stapeln, sie wollte es gerade wegtragen, als sie mich kommen sah. Sie stellte das Tablett wieder ab und kam mir entgegen, so, als gefiele es ihr, zu gehen, während man dabei zusah. „Wollen Sie schon gehen?“, fragte sie mit erstauntem Gesicht.

„Wenn ich etwas helfen kann, bleibe ich noch ein wenig.“

Sie lachte. „Sie brauchen hier nicht zu helfen. Aber einen Augenblick!“ Frau Groothuis zog einen Flyer aus ihrer Gesäßtasche. „Der ist für Sie! Ich möchte Sie gern zu meiner Vernissage morgen Nachmittag einladen. Der Sektempfang ist um fünfzehn Uhr, in der Galerie Jacobs.“

„Oh, herzlichen Dank für die Einladung!“, sagte ich, schlug den gefalteten Flyer auf und sah auf prächtige Naturaufnahmen. „Fotografie?“

„Naturfotografie, ja. Das ist ein schöner Ausgleich zu meiner Arbeit. Ich betreibe Hobbyfotografie, ausschließlich mit Motiven von der Insel. Dabei lasse ich mir frischen Wind um die Nase wehen.“ Ihr bezauberndes Lächeln erschien, dabei strich sie sich wieder eine kupferne Welle aus den Augen. Ihr Mund blieb leicht geöffnet, und die weißen Zähne strahlten. Etwas in ihrem Blick berührte eine Saite in mir, und sie begann zu schwingen.

Ich sagte: „Das wird sich einrichten lassen, ich komme gerne.“ Dankend hob ich den Flyer, dann endlich läutete es bei mir. Ich fragte: „Frau Groothuis, sagten Sie gerade Galerie Jacobs?“

Sie nickte eifrig. „Witwe Jacobs ist die Galeristin, ja. Wir hatten die Ausstellung schon vor einem Jahr geplant, und als dann ihr Mann getötet wurde, war mir klar, dass die Ausstellung nicht stattfinden konnte. Aber Frau Jacobs meinte, dass sie gerade jetzt Ablenkung benötige und etwas zu tun haben müsse. Und so entschieden wir uns, die Ausstellung doch stattfinden zu lassen."

„Wird Frau Jacobs selbst auch anwesend sein?"

„Das hatte sie sich fest vorgenommen, ja."

„Gut, wir sehen uns morgen." Zum Abschied reichten wir einander die Hand. „Danke für Ihre Gastfreundschaft, für Kaffee und Kuchen und die zuvorkommende, informative Betreuung." Ich lächelte sie offen an.

Frau Groothuis hielt meine Hand fest und legte noch eins drauf: „Herr Gerdes, haben Sie vielleicht Lust, heute Abend zu meiner Geburtstagsparty zu kommen? Es ist eigentlich keine richtige Party, also, keine große, aber ein nettes Beisammensein mit ein paar Freunden."

Ich blätterte wieder meinen internen Kalender durch, es sprach nichts dagegen, also sagte ich zu. Sie ließ meine Hand los und nannte mir ihre Adresse in der Wedelstraße, nahe dem Kurtheater. Mit einem letzten Blick auf das Porträt von Pfarrer Sander verließ ich den Konferenzraum und ging noch einmal in die Kirche. Frau Sigges saß nicht mehr auf ihrem Platz, sie war gegangen. Draußen knüpfte ich die Jacke zu. Der Himmel veränderte sich, er wurde zu goldenem Champagner. Vom Meer kam eisiger Wind. Ein Blick auf die Uhr. Es war noch Zeit, ein Geburtstagsgeschenk für Fenja Groothuis zu besorgen. Es wurde ein trockener Barrique, ein Spätburgunder aus der Vinothek Dettweiler, die gerade ein Winetasting veranstaltete. Auf dem Rückweg zu Antjes Wohnung schaute ich noch kurz über den Deich. In der Ferne ein starker Kontrast von Himmel und Meer, ein paar grauorange Abendwolken schwebten über dem Wasser. Über mir die starke, unbeschreibliche Indigofarbe, die nach Osten hin zu einem Blaugrün verblasst, um am Ende in die Nacht zu kippen. Nicht mehr lange, dann würde die Insel in blauschwarzes Seidenpapier verpackt und per Express an den nächsten Tag geschickt.

Kapitel 11

Gegen Viertel vor acht machte ich mich auf den Weg zur Party, wählte den Umweg über die beleuchtete Promenade und lauschte dem endlosen Rauschen der Weite. An jener Stelle, wo eine schwarze Steinpier seewärts ins Dunkel ragte, blickte ich zurück zur Milchbar. Sie war gerammelt voll. Ich ging weiter, blieb nach ein paar Metern wieder stehen und hörte, wie ein Nachtvogel durchs Dunkel zog. In weiter Ferne sah ich verstreute Lichtpunkte, ähnlich einem Diamantenarmband im Schaufenster bei Nacht. Motoren dröhnten auf und ab wie ein Schwarm wütender Hummeln, vielleicht Monteurkolonnen auf dem Weg ins Offshore-Paradies für Windräder. Die Boote verschwanden draußen in der kalten Dunkelheit der Nacht und des Wassers. Das Dröhnen ließ nach, bis es leiser wurde und schließlich ganz erstarb. Mein Smartphone meldete sich. Antje schrieb, dass sie gut angekommen sei, ich schilderte ihr kurz meine Eindrücke von der Kirchenversammlung und dass ich gerade auf dem Weg zur Geburtstagsparty von Fenja Groothuis war. Antje wünschte mir viel Spaß, und sie ließ Fenja Grüße ausrichten.

Ich ging zurück in die Stadt. Es ging durch leere Straßen, beidseitig mit belebten Häusern gesäumt, und trotzdem fühlte ich mich allein wie auf dem Mond. Wind kam auf, anonymes Pfeifen durch dunkle Gassen und Gänge. Am Ende der Wedelstraße kam gedämpfte Partymusik aus einem der beleuchteten Fenster im dritten Stock. Im Parterre war alles dunkel, dort residierte ein Frisörladen. Ich suchte die richtige Klingel, drückte den Knopf. Und als der Summer kam, drückte ich die Tür auf, stieg die Treppe empor, und oben angekommen öffnete sich die Wohnungstür. Fenja Groothuis stand mit einem umwerfenden Lächeln vor mir. Ich übergab das Geschenk, bedankte mich für die Einladung und richtete Antjes Grüße aus. Der Duft von Gebratenem schlug mir entgegen, dazu ein akustischer Mix aus Musik und heiteren Gesprächen. Fenja Groothuis nahm meine Cabanjacke in Empfang, platzierte sie an der Garderobe und führte mich in das große Wohnzimmer. Es war voll, aber nicht überfüllt. In einer Ecke tanzten zwei Paare den Norderneyer Fruchtbarkeitstanz, jedenfalls sah es von hier so aus. Eine der Frauen hatte etwas Paradiesvogelartiges: silbriger Blazer, lila Federboa, Fascinator in Regenbogenfarben, silberfarbene High Heels. Die anderen Gäste saßen paarweise oder im Kollektiv verteilt im Raum auf bequemen Sesseln, auf anderen Sitzmöbeln in der Nähe eines Buchregals oder bei der Anrichte mit der Musikanlage. Auch die Couches in der Mitte des Raumes waren belegt, ein paar Stühle waren dazugestellt worden, auf denen ebenfalls Leute saßen. Es war relativ dunkel. Indirekte Beleuchtung, bunte Strahler und eine rotierende Mini-Discokugel verschafften entsprechendes Ambiente. In einer Ecke neben der Garderobe stand ein nicht mehr ganz so junges knutschendes Pärchen in heißer Umarmung, es hatte alles um sich herum vergessen. Die Musik war für meinen Geschmack um etwa fünf Dezibel zu laut. Fenja Groothuis zauberte zwei gefüllte Sektgläser hervor, von denen sie mir eines reichte.

„Wollen wir anstoßen?", fragte sie zwinkernd.

„Auf Ihr Wohl, Frau Groothuis, und alles Gute zum Geburtstag!", sagte ich in feierlichem Ton.

Sie verneigte sich etwas und sagte: „Genau genommen war mein Geburtstag schon letzte Woche. Ich habe die Party um ein paar Tage verschoben." Die Musik zwang Frau Groothuis, lauter zu sprechen. „Ach, wollen wir uns nicht duzen? Was halten Sie davon?"

Ich kam etwas näher, um meine Stimme zu schonen: „Sehr gern, ich bin Frank!"

„Und ich Fenja!"

Wir stießen an und leerten die Gläser bis zur Hälfte. Ihre Wangen hatten bereits einen roten Schimmer, der wohl vom allzu vielen Zuprosten herrühren dürfte. Sie wurden um eine Nuance intensiver.

Fenja sagte: „Ich würde dich gern ein paar Leuten vorstellen, aber zuerst muss ich mich um das Essen kümmern. Das Fleisch ist gleich fertig."

Ich nickte und machte eine gleichgültige Handbewegung. „Ich komme schon zurecht." Dabei ließ ich meine Augen durch den Raum schweifen. Fenja entschwand in die Küche. Ich erspähte Diakon Tjark Risius an der

Musikanlage, auf der anderen Seite des Wohnzimmers. Er hielt eine Schallplatte in den Händen. Sein Gesprächspartner war ein hagerer, schwarzhaariger Typ mit langer Mähne und Zopf, Mitte vierzig, mit kräftigen Augenbrauen und einem zauseligen Bart wie Filz. Er hatte ein schlaffes Gesicht, und seine Augen wirkten unnatürlich sensibel, als würde er jeden Moment anfangen zu weinen. Diakon Risius blickte zufällig in meine Richtung, lächelte und winkte mir zu. Ich winkte auch und ging hinüber zu den beiden.

Während die Alice Cooper-Kopie dabei war, eine neue Platte aufzulegen, zeigte Tjark Risius mit einer Ecke des LP-Covers auf mich. Er sagte: „Wir kennen uns von der Infoveranstaltung von heute Nachmittag. Frank! Richtig?"

„So ist es, Tjark", antwortete ich. Erst gab ich dem Diakon die Hand, dann seinem Gesprächspartner. „Ich bin Frank Gerdes aus Hamburg, ein Freund von Antje Meiners und jetzt auch von Fenja." Der andere stellte sich vor als Raik Onnen. Er outete sich als Norderneyer Urgestein, an seinem Ohrläppchen baumelte einer dieser Walfängerohrringe. Er zog eine Schallplatte aus einem Doppelalbum, ich fürchtete Heavy Metal oder etwas in der Art.

„Obacht bei der Musikauswahl", machte ich auf Schlaumeier.

„Wieso?", wollte Raik Onnen wissen.

„Man will ja den Gastgeber nicht in Misskredit bringen", antwortete ich.

Diakon Tjark Risius lachte prustend. Wer hätte gedacht, dass ein Comedian in mir steckte.

Raik Onnen erklärte: „Ich *bin* der Gastgeber, zusammen mit meiner Frau Fenja."

„Oh!" Mir stieg Blut ins Gesicht. „Bitte verzeihen Sie, äh, das wusste ..."

„Mach dir keinen Kopp", fuhr er dazwischen. „Das passiert uns ständig." Er klärte mich auf: „Wir sind ja selbst schuld daran. Wir tragen keine Eheringe, haben unterschiedliche Nachnamen, getrennte Kassen, getrennte Schlafzimmer."

So genau wollte ich es nicht wissen. Der Diakon lachte wieder, dann lachten wir alle drei und waren sofort beim Du.

„Du bist also ein Freund von Antje?", fragte Tjark.

Ich nickte, und Raik setzte die Nadel auf dem rotierenden Plattenteller ab. Earth, Wind and Fire motivierte auch den letzten Bewegungsmuffel, wenigstens zum Wippen mit der Fußspitze.

Ich sagte: „Ich besuche Antje und genehmige mir eine Auszeit. Ich genieße die winterliche Ruhe hier." Ich wollte nicht jedem meine wahren Absichten auf die Nase binden.

„Da kann ich nur sagen, genieße die Insel, solange es noch geht!" DJ Raik versuchte sich als Werbeprophet für die Touristikbranche. Er nahm drei Flaschen Bier aus einer Kühlbox, öffnete sie und reichte Tjark und mir jeweils eine. Wir stießen an und tranken.

Plötzlich eine Stimme, die alles übertönte: „Liebe Gäste, das Essen ist fertig. Das Büfett ist in der Küche, bitte nehmt euch, was ihr möchtet, und lasst es euch schmecken!“ Es gab Beifall, die Gäste mit den fahlen, ausgehungerten Gesichtern erhoben sich zuerst, Tjark war auch darunter. Raik und ich blieben zurück.

„Ach, ich liebe diese Frau!“, sagte Raik erleichtert. „Organisation ist ihre Stärke, was wäre ich nur ohne sie?“

Ich gab ein neues Stichwort. „Morgen ist die Vernissage?“

„Ja! Du weißt davon? Hat Fenja dich auch eingeladen?“

Nickend antwortete ich: „Die lasse ich mir nicht entgehen. Der Flyer verspricht einiges, sieht sehr professionell aus.“

„Ich bin richtig stolz auf sie, Frank. Und ohne sie wäre ich aufgeschmissen. Für uns ist es von Vorteil, dass wenigstens sie einen richtigen Beruf hat. Weißt du, das mit meiner Band läuft nicht so, wie ich mir das vorgestellt hatte. Wir spielen eigenen, hausgemachten Rock vom Feinsten, aber ... tja, was soll ich sagen. Die Leute stehen heute mehr auf Coverbands.“

„Das ist natürlich schade“, sagte ich. „Was spielst du? Lass mich raten: Gitarre?“

„Fast, es ist der Bass“, sagte Raik und nahm einen Schluck.

„Und wenn du den Musikstil änderst?“ Ich zeigte auf den Plattenteller. „Disco vielleicht?“ Ich lachte.

Raik verdrehte die Augen. „Wenn ich kurz vorm Verhungern bin. Aber auch dann nur vielleicht!“

Ich warf einen oberflächlichen Blick auf die Plattensammlung, fast nur Glamrock, Heavy Metal und ein paar Sampler aus den Siebzigern.

Raiks Blick folgte meinem, er erklärte: „Musik war immer schon meine Leidenschaft, aber ich mache das erst seit fünf Jahren professionell.“

Ich setzte die Bierflasche an, nahm einen Schluck und fragte: „Und was hast du vorher gemacht?“

„Meine Zeit verplempert, anders kann man es nicht sagen. Ich war CTO in einem Logistikunternehmen in Bremen. Der Job hat fast mein komplettes Leben in Beschlag genommen. Es fehlte nicht mehr viel, und unsere Ehe wäre deswegen in die Dutten gegangen.“

Einen Augenblick dachte ich über das Organisationskürzel nach. „CTO, dann warst du an der Schnittstelle von Unternehmensleitung und technischer Umsetzung tätig. Ich dachte immer, wenn man es bis so weit oben geschafft hat, wird nicht mehr gestempelt, und man kann auch mal fünf gerade sein lassen.“

Raik zögerte. „Von welchem Planeten kommst du? Bist du nicht angestellt?“ Seine Augenbrauen schoben sich hoch und rasteten dort ein.

„Ich bin bei mir selbst angestellt, und damit habe ich schon genug um die Ohren“, gab ich zu.

„Rock ’n’ Roll, Baby! Das bin ich jetzt auch, und ich habe mich noch nie so frei gefühlt.“

„Das sagte Mathias Rust auch, als er mit der Cessna auf dem Roten Platz gelandet war.“ Ich nahm einen weiteren Schluck.

Raiks Brauen krachten runter. „Verdammt, ja, aber guck dir die Welt da draußen doch mal an. Die machen einen auf große Familie, und es wird dir alles geboten, was zur Produktionssteigerung gebraucht wird. Mit Kollegen als Freunden, Spaß am Kicker oder mit der Playstation, die gemeinsamen Firmenfrühstücke und die vom Boss gefüllte Bar. Subtile Methoden, um die Stimmung unter der Belegschaft abzuchecken oder die Mitarbeiter zu pushen. Die Arbeit und das Unternehmen sind angeblich die Erfüllung. Wat willste zu Hause? Hier kriegste doch alles! Immer weiterarbeiten ist die Devise!“

Es klang wie ein neuer Song, die dazugehörige Melodie war noch nicht fertig. Ich fragte: „Wer lässt das mit sich machen? Geht der Trend nicht eher zu individuellen Ansprüchen?“

„Was meinst du damit? In Zellen unterteilte Großraumbüros? Dein eigenes Reich bis zur nächsten Stellwand?“

Ich lachte. „Nein, Raik, ich stelle mir so etwas vor wie gleitende Arbeitszeit, Halbtags- oder Dreivierteljob, Familienzeit, Homeoffice und so weiter.“

„Kannste vergessen! Das mag für bestimmte Branchen stimmen, aber ...“ Raik machte eine entsprechende Abwärtsbewegung mit der Hand. „Frag mal ausgelaugte Mitarbeiter eines hippen Start-ups in einer durchlässigen Sekunde. Das Miteinander ist nicht immer so cool, wie es verkauft wird. Wenn deine sozialen Kontakte nur noch Kollegen sind, stürzt du ab, wenn du gefeuert wirst. Ein Shutdown sozusagen, man steht plötzlich ganz alleine da."

„Bist du gefeuert worden oder hast du selbst das Handtuch geworfen?"

Raik räusperte sich. Er schien nicht zu wissen, wo er anfangen sollte. „Es stand alles auf der Kippe. Ich fühlte mich komplett ausgesaugt. Na klar, es war ein Job, bei dem ich nicht mehr stempeln musste, all inclusive sozusagen. Aber die Firma ist global tätig, also ging ich frühmorgens aus dem Haus, um mit den Kunden in Fernost zu verhandeln. Die sind ja vor uns wach, wenn sie überhaupt irgendwann mal schlafen. Und ich kam ziemlich spät abends nach Hause, weil um diese Zeit die Amis auf Hochtouren rotieren. Abgesehen davon ist man ja mit dem Smartphone sowieso rund um die Uhr erreichbar. Gut für Asien, denn die haben kaum Feiertage und arbeiten oft auch sonntags."

„Sehnt man sich nach einiger Zeit wieder nach der Stempeluhr?"

Er nickte. „Oder nach einer kompletten Auszeit, aber das saß nicht drin. Ich steckte in einer Tretmühle, aus der ich nicht ohne Weiteres herauskam. Ich telefonierte oft stundenlang und besprach Probleme. Meine Arbeit bestand zuletzt nur noch in der Bewältigung von Problemen, wann und wo immer ich war. Das ging an die Substanz. Fenja merkte mir das natürlich an und meinte, dass ich kaum noch Zeit für Gemeinsames hätte. Ich lachte kaum noch, hatte keine Kraft für einfachste Unterhaltungen, konnte mich schlecht konzentrieren. Ich war ein moderner Arbeitssklave." Es war ihm deutlich anzumerken, wie sehr ihn das noch belastete.

Ich fragte: „Und wie bist du aus der Mühle herausgekommen?"

„Irgendwann kam er, der Zusammenbruch. Ich mach's kurz: Fenja war drauf und dran, mich zu verlassen. Eines Tages drückte sie mir meinen alten E-Bass in die Hand und sagte nur ein Wort."

„Verkaufen?"

Er grinste. „Nein, sie sagte: Spiel! Ich fing an zu spielen, und es klang grauenhaft, war ja auch Jahre her, aber ich gab nicht auf. Und ich konnte nicht mehr aufhören. Ich spielte Tag und Nacht, ich ging nicht mehr in die Firma, nahm auch das Smartphone nicht ab. Es war ein ... ein Befreiungsschlag."

Ich nickte und trank, er trank auch. Ich ließ mir das durch den Kopf gehen. Raik hatte reflektiert, er hatte sein Leben geändert und Fenja war bei ihm geblieben. Er hatte den Absprung geschafft, gerade noch rechtzeitig. Das Problematische an seiner Story ist, dass viele Arbeitsplätze ganz ähnlich tickten, was auch der Globalisierung geschuldet war. Unlängst hat dieser Leistungsgedanke auch in der Freizeitgestaltung Einzug gehalten. Immer aktiv sein, niemals Langeweile aufkommen lassen, und das auf Kosten der Erholung.

Ich wollte ihn auf andere Gedanken bringen: „Raik, was meintest du vorhin mit: *Genieße die Insel, solange es noch geht*? Das klingt wie ein Achtzigersong."

Er kicherte und sagte: „Geier Sturzflug? Ja, kenn ich noch." Raik machte erst eine Pause, dann einen Vorschlag: „Ich erkläre dir gerne, was ich damit meine. Komm, lass uns mal auf den Balkon gehen, ich will eine rauchen."

Wir leerten die Flaschen, stellten sie neben die Kühlbox und gingen zur Balkontür. Raik schob sie auf, wir traten hinaus. Draußen leuchtete eine bunte Lichterkette, in der Ecke standen winterfest verpackte Campingmöbel, ein Grill, ein Schirmständer. Links hinter der Balkonbrüstung sah man hinunter auf den erleuchteten Platz des Kurtheaters. Nach hinten raus die Weinlounge Norderney, darüber bläuliches Licht flackernder Fernsehschirme hinter Fenstern und rechts in einiger Entfernung das Restaurant Gosch. Raik zog die Tür hinter sich zu. Es war ziemlich kalt, ich hätte die Jacke anziehen sollen. Ich verschränkte die Arme vor der Brust.

Raik hielt mir die Schachtel hin. „Willste auch eine?"

Ich hob die Hand, lehnte dankend ab.

Er schob das Räucherstäbchen zwischen die Lippen und ließ es aufglimmen. „Frank, was wir hier in letzter Zeit erleben, ist der reinste Ausverkauf der Insel." Er zog kräftig durch, der Rauch kam mit jedem Wort wieder heraus. „Du glaubst nicht, was hier in den letzten Jahren los ist. Für die Einheimischen wird es immer schwieriger, hier zu überleben, und Neubürger findest du in erster Linie auf Klingelschildern oder in den Papieren auf dem Grundbuchamt, aber nicht im realen Leben. Höchstens an den Wochenenden oder drei, vier Wochen im Jahr."

„Es sind vor allem Investoren, die hier bauen?", fragte ich.

Raik zog mit der anderen Hand an seinem Bart. „So sieht das aus. Ältere Häuser und die letzten Grünflächen werden plattgemacht, um die neuen Paläste an diejenigen zu verkaufen, die sie nur an den Wochenenden bewohnen oder an Touristen vermieten wollen. Das wirft Rendite ab."

Ich sagte: „Das hier ist Norderney, nicht Sylt."

Raik zeigte hinunter zu Gosch. „Bist du dir da sicher?" Er machte eine kleine Pause und erzählte weiter: „Sogar Mitarbeiter von Haus- und Reinigungsservices, Verkäufer, Pflegepersonal und vielleicht bald Leute von der Feuerwehr müssen täglich anreisen, weil es hier kaum noch bezahlbaren Wohnraum gibt. Die Preise steigen ins Unermessliche."

Ich schwieg.

„Frank, wir haben die Bürgerinitiative ‚Wir für Norderney' ins Leben gerufen. Unser Ziel ist es, mit allen Mitteln den Ausverkauf unserer Insel zu stoppen. Norderney soll nicht zu einer Party- und Protzmeile verkommen. Noch ist der Osten unbebaut, aber wenn erst mal der Fuß in der Tür ist, winkt eines Tages der nächste Investor mit einem Batzen Geld. Der schnappt sich die Filetstücke für ein Fünf-Sterne-Projekt, und das alles auf Kosten der Natur, die unser aller Kapital ist."

Mir fiel da etwas ein. „Denkst du dabei an den alten Baubetrieb von Gronewold senior, in der Nähe der Weissen Düne?"

Raik stutzte. „Du kennst ihn?"

„Sagen wir, ich habe da Papst gespielt und den Boden geküsst."

Die Tür wurde aufgezogen. „Wer ist Papst?", fragte Diakon Tjark, der sich mit einem Berg Essen auf dem Teller zu uns gesellte.

„Wir alle sind Papst", sagte Raik, und die Männergruppe lachte.

Raik wandte sich an Tjark: „Ich erzähle Frank gerade von unserer Initiative." Tjark nickte kauend.

Ich wandte mich wieder an Raik: „Noch mal zu Gronewolds Haus. Wie war es möglich, dass jemand dort ein Haus in die Dünen pflanzen konnte? Ist das nicht ausgewiesenes Naturschutzgebiet?"

Raik und Tjark schauten sich vielsagend an, Raik antwortete: „Es gibt da eine ganz bewährte Methode. Sie fängt vorne mit B an und hört am Ende mit ‚stechung' auf. Kennt man das bei euch auf dem Festland nicht?"

Ich räusperte mich und rieb mir die Nase. Dass es Teil meines Berufes war, genau solche Machenschaften aufzudecken, wollte ich hier nicht unbedingt ausplappern. „Hat die Bürgerinitiative denn schon etwas erreicht?", fragte ich, um vom Thema Korruption abzulenken, ich schaute beide abwechselnd an.

Tjark kam Raik zuvor: „Uns wurde ein Beruhigungszäpfchen in den Arsch geschoben."

„Dieses böse Wort müssen Sie aber beichten, Herr Diakon", sagte Raik kichernd. Und er fügte hinzu: „Wir werden es merken, wenn das Zäpfchen aufgelöst ist. Die Stadt hat mittlerweile die unabhängige Betreibergesellschaft Domus-Monitor GmbH beauftragt, die Vergabe von Grünflächen, Grundstücken und Immobilien zu überwachen. Damit hat sie uns erst einmal mundtot gemacht. Seitdem ruht unser Projekt, aber wir bleiben am Ball."

Hinter den Fenstern schliefen die Fernsehschirme ein. Wie dunkle Schwaden bewegten sich dort die Menschen, blickten hinaus oder gingen von Licht zu Licht und tauchten ihre Wohnzimmer ins Dunkel. In wenigen Fenstern blieb es hell. Raiks Zigarette hatte sich längst in Kohlenstoff verwandelt und es entstand Raureif an meinen Lippen. Wir gingen rein, und als mein Blick über die illustre Gästeschar strich, bekam ich weiche Knie. Ich wusste nicht, ob ich meinen Augen trauen konnte. Dort, auf einer Couch, saß Nele Hansen. Wir hatten uns Mitte der Neunzigerjahre während des Studiums kennengelernt, wir waren ein Vierteljahr lang ein Paar und unmittelbar nach meinem Sprung in die Selbstständigkeit waren wir wieder getrennt. Unruhige Jahre mit einer aufregenden Frau, an die ich mit gemischten Gefühlen zurückdachte. Später war Nele der Liebe wegen nach Norderney gezogen. Aber war sie das wirklich? Bei dieser Beleuchtung war ich mir nicht sicher.

Raik und ich bedienten uns am Büfett, danach gingen wir zum Plattenspieler zurück, wo Tjark auf uns wartete. Raik suchte eine weitere Scheibe aus der Sammlung. Tjark und ich nahmen uns ein kühles Bier aus der Box und wir setzten uns in die Sessel vor der Anrichte. Ich sah noch einmal zur Couch hinüber. Und wirklich, es gab keinen Zweifel – sie war es. Sehr heller Teint und braunes, gelocktes Haar. Eine eigentümliche Wärme breitete sich in roten Wellen aus, von meiner Brust bis hinunter in die Leisten. Das blaue Kleid, das sie trug, war aus einem fließenden, schimmernden Stoff. Sie hob ein Glas an ihren Mund und nippte daran. Die Flüssigkeit war klar, vielleicht Wodka. Ihre Lippen hatten einen seidenmatten Glanz, weich und sanft. Die meiste Zeit schaute sie zur Tanzfläche, hin und wieder sah sie ihren Gesprächspartner an, der auf einem Stuhl im rechten Winkel zu ihr saß und sich angeregt unterhielt – mit ihr oder mehr mit sich selbst, das bekam ich von hier aus nicht mit. Der Mann war etwa sechzig Jahre, klein und untersetzt, mit eckigen Schultern, gezwängt in ein helles Sakko, der Typ Erdkundelehrer. Sein Gesicht war eines von denen, die ganz oben breit beginnen und weiter unten im Hemdkragen verschwinden. Er hatte dunkle Knopfaugen. Sein Mundwerk mahlte unablässig, dabei drehte er mit höchster Konzentration an einer Zigarette. Ich weiß nicht, ob er für schlechte Zeiten vorsorgte, jedenfalls drehte er immer, wenn ich hinsah.

Nele saßen zwei Frauen gegenüber. Sie saßen eng beieinander und sprachen mit amüsierten Gesichtern, wie zwei Kolleginnen beim Tratschen. Beide zeigten tiefe Ausschnitte. Die Blonde sah mich jedes Mal an, wenn ich in ihre Richtung sah. Um ihren Mund zeigten sich einladende Grübchen. Die andere nahm ein Glas mit einer goldenen Flüssigkeit, vermutlich Whisky. Sie nahm einen so großen Schluck, dass ich das Brennen in meiner Röhre spürte, und ich saß da mit meinem Bier, das immer wärmer wurde.

Raik senkte den Deckel des Plattenspielers hinab und entschwand auf die Tanzfläche, integrierte sich rhythmisch in eine Gruppe Freestyletänzer. Diakon Tjark riss mich mit einer Frage aus meinen Gedanken: „Sag mal, bist du auch in der Kirche?"

Ich schüttelte den Kopf. „Das ist nicht so meine Sache. Ich glaube nur an Dinge, die ich sehen und definieren kann." Je länger ich Nele und den Typen beobachtete, desto mehr glaubte ich, sie von dem Erdkundelehrer befreien zu müssen – auch eine Art von Glauben.

„Du glaubst also nicht an die Kraft der Liebe?", lockte Tjark mich aus der Reserve.

Ich hielt meinen Kopf gerade, nur meine Augen wanderten zu ihm. „Doch, daran glaube ich. Tjark, du willst mich doch nicht etwa in ein Glaubensgespräch verwickeln?"

„Wenn du den Eindruck hast, dass ich dich in etwas verwickle, kannst du die Polizei rufen."

Ich wandte ihm meinen Kopf zu, lächelte ihn offen an und sagte: „Eins zu null für dich. So schlimm wird es wohl nicht werden." Tjark lächelte auch, seine Liebenswürdigkeit kompensierte fast alles.

Er versuchte es erneut. „Okay, dann weiter. Was, denkst du, ist das Wertvollste, was uns Menschen begegnen oder passieren kann?"

„Ist das einer dieser Ankreuztests? Achtzig bis hundert Punkte, herzlichen Glückwunsch, Sie haben eine Gratismitgliedschaft in der Kirche gewonnen?" Ich nahm einen kräftigen Schluck aus der Pulle.

„Versuche es, Frank", ermunterte Tjark mich, er nahm ebenfalls einen Schluck.

„Das Wertvollste, meinst du?" Ich überlegte. „Also gut. Reichtum, auf Dauer wohl nicht, Schönheit und Gesundheit ... vergeht, Glück ist relativ." Ich musste an Antje denken und sagte frei heraus: „Es ist wohl die Erfahrung, geliebt zu werden und andere zu lieben."

„Prima! Dann wären wir also beim Thema Liebe", sagte Tjark erleichtert.

Ich sah wieder zu Nele hinüber. Ich spürte, dass sie sich in der Gegenwart ihres Gesprächspartners unwohl fühlte. Sie gestikulierte aufgebracht, und ihr Gesicht wirkte angespannt. Der Typ neben ihr hatte das Zigarettendrehen eingestellt, stattdessen konzentrierte er sich jetzt auf ihren Mund, oder vielmehr auf ihre Lippen.

Tjark schoss die nächste Frage ab: „Und, Frank, was denkst du, ist der stärkste Liebesbeweis?"

Ich dachte an alle möglichen Formen der Zuneigung, aber es ging ihm vermutlich um etwas anderes. Nach der kleinen Pause kam mir meine verschüttete Schulbildung in den Sinn. Ich sagte: „Spontan fällt mir da Schillers Bürgschaft ein. Der stärkste Liebesbeweis ist, für andere einzustehen oder sich selbst für andere hinzugeben. So etwas in der Art."

„Herzlichen Glückwunsch, du hast die Gratismitgliedschaft gewonnen!", strahlte Tjark. Über seinem Kopf leuchtete ein Ring aus Licht, wie man es aus Heiligendarstellungen kennt. Wenigstens glaubte ich es für einen Moment. Er sagte weiter: „Das ist es! Diese zu allen Zeiten, in allen Sprachen und in allen Regionen der Welt universal gültige Sprache der Liebe, das tiefste und wertvollste menschliche Empfinden, ist *der* Beweis!"

Ich war ratlos. „Beweis wofür?"

Der Mann neben Nele stand wütend auf, nahm sein Glas und verschwand in Richtung Büfett. Nele zog sich eine Strähne ihres dunkel wallenden Haares hinters Ohr. Sie schaute von links nach rechts, als wollte sie sich überzeugen, dass niemand etwas mitbekommen hatte. Ich hatte es mitbekommen und ich überlegte, mich zu ihr zu setzen.

Tjarks Stimme erreichte mein Ohr, er dozierte: „Nun, es handelt sich dabei um einen auf Erfahrung beruhenden, einen aposteriorischen Gottesbeweis. Deine Antworten treffen ja vor allem auf das Christentum zu. Es geht dabei primär um Agape, Liebe und Hingabe. Wenn du zutiefst von deinen Antworten überzeugt bist, dann kommst du an Jesus Christus nicht vorbei. Es ist übrigens die Antwort auf die Frage nach dem Sinn des Lebens." Ich wühlte in meinen Taschen, und Tjark fragte: „Was ist los? Was suchst du?"

„Die Telefonnummer der örtlichen Polizeistation."

Er machte ein betretenes Gesicht, fuhr aber unbeirrt fort: „Ich bin zutiefst davon überzeugt, dass das Christentum die einzig befriedigende Antwort auf die Bedürfnisse der Menschheit ist."

Ich schaute ihn skeptisch an. „Das glaube ich dir sogar. Zumindest hört es sich schlüssig an, aber warum gibt es dann so viel Unfrieden auf der Welt?"

Jetzt war es Tjark, der eine Bedenkpause einlegte. Er hob einen Finger. „Weil die Zeit noch nicht gekommen ist und viele Menschen nicht im Reinen mit sich sind, nicht mit sich und nicht mit anderen, glaube ich."

„Und weißt du, was *ich* glaube? Dass ich jetzt einen Drink brauche. Bis später!"

Tjark zeigte mir die flache Hand als Gruß. Ich stand auf und ging zu Nele hinüber. Bei der Couch angekommen fragte ich: „Verzeihen Sie, ist hier noch Platz für einen alten Bekannten?"

Sie schaute mich mit großen Augen an. „Frank? Frank ... was ...? Das ist ja eine Überraschung!"

„Die Überraschung ist ganz auf meiner Seite." Wir gaben uns die Hand, sie ließ sie nicht los und ich machte ihr Spiel mit. Nele rückte ein Stück zur Seite, ich setzte mich neben sie. Jetzt ließ sie meine Hand fliegen.

„Frank, was machst du hier?“ Nele war ganz von den Socken. Sie biss sich auf die Unterlippe, ihr Blick heftete sich auf mein Gesicht.

„Ich verbringe hier ein paar Tage, ein bisschen Luftveränderung tut mir ganz gut. Das Meer und die Umgebung bei ausgiebigen Spaziergängen genießen, einfach mal runterkommen.“ Ich deutete auf sie. „Du kennst das bestimmt.“

„Oh ja, selbstverständlich!“ Sie lachte. „Mensch, Frank, ich kann's noch gar nicht fassen. Wie lange ist das jetzt her?“

Ich überschlug die Chronologie unserer gemeinsamen Zeit. „Warst du nicht 1998 der Liebe wegen hierhergezogen? Es ist also mindestens zwanzig Jahre her.“

Nele hielt sich die Hand an den Kopf, als wollte sie ihre Temperatur prüfen. „So lange schon. Wo ist die Zeit geblieben? Und wie kommst du auf diese Party?“

„Über Freunde und Bekannte, die kennen wieder andere Leute, und so weiter.“ Ich vermied wieder die Details. Mit einem kurzen Blick zur Bar fragte ich: „Trinken wir was zusammen? Ich hole uns die Drinks.“

„Sehr gern!“ Sie nickte eifrig mit zusammengepressten Lippen. „Einen Wodka mit Eis.“

„Mit Frucht?“

„Gern!“

Ich ging an die Bar. Auf dem Weg betrachtete sie mich, und ich sie in einer knappen Drehung. Alles an ihr war zeitlos schön. Das Gesicht mit den hohen Wangenknochen, die Laetitia-Casta-Lippen, das dunkel wallende

Haar. Ich brachte uns zwei Gläser Lemon Skyy mit, reichte ihr ein Glas und als ich mich wieder setzte, stieg mir ihr ganz eigener Duft in die Nase. Die schlanken Arme, und im Dekolleté der obere Rand ihrer Brüste, so weich, dass sie sich bei jedem Atemzug bewegten. Sie zog ihre Schultern leicht nach hinten, wie um sich zu entspannen. Ich disziplinierte meine Augen und sagte: „Lass mich raten, du denkst gerade an alles, was vor Norderney war, und wie es dazu kam, dass wir uns getrennt haben?"

Das Lächeln erstarb fast, ihre Lider sanken bis zur Hälfte, und für einen kurzen Moment waren die Augen feucht. Sie nahm wieder die Unterlippe zwischen die Zähne und verharrte so für zwei Sekunden. Dann nickte sie, zuckte zugleich mit den Schultern und ließ ihre Lippe los. „Du hast recht, ich habe wirklich daran gedacht. Es war fast alles weg, wie eingerostet oder besser wie eingesperrt, aber nun ist vieles wieder da." Ihr ganz schwaches, wiedererwachtes Lächeln erreichte mehr ihre Augen als die Lippen. „Ach, was spielt das noch für eine Rolle?" Sie machte eine abwertende Handbewegung. „Wir sind jetzt hier, und was kümmert uns, was morgen ist?"

Nele war sich in ihrem Wesen treu geblieben, aber das hatte nichts mit Treue zu tun – eher das Gegenteil. Ohne besondere Betonung sagte ich: „So ganz ohne die Bürde der Verantwortung, wie damals?"

Die Augen, die mich anschauten, waren dunkler als die Nacht. „Du hörst dich an wie ein Landpfarrer, Frank. Was geht es dich an?"

Sie hatte recht. Der Satz hatte schon idiotisch geklungen, als ich ihn mir in Gedanken zurechtgelegt hatte, und als er raus war, klang er kein bisschen besser. „Entschuldige bitte, ich wollte nicht ..."

Ganz seicht schüttelte Nele den Kopf und hob ihre Hand. „Ist schon gut." Wieder das kaum merkliche Lächeln.

„Ich habe da einen wunden Punkt angesprochen, oder?", fragte ich ruhig.

Sie neigte ihren Kopf zur Seite, lächelte mich schuldbewusst an, als hätte ich sie beim Flunkern erwischt. „Ja, es läuft halt nicht so gut bei mir", sagte sie und bewegte das Glas, dass die Eiswürfel klirrten.

Ich nahm einen Schluck und blickte durch den Raum. „Ist dein Mann nicht hier?"

„Nein, der hat zu tun", sagte sie in einem sarkastischen Ton. „Er ist nicht gern auf Partys, es sei denn, es geht um ihn. Zu den anderen gehe ich meistens allein."

„Party kann man auch alleine haben", versuchte ich sie aufzuheitern.

Sie lachte, ein freudloses, ungläubiges Lachen. „Ach ja?", fragte sie zurück und zwinkerte mir zu. „Ich sag dir, auf Dauer ist der Lack ab, und dann kommt der Rost durch. Wenn es nur um so etwas wie Partys ginge ..." Sie ließ den Satz stehen und verzog das Gesicht.

„Vermisst du Hamburg?", fragte ich, um Nele auf andere Gedanken zu bringen.

Ihr Gesicht drückte nun eine subtile Bewegtheit aus und ihr Lächeln wurde eine Idee steifer. „Nein, ich habe *dich* vermisst", sagte sie abrupt.

Ich nahm das so hin, schob das auf ihre melancholische Verfassung, und auf die Drinks. „Nele, das Einzige, was uns am Ende noch verband, war die gemeinsame Waschmaschine und ein Dampfbügeleisen. Wir hatten das tausendmal durchdekliniert, da war nichts mehr zu retten."

„Das weiß ich", sagte sie in einem Tonfall, als habe sie kein anderes Statement von mir erwartet. „Das eine ist der Verstand und das andere ist das Herz. Wenn es so schlecht läuft wie gerade bei mir, ist das, was vorher mies war, auf einmal ganz okay." Sie schüttelte wehmütig den Kopf und sah mich mit einem abwesenden Lächeln an. „Lass mich doch ein bisschen schwelgen, Frank. Bitte!" Da streckte sie die Hand aus, umfasste meine Finger und lächelte ein bemühtes Lächeln.

Ich ahnte zwar, wovon sie sprach, sah das aber mit anderen Augen. Neles Nervenbahnen waren geschmiert und ihre Empfindungen rutschten mühelos heraus, aber das sagte ich ihr nicht.

Auf einmal lag etwas Trauriges in ihrem Gesicht, das einem unwillkürlich Empathie einflößte. Vielleicht war das ihre Masche, oder sie *war* traurig. Nele nahm einen weiteren Schluck, Leere trat in ihre Augen. Sie leckte sich langsam über die Lippen und sagte fast abwesend: „Ob wir heute wohl Kinder gehabt hätten?"

„Nele, was soll das."

Sie errötete im Halbdunkel und sah mich voll an. „Dein Gesicht ist für mich wie ein offenes Buch, Frank. Leute beobachten gehört zu meinen Stärken. Du bist jetzt ein verheirateter Mann?" Sie musterte mich, als würde ihr nichts entgehen, wahrscheinlich nicht einmal das Muttermal an meiner Leiste.

Ich leerte mein Glas. „Merkt man mir das an?"

Sie sah hinab, zunächst auf ihre, dann auf meine Hände. „Du trägst zwar keinen Ring, aber ... an der Art, wie du mich ansiehst."

„Wie sehe ich dich denn an?"

„Begehrend und im selben Augenblick schüchtern, neugierig und relaxt zugleich. Da ist Verlangen in deinen Augen, aber du scheust das Spiel mit dem Feuer."

„Es stimmt, ich bin verheiratet", sagte ich. Nele atmete mit einem schwachen Geräusch aus, ihre Enttäuschung war kaum zu vernehmen. Oder doch, sonst hätte ich es vermutlich nicht registriert, schwerhörig, wie ich für manche Zwischentöne bin. Ihre nächste Frage kündigte sich schon an, deshalb fügte ich ungefragt hinzu: „Und meine Ehe ist kinderlos geblieben."

Ein seltsamer Ausdruck von Rührung huschte über ihr Gesicht, fast unmerklich. Sie legte ihre Hand auf meinen Handrücken, klopfte mit dem Fingernagel an ihr leeres Glas und sagte: „Ich hole uns noch zwei, okay?" Ich nickte und gab ihr mein Glas für ein Upgrade. Geschmeidig und mit langen, weichen Schritten ging sie zur Wohnzimmerbar. Sie bewegte sich mit dem gewissen Etwas. Der Stoff ihres Kleides umspielte bei jedem Schritt ihren Körper. Eindruck machen konnte sie schon damals. Irgendwann war mir klar geworden, dass Nele zu jenen Frauen gehörte, die Männer vom Schlag eines Industriellen oder eines Arztes zum Vorzeigen benötigten. Ich hätte da nicht reingepasst. Möglicherweise war ihr inzwischen aufgegangen, dass dies allein keine befriedigende Basis sein konnte. Aber was wusste ich schon? Ich hatte selbst Probleme genug.

Fenja kam zu mir, wir wechselten ein paar Worte, und ich sagte ihr, dass ich eine Freundin aus Hamburg wiedergetroffen hätte. Fenja zeigte sich erfreut, sie wollte mich mit ihrem Mann bekannt machen. Ich erzählte ihr, dass Raik und ich bereits Blutsbrüder waren und wir uns prima unterhalten hatten. Als Nele zurückkehrte, war Fenja bereits bei ihrem Mann auf der Tanzfläche. Nele lächelte. Ihre lose fallenden Locken umrahmten das schöne Gesicht mit tiefen Lachgrübchen und zielbewusstem Ausdruck in den Augen. Ihr Duft war schon vor ihr da, ich sog ihn ein. Sie hatte ihren ganz eigenen Duft von etwas Frischem, Natürlichem, mit einem Hauch von Frost. Er betäubte mich und schärfte gleichzeitig meine Sinne. Nachdem sie mir mein Glas gegeben und sich gesetzt hatte, nahm ich den Faden wieder auf. „Nach deinem Umzug nach Norderney dauerte es nicht lange, da lernte ich Susanne kennen."

„Also schon ein halbes Jahr nach unserer Trennung?"

Ich überhörte das „schon". „So ist es", bestätigte ich ihr. „Susanne half mir über vieles hinweg." Jeder hat persönliche Weggabelungen, die das Leben zerteilen, und es gibt ein Vorher und ein Nachher. Das war in den frühen Jahren auch bei Antje und mir der Fall gewesen, nicht aber bei Susanne und mir – noch nicht. Nichts war endgültig, nichts in Stein gemeißelt. Es mochte daran liegen, dass wir noch verheiratet waren. War das Liebe oder ein Festhalten an Tradition? Wann weiß man so etwas?

„Hast du dir je Kinder gewünscht?", fragte Nele.

„Susanne und ich waren uns darin einig, keine Kinder haben zu wollen. Wir waren sehr auf unsere Karrieren fixiert und wollten nicht davon abrücken. Vielleicht lagen wir mit dieser Einschätzung falsch, vielleicht hätten wir das Wagnis eingehen sollen. Kinder verändern sicherlich die Vorstellung vom Leben, aber wir sahen keine Veranlassung dazu. Es war alles gut, aber es blieb leider nicht gut", räumte ich ein. Als ich es erzählt hatte, überkam mich ein Gefühl der Erleichterung.

Nele ging nicht auf meine Worte ein, ihr Blick war umherschweifend und ohne Ziel, als sie sagte: „Hier auf Norderney bekam ich Lust auf Familie, als ich im Sommer die kleinen Süßen am Strand sah. Und obwohl Jan einverstanden war, blieb mein Wunsch unerfüllt." Ihre kleine Kunstpause gab mir die Gelegenheit nachzufragen, aber ich nutzte sie nicht, weil auch das mich nichts anging. Sie erzählte es von selbst: „Jan nannte es Thrombose im Erektionskanal. Aber er war nicht impotent, sondern es war eine ... Unverträglichkeit. Und von da an ging es abwärts mit uns beiden. Ich vermisste etwas ..." Ihre Augen streiften meine, wie um zu überprüfen, ob ich ihr auch zuhörte, dann flackerte ihr Blick wieder durch den Raum, als sei sie auf der Suche nach etwas oder jemandem. Auf der Tanzfläche tanzte ein Paar, wie es unterschiedlicher nicht sein könnte. Es tanzte wie zwei unvereinbare Silhouetten, jede in ihrem Rhythmus, als folge eine dem Mars und die andere der Venus. Er, klein in grauem Anzug, weiß wie ein toter Kaplan, und sie, groß und bunt wie ein Paradiesvogel, braun gebrannt, als wäre sie unter der Sonnenbank ins Koma gefallen. Ich konnte sehen, wie Nele um die richtigen Worte rang, Worte, mit denen sie sich selbst erklärte, was für andere kaum nachvollziehbar war. Ich tippte auf ein schlechtes Gewissen. Ich hatte schon früher Menschen in solchen Situationen erlebt und ich wusste, dass es gut ist, jemanden zu haben, mit dem man reden kann – und wenn es der Depp Frank Gerdes ist.

„Nele, was belastet dich? Gibt es jemanden in deinem Leben, der dir sehr wichtig geworden ist? Wichtiger als dein Mann?"

„Was?" Halb den Kopf zur Seite gedreht, erstarrte sie in ihrer Bewegung. Sie schluckte schwer. „Nein. Was? Wie kommst du darauf?"

Ich wartete ab und trank. Ich hatte Zeit.

Nele kam damit raus. „Also, ich nicht für ihn, aber er für mich." Sie legte ihre flache Hand aufs Herz. „Hier drinnen."

„Eine unerfüllte Liebe, sozusagen?"

Sie sah mir plötzlich direkt in die Augen. „Ich hab kein Etikett da draufgeklebt. Ich bin einfach glücklich mit ihm, ohne dass wir intim sind."

„Da staut sich auf Dauer was an.“

„Was weißt du schon?“, fragte sie wütend und nahm einen gehörigen Schluck.

„Du kennst mich nicht, Nele. Was du über mich zu glauben meinst, stammt aus deiner Erinnerung. Es fehlen ein paar wichtige Kapitel.“ Ich wusste nicht, ob sie mir überhaupt zugehört hatte. Sie war sofort wieder bei ihrem Thema.

Sie beugte sich etwas nach vorn, sprach fast ins Glas hinein. „Was ich durchmache, kannst du nur erahnen, wenn du selber liebst. Und wer ehrlich liebt, bleibt immer allein.“

Fast hätte ich sie an den Diakon verwiesen – der brauchte noch Mitstreiter. Ihren Satz ließ ich stehen, für ihre Situation mochte der stimmen, wer wollte ihr das ausreden? An ihrem Blick sah ich, dass es genug Wodka für den Abend war. Aber das sagte ich ihr auch nicht, machte einen Umweg. Ich versuchte, meine Stimme auf einem entspannten Niveau zu halten, als ich sagte: „Lassen wir Erinnerung Erinnerung sein.“ Ich wünschte nur, ich hätte eine, an die zu denken es sich wirklich lohnte – von wenigen Ausnahmen abgesehen. Ich fügte hinzu: „Es wird langsam Zeit für mich, es war ein langer Tag.“ Ich schaute sie fest an.

Sie nahm noch einen Schluck, schaltete blitzschnell um und sagte: „Das meinst du doch nicht im Ernst, dafür verdienst du eine Ohrfeige.“ Sie prustete los und sah mich über den Rand ihres Glases hinweg an. Sie senkte die Lider, bis die Iris halb verdeckt war. Eine Weile sah sie mich so an, bis sie lächelte. Ihr Lächeln war verführerisch, es ging aber auch noch als liebenswürdig durch.

Ich stellte mein Glas auf den Tisch, nahm ihr das Glas aus der Hand und stellte es ebenfalls auf den Tisch und sagte: „Wollen wir ...?"

Sie legte ihren schmalen Finger auf meine Lippen. Der blieb da einen Augenblick, der Wirkung wegen. Ihr Finger glitt an meinem Kinn hinunter, folgte der Linie meines Halses. Dann strich sie mir mit der ganzen Hand leicht übers Gesicht, verweilte einen Augenblick am Kinn, bevor sie die Hand wieder sinken ließ. Nele sah mich flehend an. Ihr Gesicht war nah und in dieser Sekunde ehrlich, wir blickten einander in die Augen. Ein paar lange, endlose Sekunden sahen wir einander an, aber es hatte nichts zu bedeuten.

„Ich will dich", sagte sie mit ihrem Mund an meinem. Ich wich zurück und sagte: „Nele, es gibt da eine Frau, der ich etwas bedeute."

Nele schaute leicht zur Seite. „Welcher denn? Deiner Susanne doch wohl nicht." Unsere Blicke trafen sich wieder. „Oder ist da noch eine, irgendwo?" Eine lange, inhaltsschwere Pause. Ihr Mund war halb geöffnet und feucht. Ihre Lippen zuckten und hinter ihren Augen lauerten Tränen. Ich beantwortete ihre Frage nicht, ich spürte nur, wir waren einander fremd.

Nele besann sich und sagte: „Ich will auch los. Wollen wir ein Stück zusammen gehen? Ich glaube, ich finde den Weg ... gar nicht mehr."

„Gut, ich bringe dich nach Hause, damit du mir unterwegs nicht verloren gehst."

„Wie damals?"

„Nicht wie damals."

Sie schenkte mir ein dünnes Lächeln und guckte geheimnisvoll. Ich lächelte noch schmaler zurück. Wir verabschiedeten uns von Fenja und ihrem Mann Raik, und ich winkte Tjark zu, der seinen Missionseifer inzwischen an jemand anderem ausprobierte. An der Garderobe schwankte Nele etwas, sie stieß gegen das Pärchen, das entweder immer noch oder erneut in der Ecke herumknutschte. Die Frau erkannte ich, es war die mit den frostig-blauen Augen, ihn kannte ich nicht. Ich half Nele in ihren Mantel, sie hakte sich bei mir unter. Im Treppenhaus gingen wir langsam die Stufen hinab, dabei schaute ich sie an. Ihre geschwungene Nase, die vollen Lippen, der Hals, lang und weiß, umhüllt vom Kastanienbraun der gelockten Haare. Sie hatte sich in den Jahren fast nicht verändert.

„Müssen ... Sie mich denn immer ... so bekloppt anglotzen ... Herr Detektiv?" Sie hatte gehörig einen im Kahn, aber das beeinträchtigte offensichtlich nicht ihr Erinnerungsvermögen. Meinen Beruf hatte sie also nicht vergessen.

Unten an der Haustür angekommen antwortete ich: „Ich nehme meinen Beruf sehr ernst, verehrte Dame."

„Na dann, mein großer Detektiv", hauchte sie mir geheimnisvoll zu, „bring mich mal schön nach Hause und pass gut auf mich auf!“ Sie kicherte. Aus ihrem Kichern perlten die Promille, und ihre Augen waren groß und hungrig.

Kapitel 12

Die Nacht war trocken und kalt mit einem hohen Februarmond hinter Wolkenschleiern. Vom Meer kam der Geruch von Tang herein, er legte sich auf die Umgebung. In beiden Richtungen verwaiste Straßen, auf denen frosttrübes Licht reflektierte. Ich überließ es Nele, die Segel zu setzen, aber sie wollte oder konnte sich nicht für eine Richtung entscheiden.

„Back- oder Steuerbord?“, wollte ich wissen.

Sie dachte nach. Denken war Schwerstarbeit. Ihr Mund bewegte sich, aber außer Atemfähnchen kam nichts heraus. Irgendwann sagte sie: „Marien...“

„Marienstraße?“

„... strrraßße!“

Wo die war, wusste ich. Nicht weit von hier entfernt. Die Straßen um das Kurtheater herum waren dunkel, während im Theater und auf dem Platz davor noch Licht war, wenn auch gedämpftes, es waren noch Menschen dort. Wir bogen nach rechts in die Adolfsreihe, und Nele fing das Plappern an. Auch ich spürte die Wirkung des Wodkas, aber Nele redete unablässig. Unzusammenhängende Satzfetzen über Arbeitskollegen, den Stadtrat und den drohenden Niedergang des Nordseeheilbades trieben über die Straße. Vor dem

Theater hockte Heinrich Heine und starrte blind über den Vorplatz. Drei, vier umgefallene Räder versperrten uns den Weg, wir umrundeten sie. Ganz leichte Schneeflöckchen schwebten vom Himmel. Es ging weiter über die Bülowallee, ein kurzes Stück über die Janusstraße, dann der Schwenk links in die Marienstraße, eine Prachtstraße mit klassizistischen Villen und zeitgenössischen Minipalästen. Hier und da erleuchtete Fenster, angestrahlte Hausfassaden und Vorgärten, illuminierte Eingangsbereiche und Auffahrten. Wir spazierten unter flimmernden Straßenlaternen entlang, auf der Suche nach Neles Haus. Und als nach einer Weile keine Reaktion mehr kam, fragte ich sie nach der Hausnummer.

Nele verstummte, sie blieb stehen und sah sich um. Erst ein Bäuerchen, gleich darauf: „Ups, da isses schon!" Sie gluckste angeheitert und zeigte auf einen rechtwinkligen, modernen Flachdachbau aus dunklem Backstein mit breiten Fenstern. Es war eines dieser Häuser, die aussahen, als wären die Zimmerdecken mindestens vier Meter hoch und als wäre der Weg zum Klo eine halbe Stunde weit. Der beleuchtete Vorgarten war so groß wie ein durchschnittliches Grundstück, mit immergrünen Bäumchen, Büschen und Zierhölzern, hinter einem hochwertigen Zaun aus Stahl und Granit. Ein kleines Auto stand auf dem Kiesweg, ein Austin Mini vielleicht. Mehr ließ sich bei dieser Beleuchtung nicht ausmachen.

Nele bemerkte meinen Blick, sie fragte: „Warum guckst du so? Bist du ... beeindruckt?"

„Ich könnte es mir nicht mal leisten, in euren Briefkasten zu ziehen", antwortete ich verhältnismäßig neidlos.

Sie lachte kehlig und übertrieben, und ihre Augen glitzerten im Schein der Straßenlaterne. Es war ein ansteckendes Lachen, ich musste mitlachen. Bei dieser Dunkelheit war ihr Gesicht weicher, verletzlicher. Sie leckte sich langsam die Lippen, von einem Mundwinkel zum anderen.

„Mein Mann kommt noch lange nicht nach Hause", flüsterte sie. Auf einmal klirrten Eiswürfel in ihrer Stimme: „Kommst du noch auf einen Drink mit rein?" Sie hielt sich an mir fest, als würde sie sonst umfallen.

Ich sah sie an und schwieg, mein Sprachzentrum war schon auf dem Weg ins Bett. Nele zuckte mit den Schultern, gab einen unbestimmten Laut von sich, nahm mich bei der Hand und führte mich den Plattenweg entlang bis auf das Plateau des Eingangsportals. Sie schüttelte sich Frostkristalle aus dem Haar und suchte den Schlüssel in ihrer Manteltasche, dabei fielen ihr ein paar Locken in die Stirn. Wir standen nah beieinander, und ich atmete den Duft ihrer Haare ein, der an frische Blätter im Frühling erinnerte, wenn man sie zwischen den Fingern zerreibt. Im warmen Licht der Eingangsbeleuchtung wirkten ihre Augen wie schimmernde Murmeln, ihre Lippen waren leicht geöffnet. Neles lächelnder Blick strich mir über die Wange. Sie hatte ihren Schlüsselbund gefunden, drehte auf dem Absatz und steckte den passenden Schlüssel ins Schloss. Die

Tür sprang auf, dahinter Geräusche und Stimmen. Ich bremste Nele, hielt sie am Unterarm zurück, aber sie trat unbeirrt in den Vorraum.

„Das ist der Fernseher, der läuft bei uns fast immer“, erklärte sie. Im nächsten Moment schaltete sich automatisch die Innenraumbeleuchtung ein. Das Haus war geschmackvoll und stimmig eingerichtet. Weiße Betonwände mit zeitgenössischer Kunst, Fußböden aus Schiefer – kühl und asketisch. Keine Türen im Haus, dafür breite Durchgänge.

Wir legten ab. Nele öffnete einen Garderobenschrank, legte meine Jacke einfach über eine Stange aus Edelstahl und machte den Schrank wieder zu. Ich ging von der kleinen Empfangshalle in den breiten Flur, schaute mich nach allen Seiten um. Das erste Zimmer beherbergte einen weißen Flügel mit Hocker, sonst nichts. Als Nächstes das Wohnzimmer mit dunkelbrauner Loungelandschaft, auf der man auf Wanderschaft gehen konnte – zehn Minuten in jede Richtung. Eine Wolldecke und beigefarbene Kissen lagen verstreut auf Couch und Sessel, zwischen den Sesseln waren Beistelltische. Links an der Wand ein riesenhafter, quasselnder Fernseher. Der aalglatte Sprecher rappelte Börsennotierungen in sein Mikrofon, die er vom unteren Bildschirmrand ablas. Sein Gesicht verriet, dass er selbst aufs falsche Pferd gesetzt hatte. Hinter der Couch eine Bücherwand mit weißen, breiten Regalen. Rechts wurde mein Blick durch ein Panoramafenster in den großen, ausgeleuchteten Garten gelenkt. Der Schnee hatte eine Filmkulisse daraus gezaubert. Der Raum schräg gegenüber war die Küche, mit grauglänzender Schrankfront, Kochinsel und Theke mit hohen Stühlen. Steril und unberührt. Das Haus wirkte wie eines dieser Musterhäuser an der Autobahn. Es war ein Haus, in dem man sich leicht einsam fühlen konnte. Man sitzt allein in seinem Zimmer, beschäftigt mit Sachen, die niemanden interessieren und niemanden stören, man könnte darin aber auch alt werden und sterben, und niemand würde es bemerken.

Nele hatte ihren Mantel über einen Sessel gelegt und sich die Schuhe ausgezogen, sie trippelte in die Küche, derweil pflanzte ich mich in einen Drehsessel, kippte etwas nach hinten und hielt mich fit mit Füßebaumeln. Ich hörte Nele Geräusche verursachen, wie wenn man Eiswürfel aus einer Schale bricht. Gläser klimperten, und auch Flaschen in einer Kühlschranktür. Ich stellte mich wieder hin, trat mit Händen in den Taschen an das Bücherregal heran und ging dessen Inhalt durch. Bücher über Interieur, Architektur, Design, Mode, Uhren, Autos, Computer, Reisen, Biografien und klassische Novellen. Nele kam lächelnd mit zwei gefüllten Whiskygläsern ins Wohnzimmer, sie gab mir eins, wanderte zielstrebig zur Couch und sank darauf nieder wie ein schlaftrunkener Schwerstarbeiter nach vollendetem Tagwerk, wie um Wurzeln zu schlagen und nie wieder aufzustehen. Eine anspruchsvolle Choreografie, die nicht zuletzt dadurch beeindruckte, dass kein Tropfen der goldenen Flüssigkeit überschwappte. „Skål“, hauchte Nele. Sie trank halb im Liegen. Eine Nummer fürs Varieté im Norderneyer Conversationshaus. Ich nahm auch einen Schluck, stellte das Glas auf eine Anrichte und fragte nach der Toilette, in der Hoffnung, dass wenigstens die eine Tür hatte.

Nele sagte: „Geh einfach bis hinten durch, du findest sie."

Ich fand sie, musste aber gar nicht. Ich ließ den Wasserhahn laufen, stützte mich am Waschbecken ab. „Frank, was machst du hier?", sagte ich leise zu mir selbst. Eins war klar: Nele war drauf und dran, mir den Kopf zu verdrehen, und ich ließ es geschehen, wie damals. Ich beugte mich tief hinab, klatschte mir kaltes Wasser ins Gesicht und blickte in den Spiegel. Was war los mit mir? Warum war ich Neles Avancen bis hierher gefolgt? Einsamkeit? Die Sehnsucht nach einer Frau? Sehnsucht nach Antje oder weit mehr, nach Susanne? Vielleicht eine tief verwurzelte Sehnsucht nach der Liebe meiner verstorbenen Eltern? Sehnsucht nach Geborgenheit und Erfüllung, oder war es einfach nur der Wodka? Ganz egal, ich würde dieses Spiel beenden müssen – wenigstens für mich. Ich trocknete mein Gesicht, drehte den Wasserhahn zu und ging zurück ins Wohnzimmer. Erst jetzt, auf halbem Weg, fiel mir links das Büro auf, mit einem cremefarbenen Schreibtisch in der Mitte, darauf ein PC-Monitor, eine Mappe und ein Telefon. Hinter dem Bürostuhl waren Schränke und Regale, Aktenordner, Drucker, der ganze Firlefanz. Ich ging weiter. Im Wohnzimmer angekommen lief eine

Dokumentation über das Paarungsverhalten von Flusspferden im Nildelta, ohne Ton. Und als ich zur Couch blickte, lag Nele ausgestreckt da, barfuß bis zum Hals. Außer dem Fernseher hatte sie nichts an. Ihre Haut war weiß wie Schnee. Das rechte Bein angewinkelt und angelehnt am Polster, das andere abwärts baumelnd, wie ihr Arm. Das leere Glas noch in der Hand. Ich stand da und beobachtete die lange Linie ihrer Schenkel. Neles Augen waren groß, dunkel und leer. Sie schaute abwesend, auf einmal schien es, als streiche eine unsichtbare Hand über ihr Gesicht. Sie flammte auf, mit einer Hingabe, die ich bei ihr kaum mehr kannte, sie kam gleich zur Sache.

„Komm her, Frank, nimm mich! Und tu mir den Gefallen, lass das Denken", sagte sie klar, ohne Gekichere, ohne Lallen, dabei sah sie mich mit sprühenden Augen an. Das leere Glas rollte aus ihrer Hand auf den Teppich. Sie führte ihre Arme zusammen und strich mit beiden Händen dorthin, wo sich ihre Schenkel begegneten. In meiner Lende spürte ich ein saugendes Gefühl. Ihr Blick weckte mittels unsichtbarer Fäden mein Verlangen, das ich mir im Bad noch verwehrt hatte. Sie wusste, was sie tat, ich sah es an ihrem überlegenen Lächeln. „Du willst es, Frank. Ich habe es vorhin auf der Party in deinen Augen gesehen", sagte sie leise und eindringlich. Ihre Lippen waren feucht und die Zungenspitze war oben zu sehen. „Was ich dir geben kann, kriegst du niemals woanders. Du wirst dich später dafür verfluchen, wenn du es dir jetzt nicht nimmst.“ Sie war dabei, Wunsch und Wirklichkeit zu vertauschen.

Ich sagte: „Vielleicht werde ich mich dafür verfluchen, aber es wird nicht dein Problem sein.“

Sie lachte los, sie lachte lauthals, fast dreckig. Sie lachte im Liegen, und ihr weicher Bauch vibrierte. Ich kannte nur wenige Frauen, die auf diese Weise lachten, ohne an Anmut einzubüßen – sie gehörte dazu.

Als sie sich beruhigt hatte, rief sie: „Du Dummkopf!“, dabei legte sie beide Hände auf ihr Gesicht.

Ich wandte mich ab und hörte in diesem Moment, wie sich jemand an der Haustür zu schaffen machte. Plötzlich trat dieser Jemand in den Flur und blieb exakt beim Durchgang zum Wohnzimmer stehen. Männlich, groß, schlank, sportiv, markante Gesichtszüge, blondes, nach hinten gegeltes Haar, hellblaue Augen, goldener Walfängerohrring. Mein Herz setzte aus – es war Jan Gronewold, der Norderneyer Immobilienmogul leibhaftig. *Er* war Neles Mann? Ein Kälteschauer durchlief mich. Es passte alles: Nele sprach vorhin von ihrem Jan, ihren Problemen mit ihm, und nun dieses Haus in einer exklusiven Wohnlage. Was für ein unglaublicher Zufall! Ich stand in der Höhle des Löwen und konnte nur hoffen, dass Jan Gronewold ein Löwe war, der Menschenfleisch verabscheute. Da stand der nordische Gott Thor, bereit, seinen Hammer zu schwingen, um mich zu vernichten, und Nele vielleicht gleich mit. Der hinlänglich bekannte Satz „Es ist nicht das, wonach es aussieht“, der gewöhnlich zur differenzierten Betrachtung einlädt, wäre hier geradezu grotesk gewesen. Den gab die Situation nicht her. Es knisterte, die Luft füllte sich mit Sprengstoff und die Lunte brannte – die Explosion stand unmittelbar bevor.

Nele, die sein Erscheinen noch gar nicht bemerkt hatte, sagte in diesem Augenblick: „Mach jetzt, Frank, um der alten Zeiten willen!", dabei nahm sie die Hände vom Gesicht und sah, wer zu den Tagesthemen nach Hause gekommen war. Ihre Augen weiteten sich, sie war schlagartig nüchtern wie trocken Brot. Ich hielt die Luft an. Gronewolds Gesicht war von harten Muskeln gespannt und bleich. Er sah entsetzlich aus, als hätte er an drei Tagen gesoffen, ohne einmal die Blase zu leeren. Das Einzige, was er sagte, war: „Ist es wieder so weit, Nele? Genau wie auf der Weihnachtsfeier – Bescherung untenrum?" Es lag keine verhohlene Eifersucht in seiner Stimme, auch keine Geringschätzung, es war einfach eine nüchterne Feststellung. Er guckte mich voller Verachtung an, fügte hinzu: „Lasst euch nicht stören, ich bin gleich wieder weg." Er sah sich kurz um, ging weiter durch den Flur und bog ab ins Büro.

Ich schaute zu Nele hinüber, ihre Augen wurden unruhig. Sie setzte sich halb auf, stützte sich auf die Ellenbogen und nahm die Beine zusammen. Es sah kurz aus, als würde ihr Gesicht auseinanderfallen, es zeigte eine seltsame Symbiose aus Wut und Verbitterung. Sie hätte jetzt aufstehen und sich anziehen können, wenn sie gewollt hätte, aber sie wollte nicht.

Ich brauchte jetzt einen kräftigen Schluck, griff nach meinem Glas auf der Anrichte. Die Eisklumpen waren verdampft. Ich kippte mir den Whisky in einem Zug hinter die Binsen. Gronewold tauchte wieder auf, mit einer Akte in der Hand. Er blieb direkt vor mir stehen, etwas zu nah für meinen Geschmack. Erst sah er mich, dann Nele an. Sein Blick zeigte Gleichgültigkeit, aber er sagte mit rauer Stimme: „Wann hörst du endlich auf damit?“

Nele schien Anlauf zu nehmen, hysterisch schleuderte sie ihm entgegen: „*Ich* soll damit aufhören? Warum hörst *du* denn nicht auf?“ Der Puls klopfte wild an ihrer Kehle, Tränen liefen ihr über die Wangen.

„Was meinst du damit? Aufhören, dich zu ertragen? Haha!“ Darauf ein missfälliges Kopfschütteln. „Das könnte dir so passen! Erst die Scheidung, und dann den saudämlichen Jan nach Strich und Faden ausnehmen. So hast du dir das gedacht.“ Und an mich gerichtet: „Ich weiß nicht, ob es das ist, wonach es aussieht, aber Sie haben Glück, dass Sie angezogen sind, mein Freund!“

Ich sagte kein Wort, auf dieser Baustelle hatte ich nichts verloren. Nele Hansen und Jan Gronewold waren wie zwei Elektronen, die sich abstoßen. Beide hatten die gleiche, negative Ladung.

Neles Stimme war plötzlich kalt und affektiert, sie hatte etwas Puppenhaftes, etwas, das eigentlich nur mit einer Batterie im Rücken funktionierte. „Was willst du überhaupt hier? Du bist wie ein Kind. Tu uns den Gefallen, geh raus zum Spielen!“

Er fuhr mit Daumen und Zeigefinger auf beiden Seiten des Mundes abwärts, als habe er einen Entschluss gefasst. Sein Blick war zielstrebig. Ich sah ihn aufmerksam an, fürchtete, dass er gleich losschlagen könnte. Doch er würdigte mich nur eines kalten Blicks, wandte sich um und ging weiter zur Haustür, ich hörte, wie sie ins Schloss fiel. Durchs Fenster sah ich, wie der Tesla geräuschlos vom Hof rollte.

Nele weinte kurz und heftig, sie starrte gegen die Decke, als sei die trostlose Aussicht sehenswert. Zu mir sagte sie kein Wort mehr, sie seufzte, ließ Luft ab, als wäre eine Krise überstanden, und schloss ihre Augen. Behutsam näherte ich mich ihr, unterwegs nahm ich die Wolldecke von der Couch. Weiß wie eine Schneelandschaft lag ihr Körper vor mir. Ich legte die Decke über diese Landschaft mit Bergen und Tälern und flüsterte: „Pass auf dich auf, Nele." Ihre Antwort war ein sanftes Schnarchen. Ich setzte mich auf die Sessellehne und schaute ihr beim Schlafen zu. Man sieht einen Menschen niemals nackter als in den Momenten, in denen er es nicht weiß, sagt ein Sprichwort. Was ich erfahren hatte, seit wir getrennte Wege gingen, machte es mir leichter zu verstehen, was sich hinter ihrem verweinten Gesicht verbarg. Ich begann mich unwohl zu fühlen, wie ich da saß und zuguckte, wie im Zuschauerraum eines Theaters. Ein Einblick, der mir nicht zustand. Vor etwa einer halben Stunde hatte sie mich hereingebeten, sinnlich und in der Erwartung, verschüttete Gefühle bergen zu können. Sie war bis zum Äußersten gegangen – schillernd und schön. Und nun lag diese Maske zertreten am Boden. Eine Verwandlung innerhalb weniger Minuten, von einer verführerischen in eine verzweifelte Frau abgrundtiefer Traurigkeit.

Ich machte mich daran, das Haus zu verlassen, ging zur Garderobe, öffnete den Schrank, nahm die Jacke von der Stange und zog sie mir über. An der Haustür legte ich meine Hand auf die Klinke und beließ sie dort. Ich kam ins Grübeln. Mir wurde bewusst, dass mein Platz nicht mehr der Zuschauerraum, sondern die Bühne war. Ich konnte agieren, jetzt, wo Jan Gronewold das Theater verlassen hatte. Nele schlief und mir bot sich die einmalige Chance, einen Blick hinter die Kulissen zu werfen. Ich ließ die Hand von der Klinke gleiten, machte kehrt und wandelte auf leisen Sohlen ins gronewoldsche Büro.

Zunächst nahm ich mir die Aktenordner vor. Fast alle waren beschriftet und chronologisch sortiert, darunter diverse Bauprojekte, Geschäftskunden und Behörden. Auf einem Ordnerrücken stand SONSTIGES. Den Ordner zog ich heraus, legte ihn auf den Schreibtisch und klappte den Deckel auf. Acht bis neun Trennblätter unterteilten den Inhalt. Jede Abteilung blätterte ich einzeln durch, die vorletzte war mit DOMUS-MONITOR beschriftet. Domus-Monitor? Hatte nicht Raik von dieser Gesellschaft gesprochen, die im Auftrag der Stadtverwaltung sowohl die Vergabe von Baugrundstücken als auch den Verkauf von Immobilien regelte? Das vermeintliche Beruhigungszäpfchen für die Bürgerinitiative. Ich überflog jedes einzelne Schriftstück. Es waren Rechnungen, Projektbeschreibungen, Gutachten, und was nun offen vor mir lag, verschlug mir den Atem. Es war eine mittlere Katastrophe für die Stadt- und Inselentwicklung Norderneys und ein gefundenes Fressen für die Bürgerinitiative gleichermaßen: Vor mir lag der Gesellschaftervertrag der in Berlin gegründeten Domus-Monitor GmbH, deren stellvertretenden Geschäftsführerposten Jan Gronewold selbst innehatte. Ich blätterte zurück. Aus den Rechnungsbelegen war der Name des Stellvertreters nicht ersichtlich – natürlich nicht! Kaum zu glauben! Von einer unabhängig überwachenden Instanz für die Grundstücksvergabe konnte keine Rede sein. Sämtliche zur Verfügung stehenden Immobilien und Grundstücke liefen über Gronewolds Tisch, er hatte direkten Einfluss auf den Entscheidungsprozess. Der Bock hatte sich selbst zum Gärtner gemacht, und hier gab es einen ersten Beweis. Als Bauunternehmer macht man möglicherweise schnelles Geld. Aber man fällt auch tief, wenn die Erde ins Rutschen kommt. Ich blätterte weiter. Die letzte Abteilung im Ordner widmete sich einem ganz speziellen Projekt: Es ging um den ehemaligen Baubetrieb Gronewold am Nordstrand. Die Lage am Meer war ein Träumchen, besonders für Investoren. Die nächsten Seiten offenbarten handfeste Planungen für einen Fünf-Sterne-Hotelkomplex auf Gronewolds Anwesen. Namen von Investoren, Kostenplan und CAD-Grafiken vervollständigten die Palette. Eine hübsche Ansammlung von Firmen, die allesamt auf den Prüfstand gehörten. Dafür benötigte ich sowohl gerichtliche Verfügungen als auch den Zugriff auf den Datensatz der Gewerbeanmeldungen und Bankenauskünfte – das ganze Gerummel. Darum sollten sich die Behörden kümmern, wenn es nötig werden sollte. Sicherheitshalber machte ich von den Unterlagen ein paar Aufnahmen mit dem Smartphone, bevor ich wieder alles zurück an seinen Platz stellte. Ich hatte genug gesehen, glaubte ich, bis mir klar wurde, dass das ein Irrglaube war. Als ich den Ordner zurück in die Lücke schieben wollte, bemerkte ich hinten versteckt einen weiteren. Um den herauszunehmen, mussten zunächst vier andere Aktenordner Platz machen. Ich stellte sie allesamt auf dem Fußboden ab. Und das war die zweite große Überraschung der spontanen Recherche: Diesen Ordner sah ich das letzte Mal, als Bonno Cornelius ihn an Gronewold übergab und dafür kassierte. Von Antje wusste ich, dass es sich dabei um einen Aktenordner des St.-Ludgerus-Hospitals handelte. Ich legte ihn auf den Schreibtisch. Es war nicht sehr professionell, überall seine Fingerabdrücke zu hinterlassen. Doch sollte es zu einer Beweissicherung kommen, dürften meine daktyloskopischen Fingerspuren wohl das geringste Problem darstellen.

Der Inhalt des St.-Ludgerus-Ordners verblüffte mich geradezu. Obenauf lag eine Eins-zu-eins-Kopie der Patientenakte von Julia Heymann, deren Original mittlerweile in meinem Besitz war. Allerdings war diese Akte handschriftlich mit einem schwarzen Kreuz markiert worden, was vermutlich „verstorben“ bedeutete. Dahinter lagen diverse Papiere, die ich durchblätterte. Es dauerte eine Weile, bis ich mir einen Reim darauf machen konnte. Mit preußischer Genauigkeit waren Tabelleneinträge mit einer elektrischen Schreibmaschine vorgenommen worden. Demnach müsste diese Auflistung über Entbindungen in den Achtziger- oder vielleicht noch Neunzigerjahren gefertigt worden sein. Die ersten zwei Spalten zeigten die Namen und Geburtsdaten der Säuglinge. In der nächsten Spalte die Namen der Mütter und deren Anschriften, allesamt nicht von der Insel. Städte wie Twistringen, Vechta, Cloppenburg, Bielefeld, Paderborn, Osnabrück, Münster, Hagen, Kevelaer, Xanten oder Wesel markierten den Einzugsbereich zwischen Südoldenburg und Münsterland. Daneben eine Spalte mit anderen Namen und deren vollständiger Anschrift, vermutlich die anderer Elternpaare. Die letzten schmalen Spalten waren betitelt mit „Dokumente“ und „bezahlt“. Hierunter waren handschriftlich Haken gesetzt worden, offenbar für dokumentarische und monetäre Transaktionen. Ich fuhr mit dem Finger abwärts und blätterte mehrere Male um. Es waren etwa dreihundert Entbindungen pro Jahr, in einem Zeitraum von Mitte 1987 bis Mai 1990. Wenn ich die Unterlagen richtig deutete, handelte es sich hierbei um nüchterne Aufschreibungen eines abscheulichen Verbrechens – um Kinderhandel. Mir fielen die Worte von Bonno Cornelius ein: *Auf einmal standen da ganz andere Namen.* Er sagte, ... *ganz andere,* damit waren die Namen neuer Adoptiveltern gemeint, nicht die Namen derer, die zur selben Zeit entbunden hatten. Ohne es zu wissen, war Cornelius einem Skandal viel größeren Ausmaßes auf die Spur gekommen!

Bezahlte Scheinadoptionen an den Behörden vorbei. Warum tut man so etwas und vor allem wer? Weitere Fragen stellten sich: Was hatte Jan Gronewold damit zu tun? Und, wenn diese Unterlagen von Bonno Cornelius aus dem Haus Jacobs gestohlen wurden, war womöglich auch der Doktor in diesen unmenschlichen Pakt verwickelt gewesen? War der Handel mit Babys jene unbekannte Geldquelle, von der Pater Hans mir erzählt hatte? Und wer war in der Position, rechtsgültige Dokumente für die neue Elternschaft auszustellen? Ich besann mich, speicherte die Fragen in meinem Hirn ab. Ich hatte keine Zeit, Wurzeln zu schlagen. Antworten darauf würde es hier vermutlich nicht geben, und Gronewold konnte jeden Moment zurück sein. Schnell machte ich Fotos von den Tabellen, dabei fiel mir auf, dass Julia Heymanns Name an keiner Stelle auftauchte, lediglich als Akte vorneweg. Warum? Ich legte das Smartphone auf den Tisch, klappte den Ordner zu, stellte ihn weit hinten ins Regal zurück und positionierte die vier vom Fußboden ordentlich davor.

Plötzlich Geräusche im Flur. Nele war aufgestanden oder jemand war ins Haus gekommen. Auf Zehenspitzen bewegte ich mich zum Durchgang, drückte mich flach an die Wand und lauschte. Das Licht ließ sich nicht ausschalten, das funktionierte vollautomatisch. Ich hörte Gronewold seine Frau anblaffen. Er war also zurück. Sie maulte etwas, das ich nicht verstehen konnte. Schritte, Klappern und Brummgeräusche wie von einer Mikrowelle, dazu noch das Klirren von Bierflaschen. Ich trat aus dem Büro in den Flur und schaute unauffällig in die Küche, Gronewold war damit beschäftigt, sich Essen zuzubereiten. Ich machte drei lautlose Schritte bis zum Wohnzimmer, spähte hinein. Nele lag noch immer auf der Couch, sie hatte ihren Arm über die Stirn gelegt. Weiter ging es zum Ausgang. Auf einmal fiel mir ein, dass ich mein Smartphone auf dem Schreibtisch hatte liegen lassen. Ich wendete auf dem Absatz, in diesem Moment kam Gronewold aus der Küche, er ging in die entgegengesetzte Richtung, ins Bad. Ich rettete mich in die Küche. Gronewold schloss die Badezimmertür hinter sich, ich flitzte von der Küche ins Büro, schnappte mir das Handy, versenkte es in der Jackentasche. Ich war drauf und dran, zurück in den Flur zu gehen, als Nele in Slip und BH aus dem Wohnzimmer in die Küche wechselte. Als sie darin verschwunden war, öffnete sich die Badtür. Ich zog den Kopf ein, mein Blick folgte Gronewold, als er an mir vorbei war und zu Nele in die Küche einbog. Ich hielt die Gelegenheit günstig für meinen Abflug, als plötzlich Nele aus der Küche kam, um an mir vorbei ins Bad zu gehen, mein Blick folgte ihrer tadellosen Rückenpartie. Ich hielt die Füße still und hoffte, dass niemand ins Büro wollte. Ich blickte wieder in den Flur. Jan Gronewold balancierte einen überfüllten Pastateller und eine Flasche Bier ins

Wohnzimmer. Ich nahm Fahrt auf. Während er rechts ins Wohnzimmer abbog, steuerte ich nach links auf die rettende Haustür zu. Als ich sie draußen hinter mir zuzog, sah ich gerade noch Nele aus dem Bad kommen.

Jan Gronewold rief: „Hallo? Hallo, wer ist da?"

Er hatte etwas bemerkt, und mir sackte das Herz in die Hose. Ich beeilte mich, wegzukommen, verschwand ins Dunkel, befürchtete aber, entdeckt zu werden. Hinter dem Tesla legte ich einen unorthodoxen Zwischenstopp ein. Ich war auf dem Schneematsch ausgerutscht und auf die Fresse gefallen.

Die Haustür öffnete sich, Gronewold rief: „Ist da jemand?"

Niemand antwortete, die Tür ging zu. Mein Puls schlug wild, und in meinen Ohren rauschte es. Langsam kam ich wieder auf die Beine. Es gab keine Hunde, die er auf mich hetzte, und ich konnte davon ausgehen, dass er auch die Polizei nicht rufen würde. In gebückter Haltung trat ich den Rückzug an, und mir war klar, ich war zu alt für diesen Scheiß.

In Antjes Wohnung gelandet, sandte ich ihr eine Sprachnachricht aufs Handy, es war eine Zusammenfassung der Entdeckungen in Gronewolds Büro. Ich fragte, ob sie Julia Heymann kenne, die 1990 Suizid begangen habe, und ob der Pensionär Rolf Heymann mit ihr verwandt sei. Antje antwortete, sie wisse das nicht, werde sich aber darum kümmern. Wir wünschten uns gegenseitig gute Nacht, und sie empfahl mir, nicht auf der Couch zu schlafen, sondern in ihrem Bett. Die

Couch im Wohnzimmer sei dafür denkbar ungeeignet. Ihrem Rat folgend schlief ich nach wenigen Minuten tief wie ein Murmeltier – ganz allein und ohne jegliche Versuchung.

Kapitel 13

Der nächste Morgen kam schonungslos, ohne Bewährung. Ich erwachte mit einem Spirituslappen im Mund. Der Wodka von gestern Abend lag noch wie eine feste Klammer um meinen Kopf, oder ich hatte mich zu früh aus dem Krankenhaus entlassen. Vielleicht war es auch die Summe aus beidem. „Irgendwann muss man ja aufstehen", sagte ich mir, kroch aus den Federn, schlich unter die Dusche und überdachte die Lage, nachdem ich mir zwei Kopfschmerztabletten eingeworfen hatte. Mein erstes Fazit war: Ein Treffen mit Julia Heymanns Eltern war nun unumgänglich geworden. Es folgten Zähneputzen, Gurgeln und ein klitzekleiner Gedanke an Deeken, als ich ausspuckte. Wohl oder übel sollte ich den Hauptkommissar über den aktuellen Ermittlungsstand informieren, andernfalls würde er mir das Leben auf der Insel schwer bis unmöglich machen. Zum einen war da der Zusammenhang von Kirche, Klinik und der Immobilientätigkeit der vermeintlich unabhängigen Domus-Monitor, zum anderen, und dieser Aspekt schien mir weitaus schwerwiegender: der Verkauf von Säuglingen an Elternpaare, für die eine legale Adoption wohl nicht infrage kam. Ich musste daran denken, was Bonno Cornelius mir über seine Tätigkeit als Krankenpfleger auf der Säuglingsstation erzählt hatte. Was war davon zu halten? War er solchen Machenschaften auf die Schliche gekommen, zog aber die falschen Schlüsse? Oder war es das schlechte Gewissen, das ihn dazu drängte, das menschenverachtende Geschäftsmodell auf seine Weise zu entlarven? War es seine ganz eigene Methode, sich selbst aus der Schusslinie zu halten?

Ich betrachtete mich im Spiegel. Aus dem Dreitagebart war ein Sechstagebart geworden, Zeit für eine Korrektur. Nach der Instandsetzung verließ ich das Haus in Richtung Norden, um mich beim Strandbäcker Bakker-Bents in der Strandstraße mit Zeitung und Brötchen einzudecken. Es fror, Wege und Straßen waren neu gestreut worden. Auf dem Rückweg machte ich einen Abstecher zur Promenade für einen kurzen Blick aufs Meer. Der Himmel hatte die Nacht aufgesaugt wie Löschpapier, darunter das grausilbrige Meer und in der Mitte der Horizont als uneindeutiger, schmutziger Streifen wie Kohlenstaub, entfleucht aus dem Aschekasten der Gezeiten. Ich ging zurück in die Wohnung, trank zwei Tassen Kaffee und aß Brötchen, während ich die Norderneyer Badezeitung durchblätterte. In einer knappen Pressemitteilung der Polizei war von einer Bande die Rede, die mit den aufgefundenen Kokaintaschen in Verbindung gebracht werden konnte, ohne dass sie bisher dingfest gemacht wurde. In diesem Moment fiel mir das kleine Motorboot in der Garage des gronewoldschen Anwesens ein. Vielleicht waren sie damit auf eine der Nachbarinseln getürmt, statt brav mit der Personenfähre überzusetzen.

Mein Smartphone meldete sich mit einer Textnachricht von Antje: „Hallo mein Lieber! Gut geschlafen in meinem Bett? ;-) Rolf Heymann ist tatsächlich der Vater von Julia. Und ich soll dich von Sabine warnen, der soll ein Stinkstiefel sein! Die Heymanns wohnten bis 1990 in der Gartenstraße. Nach Julias Tod zogen sie in die Bürgermeister-Willi-Lührs-Straße. Das Haus steht in einer Stichstraße, meinte Sabine. Nähe Sternwarte."

Ich schrieb zurück: „Danke! Die Nacht war okay. Geht es dir gut?"

„Alles bestens!"

„Wie spät wird morgen deine Fähre hier landen?"

„Gegen achtzehn Uhr, wenn alles gut geht. Momentan fallen einige Verbindungen wegen des Frostes aus. Ich sehe morgen auf der Homepage der Frisia nach."

„Hoffen wir das Beste. Hole dich ab."

„Das freut mich! Dann können wir den Sonnenuntergang gemeinsam genießen."

„Wenn das Wetter mitspielt ... ;-)"

Als Nächstes suchte ich online nach der Haus- und Festnetznummer von Rolf Heymann und wählte sie. Ich ließ es einige Zeit klingeln, niemand nahm ab. Darum plante ich, den Heymanns einen Überraschungsbesuch abzustatten. Mit Antjes Hollandrad machte ich mich auf den Weg durch die Jann-Berghaus-Straße in Richtung Wasserturm. Der grau schimmernde Himmel und der Frost gaben der Stadt etwas Erstarrtes.

Wie ein düsterer Schleier legte sich der tief hängende Wolkenteppich auf mein Gemüt. Es sah nach erneutem Schneefall aus. Ich radelte tapfer weiter hoch zum Kap, dem frisch aufgemauerten See- und Wahrzeichen der Stadt, das jede Norderney-Flagge ziert. In der Bürgermeister-Willi-Lührs-Straße behielt ich die Hausnummern im Blick. Sabine Bakkers Beschreibung war korrekt, es ging rechts in die Stichstraße mit drei Mehrfamilienhäusern aus rotem Backstein, in einer Anordnung, als wären sie in den Fünfzigerjahren aus einem riesenhaften Würfelbecher gefallen. Eine Ansammlung knorriger und schräger Krüppelkiefern lugte hinter den Häusern hervor. Auf halber Höhe hatten Kinder sich in den dickeren Astgabeln Baumhäuser und Verschläge gezimmert. Schön, das mal wieder zu sehen. Am Ende der Straße ein Haus, das vermutlich aus den frühen Sechzigern stammte. Zwei Etagen, quaderförmig, flaches Pultdach, nicht verputzt, sondern roter Backstein, verzogene Fensterrahmen mit abgeblätterter Farbe und eine Eingangstür, die ihre beste Zeit hinter sich hatte. Die Stufen davor so schräg wie schnell zurechtgezimmerte Abdeckungen für eine Fallgrube. Kaum zu glauben, dass es hier so etwas noch gab. Ich stieg vom Rad und schaute zurück zur Hauptstraße, wo geleckte Häuser nach Bauzuschüssen und Kapitalanlagen rochen. Das Rad stellte ich auf den Ständer, schloss es ab und näherte mich dem letzten Haus der Sackgasse. Oben in einem kaputten Dachfenster auf der Giebelseite streckten Tauben ihre Köpfe heraus, gurrten und verzogen sich wieder unters schützende Dach. Über dem Haus kämpften sich ein paar Möwen gen Himmel, um schnell wieder zum Meer zurückzugelangen. In den Rabatten rechts waren zwei Männer damit beschäftigt, verwilderte Büsche mit langen Ästen aus der Erde zu rupfen. Genau betrachtet war es nur der jüngere, der die Schwerstarbeit verrichtete, während der ältere damit beschäftigt war, von seinem blauen Plastikthron aus mit einer Bierflasche in der Hand Befehle auszuspucken. Aus einiger Entfernung vernahm ich das Brummen und Knacken eines Häckslers in Aktion. Die Norderneyer trotzten der Kälte, sie räumten auf, bevor in wenigen Monaten die Touristen wieder zum Angriff bliesen. Der Mann auf dem Gartenstuhl, in etwa zehn Metern Entfernung, drehte sich zu mir herum. Seine Miene verriet, dass ich kaum jemals zu seinem engsten Bekanntenkreis gehören würde.

Ich trat einen Schritt näher, er stieg von seinem Thron, und es war fraglich, ob er mir Audienz gewähren oder mich verjagen würde. Ich erkannte ihn vom Stadtspaziergang mit Antje wieder. Rolf Heymann trug ein pelzähnliches Toupet in Rotblond oder es war die Frisur, die es wie ein Toupet aussehen ließ. Seine Gesichtszüge waren streng, die Lippen gespannt und schmal, und die Gesichtshaut wirkte wie unebener Fels, schroff mit kleinen Leberflecken an Stirn und Hals. Sein Blick war blassgrau, so wie vermutlich alles an ihm mit den Jahren zu Aquarell verblichen war, bis auf die Haarpracht. Er trug knisternde Freizeitbekleidung, einen blauen Anzug aus Ballonseide mit vergilbten, hellen Streifen, darüber einen grauen Arbeitskittel, an den Ärmeln eingerissen. Oberhalb des Mikrofaseranzugs lugte der Kragen eines rotweiß karierten Hemdes heraus. Arbeits- und Sportbekleidung in einer Kombi – pragmatische Haute Couture für Freizeitdespoten. Kurz hob ich meine Hand zum Gruß. Er blickte an mir vorbei, erwiderte meinen Gruß nicht, sondern wandte sich ab, um seinem spitznäsigen Gehilfen weitere Kommandos zuzubellen. Wie um sich zu vergewissern, dass die Nachbarschaft mitbekam, wer hier das Sagen hatte, ließ er seinen Blick schweifen. Die Minuten schleppten sich dahin, und ich wurde das Gefühl nicht los, dass er mich bis zum Ende der Gartenarbeit ignorieren würde.

Als ich näher an den Zaun trat, blickte er ungehalten, wenigstens hatte ich seine Aufmerksamkeit. Kondensfähnchen kamen aus seinem offenen Mund, und er starrte mich an, als würde er auf einen Knicks oder eine andere Geste der Unterwürfigkeit warten.

Unerschrocken sagte ich: „Guten Morgen, Herr Heymann! Mein Name ist Frank Gerdes. Bitte entschuldigen Sie die Störung. Hätten Sie kurz Zeit für mich?“

Sein Blick löste mich auf mit einem abgestandenen Destillat von Salzsäure. Er hatte zwei Gesichter – das harte und das ganz harte. Es gab kein Entkommen für ihn, widerwillig bewegte er sich in meine Richtung, während ich abwartete, teils zurückhaltend, teils auf der Hut. Er übergab die Bierflasche seiner linken Hand, mit der rechten machte er sich an seinem oberen

Hemdknopf zu schaffen. Während er auf mich zukam, wanderte sein Blick abschätzig über mein Gesicht und meine Kleidung. Als er vor mir stand, ergriff er meine Hand, die ich ihm auf dem letzten Meter entgegenstreckte.

Er sagte: „Na endlich. Ich habe Sie schon erwartet."

Das haute mich aus den Socken. Wie hatte er mein Kommen erwarten können? Ich fragte ihn das: „Wie konnten Sie wissen, dass ich heute zu Ihnen wollte?"

Er lächelte, ganz leicht. Es war zumindest das Vorspiel eines Lächelns. „Sie waren doch gestern bei dem Kirchenkasper und haben dort mit Meina Sigges gesprochen."

Ich zeigte ihm offen meine Überraschung. „Mit der Hebamme – das ist richtig. Spricht sich das hier so schnell herum?"

„Nee, nee!" Er wedelte mit einer Hand in der Luft herum. „Das war das schlechte Gewissen. Wissen Sie, Meina ist eigentlich keine Frau fürs Getratsche. Darum rief sie mich gestern Abend an, um mir zu beichten, dass sie mit einem Herrn Gerdes über Julia gesprochen hatte." Er räusperte sich und fügte hinzu: „Wie Sie sehen, haben die Leute Respekt vor mir." Die Worte „Respekt" und „mir" betonte er auf eine Weise, die etwaige Zweifel von vornherein erstickte.

Ich nickte mit respektvoller Miene und ging in die Offensive: „Ich hoffe, Sie empfinden es nicht als taktlos, wenn mir jemand von Ihrer Tochter erzählt, und davon, was damals passiert war."

„Nun, das nicht gerade, und bei Meina mache ich mir keine Gedanken, aber Sie kennt hier doch niemand, Herr Gerdes! Und ich weiß ja nicht, warum Sie so was wissen wollen", sagte er mit etwas Aufgeregtheit in der Stimme.

„Genau darum bin ich zu Ihnen gekommen, auch um unnötiges Gerede zu vermeiden. Wäre es möglich, dass wir beide uns unterhalten?"

„Tja, dazu müsste ich ja erst mal wissen, wer Sie sind und was das Ganze soll?!"

Mein Mienenspiel zeigte Verständnis. „Selbstverständlich. Ich bin privater Ermittler und wurde beauftragt, einen frischen Blick auf den Mordfall Doktor Jacobs zu werfen. Sie haben das sicher mitbekommen. Offensichtlich treten die behördlichen Ermittlungen auf der Stelle, jedenfalls sieht es nach außen so aus." Ich beobachtete, wie er unkontrolliert blinzelte und sich Muskeln und Sehnen um den Kiefer herum spannten.

„Was hat das denn ... mit Julia zu tun?" Im selben Moment, als er diese Frage stellte, fiel ihm dazu etwas ein, ich sah es in seinen Augen. Er sprach weiter, vielleicht um seine Verwunderung zu überspielen: „Da gibt es nichts zu erzählen. Was damals passiert ist, kann sowieso nie mehr rückgängig gemacht werden." Er überlegte einen Augenblick. Seine Neugier schien stärker zu sein als seine innere Abwehr, er fragte: „Was wollen Sie denn überhaupt wissen?" Seine schiefergrauen Augen verengten sich zu Schlitzen.

Ich vergrub meine Hände in den Jackentaschen und überlegte kurz, welche meiner Fragen ich wann und wie platzieren konnte, ohne aufdringlich zu sein.

Rolf Heymann unterbrach mich in meinen Überlegungen, indem er die Bierflasche leicht anhob und sagte: „Lassen Sie uns hier weggehen." Er schoss noch ein paar Befehle an den jungen Burschen ab und setzte sich in Bewegung. Ich folgte ihm über einen schmalen Plattenweg zu einem Nebengebäude. Er trat durch die Seitentür in eine Garage, deren breites Haupttor zur Straße hin geschlossen war. Herr Heymann machte Licht. Drinnen war es deutlich wärmer, bedingt durch die Öltherme, die im Hintergrund brummte. Die Garage war mit Gerümpel vollgestellt, eine halb volle Kiste Bier lugte hinter einem Verschlag hervor, rechts an der Wand eine Sitzbank ohne Rückenlehne. Heymann bot mir erst einen Platz und dann ein Bier an. An diesem kalten Morgen war mir nicht nach Bier, doch der Gesellschaft wegen willigte ich ein und setzte mich. Rolf Heymann öffnete eine Flasche und reichte sie mir, und noch eine für sich selbst.

Er setzte sich neben mich und ich eröffnete unser Gespräch mit der ersten Frage: „Wie ich von Frau Sigges erfahren habe, war Julias Schwangerschaft Anfang der Neunzigerjahre ..."

„Julia ist tot, sie kann Doktor Jacobs also nicht ermordet haben, oder was hat das eine mit dem andern zu tun?", fragte er in meinen Satz hinein. Er hatte rote

Wangen bekommen, bewegte seinen Oberkörper leicht nach vorn.

„Es geht mir um die Zusammenhänge und Hintergründe in den Neunzigerjahren, lediglich zu Recherchezwecken, wenn Sie erlauben." Ohne auf seine Reaktion zu warten, machte ich weiter: „Was machte Ihre Tochter damals beruflich, oder ging sie noch zur Schule?"

„Mit der Schule war sie fertig. Das war ja 1990, als alles den Bach runterging. Julia lernte Einzelhandelskauffrau bei ..." Auf einmal brach er ab. Die Farbe wich aus seinem Gesicht. Er nahm einen Schluck aus der Pulle und blinzelte wieder. Allmählich kapierte ich, was sein Problem war. Er war bereits betrunken, versuchte es zu verbergen.

Rolf Heymann kam nicht weiter, ich half ihm: „Wissen Sie noch, wo Ihre Tochter ihre Ausbildung machte? Oder sollen wir das überspringen?"

„Nee, nee", sagte er kurz. Sein Gesicht hellte auf, es war ihm wieder eingefallen. „Julia lernte bei dem ollen Willem, Willem Gronewold."

Es fiel wie ein Axthieb! Ich fragte: „Sie meinen die Baufirma Gronewold senior? Oben bei der Weissen Düne?"

Rolf Heymanns Augen wurden rund, seine Mundwinkel wanderten nach unten. „Was? Das kenn' Sie?" Er wurde wacher und bekam offenbar Lust auf die nächste Frage, dazu eine Stärkung aus der Flasche.

„Sie sagten, dass 1990 alles den Bach runterging. Wie meinten Sie das? Was passierte damals?"

Eine nachdenkliche Pause. Sein Gesicht veränderte sich auf eine Weise, als säße ein ganz anderer Mensch neben mir. Erinnerungen zerrten an seinem Innenleben, wie Schlieren auf einem Zelluloidfilm. Mit bitterer Stimme sagte er: „Warum sollte ich Ihnen das erzählen?" Er blickte mich mit schlecht verhohlenem Missmut an und nahm einen Schluck.

Ich gab den Aushilfsdiakon: „Vielleicht weil die Zeit reif dafür ist. Es gibt Dinge, die müssen von der Seele und die erzählt man eher einem Fremden als einem Bekannten. Was Sie mir anvertrauen, behalte ich für mich. Sie brauchen sich da keine ..." Ich brauchte den Satz nicht zu beenden, er nickte. Rolf Heymann war bereit, den angestauten Emotionen freien Lauf zu lassen. Seine Augen wurden feucht, sie bekamen einen roten Rand. Hier durfte es passieren, hier sah ihn niemand, und niemand sonst hörte ihn. Hier saß er von schützenden Garagenmauern umgeben wie in einer Klosterzelle, ein Kloster mit Biervorrat. Neben ihm saß Gerdes, der ein Ohr für ihn hatte, der nicht kritisierte, der nicht herabwürdigte, der einfach nur registrierte, was Rolf Heymann ihm zu sagen hatte. Als er zu erzählen begann, fand er den endlich richtigen Ton. Etwas unterkühlt, ein wenig reserviert, aber nicht mehr arrogant.

Leise sagte er: „Ich weiß gar nicht, wann das anfing." Er nahm wieder einen Schluck. „Wann war das? Als der schöne Pfarrer in die Gemeinde kam? Oder ging es früher schon los, als Margarete und ich uns nicht mehr viel zu sagen hatten? Oder als Julia die Ausbildung anfing?"

Rolf Heymann zuckte mit den Schultern. „Ich weiß es gar nicht mehr genau."

Ich hakte irgendwo ein, ebnete ihm einen Einstieg: „Meinten Sie mit dem schönen Pfarrer Martin Sander?"

„Genau den." Herr Heymann saß da und warf seinen Kopf in den Nacken wie ein in seiner Ehre gekränkter Mann, der eigentlich nicht mehr an den Namen des Pfarrers erinnert werden wollte. „Sander platzte hier rein und glaubte, ihm gehört die Welt. Der meinte, er könnte sich überall bedienen mit seinen Schmeicheleien, mit seiner Bildung, mit seinem salbungsvollen Geschwafel. Sogar bei seinen Schäfchen, einfach eins aus der Herde nehmen, einfach so! Ohne Rücksicht auf Verluste!"

Ich wurde konkret: „Sie meinen, er hatte ein Verhältnis mit einer verheirateten Frau, aus der Kirchengemeinde? Meinen Sie das? Oder ging es um Missbrauch? Was genau meinen Sie?"

Heymann senkte den Blick und sein Mund verzog sich mürrisch. „Man erzählte sich, dass er es mit mehreren trieb, aber mit meiner machte er sich dann aus dem Staub." Er ließ die Schultern hängen und spuckte vor sich auf den Boden. Rolf Heymann war gerade dabei, sich in die Schusslinie zu begeben. Falls er mit dem Tod von Pfarrer Sander etwas zu tun hatte, lieferte er mir soeben ein lupenreines Motiv. Hatte ich in ein Wespennest gestochen?

Ich nahm einen kleinen, kalten Schluck aus der Bierflasche, räusperte mich und sagte: „Das tut mir leid,

Herr Heymann. Aber was meinen Sie damit, wenn Sie sagen, dass Pfarrer Sander sich aus dem Staub gemacht hatte? Blieb er denn nicht weiterhin Pfarrer auf Norderney?"

Er trank seine Flasche leer. „Der feine Herr Pfarrer machte Margarete zu seiner persönlichen Ministrantin, er baute ihr ein Schloss im Tessin mit Pool und Palmengarten." Heymann rieb Daumen und Zeigefinger gegeneinander, als internationales Zeichen für Geld, und sagte weiter: „Dazu eine Privatkapelle, und vielleicht hatte der auch einen Privatgott. Mir kam jedenfalls zu Ohren, dass Margarete da regelrecht aufblühte. Sie wäre gar nicht wiederzuerkennen, erzählte man sich." Rolf Heymann kam ins Plaudern. „Margarete betreute Sanders Stiftung für Waisenkinder in der Schweiz, sammelte Spenden und organisierte Wohltätigkeitsveranstaltungen. Der Pfarrer war nur noch ganz unregelmäßig auf Norderney, die meiste Zeit war er unten im Tessin und ließ sich hier von einem Kaplan vertreten." Er legte Nachdruck in seine Stimme, die seinen ganzen Zorn zum Ausdruck brachte: *„Du sollst nicht begehren deines nächsten Weib*, ja kennt denn der Pfarrer die Gebote nicht?" Rolf Heymann stellte seine leere Bierflasche auf den Boden. „Hatte der denn kein Gelübde abgelegt, als er Pfarrer wurde? Was ist damit? Kontrolliert das überhaupt noch jemand?" Heymann glaubte wohl schon lange nicht mehr an das, was ihm vielleicht einmal heilig gewesen war. Ich sah ihn einigermaßen ratlos an. Seine Augen waren zu Feuerflammen geworden, Moses persönlich war vom Horeb am Sinai heruntergestiefelt, um in einer Garage Norderneys Gericht zu halten. „Wäre der doch schon früher an seinem Geld und an seinem Weihrauch erstickt“, sagte er kalt, dabei bewegten sich seine Finger wie die nervöser Gottesanbeterinnen.

Pause auf beiden Seiten. Auch ich brachte kein Wort heraus, suchte stattdessen nach Zeichen von Leben in seinem versteinerten Gesicht. Die tiefe Kränkung, seine Frau ausgerechnet an einen Tugendwächter mit Lizenz verloren zu haben, war für ihn unerträglich. Womöglich lag hierin seine penible Kontrollsucht begründet, sich als selbst ernannter Moralwächter gegen andere zu behaupten. Wie so oft bedingt das eine das andere.

Irgendwann brach ich das Schweigen. „Wissen Sie, wie es Ihrer Frau heute geht? Haben Sie Kontakt zu ihr aufgenommen, jetzt nachdem Pfarrer Sander tot ist?“

Heymann langte in die Bierkiste, öffnete die nächste Flasche und genehmigte sich einen kräftigen Schluck, ruhig und emotionslos sagte er: „Nee, die is ja nich mehr.“

Das war ein Schlag in die Magengrube. „Wie?!“, entfuhr es mir. „Ihre Frau lebt nicht mehr?“

Er hatte keine Eile zu antworten, er wirkte jetzt so nervös wie ein bollernder Ofen in einer frostklaren Nacht. Dunkle, alkoholgetränkte Augen starrten mich an. Seine Genugtuung schien er auszukosten. „Der Herr hat's gegeben, der Herr hat's genommen. So gerecht kann das Leben sein.“ Rolf Heymann war nicht im Geringsten daran interessiert, etwaigen Verdacht von sich zu lenken – das war ihm schlichtweg egal.

„Na, dann ist ja alles bestens", sagte ich mit einer Prise Schwarzpulver in der Stimme.

Er bewegte seine buschigen Augenbrauen. „Was wollen Sie damit sagen?"

„Nichts Besonderes", antwortete ich. „Ich gebe mir nur alle Mühe, Ihren Fatalismus zu begreifen."

Er dachte nach. „Was soll ich denn Ihrer Meinung nach machen? Heulen? Sander und Margarete haben verdient, was sie heraufbeschworen haben. Soll ich etwa Trauer heucheln? Was habe ich denn davon?" Er entstammte einer Generation, die von allem etwas „haben" wollte. Was er zu haben meinte, war Vergeltung.

„Auf Ehebruch steht Steinigung. Denken Sie in solchen Kategorien, Herr Heymann? Haben Sie etwas mit Margaretes und Pfarrer Sanders Tod zu tun?", fragte ich frei heraus.

„Seien Sie still, Gerdes! Sie wissen nicht, was ich in all den Jahren durchgemacht habe", sagte er verächtlich und nahm einen Schluck. „Mit Margaretes und Sanders Tod habe ich nichts, aber auch gar nichts zu tun! Ja, ich gebe zu, in mir kochte Rache, aber die ließ mit den Jahren nach. Irgendwann habe ich begriffen, dass ich nicht ganz unschuldig daran war, dass ... Margarete es ... nicht mehr bei mir aushielt." Er wirkte plötzlich peinlich berührt.

„Wollen Sie mir erzählen, wie Margarete zu Tode gekommen ist und wann?"

Er drehte mir sein Gesicht zu, um mir mit hartem Blick in die Augen zu schauen. „Es war ein Unfall! Machen Sie sich da man keine Hoffnungen. Letztes Jahr, am 22. April, machte Margarete mit ihren Freunden eine Bergtour in die Schweizer Alpen. Sie rutschte an einer engen Stelle ab und stürzte bei Graubünden in die Tiefe. Die anderen hatten das erst gar nicht mitbekommen, erst als sie nicht mehr zur Gruppe stieß, fing man an zu suchen. Margaretes Leiche konnte geborgen werden, sie wurde im Tessin beigesetzt. Kurz und knapp. Und Sie können ganz beruhigt sein, ich habe ein von der Polizei überprüftes und bestätigtes Alibi. Ich habe nicht das Geringste mit ihrem Tod zu tun."

Schweigen und Trinken.

Ich hörte, wie sein Magen gluckerte und knurrte. Heymann stellte die Flasche ab, zog unter der Bank eine Kiste hervor, schob den Deckel zur Seite. Eine Keksdose kam zum Vorschein, er hob sie auf seinen Schoß, öffnete sie. Herr Heymann ließ einen Finger kreisen und nahm nach sorgfältiger Auswahl eine kleine Waffel heraus, die in einem Stück in seinem Mund verschwand. Auf einmal wurde ihm bewusst, dass ich noch da war. Er reichte mir die Dose, ich bediente mich daraus. Anständige deutsche Backware, robustes OSB aus dem Baumarkt, gespickt mit klitzekleinen Gummimuffen als Schokoersatz. Bis zum Ende des Tages würde ich gesättigt sein.

Nach ausgiebigem Kauen fragte ich: „Wie Sie ja wissen, hat mir Meina Sigges auch von Julias Suizid erzählt …"

„Suizid, Suizid", maulte er. „Das klingt immer so ... klinisch. Ich will das nicht hören. Sie ging einfach weg, wollte nicht mehr. Einfach ins Wasser. Schluss. Aus. Das war's."

Lernfähigkeit ist ein Bestandteil meines Berufsprofils, ich korrigierte meine Wortwahl: „Wissen Sie, warum Julia ins Wasser ging? Hatte sie vielleicht einen Abschiedsbrief hinterlassen?"

Er schaute mich nicht direkt an, eher an mir vorbei, als beobachte er etwas an der Therme. Sein Blick fuhr zurück, streifte kurz mein Kinn, um dann neben mir hängen zu bleiben. Er blinzelte, seine rechte Hand schob er in die Tasche seiner Mikrofaserjacke und holte ein dickes Lederetui heraus. Mit nervösen Fingern öffnete er es, nahm ein kleines Stück Papier heraus, das einmal gefaltet war. An der Faltstelle war es so dünn, dass es jeden Augenblick in zwei Stücke zerfallen konnte. Rolf Heymann faltete es sorgsam auseinander und zeigte mir, was dort in jugendlicher Schrift geschrieben stand:

Ich halte das nicht mehr aus. Ich habe keine Kraft mehr. Lebt wohl.

Er holte seine Stimme aus weiter Ferne zurück. „Ich kann Ihnen genau sagen, was sie nicht mehr aushielt."

„Was war es?"

„Das war der Druck, den Margarete auf Julia ausübte, seitdem sie das mit der Schwangerschaft wusste", sagte er erschöpft. „Ich weiß bis heute nicht woher, aber Margarete wusste es."

„Warum dieser Druck, was wollte sie damit erreichen?“

Rolf Heymann hob die Schultern und blickte mich voll an. „Margarete wollte, dass Julia das Kind heimlich auf die Welt bringt, um es danach wegzugeben. Julia war ja schließlich nicht verheiratet. Das sei eine schwere Sünde und eine Schande für unsere Familie, hatte Margarete immer wieder gesagt.“

„Eine Abtreibung kam nicht infrage.“

„Um Gottes willen, nein!“

„Und der Vater des Kindes? Wissen Sie, wer es ist?“

„Julia war damals seit zwei oder drei Jahren mit Keno Schnieder zusammen. Ein Taugenichts in Margaretes Augen. Er lebte und arbeitete auf dem Festland, weit weg, irgendwo bei Stuttgart. Ich glaube, dass er da eine Ausbildung zum Schlosser machte. Hin und wieder kam er zurück auf die Insel. Wir haben natürlich keinen Vaterschaftstest verlangt, wir haben Julia voll und ganz vertraut.“

„War Keno auch in Ihren Augen ein Taugenichts?“

Er zwinkerte wieder unkontrolliert. „Nein, er war ... ein anständiger Bursche, aber evangelisch. Und das reichte Margarete, um Julia jeden Umgang mit ihm zu verbieten“, sagte er verdrossen.

„Und Sie haben mit Ihrer Frau gemeinsam an diesem Strang gezogen?“

Er schluckte. „Das kann man so sagen. Margarete setzte auch mich immer mehr unter Druck, aber ...“

„Aber was?“

„Ach, ich weiß es nicht.“ Er besann sich. „Höchstens ...“

„Ja?“

„Den Gedanken daran, unserer Tochter so etwas zu verbieten, fand ich eigentlich unerträglich.“

„Eigentlich? Sie unternahmen trotzdem nichts dagegen“, folgerte ich.

Er nickte. „Wenn ich es heute könnte, würde ich alles rückgängig machen. Aber das geht nicht mehr. Und jetzt ist auch noch Margarete tot.“ Er spuckte wieder auf den Boden und schüttelte den Kopf. „Es ist furchtbar, diese Endgültigkeit, nichts mehr ändern zu können, und eines Tages bin ich selbst tot und nur noch eine Fußnote in der Geschichte.“ Er machte die Augen zu und sank in sich zusammen.

„Sicher, aber bis dahin leben Sie an allen anderen Tagen“, sagte ich, um ihn aus dem Sumpf zu ziehen, in dem er sich gerade suhlte. Sein Selbstmitleid war unerträglich. Ich war in meinem Fragenkatalog aber noch nicht ganz unten angekommen. „Wie kam es, dass Ihre Frau noch in solch traditionellen Kategorien dachte?“

Er machte ein Gesicht, als rekapituliere er die schmerzvolle Vergangenheit. „Tja, woran liegt das? Ein strenges Elternhaus vielleicht, Verklemmtheit, Rechthaberei, Ansehen. Suchen Sie sich was aus.“

„Oder wollte sie dem moralischen Anspruch eines katholischen Pfarrers gerecht werden?“, schlug ich vor.

„Pah! Die Moral dieses Leibhaftigen habe ich kennengelernt! Sie war keinen Pfifferling wert!“ Rolf

Heymann bekam ein Gesicht, als hätte er auf etwas Bitteres gebissen. Um die Flügel seiner wettergegerbten Nase war er ganz weiß geworden, er rieb sich daran.

„Das war Ihrer Frau zu Beginn vielleicht noch nicht klar“, gab ich zu bedenken.

„Das kann schon sein, aber später hätte sie es merken müssen!“ Er biss die Zähne zusammen, schob den gefalteten Zettel zurück in das Etui. Ich sah ein kleines Porträtfoto darin.

„Ist das Julia?“, fragte ich, bevor Heymann das Etui zuklappte. Er zog das kleine Foto heraus und gab es mir. Ich betrachtete das junge, unfertige Gesicht einer ungefähr siebzehn- oder achtzehnjährigen Frau, mit braunem, schulterlangem Haar. Julia hatte eine klare Stirn, ernste Rehaugen, die etwas auseinanderlagen, hohe Wangenknochen und geschwungene Lippen. Ihr Lächeln wirkte bestellt, die Zähne waren makellos. Ein Gesicht wie das vieler junger Menschen, bevor die Erfahrungen beginnen, Spuren in ihre Gesichter zu zeichnen. Es war die Vorlage für ein älteres Gesicht, ein Entwurf, der eigentlich noch hätte reifen sollen. Aber dieser Verlauf wurde jäh gestoppt, als sie ihrem Leben ein Ende setzte.

Ich gab ihm das Bild zurück, er steckte es wieder in die Lederhülle, verstaute es in seiner Tasche. In meinem Kopf spann sich ein Netz, bestehend aus Menschen wie Julia Heymann, Bonno Cornelius und Dr. Menno Jacobs, in dessen Zentrum die Inselklinik lag.

Ich musste weitere Details über die Vorkommnisse im St.-Ludgerus-Hospital in Erfahrung bringen. Ausgehend von Pfarrer Sander über Margarete Heymann und ihre Tochter Julia lag eine Pulverspur direkt bis in die Klinik. Die zweite Spur reichte von den Gronewolds über Bonno Cornelius ebenfalls bis in die Klinik. Und ich stellte fest, dass ich mich getäuscht hatte: Die alles verbindende Person war nicht Dr. Jacobs, sondern definitiv Julia Heymann. Sollte es mir gelingen, ihre Geschichte in allen Teilen zu entschlüsseln, wäre ich einen Schritt weiter.

Ich sagte: „Ihre Frau wollte, dass Julia ihr Kind heimlich entbindet, um es danach wegzugeben.“ Rolf Heymann nickte entschieden. Ich fragte: „Hat Julia getan, was ihre Mutter wollte?“

„Als ihr Bauch immer dicker wurde, das war im siebten Monat ungefähr, im Februar 1990, da brachte Margarete sie zu ihrer Schwester nach Oldenburg. Erst im Dezember, ein paar Tage vor Weihnachten, kam Julia wieder nach Hause, und im darauffolgenden Jahr sollte sie ihre Lehre abschließen. Aber daraus wurde ja nichts ...“ Heymanns Stimme verebbte.

„Sollte die Lehre bei den Gronewolds fortgesetzt werden?“

Er nickte.

„Und das ging so einfach?“

„Ja, das war kein Problem, ich hatte für Julia ein gutes Wort eingelegt“, sagte er voller Stolz.

„Und das Baby?“

„Das wollte meine Schwägerin bei Leuten unterbringen, die keine Kinder bekommen konnten.“ Er fügte leise hinzu: „So war das jedenfalls geplant.“

„Und auch das ging problemlos vonstatten? So ganz ohne Papiere?“

Herrn Heymanns graue Brauen zogen sich zusammen, seine Stimme raschelte wie Bambusblätter. „Das war nicht mehr notwendig.“

„Warum nicht?“

Er nahm die Flasche, trank daraus, rülpste und sagte wieder lauter: „Es war ja eine Totgeburt! Hat Meina Ihnen das nicht gesagt?“

Ich konnte nicht glauben, was ich hörte. Ich drehte meinen Kopf zur Seite, für ein paar Sekunden schloss ich die Augen. Wo ich auch hinblickte, wo immer ich einen Hoffnungsschimmer zu sehen glaubte, traf ich auf den nächsten Toten. Das war ein bisschen viel in so kurzer Zeit. Das berüchtigte Gruselkabinett der Ängste, in dem wir umherirren, in dem sich nicht auflöst, was uns quält ...

War deshalb das Kreuz auf Julias Patientenakte notiert worden und nicht ihres Suizids wegen? Als ich die Augen wieder öffnete, kam mir Heymanns Frage wieder in den Sinn: „Nein, nein. Das hat Frau Sigges mir nicht erzählt.“ Das Gespräch mit der Hebamme sollte ja erst morgen bei ihr zu Hause fortgesetzt werden und Rolf Heymann versorgte mich schon vorab mit wichtigen Details. Ich schwieg für ein paar Sekunden, nahm meine Hände auseinander und fragte:

„Julia hat also gar nicht hier auf Norderney entbunden?"

„Nein! Wo denken Sie hin? Dafür hatte Margarete gesorgt, sonst wäre Julias Schwangerschaft doch aufgeflogen!"

Ich war ratlos. Hatte ich da etwas durcheinandergebracht? Ich nahm der Akte wegen an, dass Julia Heymann in der St.-Ludgerus-Klinik entbunden hatte. War Rolf Heymann damals nicht in alles eingeweiht gewesen, was seine Frau geplant hatte? Oder aber er führte mich absichtlich auf eine falsche Spur. Es standen mehrere Möglichkeiten offen, auf die ich aber nicht näher einging. Es gab da noch jemanden, der mit Julias Schwangerschaft zu tun hatte. Ich fragte: „Hat Julias Freund je davon erfahren?"

„Nein, das glaube ich nicht. Ich wüsste nicht, von wem."

Ich vernahm ein leises, raspelndes Geräusch. Wenn Rolf Heymann ausatmete, klang es wie Feile auf Balsaholz. Ich führte meinen Gedanken weiter: „Und nachdem Julia sich das Leben genommen hatte ...?"

Er wurde sichtlich steif, seine mürrischen Augen blickten mich hart an. „Sagen Sie mal, ist es nicht endlich gut mit der Fragerei?", unterbrach er mich. Sein Blick wurde finster, als er nachschob: „Natürlich war Julias Tod eine Katastrophe für uns, und weil sie nie gefunden wurde, gab es eine Bestattung ohne Leiche. Es gibt ein Grab und einen Gedenkstein auf dem Friedhof, aber sie liegt nicht wirklich da. Sie glauben gar nicht, wie weh das tut!“ Die Tränen schossen jetzt aus seinen Augen, und ich hatte das Gefühl, dass Rolf Heymann heute zum ersten Mal darüber sprach.

Ich sagte: „Bitte verzeihen Sie, Herr Heymann. Ich ...“

„Nein!“ Das Wort schnitt meinen Satz ab. Er sah mich an, als hätte ich ihm eine Ohrfeige verpasst. „Sie kommen hierher und nehmen sich heraus, was sich nicht gehört! Sie wühlen im Leid anderer Leute! Schämen Sie sich.“

Ich schämte mich, und bedauerte es, nicht noch den Namen seiner Schwägerin in Erfahrung gebracht zu haben, bei der Julia mindestens die letzten zwei Monate ihrer Schwangerschaft untergekommen war. Vielleicht würde mir dies auf andere Weise gelingen, jetzt beließ ich es dabei. Ich gab mich zufrieden und sagte: „Sie waren mehr als zuvorkommend und offen zu mir.“

Er beugte sich etwas vor, um in den Taschen seiner Jacke nach Feuerzeug und Zigarette zu suchen. Beides zog er heraus, und als er wieder sprach, klang seine Stimme verändert. „Tun Sie mir einen Gefallen, reden Sie mit niemandem darüber.“ Er behielt die dunkle Miene, aber aus seiner Stimme war ein Stück weit Erleichterung zu hören.

Ich nickte. „Selbstverständlich bleibt das unter uns. Ich möchte Ihnen für Ihr Vertrauen danken und dass Sie den Mut hatten, über die schmerzvolle Vergangenheit zu sprechen.“

„Amen.“

Er machte es mir wahrlich nicht leicht, ich wagte es dennoch: „Würden Sie mir zu guter Letzt noch den Namen Ihrer Schwägerin verraten? Gern möchte ich mich mit ihr über die Monate unterhalten, in denen Julia bei ihr war."

„Vergessen Sie's", sagte er mit toter, erschöpfter Stimme. Heymann wandte sich ab, steckte sich die Zigarette an, verstaute Packung und Feuerzeug. Wir erhoben uns von der Holzbank, in meinem Gesäß spürte ich die Abdrücke der Sitzbalken mit scharfen Kanten. Heymann fuhr sich mit dem Ärmel über die Augen, stakste aus der Seitentür der Garage hinaus, und ich folgte ihm wie ein Beichtvater, der seine Absolution nicht an den Mann bringen konnte.

Ich schaute hoch. Der Himmel war jetzt nicht mehr grau, der Wind hatte auf Ost gedreht. Wir gingen in den Garten zurück, wo sein junger Novize es sich auf dem Plastikstuhl gemütlich gemacht hatte, mit einer Bierflasche in der Hand. Heymann steckte die Lunte zwischen die Lippen und klatschte zweimal. Der Bursche schoss hoch, stellte die Flasche auf den Boden und beeilte sich, in die Rabatten zu kommen. Als Heymann seinen angestammten Platz eingenommen hatte, waren beide wieder in ihrem Element, mit sauber getrennten Aufgabenbereichen.

Meine Aufgabe war eine andere, und sie war nicht weniger kräftezehrend. Ich wandte mich um und ging über den Plattenweg zurück zum Fahrrad.

Kapitel 14

Das Smartphone meldete sich. Deeken war dran. Er klang gestresst: „Ich muss mit dir reden, bevor das LKA hier aufschlägt. Wie schnell kannst du hier sein?“

„Na ja, ich bin mitten in einer Besprechung ...“

„Besprechung?“, fuhr er dazwischen. „Ich hör doch, dass du draußen bist. Sind das nicht Möwen im Hintergrund?“

„Was du da hörst, ist ein Häcksler.“

„Himmel! Was machst du denn mit den Viechern?“

Bevor ich antworten konnte, hatte Deeken bereits aufgelegt. Ich nahm das Rad von der Kette und radelte über die Beneke- und die Frisiastraße zur Polizeistation. Auf dem Weg dorthin zerbrach ich mir den Kopf darüber, was ich Deeken erzählen konnte, ohne aus der Deckung und damit in die Schusslinie zu geraten. Der Wind aus Ost frischte auf und fegte die wenigen Wolken beiseite. Sonne und Frost in einem lautlosen Duell, Väterchen Frost behielt die Oberhand. Ich radelte gegen die Kälte an, die mir seit der Garage in die Knochen gekrochen war. Unterwegs kaufte ich mir den Ostfriesischen Kurier, schaute nach, ob es nähere Erkenntnisse zu den beiden Mordfällen gab – aber auch hier nichts Neues.

Ich fragte mich, ob man vor einer Polizeiwache sein Fahrrad abschließen musste, ließ es nicht darauf ankommen und sicherte es mit dem Kettenschloss. Mit wenigen Schritten gelangte ich in den Eingangsbereich, in einen Raum mit Anmeldung auf der linken Seite. Hinter der Glasfront standen Schreibtische, zwei Beamte liefen aufgeregt hin und her. Einer kam direkt auf mich zu und sah mich an, wie man einen ansieht, nachdem man freundlich gefragt hat, womit man helfen kann, nämlich abwartend. Dem Namensschild auf der Brust entnahm ich, dass sein Name Schröder war. Sein schwarzes Hemd hatte mehrere ungleichmäßige Falten, als sei es gerade auf dem Kopierer gebügelt worden. Aber was wusste ich schon, was in den hinteren Räumen los war. Jedenfalls erklärte ich Herrn Schröder durch eine Öffnung in der Scheibe, dass Hauptkommissar Deeken mich erwartete. Die Antwort kam prompt: „Da müssen Sie sich einen Moment gedulden. Hauptkommissar Deeken ist gerade in einer Besprechung. Bitte nehmen Sie dort so lange Platz.“ Er zeigte auf eine kleine Stuhlreihe hinter mir. Gleichzeitig vernahm ich durch eine angelehnte Tür Deekens aufgebrachte Stimme und eine andere, die beruhigend auf ihn einredete.

Mit einer Armbewegung zur Tür fragte ich: „Sagen Sie, ist das LKA schon da?“

Schröder schaute verdutzt, und als auch er den tumultartigen Lärm hörte, schlug er vor: „Vielleicht ist es besser, wenn Sie später wiederkommen.“

Ich nickte den beiden zu, ging nach draußen und sah, wie sich in diesem Moment jemand an Antjes Fahrrad zu schaffen machte. Mit dem Bolzenschneider war der Mann damit beschäftigt, das Kettenschloss zu durchtrennen. Ich lief auf ihn zu. „Schluss damit!" Mit Wucht drückte ich seinen Arm runter, das Werkzeug schepperte auf den Boden. Er versuchte zu türmen, ich hielt ihn am Arm fest und sagte laut: „Hiergeblieben! Ich glaub, es hackt!"

Er trat nach mir, ich drehte ihm den Arm auf den Rücken. Der etwa Dreißigjährige in Armyjacke und kurzem Haar schrie auf, spuckte wüste Beschimpfungen aus. Ich bog seinen Arm noch höher, er krümmte sich unter dem Schmerz. Ich hatte Glück – zur Polizei war es nicht weit. Zusammen gingen wir die wenigen Stufen empor zurück in die Wache. Die Beamten schauten verwirrt. Ich erklärte knapp, warum ich so schnell wieder da war. Der Sachverhalt wurde aufgenommen, ich hinterließ meine Personalien. Der Mann durfte bleiben. In diesem Augenblick öffnete sich die Tür zum Büroflur. Drei Männer und eine Frau traten in den Eingangsbereich, alle vier grüßten die Beamten hinter der Scheibe und gingen schnellen Schrittes dem Ausgang entgegen. Die junge Frau trug eine enge, schwarze Jacke, schwarze Jeans, die blonden Haare waren zu einem Zopf zusammengebunden, und ich kannte sie. Auf die Schnelle blätterte ich meine interne Personenkartei durch und wurde fündig: Ich lernte die Polizeianwärterin vor vier Jahren im Hamburger Hafen kennen, nach Abschluss eines besonders schweren Falls von Plagiatimporten.

Ich sprach sie an: „Inga? Inga Bergholz?"

Sie stoppte und sah mich an. „Ja? Und wer sind ... nein, warten Sie, ich kenne Sie! Frank Gerdes, der Hamburger Ermittler für Wirtschaftskriminalität!"

Ich lächelte. „Ganz genau. Sie haben ein gutes Gedächtnis!"

„Beruflich bedingt. Was machen Sie hier? Wollen Sie Ihren ehemaligen Studienkollegen besuchen oder ihm auch gleich auf die Sprünge helfen?"

„Hat er das nötig?", antwortete ich mit einer Gegenfrage.

Sie guckte kritisch.

Ich beantwortete die Frage selbst: „Hat er."

Inga sagte: „Ganz im Vertrauen. Uns beim LKA in Hannover reißt langsam der Geduldsfaden."

Ich hob die Augenbrauen. „Sie sind jetzt beim LKA – das ist ja ein enormer Karrieresprung."

„Nicht ganz. Ich bin derzeit noch Kommissaranwärterin." Sie hob zwei Finger. „Duales Studium."

Einer ihrer Kollegen kam zurück. „Inga, kommst du?", fragte er.

„Bin gleich da", antwortete sie ihm, und wieder an mich gerichtet: „Erst die Polizeiakademie, jetzt das Studium in Hannover, ich bin eine dieser ewig Studierenden."

„Wichtig ist, was hinten dabei herauskommt", ermutigte ich sie.

„Ja, das sage ich mir auch immer wieder. Und das gilt auch für den Hauptkommissar hier auf Norderney." Frau Bergholz lachte glockenklar, und ich stimmte mit ein, was den Glockenklang allerdings verdarb. Sie schaute auf ihre Uhr und sagte: „Ich muss weiter, der Helikopter startet gleich. Machen Sie's gut!" Wir gaben uns die Hand. „Vielleicht sieht man sich irgendwann wieder, es würde mich freuen."

„Mich auch. Alles Gute für Sie und viel Erfolg fürs Studium!"

„Danke!"

Inga ging weiter durch nach draußen, ich warf den Beamten einen fragenden Blick zu und zeigte in den Flur. „Darf ich jetzt zu ihm?"

Schröder nickte, er sagte: „Die vierte Tür rechts."

Ich ging geradeaus durch den Flur. Auf dem Fußboden reflektierte mattes Licht. Es roch nach einer Mischung aus Putzmitteln und Nikotin. Die Türen zu den Büros standen offen, die zu Deekens Büro auch. Ich blieb stehen, sah hinein. Es war ein kühler, großer Raum, angefüllt mit Schwaden von Nikotin, ein Raum mit hellen Wänden und einem Fenster mit halb heruntergelassenen Jalousien. Darunter flache Büroschränke mit unzähligen Aktenordnern. Links hohe, geschlossene Aktenschränke, rechts Büroküche mit Boiler, Kühlschrank, Mikrowelle, darüber ein Suchtpräventionsposter aus den Achtzigerjahren mit nackter Heroinspritze und lasziv dreinblickender, welker Rose. Dieses Arbeitszimmer war nicht unbedingt eine Verbesserung zu seinem Cloppenburger Büro, aber es gab weniger Staub, was vielleicht daran liegen konnte, dass Deeken gern Staub aufwirbelte. Deeken saß in der Mitte des Raumes an einem klobigen Schreibtisch mit Stapeln von Papier, Drucker, Laptop und einem Reiseprospekt. Er hockte da wie der Sachbearbeiter einer kleinen Inselbank, wo kaum größere Umsätze zu erwarten waren als die Auszahlung eines Kredits für den Kauf eines gebrauchten Kutters. Vor seinem Tisch im Halbkreis ein paar Stühle, auf denen vermutlich vorhin die Leute vom LKA gesessen hatten. Oberkommissar Ralf Vaske war auch zugegen, wegen des Qualms hatte ich ihn erst nicht bemerkt. Er war gerade dabei, das Fenster zu öffnen, um frische Luft hereinzulassen, und Deeken beobachtete ihn dabei. Ich wartete das Schauspiel ab. Deeken schwenkte seinen Bürostuhl herum, rieb sich mit seinen Maurerhänden das Gesicht und blickte mich an. Die Überraschung war ihm anzusehen.

Als er sich gefasst hatte, sagte er: „Junge, was stehst du da herum? Komm, setz dich!“ Deeken zeigte auf die Stühle. „Such dir einen aus!“ Er legte seine Hände flach auf den Tisch. Es glitzerte in seinen Augen, er schien in strahlender Laune zu sein, oder aber er mimte den gut gelaunten Inselpolizisten. „Wie lange wolltest du mich denn noch schmoren lassen?“, fragte er.

„Bis du durch bist“, antwortete ich und setzte mich auf einen der Stühle zwischen Schreibtisch und Tür. Er grinste gequält. Ich schaute demonstrativ um mich herum. „Das LKA war also schon da? Es tut mir leid, dass ich es nicht eher geschafft habe."

Deeken hob beschwichtigend die Hände. „Jaja, ist schon gut! Um rechtzeitig hier zu sein, hättest du wohl mit Lichtgeschwindigkeit unterwegs sein müssen. Wer konnte denn ahnen, dass die mit dem Heli anreisen."

Ein Windstoß zog durch den Raum, der Reiseprospekt flog mir entgegen, ich fing ihn auf. Deeken wandte sich mit einer Pranke am Nacken seinem Kollegen zu. „Mach das Fenster zu, Vaske! Es zieht wie Hechtsuppe." Und zu mir sagte er: „Vaske bereitet sich auf seine Barentssee-Expedition vor. Nächsten Monat soll's losgehen. Für heute steht Abhärtung auf dem Programm."

Vaske räusperte sich, er sagte: „Es ist kein gutes Zeichen, wenn von Anwesenden in der dritten Person gesprochen wird", und während er das Fenster zumachte, stellte er klar: „Außerdem handelt es sich dabei um meinen Urlaub auf Island, den ich mir redlich verdient habe!" Daraufhin verließ Vaske das Büro, ohne die Tür zu schließen. Deeken sah resigniert zur Decke.

„Tür zu!", bellte er ihm übellaunig hinterher, und er hatte beste Chancen, noch heute einen Herzinfarkt zu bekommen. Vaske legte den Rückwärtsgang ein, er zog die Bürotür zu. Wir waren unter uns. Über meine Schulter hinweg schaute Deeken in weite Fernen, er sagte: „Eigentlich wäre Vaske jetzt schon weg, aber geht ja nicht. Urlaubssperre." Er wechselte unvermittelt das Thema. „Du erinnerst dich an unsere Abmachung?" Bei dieser Frage hob er das Kinn, als wäre er soeben zum Polizeipräsidenten ernannt worden.

Ich lächelte mild, in dem Wissen, dass die Abmachung darin bestand, dass wir uns gegenseitig mit Infos versorgen würden. Ich fragte: „Brennt dein Stuhl schon oder sind die aus Hannover gekommen, um die Lunte anzuzünden?"

Wir saßen da und sahen uns über den Schreibtisch hinweg eine lange, stille Sekunde an. Endlich bewegte Deeken sich, schob ein paar Papiere zusammen und stapelte sie, als sei er unschlüssig, wie er den Besuch des LKA rechtfertigen sollte. Er verdrängte das einfach. Zähneknirschend kam er damit heraus, was er auf dem Herzen hatte: „Die Kokainbande ist uns entwischt, die Fahndung lief ins Leere."

„Das stand schon in der Zeitung. Ich vermute, die sind mit dem Motorboot auf eine Nachbarinsel abgehauen?"

Deeken nickte. „Nach Baltrum und weiter. Wir wissen noch nicht, wohin."

„Muss ich nett sein oder geht es auch mit Direktheit?"

„Ich habe nicht bemerkt, dass du unter Schüchternheit leidest, Gerdes. Überspring einfach den Refrain."

„Du hast es verbockt! Ich habe dir einen handfesten Tipp gegeben, und du hast es vermasselt!"

Er hüstelte. „Nee, wir ..."

„*Wir ...?*", grätschte ich dazwischen.

Er befingerte das Papier auf seinem Tisch und sagte nach einer Bedenksekunde: „Ich ... ich hab da was unterschätzt, das gebe ich zu, aber verbockt? Nee ...“

„Mensch, Deeken! Ihr hättet sofort die Handynummern in der entsprechenden Funkzelle identifizieren und mit dem IMSI-Catcher verfolgen können. Simples Einmaleins der Polizeiarbeit! Muss *ich* dir das erzählen?“

„Die Nummern sind uns jetzt bekannt und wenn sie ihre Handys wieder einschalten“, er schlug mit der flachen Hand auf den Tisch, „gehen sie uns ins Netz!“

„Wenn!“, sagte ich. „Falls“, sagte die Befürchtung in meinem Bauch. Wenn sie Prepaidhandys nutzten und diese abgeschaltet wurden, gäbe es keine Möglichkeit, die Täter zu verfolgen.

Der Hauptkommissar drückte einen Knopf seiner Telefonanlage. Wenige Sekunden später öffnete sich die Tür, eine Polizistin steckte ihren Kopf hindurch.

Deeken sagte in freundlichem Ton: „Die Auflistung mit den SIM-Karten-Nummern, bitte!“ Das Wörtchen „bitte“ war neu in seinem Wortschatz. Die Beamtin ließ die Tür offen und verschwand. Deeken erzählte: „Die Identifizierung der Handynummern brachte uns ein ganzes Stück weiter.“ Pause. „Da staunste, was?“ Wir warteten auf die Liste und ich blickte in sein gespanntes Gesicht. Die Kollegin kam wieder herein und legte einen grauen Ordner auf Deekens Schreibtisch – und das im digitalen Zeitalter. Er nickte sie heraus, schlug den Ordner auf und blätterte Seite für Seite durch Computerlisten. Mit der linken Hand zog er sich eine Zigarette aus der Schachtel, steckte sie sich zwischen die Lippen und brachte sie zum Glühen. „Weißt du eigentlich, wie der Schutzpatron der Raucher heißt?", fragte er.

„Eyjafjallajökull?", schlug ich vor.

„Nein – Helmut Schmidt!" Er klopfte auf den Tisch. „Haha! Gut, was?"

Ich sagte nichts.

Deeken hielt plötzlich in der Bewegung inne. „Hier ist es! Die Handys dieser Bande sind allesamt auf *eine* Firma zugelassen. Die Firma heißt Domus-Monitor GmbH. Sagt dir das was? Wohl kaum, woher denn auch."

Es war tatsächlich eine kleine Überraschung, aber mein Staunen hielt sich in Grenzen. „Der Name sagt mir etwas. Und weißt du, wer Vizegeschäftsführer dieser Gesellschaft ist?"

Er behielt die Zigarette zwischen den Lippen und knallte mit der flachen Hand auf den Ordner. „Hör mal, Sportsfreund. Ich frage etwas, und du stellst eine Gegenfrage. So kommen wir nicht weiter!" Er regte sich ab. „Du weißt, was die Firma hier treibt?"

„Die Domus verwaltet Kauf und Verkauf von Immobilien und Grundstücken auf Norderney, als unabhängige Instanz sozusagen", gab ich mein kürzlich gesammeltes Wissen zum Besten.

„Bravo, Gerdes! Und jetzt kommt es: Gronewolds Anwesen am Nordstrand steht bei denen auf der Liste! Das geht jetzt auch über den Ladentisch."

„Für ein aufgeblasenes Hotelprojekt, ich weiß."

„Hm." Ein kurzes Paffen. „Aber weißt du auch, wer auf sein Vorkaufsrecht besteht?"

„Vorkaufsrecht? Davon weiß ich nichts, aber du wirst es mir gleich erklären."

„Es gibt da so eine alte Grundstücksurkunde aus dem neunzehnten Jahrhundert, darin ist das Vorkaufsrecht der St.-Ludgerus-Kirche verbrieft. Wenn die Kirche den Zuschlag erhält, ist der Profit für den Grundstückseigner verschwindend gering, denn die Kirche zahlt nur den aktuellen Verkehrswert. Und weißt du, wer legitimer Vertreter der Kirche während der Grundstücksverhandlungen war?"

Ich machte ein begriffsstutziges Gesicht. „Lass mich raten: Pfarrer Martin Sander?"

In Deekens Gesicht ging die Sonne auf. „Treffer! Also ist Sanders Mörder in der Kokainbande zu finden, weil die mit der Domus-Monitor gemeinsame Sache machen. Liegt das nicht ganz klar auf der Hand? Es ist jetzt nur eine Frage der Zeit, bis wir die einkassiert haben."

„Und was ist mit dem Mord an Doktor Jacobs?"

„Nun, wir haben eine weitere Spur, aber die Beweislage ist noch recht dürftig. Es gibt hier eine sehr rege Bürgerinitiative. „Wir für Norderney" heißen die, und die sind nicht zimperlich, wenn es um die Durchsetzung von Interessen geht. Vielleicht gibt es da den ein oder anderen, der selbst gerne Richter spielt." Er zog tief an seiner Zigarette und ließ den Dampf zur Decke ab. „Vielleicht gehören die Mordfälle gar nicht zusammen! Zwei unabhängige Morde, die nur zufällig zur gleichen Zeit passierten. Du musst nicht immer nur linear denken, Gerdes, sondern auch diagonal!" Deeken zeichnete mit dem Finger eine schräge Linie in die Luft, dabei blickte er zufrieden. Ich versuchte seine Selbstzufriedenheit mit skeptischen Blicken niederzuringen, aber da war nichts zu machen.

„Na dann viel Spaß bei der Suche." Ich klatschte mit beiden Händen auf meine Oberschenkel und erhob mich.

Deekens Miene spielte Entrüstung, sein dicker Zeigefinger kam wieder hervor und peilte mich an. „Nun werd mal nicht zynisch, Gerdes. Bleib sitzen!"

Ich ließ mich wieder fallen und begründete meinen Zynismus: „Das LKA war also hier, um dir zu gratulieren? Die teilen deinen Enthusiasmus, oder ist es nicht vielmehr so, dass sie dir auf die Füße treten, weil du nicht wirklich vorankommst?"

Ich sah den Hauptkommissar an, aber der sah ins Leere. Nie würde er das zugeben, und das erwartete ich auch nicht. Er tat einen Zug und dampfte aus allen Poren. Stirnrunzelnd sagte er: „Siehst du, das ist der Unterschied zwischen euch Amateuren und uns Profis. Du bist einfach nicht in der Lage, das Große und Ganze zu sehen. Aber, na ja, darum bist du ja auch *Privat*ermittler geworden." Ich ließ die Herabwürdigung wie Schwefelwolken an mir vorüberziehen. Er fügte hinzu: „Das LKA war hier, um mir Rückendeckung zu signalisieren. Ende der Durchsage."

Ich drehte meine Handflächen nach oben. „Vier Leute zum Signalisieren? Die Probleme müssen gewichtig sein. Hätte da nicht ein Anruf aus Hannover gereicht? Stattdessen hast du die angebotene Verstärkung sofort wieder nach Hause zurückgeschickt. Die waren doch höchstens eine Viertelstunde hier."

Er wollte vom Thema weg, ihm war etwas eingefallen. „Gerdes, du fragtest mich vorhin, ob ich wüsste, wer der zweite Geschäftsführer der Domus-Monitor ist? Ich will es wissen!"

„Es ist Jan Gronewold persönlich."

Beinahe wäre ihm der kleine Stummel in den Hals gerutscht. Er erhob seine leeren Pranken und sagte: „Das ist doch bestimmt eine deiner Mutmaßungen. Kannst du das beweisen?" Er ließ die Pranken wieder sinken.

Ich erzählte ihm so gut wie alles. Diese Situation war ja nicht ganz neu für mich. Manchmal hatte ich etwas ausgelassen, es für mich behalten, weil ich wusste, dass Deeken nichts damit anfangen konnte. Jetzt war ich an einem Punkt angelangt, wo das nicht reichte. Ich erzählte ihm von Bonno Cornelius, ich erzählte ihm von der Krankenakte Julia Heymann und ihrem Suizid. Ich erzählte vom mutmaßlichen Babyhandel und von der Verbindung zwischen Pfarrer Sander und der Klinik. Deeken hatte sich während meiner Aufzählung nicht bewegt, aber er räusperte sich und brummte auf eine Weise, die mir zu verstehen gab, dass er von dem, was er hörte, verblüfft war. Weiter erzählte ich von meiner Bekanntschaft mit Nele Hansen und dem unglaublichen

Zufall, dass Nele heute die Frau von Jan Gronewold war. Unverändert verharrte er in der Bewegungslosigkeit mürrischen Duldens. Um ihn aus seiner Schockstarre zu befreien, zeigte ich ihm die Fotos, die ich in Gronewolds Homeoffice gemacht hatte. Auf einmal kam Leben in ihn.

„Wo hast du die her?“, fragte er, wieder ohne eine Miene zu verziehen.

„Die habe ich in Gronewolds Büro gemacht.“ Ich verzog genauso wenig eine Miene wie er.

Er war kurz davor, aufzuspringen. „Das ist illegal! Was zum Henker hast du da bloß getrieben?“

„Der ist mir zwar nicht begegnet, aber dafür einige interessante Geschäftspapiere und eine Auflistung, die sowohl Geburten als auch die Übergabe von Babys an fremde Paare dokumentiert.“ Ich zeigte auf die letzte Spalte. „Und hier ist ein Haken für die erfolgte Zahlung. Ich konnte die Tabelle nicht da zurücklassen, ohne sie wenigstens fotografiert zu haben.“

Deeken kratzte sich an der Stirn. „Warum sollten sich Paare Babys kaufen, wenn sie sie doch adoptieren könnten?“

„Ganz so einfach ist das nicht“, wandte ich ein. „Es gibt Regeln, und wer bestimmte Kriterien nicht erfüllt, darf keine Kinder adoptieren.“

„Und welche Kriterien sind das? Kein Vortrag, Gerdes, die Version für Schnelldenker!“

Ich gab die Zusammenfassung: „Gründe für eine Ablehnung wären ein dickes Strafregister zum Beispiel oder psychische Probleme eines Elternpaares, das noch zu sehr an einem verstorbenen, leiblichen Kind hängt. Oder bei Krankheit, Eheproblemen, oder ein ungeregeltes Einkommen. Charakterliche Untauglichkeit und Suchterkrankung wären weitere Hinderungsgründe. Entscheidend ist letztlich das Urteil des Jugendamtes."

„Zu hohes Alter?", warf Deeken ein.

„Ein Höchstalter für Adoptiveltern besteht formal nicht, aber es gibt interne Regelungen, damit es zum Alter des Kindes passt."

„Du kennst dich aber gut mit solchen Dingen aus, Gerdes!" Seine Augen blickten forschend.

„Susanne und ich hatten uns erkundigt", sagte ich in mattem Ton, damit er merkte, dass es ihn nichts anging.

„Soso. Tja, dann ..." Er rieb die Hände aneinander mit einem knirschenden Geräusch wie von Schmirgelpapier. „Es geht jedenfalls voran. Mehrere neue Aspekte und ein Skelett voller Verflechtungen. Und gegen Gronewold haben wir mehr als genug in der Hand, um wenigstens eine Hausdurchsuchung bei ihm zu veranlassen. Ich werde mal mit dem Staatsanwalt reden."

Er hielt einen Moment inne, und ich nutzte die Pause, um ihm in die Seite zu fahren: „Was versprichst du dir von diesem Aktionismus? Glaubst du wirklich, Gronewold lässt Niedrigbieter mit Vorkaufsrecht um die Ecke bringen, nur weil er sich von anderen Investoren mehr Gewinn verspricht? Ist die These nicht etwas gewagt? Und was ist mit dem Babyhandel, wo ist die Verbindung zu Doktor Jacobs? Was fehlt, sind Indizien und Motive."

Er beugte sich angestrengt über den Schreibtisch und fixierte mich mit seinem Blick. „Das erzählst ausgerechnet du mir? Vielleicht war der liebe Onkel Doktor auch einer dieser Niedrigpreisbieter, im Namen der Klinik in katholischer Trägerschaft. Schon mal darüber nachgedacht? Begreifst du nicht, Gerdes, dass das alles zusammenhängt?"

„Das ist mir zu schwammig." Mein Einwand passte ihm nicht, aber das war mir egal. Ich wechselte das Thema: „Deeken, ich habe dir einiges zugesteckt, jetzt bist du an der Reihe, für mich etwas zu tun."

Er nickte stumm. Widerwillig drückte er seine Zigarette aus und nahm einen Kugelschreiber zur Hand. Es klopfte an der Tür. „Ja?", rief Deeken. Kollege Vaske kam herein. „Raus!", kläffte sein Vorgesetzter, Vaske trat den Rückzug an und schloss die Tür hinter sich. Deeken beugte sich schreibbereit vor. Er stellte klar: „Aber alles im Rahmen der Gesetze, Gerdes!"

„Selbstverständlich."

„Schieß los, was kommt drauf auf deine Pizza?" Er bediente sich wieder an seiner Glimmstängelsammlung, er brachte die Tabaksäule zum Qualmen.

„Es geht um eine Alibiüberprüfung."

Er legte das Feuerzeug weg und machte eine vage Handbewegung. „Wenn das man nicht meine Regelarbeitszeit überschreitet."

Ich legte los: „Es geht um Keno Schnieder. Ich weiß nicht, wo er heute lebt, jedenfalls ist er gebürtiger Norderneyer. In den Achtzigerjahren lernte er in der Nähe von Stuttgart den Beruf des Schlossers. Heute müsste er um die fünfundvierzig Jahre alt sein. Es wird für dich kein Problem sein, ihn zu finden, vielleicht über seine Eltern. Und eine Zusatzinfo: Am 22. April vergangenen Jahres stürzte Margarete Heymann, die Mutter von Julia, während einer Klettertour in den Schweizer Alpen in die Tiefe. Wo war Keno zu diesem Zeitpunkt, und war es tatsächlich ein Unfall? Vielleicht kannst du etwas darüber in Erfahrung bringen. Kontaktiere die Schweizer Behörden, das ganz große Besteck."

Deeken protestierte. „Das geht nicht unbemerkt, damit übertreibe ich es mit der Kompetenz."

„Ein Tipp von mir, gehe damit zu Inga Bergholz vom LKA."

Er machte dicke Backen. „War die nicht eben noch hier?"

Ich nickte und fuhr unbeirrt fort: „Kommen wir nun zum Todeszeitpunkt Pfarrer Sanders im Dezember."

„Das war der Zwanzigste", warf Deeken ein.

„Was machte Keno Schnieder an ebendiesem Tag und auch zum Zeitpunkt des Mordes an Doktor Jacobs am 16. Januar?" Deeken notierte die Daten, dass es auf der Tischplatte kratzte.

Er hob die Augenbrauen. „Was versprichst du dir davon?" Er drehte am Kuli herum. „Sind das nicht wieder neue Sackgassen?"

Ich dachte laut nach: „Neue Wege entstehen, indem wir sie gehen."

„Die Prosa ist unüberhörbar, Gerdes." Der Kuli flog auseinander. „Nietzsche?"

Ich zeigte auf den Reiseprospekt. „TUI."

„Du verrennst dich da in Einzelheiten." Er schob auf dem Tisch die Einzelteile des Kulis zusammen.

Ich sagte: „Wenn ich mich verrenne, werde ich das zu spüren bekommen. Ich fürchte, dass diese Fälle auf eine Weise in Verbindung stehen, die wir noch nicht durchschauen."

Deeken schraubte den Schreiber zusammen und widmete sich einem anderen Papierstoß, als wollte er Zeichen für eine Beschlussfassung setzen und zum Ende kommen. Ich erhob mich von meinem Stuhl und steckte die Hände in die Taschen. Schließlich winkte er müde mit einer Hand und zischte: „Und nun weggetreten zum Zapfenstreich, Gerdes. Es war ein langer Tag."

Ich sah auf die Uhr und sagte: „Es ist erst Mittag!" Als ich meine Hand auf die Türklinke legte, räusperte er sich, ich drehte mich zu ihm um.

Er sagte: „Sobald ich etwas in Erfahrung gebracht habe, melde ich mich."

„Das ist ein Wort."

Er drückte seinen Stummel aus und fragte: „Was zahlst du eigentlich an Finderlohn, Gerdes, wenn ich diesen Keno Schnieder gefunden habe?"

Ich sagte: „Einen Single Malt am Jüngsten Tag."

„Und du meinst, ich brauche dann einen?"

„Einen mit extra viel Eis." Ich öffnete die Tür. „Bis zum nächsten Mal", sagte ich und ging hinaus. Insgeheim hoffte ich, ihm nicht allzu schnell wieder zu begegnen. Aber ich sollte mich irren. In nicht einmal sieben Stunden würden wir uns unter scheußlichen Umständen wiedersehen ...

Kapitel 15

Draußen wartete eine Überraschung auf mich, und das war kein Gratisflug um den Leuchtturm herum. Antjes Fahrrad war verschwunden. Als ich mich umdrehte, kam Polizeihauptmeister Schröder aus der Tür.

Er sagte: „Wir haben Ihr Fahrrad untergestellt, weil es ja nicht mehr abgeschlossen war."

Erstaunt fragte ich: „Oh, Sie meinen, er hatte es geschafft?"

„Ja, die Kette war durch. Wir haben die Personalien des Täters abgeglichen, er ist in ganz Ostfriesland wegen ähnlicher Delikte bekannt. Jetzt hat er sein Tätigkeitsfeld offensichtlich auf die Inseln ausgeweitet."

Wir gingen um das Gebäude herum in den Innenhof.

Ich sagte: „Der Junge hat überschüssige Energie. Wann überraschen Sie ihn mit Arbeitslager?"

„Wenn er nach seinem Aufenthalt in der psychiatrischen Klinik noch Lust dazu hat, vielleicht. Das warten wir aber noch ab."

Ich stimmte zu, bedankte mich und fuhr auf direktem Weg zu Rad Peter, um Antjes Fahrrad mit einem neuen Kettenschloss auszustatten. Anschließend probierte ich das Seelachsfilet mit Bratkartoffeln im Neptun. Im Radio war vom Hoch Hartmut die Rede, das dem ganzen Land klirrenden Frost bescheren sollte. Weiterhin sei mit Schneefall zu rechnen. Gesättigt ging es zurück in Antjes Wohnung. Als ich dort ankam, hing Antjes Duft in den Räumen, als wäre sie hier. Ich hielt eine kurze Siesta auf dem Sofa, in einer halben Stunde sollte Fenjas Ausstellung in der Galerie Jacobs beginnen. Ich kam wieder auf die Beine und zog den Flyer aus der Manteltasche, den Fenja Groothuis mir gestern gegeben hatte. Von großformatigen Naturfotografien war die Rede, *atemberaubende Motive* mit *emotionaler Kraft*. Kraft, die mir in der kalten Heymann-Garage abhandengekommen war und die ich hoffte, am Nachmittag erstattet zu bekommen. Auf der Rückseite des Flyers stand die Anschrift der Galerie. Sie war in der Winterstraße, in unmittelbarer Nachbarschaft der Kultbar Tante Jens' King's Club.

Der Himmel hatte sich dunkel zugezogen. Es war, als würde der Tag schon jetzt dahinsterben. Wieder wählte ich den kleinen Umweg über den Deich bis an den Strand. Vornübergebeugt kämpfte ich mich durch eiskalten Wind, unter meinen Füßen harter Sand und am Meeressaum dünne, milchige Eisbretter. Ein paar Möwen stürzten sich hinab, sie segelten tief über den Strand und dann übers Wasser, ein Containerschiff schipperte weit draußen, als schwebte es zwischen Himmel und Erde. Von Nordwest kam eine unerschrockene Cessna 172 angeknattert, sie flog in einem großzügigen Bogen zum Leuchtturm, wo auch der Flugplatz war. Vor ein paar Jahren war es mir vergönnt, eine solche Maschine einmal fliegen zu dürfen, ein Freund hatte mich an die Steuerung gelassen. Und obwohl es mir Spaß machte, gab es nie die Gelegenheit zu einem Pilotenschein – erst kein Geld, und als das Geld da war, keine Zeit. Genug der frischen Seeluft, es ging weiter über den Lüttji Damenpfad in die Jann-Berghaus-Straße etwa bis zur Hälfte, dann rechts in die Winterstraße. Die Galerie, ein verlassener Laden mit drei großen Fensterscheiben zur Straße hin, war voller Leute. Ich schaute auf die Uhr, es war kurz nach drei. An der Tür hing ein Schild mit der Aufschrift „Galerie Jacobs". Als ich eintrat, wurde ich von Fenja begrüßt. „Schön, dass du da bist, Frank!" Wir reichten einander die Hand.

„Danke für die Einladung! Ich bin sehr gespannt auf deine Arbeiten!" Mich kurz umschauend, öffnete ich meine Jacke.

Fenja lächelte, es war ein strahlendes Lächeln, schimmernd und blank. „Ich hoffe, dir gefallen die Fotografien." Ihr Haar leuchtete kupferfarben, was durch das Licht der Halogenstrahler noch verstärkt wurde. Sie trug ein eng anliegendes, grünes Kleid, aus einem glänzenden Stoff, das ihre schlanke Figur unterstrich. Sie war diskret geschminkt mit einem schwachen Rot auf den Lippen. Um ihren Hals lagen ein paar dünne Silberketten, die auf raffinierte Art ineinander verdrillt waren. Eine junge Frau kam näher, sie brachte Sekt und Orangensaft auf einem Tablett.

„Möchtest du etwas trinken?", fragte Fenja.

„Warum nicht?" Ich nahm ein Sektglas in die Hand.

Fenja erzählte mir, dass die Leiterin der Volkshochschule Norden eine Eröffnungsrede halten würde. Kaum hatte sie den Satz beendet, da verstummten die Gespräche nach und nach. Eine Frau, knapp an der Pensionsgrenze, mit einem violetten Schimmer im auftoupierten Silberhaar und kreisrunder, roter Brille räusperte sich ins Mikro. Es klang, als würden Möbel durch den Raum geschoben. Die Soundanlage funktionierte. Die Dame schüttelte ihre Arme, eine metallene Armreifensammlung kam aus ihrem Kaftan geschossen, der einem Nanga-Parbat-Zelt nicht unähnlich war. Nach etwas verlegenem Gekichere und lockeren Bemerkungen über die Kunstszene an der Küste gab die Dame von der VHS ihr Wissen über Naturfotografie zum Besten, wobei sie überdurchschnittlich viel von ihren Afrikaaufenthalten 2003 bis 2006 erzählte – jedenfalls mehr als über Fenjas Fotografien. Fenja blickte dennoch erfreut, und die Gäste lauschten gespannt den abenteuerlichen Erzählungen auf einer Skala von beeindruckt bis belustigt.

Während der Ansprache ließ ich meinen Blick über die Zuhörer schweifen. Ein paar Gesichter kannte ich bereits von Fenjas Party. Da war wieder die Frau mit dem frostigen Blick, die auch frostig lächeln konnte, und das Doppelgespann Diakon Tjark und Fenjas Mann Raik war ebenfalls anwesend. Raik hob grüßend das Glas, ich nickte ihm zu. Wenige Meter entfernt Jan Gronewold, und an anderer Stelle seine Frau Nele. Sie lächelte mich vorbehaltlos an, ich nickte ihr mit Vorbehalt zu. Gronewold visierte mich mit versteinerter

Miene an, und als ich nicht wegguckte, ließ er das mit dem Anvisieren. Nach gefühlten fünfundzwanzig wundervollen Sonnenuntergängen über der Steppe von Tansania bekam ich einen staubigen Hals. Ich warf der Lady mit den Getränken meinen Lassoblick zu, aber sie reagierte nicht. Das Tablett war jedenfalls mit ausreichend gefüllten Gläsern bestückt. Der Vortrag war beendet, es gab Applaus, und ich stürzte mich zeitgleich mit anderen Gästen auf die Getränke, die dann doch nicht ausreichten. Es musste nachgeschenkt werden.

Fenja zog es zum sprechenden Kaftan, ich konzentrierte mich auf die Fotografien an den Stellwänden. Die Vernissagegäste verteilten sich im Raum. Saxofonmusik säuselte aus kleinen Aktivboxen, dazu angeregtes Stimmengewirr und verhaltenes Lachen. Ich stand vor einem Foto, schaute aber an der Stellwand vorbei und beobachtete eine zierliche, schwarz gekleidete Frau gehobenen Alters, in Gesellschaft dreier Frauen. Sie war so schwarz gekleidet wie eine Witwe, und ich nahm an, dass sie das auch war – die Witwe Dr. Menno Jacobs. Sie trug eine schwarze Hose, einen schwarzen Rollkragenpullover und eine taillierte Jacke darüber. Das Gesicht sehr blass, die Lippen mit dunkelrotem, fast schwarzem Lippenstift bemalt, die Fingernägel schwarz. Weiter rechts löste sich Nele aus einer Gruppe Frauen, und als sie sah, dass ich sie anschaute, lächelte sie. Sie kam mit wiegenden Schritten und ganz leicht bebenden Lippen auf mich zu. In der Hand ein Glas Sekt. Ich betrachtete die Fotografie vor mir. Als ich glaubte, Neles Wärme in meinem Rücken zu spüren, wandte ich leicht meinen Kopf.

„Beeindruckend, nicht?", fragte sie, bevor ich etwas sagen konnte. Sie hielt ihre Augen starr auf das Foto mit naturbunten Muscheln und farbenfrohem Plastik gerichtet.

„Eher erschreckend, wenn du mich fragst", sagte ich frei heraus.

„Ich meinte Frau Jacobs. Eine starke Frau! Vor wenigen Wochen wurde ihr Mann ermordet, und jetzt ist sie hier auf der Vernissage." Nele seufzte. „Oh, ich weiß gar nicht, ob du von den Morden hier auf Norderney gehört hast", sagte sie fast flüsternd.

Ich drehte mich ganz zu ihr um. „Ja, das wurde überall publiziert – auch in Hamburg. Und was Frau Jacobs betrifft, sie zeichnet für diese Ausstellung verantwortlich. Dass die Ausstellung trotz der Umstände stattfindet, war ihr ausdrücklicher Wunsch."

Ihr Blick rutschte vom Bild ab und landete auf meinem Gesicht. Abrupt vollzog sie einen inhaltlichen Schlenker. Sie sagte viel leiser: „Frank, das mit gestern ... ich wollte nur ..."

„Ja – ist okay, Nele", schnitt ich ihren Versuch ab, irgendetwas erklären zu wollen. „Hattest du mein Verschwinden eigentlich mitbekommen?" Im Grunde wollte ich das nicht wissen, sondern nur, ob ihr Mann mich am Ende erkannt und sich ihr gegenüber dazu geäußert hatte.

„Es ist mir so peinlich, Frank." Sie legte eine Hand flach auf meine Brust, als wollte sie ihre Peinlichkeit auf mich übertragen. Ich hoffte nur, dass ihr Mann uns jetzt nicht so sah. Als ich auf ihre Hand schaute, nahm sie sie wieder weg. Ihre Lider sanken schuldbewusst, es kam unauthentisch bei mir an. Neles Wangen hatten einen roten Schimmer bekommen. Sie sagte: „Ich war eingeschlafen, und später ... warst du schon gegangen."

Ich sagte: „Das TV-Programm langweilte mich. Und ich brauche wohl nicht extra zu erwähnen, dass die Begegnung mit deinem Mann, während du nackt auf dem Sofa lagst, nicht gerade vertrauensbildend war."

Nele nippte am Glas, sah mich über den Rand an und redete drauflos, ihr Ton war auf einmal gereizt. „Oh, ja, das, das ... Ich konnte ja nicht ahnen, dass Jan schon so früh nach Hause kommt." Bei diesem Licht zeigte sich ein dünnes Netz von Falten oberhalb ihrer Lippe.

„Hatte Jan noch etwas gesagt?"

„Kein Wort." Pause. Sie trank. „Aber diese Grabesstille kann quälend sein, Frank", kam kraftlos aus ihr heraus. Sie blickte zur Seite. Ich folgte ihrem Blick zu ... Jan Gronewold. Ich öffnete meinen Mund, aber Nele kam mir wieder zuvor. „Ich befürchte nur, dass er irgendetwas gegen dich einfädelt. Aber was, das sagt er mir natürlich nicht." Ihr Blick wurde zunehmend nervös, wich mir aus.

Ich versuchte Augenkontakt mit ihr zu bekommen. „Mach dir keine Gedanken um mich, das ist mein Problem. Ich hatte bei euch wirklich nichts zu suchen." Genau genommen suchte und fand ich bei Gronewolds jede Menge, aber das sagte ich ihr nicht. Meine Augen folgten ihrem Jan, wie er sich aus der Menge löste und den Ausstellungsraum durchschritt. Er war wieder tadellos gekleidet, dunkelgrauer Anzug, mit offenem Kragen, heute unrasiert. Er kam mir hagerer und abgekämpft vor, die Augen aber noch voller Kampfgeist. Er warf einen kurzen Blick über die Schulter und verschwand hinter einer Stellwand.

„Wenn du meinst ...“, sagte Nele dünn und klammerte sich weiter an ihr Sektglas, das sie mit schnellen, hastigen Schlucken leerte. Wir sahen uns schweigend an, während sie ihren Körper auf den anderen Fuß verlagerte. Ihr Gesichtsausdruck wirkte resigniert, sie brach das Schweigen: „Es war schön, dich wiedergesehen zu haben, Frank. Und dass wir uns gestern so ausführlich unterhalten konnten, tat mir wirklich gut. Mir war nicht klar, wie sehr ich dich vermisst hatte.“ Sie lächelte wieder ihr offenes Lächeln, aber nur für Sekundenbruchteile. Wenn man blinzelte, verpasste man es womöglich.

Ich leerte auch mein Glas und sagte: „Es ist ein unglaublicher Zufall, dass wir uns nach all den Jahren wieder über den Weg gelaufen sind. Ein weiteres Kapitel im Buch der Denkwürdigkeiten.“

Sie beugte sich vor und gab mir einen angedeuteten Kuss auf die Wange. „Leb wohl, Frank!“, flüsterte sie mir ins Ohr und wandte sich ab. Nele mischte sich wieder unter die Gäste. Unmittelbar darauf kam Gronewold wieder zwischen den Wandelementen hervor. Seine rechte Hand hielt er geschlossen, während die linke offen an ihm herabhing. Mein Blick sprang in schnellen Wechseln zwischen der Fotografie einer blühenden Distel und Jan Gronewold hin und her. Als ich sicher war, dass er mich auf diese Distanz nicht weiter beachten würde, behielt ich ihn im Blick. Gronewold bewegte sich schlaksig und gut gelaunt, ganz der Sonnyboy. Er näherte sich Fenja, allerdings auf Umwegen. Er umschiffte kleine Grüppchen Kunstbeflissener, um zu dem ein oder anderen Bild einen geistreichen Kommentar abzugeben. Ich hörte ihn breit und dröhnend lachen. Er war Schauspieler, und ich wusste etwas über ihn, das mir jeden Beifall verbat. Wenige Sekunden später ankerte er hinter Fenja, er drehte sich um, sodass sie Rücken an Rücken standen, niemand beachtete die beiden. Ich sah, wie seine geschlossene Hand sich ihrer näherte, ihr einen gefalteten Zettel zusteckte – ganz ohne digitale Spuren. Dann ging er weiter zur Garderobe, zog sich den Mantel über und verließ die Galerie, nachdem er sich von Nele verabschiedet hatte. Eines musste ich ihm lassen, Manieren hatte er.

Ich übersprang ein paar Bilder, näherte mich dem schmalen Durchgang zwischen zwei Wandelementen, durch den Jan Gronewold eben in den Nebenraum gelangt war. Dahinter ein Schreibtisch im Halbdunkel, diverse Getränke und Snacks standen für den Nachschub bereit. In einem unbeobachteten Moment machte ich es wie Gronewold, ich schlüpfte hindurch. Auf dem Tisch lagen auch Schreibutensilien wie Kugelschreiber, Bleistifte und Fineliner in einem Becher, daneben eine Box mit Notizzetteln. Ich stellte das Glas ab, nahm den obersten Zettel aus der Box und hielt ihn schräg gegen das Licht. Ein paar durchgedrückte Buchstaben, aber schlecht zu entziffern. Ich legte die Notiz auf den Tisch, nahm einen Bleistift und schraffierte den Zettel mit schrägem Stift. Als Nächstes hielt ich die Notiz wieder gegen das Licht. „Nordstern, achtzehn Uhr" war darauf zu lesen. Nanu? Jan Gronewold lud Fenja Groothuis zu einem Date ins ehemalige Hotel ein? Ein Geschäftsessen konnte ich ausschließen, die Hotelküche dort war kalt wie ein verlassener Außenposten in der Antarktis. Den Zettel steckte ich ein, ließ das Glas stehen und mischte mich wieder unter die Leute. Während ich mir weiter die Fotos anschaute, ging mein Gehirn diverse Möglichkeiten durch, was ich mit der Information anfangen konnte. Was wusste ich über Fenja? Sie war beruflich bedingt Teil jener Schnittmenge, die Dr. Jacobs mit Pfarrer Sander verband und im weiteren Sinne auch das St.-Ludgerus-Hospital mit der Kirche. Nun stieß auch noch Jan Gronewold dazu. War Fenja tiefer in diese Konstellation verstrickt, als ich es vermutet hatte? Womöglich ließe sich das klären. Ich wusste jetzt, wo das ehemalige Hotel Nordstern war. Am Tag meiner Ankunft inspizierte ich es, während Antje trotz einsetzenden Schneefalls vor dem alten Gebäude geduldig auf mich wartete. Und von Sabine Bakker wussten wir, dass das Hotel als Liebesnest genutzt und bei Bedarf von Jan Gronewold zur Verfügung gestellt wurde. Heute war er offenbar sein eigener Kunde, aber das mit Fenja war eine unangenehme Überraschung.

Die Uhr zeigte sechzehn Uhr fünfundvierzig. Bis zum Treffen um achtzehn Uhr blieb noch etwas Zeit, um mich im Nordstern umzusehen und eventuell einen Horchposten dort einzurichten. Diese Chance durfte ich nicht ungenutzt lassen.

Kapitel 16

Fenja war in ein Gespräch mit Frau Jacobs vertieft. Ich wartete, bis die Intensität ihres Gesprächs augenscheinlich nachließ. Ich trat näher und verabschiedete mich von Fenja, sie nahm die Gelegenheit wahr, stellte mich ihrer Förderin vor. Frau Jacobs wirkte ruhig, beunruhigend ruhig. Ihre Bewegungen und Reaktionen kamen verzögert, sie wirkte wie ruhiggestellt. Ihr Blick ging durch mich hindurch, und ich bezweifelte, dass sie meinen Namen überhaupt registriert hatte. Ich sagte etwas Positives über die Ausstellung, entschuldigte mich, zog meine Jacke über und verließ die Galerie. Draußen schneite es in dicken Flocken, der Schnee knarzte unter den Füßen. Die Straßen waren fast wie ausgestorben, die Geräusche gedämpft. Das Tageslicht erstarb in einem fleckigen Grau, und als ich in die Luisenstraße einbog, erhob sich der alte Hotelbau mit blinden Fenstern dunkel und leblos. Die Straßenbeleuchtung war noch nicht angesprungen. Ich blieb stehen, sah mich nach allen Seiten um, schaute zu jedem Fenster, von dem man mich hätte beobachten können. Niemand war zu sehen, niemand schaute heraus, niemand spielte Else Kling. Viele Wohnungen schienen unbewohnt, ein Straßenzug im Dornröschenschlaf. Ich begab mich wieder auf die Rückseite des Hotels, und wieder ließ ich meinen Adlerblick schweifen. Dieses Mal sollte mir eine Bemerkung des Nachbarn erspart bleiben – die oberen Ränge waren leer. Auf Anhieb fand ich das Kellerfenster, näherte mich ihm, sah mich noch einmal um und beugte mich hinab. Auf dem Gitter lag ein dicker Stein, ich kullerte ihn beiseite, der war kalt und glitschig wie ein Poggenbauch. Das Gitter war zwar unverschlossen, aber angefroren. Mit einem kräftigen Ruck hatte sich das erledigt, ich zog es hoch, schob es beiseite, ließ mich den Lichtschacht hinab, stieß mit dem Fuß gegen das Fenster, aber es sprang nicht auf. In der rechten oberen Ecke fehlte ein Stück Glas, ich langte vorsichtig hindurch und bewegte den Griff senkrecht, der Rest war kein Problem. Etwas umständlich bewegte ich mich abwärts, konnte aber nicht sehen, wo meine Füße landen würden. Ich hoffte nur, nicht den Raum mit dem Hotelpool erwischt zu haben. Ich hielt mich am Fensterrahmen fest, plötzliches Gezeter und Geraschel unter mir. Die Ratten nahmen reißaus. Nur noch wenige Zentimeter, und die Erde hatte mich wieder. Ich streute eine Prise LED-Licht aus dem Smartphone in den hell gefliesten Raum mit rost- und dreckverschmierten Stellplätzen für Waschmaschinen. Vielleicht die ehemalige Wäscherei des Hotels. Als Nächstes trat ich einen Erkundungsgang durch die Katakomben des Hauses an, schaute hinter jede Kellertür. Da waren Werkstatt, Trockenzimmer, Heizungsraum, Umkleide- und Aufenthaltsräume und zwei winzige Schlafzimmer, vielleicht

Unterkünfte fürs Personal. Hier unten war es totenstill. Keine Hausgeräusche, kein Knarren, kein Quietschen, nicht einmal Rutschen in verborgenen Rohren, keine vorbeifahrenden Autos auf der Straße, kein Wind, der an der Hausfassade zerrte, nicht mal mehr Ratten, allein mein eigener Herzschlag. Es ging weiter, ich suchte nach dem Treppenaufgang. Am Ende einer Abzweigung links gelangte ich an eine Metalltür – die einzige Tür, die verschlossen war. Die massive Zarge forderte mich heraus. Ich ging zurück in den Werksraum, suchte nach einer Brechstange oder ähnlichem Kram. Ich fand den Kuhfuß an einen Schrank gelehnt, packte ihn und spazierte zurück. Das Drücken auf den Lichtschalter brachte leider nichts, darum positionierte ich das LED-Licht des Handys schräg an der Wand, um wenigstens dieses Licht nutzen zu können. In meinem Rücken war es stockdunkel. Ich setzte den Kuhfuß der Reihe nach an allen vier Seiten an, um einen Schwachpunkt der Tür auszumachen. Den gab es nicht, aber es war eine Metalltür aus den Achtzigerjahren, veralteter Standard. Die kurze Krümmung der Stange setzte ich am unteren Türspalt an und trat auf den langen Steg. Die Tür ließ sich minimal anheben. Diese Prozedur wiederholte ich auf allen vier Seiten, um die Scharniere zu lockern. Als Nächstes setzte ich die Stange direkt am Schloss an, ich bog sie mehrere Male, um Riegel und Türzarge zu lockern. Die Tür bewegte sich, nun das Finale. Ich setzte die Stange erneut ans Schloss, zog voll durch und trat mit voller Wucht dagegen. Der Riegel sprang aus dem

Blech, die Tür flog mit lautem Getöse auf, die Stange knallte hart auf den Betonboden, ohrenbetäubendes Scheppern. Die unerwartete Wucht warf mich für einen Augenblick aus dem Gleichgewicht. Beinahe wäre ich auf den harten Beton geknallt, konnte meinen Sturz aber an der Wand abfedern. Schnaubend konzentrierte ich mich auf meine Atemzüge, sie liefen wieder rund. Ich nahm das Handy wieder an mich, trat in den Raum und probierte den Lichtschalter. Zwei kalte Neonröhren flackerten auf. Es war ein kühler Raum mit fleckigen Wänden. Fünf große, weiße Kisten standen herum, sonst nichts. Es waren Kühltruhen. Die Aggregate zeigten keinerlei Lebenszeichen, waren nicht in Betrieb. Die Truhen standen da wie Särge für Übergewichtige. Diese Assoziation ließ mich erschaudern – nicht noch eine Leiche! Ich näherte mich der ersten Truhe, fasste unter den Griff, der Deckel ließ sich nicht öffnen. Ich setzte die Brechstange an, drückte sie mit ganzer Kraft herunter. Der Deckel sprang auf. Der Anblick, der sich mir bot, war nur ein weiteres Puzzleteil in dem Gefüge, meine Überraschung hielt sich in Grenzen. Ich starrte auf eine hübsche Ansammlung Pan-Am-Taschen.

„Lange nicht gesehen, Freunde“, sagte ich leise. Mein Verdacht, dass Gronewold hinter dem Kokainhandel steckte, erhärtete sich gerade. Erst das Familienanwesen am Nordstrand als Umschlagplatz, jetzt das Basislager Nordstern-Hotel, über das Gronewold die Schlüsselgewalt hatte. Aber darum sollte sich Deeken kümmern. Bei Gelegenheit würde ich es ihm unter die Nase reiben.

Hier unten hatte ich alles gesehen, bis auf den Treppenaufgang, am rechten Ende der Abzweigung. Ich stapfte die Stufen zur Lobby hinauf. Gegenüber fiel noch etwas Tageslicht durch den ehemaligen Haupteingang. Der Schnee ließ das Innere des Hotels heller erscheinen. Gespenstische Stille in den mintgrünen Fluren des Erdgeschosses. Ich ging zum Empfangstresen mit schwarz-weißem Schachbrettmuster und lachsfarbenen Art-déco-Applikationen.

In einem der unteren Regalfächer lag ein abgewetztes Gästebuch, ich blätterte darin, fand aber nichts Aufregendes. Zwischen der vorletzten und der letzten Seite lagen Zeitungsausschnitte und handschriftliche Hotelbewertungen aus besseren Tagen, als wären sie aus einem älteren Gästebuch herausgerissen worden. Ich überflog die Zeitungsausschnitte aus dem Giftschrank des Hotels. Zum Ende hin kam das Haus wohl aus den Negativschlagzeilen nicht heraus: verdreckte Räume, vernachlässigter Pool, Schimmel in der Sauna. Ich klappte das Buch zu, legte es zurück, setzte meinen Rundgang fort. Es ging weiter über die breite Treppe, ich wollte hinauf bis ins Dachgeschoss, aber das war nicht mehr möglich. Die letzten Stufen waren versperrt von Schutt, Dämmmaterial, Ziegeln und Dachbalken, als sei das oberste Stockwerk bei einem der letzten Stürme in sich zusammengestürzt. Der Zugang war mit Folie versiegelt worden. Ich stieg das halbe Stockwerk wieder hinab, hörte das Echo meiner eigenen Schritte – oder waren es Schritte anderer? Ich blieb stehen und horchte.

Das Echo verstummte, ich spähte die Treppe hinunter, niemand zu sehen. Im dritten Stock bog ich rechts auf einen Korridor, nahm alles in Augenschein, wanderte durch die Gänge, blickte in fast jeden Raum. Ich verzichtete darauf, das Licht einzuschalten, das LED-Licht in meiner Hand reichte aus. Türkisblaue und pinke Wandverkleidungen mit Flamingo- und Palmenmotiven ließen mich in der Zeit rückwärts und durch ein riesenhaftes Poesiealbum der Achtzigerjahre wandern. Die Atmosphäre war bedrückend, die Luft abgestanden, die fleckige Auslegeware in den Korridoren mittig ausgetreten, und das war noch das Angenehmste, was man dazu sagen konnte. Zwar kam mir niemand mit einer Machete entgegen, aber es hing der Geruch von Verfall und Schimmel in der Luft, der das Atmen schwer machte. In einem Zimmer der süßlich-saure Geruch von Erbrochenem, jemand hatte in Neongelb „Dieter Forever" neben einem Poster von „Modern Talking" an die Wand gesprayt, als böse Vorahnung. In den nächsten drei Zimmern hausten offenbar Obdachlose oder Hausbesetzer. Leere Plastikflaschen, fettverschmierte Zeitungsseiten, Brotkrumen, Plastikverpackungen von Käse und Wurst, leere Raviolidosen. Ich schaute nur kurz hinein und ging weiter. Die Tür des nächsten Zimmers hing schief in den Angeln, es mochte eine Unterkunft für Saisonkräfte gewesen sein, schlichte Möblierung, ein hoher Tisch aus den Sechzigern mit Messingfüßen, ein verbeultes Sofa, drei Holzstühle, eine verschrammte Kommode und ein Schrank aus furnierter Spanplatte. An den vergilbten Wänden hingen kaum Bilder, außer einem Schaltplan für Breitbandfernsehen von der Bundespost mit dem Konterfei des Bundespostministers Schwarz-Schilling, an drei Heftzwecken befestigt, die rechte Ecke hochgerollt. Alles reif fürs Museum.

Am Ende des Korridors links ein heruntergekommener Hauswirtschaftsraum mit Spül- und Waschmaschine, Teeküche und einem schmalen Gang in ein Büro. Verschlissenes Linoleum auf dem Fußboden, weiß gestrichene Holzvertäfelung an den Wänden. Die Farbe hatte mittlerweile vor dem Schmutz kapituliert, und das Duftbäumchen, das in der Lage gewesen wäre, den üblen Geruch zu überdecken, hätte die Größe einer Nordmanntanne haben müssen. Die Vertäfelung setzte sich nebenan im quadratischen Büro fort, auf dem Boden ein nicht mehr ganz junger, schlammgrüner Teppichbelag. In der Mitte ein Schreibtisch und drei braune Aktenschränke, voll mit Norderneyer Luft, nichts weiter. Der Anstrich zwischen den beiden Schränken sah frischer aus als an anderen Stellen. Ich stand davor und drückte sanft gegen die Wand, dann etwas kräftiger. Mit einem leisen Quietschen öffnete sich ein Durchgang in der Vertäfelung. Ich schob die Tür weiter auf. Rechts ein Lichtschalter, den ich drückte. Ein Strahler leuchtete von der Decke herab. Das Zimmer war nicht fensterlos, aber das Fenster war mit einer Hartfaserplatte verrammelt. Die Größe des Raumes war mit der anderer Hotelzimmer vergleichbar. In der Mitte stand ein französisches Einzelbett, links an der Wand ein massiver Kleiderschrank, rechts davon eine Kommode, darauf eine große, runde Glasvase mit einem Strauß langstieliger Rosen, die frisch aussahen. Der Raum wirkte ebenso frisch und, für die Verhältnisse hier, freundlich und sauber.

Auf einmal hörte ich von unten ein „Rrrrrums". Verflixt! Ich hatte nicht auf die Zeit geachtet, meine Uhr zeigte kurz nach achtzehn Uhr. Ich lief zurück in den Korridor und lauschte. Ein kicherndes Pärchen kam die Stufen hinauf. Ich lief zurück ins Büro. An- und abschwellendes Gegluckse und Gelächter auf den Gängen, ich zog mich weiter ins separate Schlafzimmer zurück, drückte leise die vertäfelte Tür zu und schaute unters Bett, aber da passte ich nicht drunter. Ich öffnete den Kleiderschrank, der war leer, also stieg ich hinein und stieß mit dem Kopf an eine Kleiderstange aus Messing. Die nahm ich kurzerhand aus der Halterung, stellte sie an die Rückwand und zog die Schranktür hinter mir zu. Mir fiel ein, dass ich vergessen hatte, das Licht zu löschen – es war zu spät. Im selben Augenblick hörte ich, wie die verborgene Tür sich quietschend öffnete. Darauf folgten lautes Lachen und ein erstaunter Ausruf: „Nanu, du hast ja schon alles vorbereitet, sogar das Licht ist schon an", sagte die weibliche Stimme, es war Fenjas.

„Hm, das ... ich dachte, ich hätte es ausgeschaltet ..." Es war Jan Gronewold – eindeutig!

„Ist egal jetzt ...", sagte Fenja. Sie lachte ein heiseres Lachen, aber es verebbte, niemand sagte mehr etwas.

Ich wurde unruhig, rechnete jede Sekunde damit, dass die Schranktür aufgerissen wurde und ich das passende Hemd herausreichen sollte, aber nichts dergleichen geschah. Stattdessen kurzes Getöse, Schuhe flogen gegen Wand und Schrank. Mir setzte für einen Moment das Herz aus. Ich hörte gepresste Laute und Gekeuche, vermischt mit Schmatzern. Unmittelbar darauf albernes Gequieke und ein grunzender Laut. Sie waren vermutlich dabei, sich die Klamotten vom Leib zu reißen. Gronewold und Fenja hatten sich aufs Bett geworfen, Metallfedern quietschten. Ich hörte sie hecheln und lecken, stimmhaftes Atmen nach leidenschaftlichen, unvollendeten Sätzen. Sie knutschten munter drauflos, atemlos, ausgehungert, animalisch, keine Atempause für sinnige Dialoge, ausschließlich ekstatische Ausrufe. Das Bett ächzte in Intervallen, es bewegte sich stoßweise durch den Raum. Ich kam nicht umhin, den Zirkus geduldig abzuwarten, mit der Aussicht, am Ende mit neuen Informationen nach Hause gehen zu können. Es wurde hektischer. Die beiden trieben gemeinsam auf das Finale zu, ein letztes Aufstöhnen ...

Ruhe kehrte ein, und bei mir machte sich ein Krampf in der Wade bemerkbar. Es fiel mir zunehmend schwerer, bewegungslos in der schiefen und geduckten Haltung zu bleiben. Ich verlagerte meinen Schwerpunkt auf den anderen Fuß. Es gelang fast geräuschlos, aber es knarrte.

Fenja fragte: „Wie hat dir die Vernissage gefallen?“ Eine Pause. Ein Feuerzeug schnippte.

Gronewold antwortete: „Gelungen. Den Leuten hat's gefallen! Sag mal, hast du das eben gehört?"

„Was denn?", fragte sie schnell.

„Na, dieses Knarren vorhin? Es kam von da."

„Nee, da war nichts", sagte Fenja, sie ließ ein paar Sekunden verstreichen. „Jan, worüber denkst du nach? Irgendwie bist du ... abwesend, nicht ganz bei der Sache. Bedrückt dich was?"

Er sagte: „Gestern bekam ich einen Anruf von meinem Geschäftsfreund, mit dem ich die Firma aufgebaut habe."

„Gibt's Probleme?" Die Frage kam undeutlich. Vielleicht zog sie sich an.

„*Er* hat ein Problem, aber es könnte auch zu meinem werden. Er erzählte, jemand aus der Stadtverwaltung habe ihm gesteckt, das LKA habe sich über uns erkundigt. Es gab wohl eine offizielle Anfrage beim Handelsregister."

Sie lachte auf. „Das LKA? Und was versprechen die sich davon? Du hast doch nichts verbrochen – eigentlich bist du ein ganz Lieber, abgesehen von den Phasen, wo du es nicht bist."

Gronewold war anscheinend nicht zum Lachen aufgelegt. Mürrisch fragte er: „Sag mal, kennst du diesen Typen Gerdes, der hier seit ein paar Tagen herumgeistert? Gestern Abend war der bei Nele, die beiden waren wohl mal ein Paar, als Nele noch in Hamburg lebte."

Fenja stutzte. „Echt jetzt? Das wusste ich ja gar nicht. Frank Gerdes ist ein Freund von Antje Meiners."

„Meiners? Muss ich die kennen?“ Jan Gronewold machte eine Kunstpause, Fenja antwortete nicht. Vielleicht schüttelte sie mit dem Kopf, keine Ahnung. Gronewold ließ das anscheinend keine Ruhe. „Heute war dieser Gerdes sogar bei deiner Vernissage. Kennst du ihn näher, was will der Knabe hier?“

„Ich hatte ihn dazu eingeladen, weil er ein netter Kerl ist. Mach dich nicht verrückt, der ist harmlos. Antje meinte, dass er schreibt. Über Kultur und Kirche auf Norderney und so ’n Zeug. Genau weiß ich das nicht mehr.“

Ich lächelte in mich hinein, Fenja hatte soeben meine wahren Absichten kaschiert – das rechnete ich ihr hoch an. Es war wohl Gronewold, der Nikotin inhalierte, der Qualm zog durch die Ritzen des alten Schranks.

„Ich traue dem nicht. Werde ihn mir mal vorknüpfen“, sagte Gronewold. „Erst fliegt das Lager auf, meine Leute müssen türmen, dann finden die Bullen eine Leiche in unserem Teich. Keine Ahnung, wie die da reinkam. Tage später ist der Gerdes in meinem Haus, und jetzt die Anfrage vom LKA. Ziemlich viele Auffälligkeiten in den letzten Tagen.“

„Welches Lager meinst du, und welchen Teich? Euer Haus hat doch gar keinen Teich“, fragte sie hörbar misstrauisch. Sie wollte der Frage noch etwas hinzufügen, er aber unterbrach sie.

„Ach, vergiss es“, brummelte er.

Fenja seufzte tief, sie hakte nach: „Meinst du, Frank und Nele haben noch was miteinander?“

Er klang genervt. „Ach, für dich ist er schon Frank?"
„Was geht es dich an? Nerv mich nicht!"

Als er fortfuhr, klang seine Stimme unsicher. „Ist ja schon gut, ich bin nur vorsichtig geworden. Überleg mal. Im Dezember wurde Pfarrer Sander umgebracht, im Januar Doktor Jacobs. Ich glaube, das hat etwas mit einer alten Sache zu tun ... die ist fast dreißig Jahre her."

Fenja reagierte nicht sofort, sie räkelte sich oder war immer noch dabei, sich anzuziehen. Auf einmal sagte sie: „Ja, und? Da warst du doch erst zwanzig oder so. Und da war dein Body bestimmt noch ganz stramm." Sie klatschte ihm mit der flachen Hand auf den nackten Körper und kicherte.

Die Besorgnis in seiner Stimme blieb. „Ich war neunzehn ... ja, das stimmt." Stille. „Aber alt genug für ... Dummheiten."

„Solche Dummheiten wie jetzt?" Sie küsste ihn irgendwohin, ich hörte es schmatzen.

„Und noch schlimmere." Weiter sprach Gronewold nicht, aber es hatte den Anschein, als warte Fenja auf etwas, das Gronewold ihr beichten wollte. Ich hörte gespannt zu, während der Krampf in meiner Wade trotz Entlastung immer stärker wurde. Vorsichtig richtete ich mich auf.

Gronewold lieferte nach, er stammelte: „Damals ... im Sommer 89, du ... kanntest Julia doch auch, Julia Heymann meine ich ..."

Plötzlich rutschte die Messingstange hinter mir. Sie knallte scheppernd auf den leeren Schrankboden. Mist, verdammter! Ich hockte da wie angewurzelt und überlegte, was zu tun war. Wenn ich wenigstens mit den ersten Kritiken von der Vernissage hätte aufwarten können ...

Die Entscheidung wurde mir abgenommen, wenn auch nicht so, wie ich es mir gewünscht hätte. Die Schranktür wurde aufgerissen.

„Du schon wieder, Arschloch!?!“, brüllte Gronewold.

Eine Stahlfaust kam geflogen, ein Knall und der Schrank füllte sich mit Sternenstaub. Ich sauste ab in eine tiefe Dunkelheit, dunkler als jede noch so schwarze Nacht.

Kapitel 17

Ich erwachte aus einem traumlosen Schlaf, ob kurz oder lang, ich hatte keine Ahnung. Flackernde Augenlider und kalter Schweiß auf meinem Gesicht. Mein erster Gedanke war, dass es überall schmerzte, der zweite, der Raum war zu klein für meinen Kopf. Das Zimmer drehte sich um mich, und ich mich im Zimmer. Meine Beine lagen verknotet im Schrank, der Oberkörper verdreht auf dem Boden. Der obere Teil meiner Wange brannte von dem Schlag, mein Gesicht war gelähmt. Ich blickte an die Decke, sie hing schief über mir, die Wände zitterten wie in einem Film, der gerissen war. Licht blendete, ich schloss die Augen. In meinem Kopf steckte eine alte, ölverschmierte Wolldecke. Sie war voller Löcher, durch die der Nebel dumpfer Erinnerungen zog. Ich war in dieser Bruchbude von Hotel, in dem geheimen Zimmer, der grobe Jan war da und verpasste mir eins. Ich versuchte aufzustehen, entknotete die Beine, stützte mich ab, kam auf die Knie und richtete mich vorsichtig auf. Die Wände waren unnatürlich nah, der Raum wurde immer kleiner. Ich setzte mich wieder hin. Alles, was ich hörte, war das Blut, das in meinen Ohren rauschte, und ich hörte mich selbst atmen, in schweren, keuchenden

Zügen, so, als wäre ich zu schnell einen Berg hinaufgerannt. Meine Gedanken begannen zu kreisen. Ich stand langsam auf und machte vorsichtig ein paar Schritte vorwärts, unsicher, ob meine Beine mich tragen würden. Mein Schädel beruhigte sich, und was ich sah, war unerträglich. Blut! Blut überall! Blut am Bettgestänge, Blut auf dem Fußboden. Was zum Teufel ...? Auf dem Bett lag jemand, ein Mann, er war nackt, es war ... Jan Gronewold! Die Kehle durchtrennt, Glied und Hoden abgeschnitten. Die Genitalien lagen neben dem Körper, ertränkt in einem See aus Blut. Gronewolds Augen waren geöffnet, nach hinten verdreht, der Blick gebrochen. Sein Gesicht war wie eine zerbeulte Konservendose, die Konturen hart wie durch eine Foto-App gejagt. Ich hörte ein rasselndes Geräusch. Das Zimmer war von meinem eigenen, keuchenden Atmen erfüllt. Ich verspürte heftiges Sodbrennen, und das kam nicht vom Essen her. In meinem Mund machte sich ein galleartiger Geschmack breit und ich merkte, wie mein Magen rebellierte. Wo war Fenja? Ich ging zur anderen Seite des Bettes, da war sie nicht. Ich schaute unter das Bett, auch dort nicht. Entweder war sie Täterin, oder sie war dem Mörder rechtzeitig entkommen oder es hatte sie anderswo erwischt. Ich setzte mich auf den Boden, zog mein Smartphone aus der Jackentasche, drehte es richtig herum und wählte Deeken an. Das Klingelzeichen war zu hören. Ich saß zusammengekauert und mit der Schulter ans Bett gelehnt, hielt das Handy mit verzweifelter Geduld. Ich versuchte meine

Gedanken zu ordnen, bis Deeken nach sechs- oder siebenmal Läuten abnahm.

„Deeken, du musst kommen!“, sagte ich nur.

„Wo zur Hölle ... wo steckst du? Wenn du Privataudienz willst ...“

„Gronewold ist tot ...“, fuhr ich ihm dazwischen, meine Stimme versagte. Ich atmete tief ein und sagte: „Er ... wurde ermordet. Hotel Nordstern, dritte Etage, ganz hinten links, im Büro.“ Ich hatte das Gefühl, als spräche ich durch Kristall, aber es waren die Nerven, die flatterten.

Deeken erlöste mich: „Sind unterwegs.“

Ich blieb einfach hocken, ließ den Arm sinken und starrte auf das Smartphone. Plötzlich zuckte ich heftig zusammen, für ein paar Sekunden war ich eingenickt. Martinshörner. Sie klangen wie die Posaunen von Jericho, die zu einer weiteren Tatortbesichtigung bliesen. Wie viele würde es noch geben? Ich schloss die Augen, und als ich sie wieder öffnete, war auf einmal Deekens rundes Gesicht vor mir.

Als er sah, dass ich auf Empfang geschaltet hatte, richtete er sich auf und sagte an Vaske gerichtet: „Herrgott, wie sieht's denn hier aus?“ Er schaute wieder mich an.

Ich fühlte mich wie von einer Schiffsschraube gequirlt, aber das sagte ich ihm nicht, dafür interessierte er sich nicht.

Vaske stand neben der Tür, hielt sich den Arm vor die Nase, traute sich keinen Schritt näher. „Vielleicht sollten wir auf die Kollegen warten“, schlug er vor.

„Kollegen? *Wir* sind die Kollegen, Vaske!“, ereiferte sich Deeken. „*Wir* sind die Mordkommission! Auf wen willst du denn warten?“

Ich streckte Deeken meinen Arm entgegen, er ergriff meine lasche Hand, zog mich hoch und sagte: „Lass uns nach nebenan gehen, Gerdes.“ In kleinen Schritten folgte ich Deeken ins Büro, Vaske blieb. Wir setzten uns auf Wippstühle aus billigem Kunstleder und Edelstahlgestänge. Zwischen uns ein Schreibtisch mit schwarzer, verkratzter Tischplatte und einem Filzflokati darauf. Der Notarzt kam, legte mir eine Blutdruckmanschette um und fragte nach meinem Wohlergehen. Auf Menschen, die mich behandelten, als hätte ich ein Recht auf Leben, war ich nicht gefasst. Ich befühlte meine Platzwunde oberhalb der Stirn. Erfreulicherweise war sie nicht erneut aufgeplatzt. Ein Sanitäter gab mir etwas zu trinken. Ich beantwortete brav alle Fragen, ließ die Prozedur über mich ergehen und schloss für einen Moment meine mit Sandpapier hinterlegten Lider.

Deeken fragte: „Kann ich dir auch ein paar Fragen stellen oder brauchst du noch etwas Wellness?“

Ich sah ihn an, seine mausgrauen Augen ruhten auf dem ganzen Geschehen, und er wartete ungeduldig darauf, seine Fragen auf mich abfeuern zu können.

„Mir ist speiübel“, sagte ich nur.

„Das kann an dem Schuppen hier liegen.“ Er blickte zur Decke und zu beiden Seiten des Raumes. „Schimmel und so ’n Zeugs.“ Er schob zweimal mit der Handkante über die Tischplatte, dicke Staubschichten fielen zu Boden, wir husteten, der Filzflokati war größtenteils verschwunden. Deeken legte sein Handy auf den Tisch und zeigte auf mein Gesicht. „Du hast einen ordentlichen Wumms in die Fresse gekriegt. Das gibt ein schönes Veilchen da unterm Auge."

Ich betastete die geschwollene Stelle, sie schmerzte höllisch. Der Notarzt gab mir ein Kühlpad in die Hand, das ich auf die Schwellung legte.

Er sagte: „Nach Möglichkeit sollten Sie das heute noch röntgen lassen."

Ich blickte Deeken fragend an, er schaute auf die Uhr und sagte: „Na ja, *heute* schaffen wir das nicht mehr, es ist kurz vor Mitternacht. Aber ich fahre dich gleich in die Klinik."

Die Sanitäter und der Arzt zogen ab, dafür näherten sich die Mitarbeiter der Mordkommission dem Tatort, vermutlich aus Aurich. Gut gelaunte Beamte in weißen Schutzanzügen. Gerätekoffer und Scheinwerfer wurden fröhlich plaudernd hereingetragen, ausgepackt und installiert, als wäre es ein Ausflug auf der Ostfriesland-Route. Deeken schaute ihnen mit wachsendem Unbehagen nach, er mahnte, gefälligst ein paar Dezibel runterzuschrauben. Gleich darauf griff er in die Tasche seines Mantels, nahm ein Etui heraus und bediente sich an seinen Zigaretten. Er steckte sich eine in den Mund, die er aber nicht anzündete. Stattdessen schuckelte er damit herum. Hinter ihm war ein Fenster, das nicht abgedunkelt war. Ich sah den Schnee in dicken Flocken herabfallen.

Deeken betrachtete mich eingehend, er fragte: „Was hattest du hier zu suchen, Gerdes? Wenn wir uns nicht kennen würden, wärst du jetzt hochgradig verdächtig. Ich hoffe, das ist dir klar! Du genießt bei mir den Facharbeiterbonus, aber jetzt lassen wir mal das Gesetz ran." Er beugte sich mit gespanntem Oberkörper vor. „Dessen ungeachtet kannst du mir vielleicht mal erzählen, wie es zu dieser ... Metzelei gekommen ist?"

Das waren zwei relevante Fragen auf einmal, und es fiel mir schon schwer, den Sinn einer einzigen zu erfassen. Zudem beschlich mich das Gefühl, irgendetwas übersehen zu haben. Der Einfachheit halber begann ich von vorn, ausgehend von der Vernissage am Nachmittag. Es gab keinen Grund, ihm irgendetwas von dem zu verheimlichen, was hier passiert war. Meine bisherigen Ermittlungsergebnisse kannte er bereits und mein Bemühen, mehr über Gronewolds Hintergrund zu erfahren, auch. Ich gab den illegalen Einstieg ins Hotel zu, ich beschrieb den Kokainfund im Keller, und ich erzählte ihm von dem Versteckspiel im Kleiderschrank, als Gronewold und Fenja sich zu einem Schäferstündchen trafen. Deeken lachte lauthals. Und auf einmal wusste ich, was ich übersehen hatte: Fenja Groothuis! Mir schwindelte bei dem Gedanken, dass ihr etwas passiert sein könnte. Wo war sie? Was war mit ihr passiert? Ich setzte den Hauptkommissar auf sie an.

Deekens Finger suchten nach einem Feuerzeug, er gab sich gelassen: „Ach, wahrscheinlich verließ sie fluchtartig das Set, nachdem Gronewold dich außer Betrieb genommen hatte."

Ich teilte seine Gelassenheit nicht. Aufgebracht sagte ich: „Fenja Groothuis liegt womöglich irgendwo zwischen den Häusern und verblutet. Es wird allerhöchste Zeit, etwas zu unternehmen!" Ich gab ihm Fenjas Adresse. Zögernd griff er zum Handy, suchte nach ihrem Festnetzanschluss und rief sie zu Hause an. Deeken stellte auf „Mithören". Fenja meldete sich, sie gab sich unwissend, vielleicht war sie es auch. Ich atmete erleichtert auf, zumindest war sie am Leben. Deeken teilte ihr mit, dass er sie auf der Wache sprechen wollte, dazu würde sie in Kürze ein Streifenwagen abholen. Dann legte er auf.

„Zufrieden, Gerdes?", fragte er in einem Anflug von Selbstgefälligkeit. Er ließ kurz sein Wolfslächeln aufblitzen, lehnte sich zurück, brachte seinen Krebsstängel zum Glühen und rief Ralf Vaske zu sich. Zu ihm sagte er: „Vaske, nimm dir zwei Leute und schau mal im Keller nach, ob du noch weiteres Kokain in irgendwelchen Kühltruhen findest. Falls ja, lass die Umgebung von der Spusi absuchen. Ergebnisse checken, Kokain sicherstellen, Resultate sofort an mich."

Vaske hob zwei Finger an die Stirn. „Wird gemacht, Chef!" Er machte auf dem Absatz kehrt.

„Ich bin noch nicht fertig, Vaske!" Vaske drehte sich wieder herum. „Schick einen Streifenwagen in die Wedelstraße. Die Kollegen sollen Frau Fenja Groothuis auf die Wache bringen."

„Verstanden.“ Vaske zückte sein Handy, während er den Raum verließ. Ich kippte mit dem Stuhl etwas nach hinten und blickte durch die offene Tür ins Schlafgemach. Mit der Partystimmung war es vorbei, die Spusi war am Arbeiten und fast niemand sagte ein Wort. Das Team hatte den Raum in Zonen eingeteilt, die zunächst einer oberflächlichen Prüfung unterzogen wurden, um sich in einem letzten Abschnitt die Details vorzunehmen. Die Leiche wurde aus jedem möglichen Winkel fotografiert.

Ich drehte meinen Kopf zu Deeken. „Wo wir gerade beim Kokain sind, was ist mit den drei flüchtigen Kokainhändlern? Haben die zwischenzeitlich ihre Handys wieder eingeschaltet?“

Deeken zog eine Schublade auf, schnippte die Aschestange seiner Zigarette hinein und schob die Schublade wieder zu. Er sagte: „Das haben sie nicht, aber ich habe für morgen Vormittag einen Gerichtsbeschluss für eine Durchsuchung bei der Domus-Monitor erwirken lassen, und die wird unter diesen Umständen wohl auch auf das Privathaus der Gronewolds ausgeweitet werden müssen. Ganz klar.“

Ich begrüßte das und gab ihm den Tipp, auch Bonno Cornelius ins Fadenkreuz zu nehmen. Cornelius war keine Neuigkeit für ihn, aber er hatte sich offensichtlich noch nicht darum gekümmert, was er kaum verbarg. Ich erinnerte Deeken an die Pan-Am-Taschen, die ich in Cornelius’ Wohnung gesehen hatte, und an die Spur, die mich zu Gronewolds Anwesen an den Nordstrand geführt hatte. Ich erzählte Deeken noch einmal von der ominösen Aktenübergabe von Cornelius an Gronewold und davon, dass es sich dabei aller Wahrscheinlichkeit nach um die von Cornelius gestohlene Akte aus dem Privathaus Doktor Jacobs handelte. Und weil ich vermutete, dass Deeken das nicht ernst genug nahm, zog ich für ihn die Verbindung zum mutmaßlichen Kinderhandel, über den der ehemalige Krankenpfleger Bonno Cornelius vielleicht viel mehr wusste, als er zugab. Ein Fall für einen Verhörspezialisten, damit wollte ich ihn aus der Reserve locken. Es galt, einen riesigen Sumpf trockenzulegen, aber einen derart großen Feudel besaß ich nicht – das war Aufgabe der Polizei. Was mir Magenschmerzen bereitete, war die Tatsache, dass es keinen Zusammenhang zwischen Kinderhandel und den Morden gab. Jedenfalls sah ich ihn nicht, diesbezüglich trat ich auf der Stelle, und dafür war ich eigentlich hier – wegen Dr. Menno Jacobs. Ein Gespräch mit seiner Frau Gesa drängte sich geradezu auf, aber ich bezweifelte, dass es in ihrem derzeitigen Zustand etwas brachte. Und dann gab es noch etwas, das ich von Deeken wissen wollte: „Was ist mit dem Toten in der Plastiktonne? Was haben eure Ermittlungen ergeben?“

Deeken nickte knapp. Er sagte: „Ich lag mit meiner Vermutung schon ganz richtig. Der Tote war malaysischer Seemann, unter kolumbianischer Flagge unterwegs und über Bord gegangen. Vielleicht ist er sogar über Bord gegangen worden! Die Entsorgung könnte Teil der Geschäftsidee sein, als Zubrot zum

Kokainhandel. Das werden wir wohl erst wissen, wenn wir die Kerle eingebuchtet haben. Die Durchsuchung der Berliner Firma wird uns dabei auf die Sprünge helfen."

„Vielleicht", sagte ich. In meinem Kopf pochte es. Erneut stieg Übelkeit hoch.

Vaske kam zurück, war ganz außer Atem: „Chef! Im Keller! Da ist jede Menge Kokain!"

Deeken schaute entgeistert abwechselnd erst mich und dann wieder ihn an. „Ich sagte doch, Spuren sichern und dann die ganze Ladung ins Präsidium. Ich muss da jetzt nicht runter. Das Rheuma!" Vaske machte kehrt, Deeken rollte mit den Augen. Er vergrub die Hände tief in seinen Manteltaschen, schob das Kinn vor und machte den Eindruck, als wollte er zu einem Vortrag über Vaskes Arbeitsweise ansetzen, worauf ich aber keine Lust hatte.

Bevor er etwas sagen konnte, warf ich ein: „Heute Vormittag gab ich dir ein paar Daten, zwecks Alibiüberprüfung Keno Schnieder."

Deeken machte Rauchzeichen und hob abwehrend die Hände. „Das hatte sich ganz schnell geklärt, sein Alibi ist wasserlöslich sozusagen. Keno Schnieder starb am ...", er zückte sein Smartphone und wischte auf dem Display herum. „Er starb am 23. März 2011, infolge eines Karzinoms an der Bauchspeicheldrüse. Die Urne wurde eine Woche später während einer Seebestattung in der Nordsee beigesetzt, bis zu seinem Tod lebte er die letzten Monate auf Norderney."

Ich drehte das Kühlpad einmal um die eigene Achse und drückte es wieder gegen meine Wange. Diese schlechte Nachricht galt es erst einmal zu verdauen. Keno Schnieder, der Freund von Julia Heymann, wäre für mich als Verdächtiger infrage gekommen. Keno wäre jemand gewesen, der ein nachvollziehbares Motiv für derartige Vergeltungsaktionen hätte haben können – Rachefeldzug für die Demütigungen seiner Freundin Julia. Ich wusste mir keinen Rat mehr.

„Tja, das war's für heute ...", ich erhob mich langsam. Schwindel erfasste mich, ich hielt mich mit einer Hand am Stuhl fest.

Der Hauptkommissar blieb sitzen, drückte seine Zigarette in der Schublade aus und sagte in inquisitorischem Ton: „Eins noch, Gerdes. In Anbetracht der besonderen Umstände hier stellt sich mir die Frage nach deiner Beziehung zu Nele Gronewold-Hansen."

„Es wäre schade um den Sauerstoff", sagte ich so bissig, dass sich jede weitere Nachfrage verbat.

„Zieh Leine!"

Ich warf ihm das Kühlpad zu, drehte mich behutsam und trat durch die offene Tür in den Korridor, ich hielt inne, wandte mich wieder um und sagte: „Du wolltest mich zum Krankenhaus fahren?"

Deeken seufzte und erhob sich steif. Mit wackeligen Beinen und schwerem Kopf ging ich die Treppe hinunter, bis hinaus an die kalte Luft. Deeken kam hinterher. Ich spürte den Wind und die großen, nassen Schneeflocken in meinem Gesicht, hörte die vertrauten

Geräusche, die allmählich wieder in meinen Kopf einzogen. Der Schock, Gronewold so grausam zugerichtet gesehen zu haben, löste sich langsam auf. Bevor wir in Deekens BMW einstiegen, sah er mich über das Autodach hinweg an. Er sagte: „Wenn du kotzen musst, mach das besser jetzt!"

„Wenn ich die Fahrt über nicht in dein Gesicht sehen muss, wird's gehen."

Während der kurzen Fahrt sprachen wir kaum ein Wort miteinander. Er bekam einen Anruf. Fenja Groothuis war auf der Wache eingetroffen. Deeken setzte mich beim St.-Ludgerus-Hospital ab, er sagte: „Denk nach über das, worüber wir vorhin gesprochen haben. Wenn dir noch etwas einfallen sollte, melde dich."

Ich bemühte mich, euphorischer zu klingen, als ich mich fühlte, und sagte: „Hm."

Er drehte den Wagen und brauste davon, mit dem Handy am Ohr.

Eine halbe Stunde später wurde meine rechte Gesichtshälfte geröntgt – alles ohne Befund, und ich durfte nach Hause. Mein Magen knurrte, ich hätte einem Hund den Knochen klauen können. Unterwegs kehrte ich in eine Bar ein – keine Ahnung, wie die hieß –, goss mir für die nötige Bettschwere mehrere Scotchs hinter die Binsen. Ich klammerte mich an die Gläser wie an ein Paar Krücken, und eine Stimme neben mir sagte: „Mensch, du siehst aus, als hättest du eine Leiche gesehen." Mir liefen Tränen über die Wangen. War wohl doch ein bisschen viel heute.

Später trat ich aus der Bar, mich in alle Richtungen umblickend. Die Angst saß mir noch im Nacken, aber sie verblasste. Sie war aber noch nicht so blass, dass nicht ein wenig Misstrauen ausgereicht hätte, um sie wieder hervorzulocken. Der Wind kam scharf von der Nordsee herein und ließ mein Haar tanzen. Ich schlug den Kragen hoch, ging über die Straße. Bilder und Eindrücke spulten durch meinen Kopf wie in einem Zeitrafferfilm, während des kurzen Wegs von der Bar in Antjes Wohnung. Ich ging ins Bad, schaffte es bis vor den Spiegel und besah mir das Gesicht. Es kam mir bekannt vor. Unter dem heißen Schauer der Dusche sortierte ich meine Gedanken, ließ Revue passieren, was heute geschehen war, und fragte mich, warum ich noch lebte und Gronewold nicht. Die Karten waren neu gemischt worden, weitere Muster bildeten sich, neue Fragen taten sich auf: Wer hatte ein Interesse an Gronewolds Tod, stand sein Ableben in Zusammenhang mit den Morden an Pfarrer Sander und Dr. Jacobs? War Fenja darin verwickelt? Warum wurde Gronewold derart verstümmelt? Primär schienen sexuelle Motive dahinterzustecken. Es sah ganz nach einem persönlich motivierten Mord aus, oder war es so inszeniert worden? Ein weiterer unangenehmer Gedanke kroch aus dem Abfluss hervor, dabei klammerte sich eine eiskalte Hand um mein Herz: Was war, wenn Nele vom Treiben ihres Mannes mit Fenja wusste und heute Abend kurzen Prozess gemacht hatte? Zu viele Fragen, und ich hatte keine Ahnung, wem ich sie stellen konnte. Gronewold jedenfalls nicht, ihn konnte ich aus der Kartei der Verdächtigen streichen. Den Rest würde ich irgendwann erfahren. Für heute war es genug. Ich war am Ende meiner Kraft.

Kapitel 18

Der Wecker ging, aber ich hatte nicht viele Stunden geschlafen. Es war ein unruhiger Schlaf. Meine Zunge lag pelzig im Mund wie eine ungeschälte Kiwi. Ich ließ die Beine vom Bett rutschen, setzte die Füße auf den Teppichboden und blieb, das Gesicht in den Händen, vornübergebeugt sitzen. In meinem Kopf hämmerte es. Ich stand im Zeitlupentempo auf, zog am Rollo und sah eine weiße Wand vor mir. Nebel vor dem Fenster, Nebel in meinem Kopf. Ich spazierte ins Bad und schaute in den Spiegel. Das Veilchen war gepflückt, ich hatte es ausreichend gekühlt. Nach Dusche und Rasur ging es in die Küche, ich nahm ein zusammengewürfeltes Frühstück ein. Nach der Koffeinversorgung meiner Gehirnzellen schnappte ich mir das Telefon und rief Deeken an. Er war noch nicht an seinem Platz oder er ließ sich verleugnen. Ich schrieb Antje ein paar Zeilen aufs Handy und fragte, ob es Neuigkeiten zu ihrer Überfahrt heute Abend gebe. Ich hatte das Smartphone noch nicht aus der Hand gelegt, da klingelte es. Antje fragte, was denn auf Norderney passiert sei. Sabine Bakker habe angerufen und ihr erzählt, dass Jan Gronewold erstochen aufgefunden wurde, diese Nachricht verbreite sich in Windeseile. Ich gab Antje eine grobe Zusammenfassung der Ereignisse. Antje war froh, dass ich heil aus der Sache herausgekommen war, und bat mich, gut auf mich aufzupassen. Gegen Ende des Gesprächs bestätigte sie, dass die Fähre gegen achtzehn Uhr einlaufen würde. Ich lächelte ihr durch die Leitung zu und hoffte, sie würde es hören. Wir legten auf.

Danach versuchte ich es ein letztes Mal bei Deeken, aber es war kein Durchkommen. Gegen neun Uhr fünfundvierzig verließ ich die Wohnung, der Termin mit der ehemaligen Inselhebamme Meina Sigges stand an. Ich nahm Antjes Rad und fuhr vom Damenpfad über die Beneke- und die Nordhelmstraße in die etwa drei Kilometer entfernte Lippestraße. Der Morgen war schimmernd. Über den Straßen und zwischen Häusern hingen Nebelbänke. Der Frost hatte aufgehört, aber der Boden war nass und rutschig. Am Straßenrand stand ein Auto mit geöffneter Motorhaube, der Nebel verursachte Fehlzündungen. Eine Straße weiter schob die Stadtreinigung Schneehaufen zusammen. Mir begegneten fröhlich pfeifende Menschen, die ihren Alltagsbeschäftigungen nachgingen. Ein Spiegel des Absurden: Am Vorabend stirbt ein Mensch auf grauenvolle Weise, am nächsten Tag wird zusammengefegt, und das Leben geht weiter.

Die beschauliche Umgebung der Lippestraße war bisher vor überteuerten Investitionsburgen verschont geblieben. Ihre Tentakel konnten die Immobiliengesellschaften bis hierher noch nicht ausstrecken. In der Nordhelmsiedlung sahen die Häuser mehr oder weniger gleich aus. Roter Klinker mit Walmdächern, aber auch neuere Häuser waren darunter, insgesamt ein harmonischer Anblick. Die Grundstücke machten einen gepflegten Eindruck. Das alleinstehende Haus von Frau Sigges war wohl eines der älteren, es war seit den Dreißigerjahren nur unwesentlich verändert worden, jedenfalls wirkte es so. Das Haus mit dem grauen Putz und der schwarzen Hundertneununddreißig auf heller Emaille stand abseits, einen Steinwurf von einem Jugendgästehaus entfernt. Der Nebel tropfte wie Tau vom schmalen Vordach des Eingangs. Rechts war eine schneebedeckte Rasenfläche, im Beet kugelrunder Buxus mit weißen Mützen, im Hintergrund kurze, schräge Bäume. Weit dahinter ein fast nebelfreier Blick auf Dünen mit großen Schneeflecken, der Himmel darüber war blass.

Ich stellte das Rad auf den Ständer, schloss es gewissenhaft ab, ging zur einfachen Haustür und drückte den elfenbeinfarbenen Klingelknopf mit feinen Rissen. Ich vernahm ein Geläut wie von fernen Kapellchen. Drinnen rührte sich etwas, schlurfende Schritte kamen näher. Die Tür öffnete sich einen Spalt, eine Kette hielt sie fest, ich sah in Dunkelheit und Leere. Eine Stimme hinter der Tür sagte: „Wer ist da?"

„Ich bin es, Frau Sigges, Frank Gerdes. Wir waren für heute zehn Uhr verabredet."

„Ja, einen Moment bitte." Sie machte die Tür zu, die Kette wurde ausgehängt, die Tür ging ganz auf. Meina Sigges' Gesicht zeigte eine seltsame Mischung aus Anspannung und Erleichterung. „He!“ Ihre Anspannung legte sich. „Sie haben es nicht vergessen“, sagte sie in einem Ton, als erwarte sie die Auszahlung ihrer Festgeldeinlage nach dreißig Jahren. Ihr massiver Körper war in eine blau karierte Kittelschürze gezwängt, damit füllte sie den gesamten Türrahmen aus.

Ich sagte: „Wenn ich etwas zusage, dann halte ich es für gewöhnlich ein.“

„Das ist heutzutage nicht selbstverständlich, Herr Gerdes.“ Wir tauschten einen Händedruck. „Dann kommen Sie mal rein!“ Ihr Mund verzog sich zu einem unsicheren Lächeln, die Augensäcke schimmerten silbrig. Sie drehte sich um, ich stieg die einzige Stufe hinauf, trat in den Flur und drückte die Tür mit den schmalen Fenstern hinter mir zu. Ich folgte Frau Sigges durch einen dunklen Flur. Rechts führte eine Holztreppe in den ersten Stock. Frau Sigges hatte Probleme beim Gehen, sie humpelte etwas. Ihr rechtes Bein wirkte steif. Sie hatte 4711 aufgelegt, was mir kleine Atemaussetzer bescherte. An der Garderobe überreichte Frau Sigges mir feierlich einen mit Ornamenten verzierten Bügel, mit dem sie mich auch zum Ritter hätte schlagen können. Ich legte ab, steckte brav den Bügel in die Jacke, Frau Sigges platzierte ihn neben ihrem Pelzmantel, den ich aus der Kirche kannte. Sie ging mir voraus in das Zimmer rechts und winkte zum Zeichen, dass ich ihr folgen sollte. Im Vorbeigehen schaute ich links durch eine halb offene Tür in ein Schlafzimmer. Blaugraue Tapeten mit breiten Mustern, auf dem Doppelbett eine

Tagesdecke mit zarten, blauen Blüten. Über dem Bett ein Gemälde, Engelsfantasie inmitten eines Naturpanoramas. Auf dem Nachtschränkchen stand ein relativ großes Foto in einem silbernen Rahmen. Ich blieb kurz stehen, weil es meine Aufmerksamkeit auf sich zog. Das Foto zeigte ein lächelndes Kind mit strahlenden Augen und lockigem Wuschelhaar, vielleicht ein Sigges-Enkelkind. Aber dieses Schwarz-Weiß-Foto war unscharf, als wäre es durch ein Teleobjektiv fotografiert und anschließend vergrößert worden. Ich fragte mich, ob es nicht geeignetere Fotos gab, um sie sich ans Bett zu stellen. Frau Sigges bemerkte meinen Blick, sie räusperte sich, ich setzte meinen Weg fort. Weiter ging es durch ein Esszimmer, und ich folgte ihr wie ein Schwiegersohn beim ersten Besuch der Familie.

Frau Sigges fragte: „Wie gut kennen Sie Norderney, Herr Gerdes?"

„Ich würde sagen, auf Tourismusniveau. Und seit Kurzem um ein paar Ecken mehr", antwortete ich.

„Wissen Sie denn eigentlich, warum diese Gegend Nordhelmsiedlung heißt?", fragte Frau Sigges mit aufgestellten Augenbrauen und wissenden Augen.

Ich hob die Schultern. Der kleine Frank hatte seine Hausaufgaben wieder nicht gemacht. „Da muss ich leider passen."

Frau Sigges hob einen Finger und dozierte: „Nordhelm meint den Strandhafer, die Helmpflanze, die auf unseren Dünen wächst und diese durch ihre Ausbreitung befestigt. Schon im achtzehnten Jahrhundert wurde das Nordhelm-Ackerland östlich des Dorfes so genannt. Und in den Dreißigerjahren wurden hier die Siedlungshäuser errichtet, um die auf Norderney stationierten Soldaten und deren Familien der Seeflugstaffel und der Nordseefestung unterzubringen."

„Soso", sagte ich anerkennend, „das habe ich gar nicht gewusst." Die Versetzung ins nächste Schuljahr stand auf der Kippe.

Wir gingen durchs Esszimmer, breite Schiebetüren aus Eichenholz und Glas gaben den Weg ins düstere Wohnzimmer frei, das wegen eines großen Panoramafensters gerade noch ohne künstliche Beleuchtung auskam.

„Sehen Sie, man lernt nie aus!" Frau Sigges nickte stolz. „Ich war nämlich jahrelang auch ehrenamtliche Fremdenführerin der Insel, wissen Sie? Wir sind bemüht, den ursprünglichen Charme dieser Siedlung zu bewahren, und ... ach", sie stutzte und machte eine abwertende Handbewegung, „... deswegen sind Sie ja nicht hergekommen."

Ich schaute mich um. Das Wohnzimmer mit dem fantastischen Seeblick hatte eine gediegene Ausstattung, sie war vielleicht mal sehr teuer. Versailles-Textiltapeten, Perserteppich, Bilder mit Jagdmotiven und Landschaften, die an den Teutoburger Wald erinnerten. Ein insgesamt düsterer Raum der schweren Eichenmöbel wegen. Zum Norden hin das Panoramafenster mit Aussicht über Dünen und Meer, links sah man noch den Rand einer umzäunten Sportanlage. Das Wohnzimmer beherbergte auch eine billige Bontempi-Orgel, die so gar nicht zum Rest der Einrichtung passen wollte. Ich wandte mich um. An der Wand links hinter mir war ein Sekretär mit passendem Regal darüber. In der Mitte des Wohnzimmers ein tiefer Eichentisch mit eingearbeiteten Walfängerkacheln – blaue Motive auf hellem Grund. Um den Tisch herum Plüschsofa und Plüschsessel mit gewundenen asymmetrischen Mustern auf dem Polsterbezug. Ich folgte Frau Sigges' Blick hinaus über die Dünen. Insgesamt ein gemütlicher Ort, um seinen Vormittagstee zu genießen, mit Blick auf die kalte, raue See.

„Bitte nehmen Sie doch Platz!“ Frau Sigges wies auf den Dreisitzer mit vielen Kissen. „Darf ich Ihnen einen Tee anbieten, einen Ostfriesentee vielleicht?“ Ihr Gesicht spannte sich, aber die Stimme blieb sanft.

Ich nahm Platz auf dem gemütlichen Sofa und sagte: „Da sage ich nicht Nein. Bei diesem nasskalten Wetter ist das eine gute Idee!“

„Ich bin gleich wieder da.“ Frau Sigges bewegte sich in die Küche, die Tür ließ sie angelehnt. Ich hörte Wasser kochen, es wurde umgegossen, unmittelbar darauf kam sie mit einem großen Tablett Geschirr und drei Stockwerken belegter Brote wieder herein. Sie kredenzte alles ganz ordentlich auf dem massiven Tisch. „Ich dachte, Sie haben vielleicht Hunger, wenn Sie sich heute Vormittag bei der Kälte auf den Weg machen“, sagte sie in fürsorglichem Ton. Bei der Menge an Wurst- und Käseschnittchen fragte ich mich, ob sie nicht noch weitere Gäste erwartete. Sie entzündete das Teelicht in einem Stövchen, ging noch einmal in die Küche, um die Teekanne zu holen, und stellte sie auf das Stövchen. In unmittelbarer Nähe wurden Kandiszucker und Sahne platziert. „Mit Kluntje?", fragte sie, aber die Frage war reine Rhetorik. Bei „Nein" wären mich die Walfänger holen gekommen. Frau Sigges ließ jeweils zwei Zuckerbrocken in die flachen Tassen mit rötlichen, japanischen Motiven fallen. Sie goss Tee auf die Kluntje, ich bedankte mich, was vom Knistern der Kluntje übertönt wurde. Als Nächstes verteilte sie mit einem gebogenen Löffelchen Sahne auf die Oberfläche des goldroten Tees, die abtauchte, um gleich darauf wie eine Gewitterwolke emporzusteigen. Als Frau Sigges die Zeremonie beendet und es sich mit dem Tee im Sessel gemütlich gemacht hatte, bewegte sie ihren Kopf ganz leicht zur Aussicht, wie um Kraft zu tanken für das, was sie sich vorgenommen hatte. Ihr graues Haar lag auch heute mittels Haarklammern fest an ihrem Kopf, kein Haar tanzte aus der Reihe. Frau Sigges nippte an der Tasse, sie wandte sich mir zu. Ihr Gesicht wirkte auf einmal weicher, ihr Mund verschwand ganz in sich. Sie wartete darauf, dass ich etwas sagte.

Ich tat ihr den Gefallen. „Frau Sigges, ich bin Ihnen sehr dankbar, dass wir heute miteinander sprechen können ..."

Meina Sigges unterbrach mich, als hätte ich ihr das Stichwort geliefert, woran sie am meisten litt – an Einsamkeit. Sie sagte: „Ich bin Ihnen dankbar, dass Sie hierhergekommen sind. Wissen Sie, Herr Gerdes, die Kirche wäre nicht der rechte Ort gewesen, um in aller Ruhe die Dinge zu besprechen, die eine besondere Aufmerksamkeit brauchen. Es kommt sonst nie jemand hierher, um mit mir zu reden. Und in der Kirche haben sogar die Wände Ohren, wenn Sie verstehen, was ich meine.“ Sie nahm noch einen winzigen Schluck und stellte Tasse und Untertasse zurück auf den Tisch. Ich nickte verständnisvoll. Frau Sigges lehnte sich zurück und strich ihre Kittelschürze über den Knien glatt.

Ich kam zum Thema zurück: „Nun bin ich ja da, um ...“

Sie sah mich abschätzig an und fuhr dazwischen. „Wissen Sie, ich bemerke es immer öfter, dass die Menschen zwar vieles reden, aber immer weniger sagen. Menschen treten in unser Leben und wollen uns mit viel Geschwätz beeindrucken, aber die Worte sind leer, sie haben keinen Gehalt mehr. Und sie reden, als wäre ich taub.“

Ich nickte, rührte im Tee, nahm einen Schluck, hielt mich sonst aber zurück. Ich ahnte, dass sie mit dem Thema noch nicht durch war.

Und tatsächlich sagte sie weiter: „Ist Ihnen das auch schon aufgefallen, Herr Gerdes? Die Menschen hören gar nicht mehr richtig hin. Was man sagt, geht an ihnen vorbei. Oft merke ich es schon beim Sprechen, dass mein Gegenüber innerlich abgeschaltet hat, als spräche ich gegen eine Wand, als stünde mir eine Hülse von Mensch gegenüber. Die Menschen werden immer verrückter. Am liebsten möchte ich diese Leute schütteln, damit sie zu Verstand kommen. Geht es Ihnen auch so?“ Ich nickte stumm. Und ihr Mund versank wieder ins Nichts.

Ein paar Sekunden Stille, ich versuchte es erneut: „Das fällt mir hin und wieder auch auf, da gebe ich Ihnen recht. Aber es führt zu nichts, andere korrigieren zu wollen – so funktioniert das nicht. Man kann mit gutem Beispiel vorangehen und hoffen, dass es wahrgenommen wird.“

Frau Sigges schaute mich ernüchtert an, als wäre ihr plötzlich bewusst geworden, dass ich nicht gekommen war, um in den Chor gesellschaftlicher Uneigenarten einzustimmen, sondern etwas über Julia Heymann zu erfahren.

Ich hielt den Moment für gekommen, ihre Gedanken sanft auf das eigentliche Thema zu lenken. „Frau Sigges, Sie erinnern sich bestimmt an unser Gespräch in der Kirche. Es ging um Julia Heymann. Wir sprachen über Ihre aktive Zeit als Hebamme und davon, dass Julia Heymann ein Baby bekam und später Suizid beging. In diesem Zusammenhang erzählten Sie mir von Ihren Albträumen, die Sie des Nachts quälen ...“

„Ich weiß“, intervenierte Frau Sigges abrupt. Ich merkte, dass sie nicht an den Inhalt unseres Gesprächs erinnert werden wollte. „Da, da ging es ... mir nicht gut. Ich hatte da wohl einiges durcheinandergebracht“, fügte sie schnell hinzu und senkte den Blick. Ihre Tränen kamen ohne Ankündigung wie ein Schauer aus wolkenlosem Himmel. Aufgewühlt wischte sie sie mit gekrümmten Fingern weg. Ich sagte nichts. Frau Sigges dürfte inzwischen bemerkt haben, dass ich zu jenen Zeitgenossen gehörte, die zuhören können. Es wurde still in der dunklen Stube. Die Konturen ihres Gesichts schienen aus Eichenholz geschnitzt. Dunkle Flecken lagen unter der Haut, in die sich Sorgen eingegraben hatten.

Nach einer kontemplativen Viertelminute wagte ich einen neuen Versuch: „Gibt es etwas, was niemand sonst wissen sollte? Etwas, das Sie mir nur hier erzählen können?“ Ich baute ihr eine goldene Brücke, und ich hoffte, dass sie darüber auf mich zukam.

Meina Sigges hob den Kopf, schaute mich kurz an und wieder zum Fenster. Und mit einem Ausdruck in den Augen, den ich nicht deuten konnte, wandte sie sich mir wieder zu. „Nein, nein, da müssen Sie etwas falsch verstanden haben.“

Ich hob die Hand mit der Innenfläche nach oben. „Was war es, das ich falsch verstanden hatte, Ihrer Meinung nach?“

Ihr kleiner Mund bewegte sich, die Augen blieben starr. „Ich war gar nicht dabei, als Julia ... entbunden hatte. Man hatte mir nicht rechtzeitig Bescheid gegeben, denn als ich ankam, war ... der Junge schon geboren.“ Ich wartete ab. Frau Sigges fügte hinzu: „Der Junge war ... tot, er ... kam tot zur Welt.“

Das kam zum Teil überraschend. Rolf Heymann sagte zwar, dass das Kind tot auf die Welt kam, aber er sagte auch, dass Julia in Oldenburg entbunden hatte, nicht auf Norderney. Der Grund für diese unterschiedliche Darstellung mochte darin liegen, dass Rolf Heymann nicht in alles eingeweiht war, was seine Frau eingefädelt hatte, und Frau Sigges war als Inselhebamme viel näher am Geschehen als jeder andere. Eine weitere Frage geisterte seit dem Gespräch mit Bonno Cornelius in meinem Hinterstübchen herum.

Ich fragte: „Sagen Sie, war der Pfleger Bonno Cornelius bei der Entbindung dabei?"

Frau Sigges lachte hüstelnd auf. „Was, Bonno? Nein. Wo denken Sie hin? Der war nur für das Säuglingszimmer und aushilfsweise für die Nachsorge bei den Wöchnerinnen eingeteilt. Unter der Geburt hatte Bonno im Kreißsaal nichts verloren."

Ich trank einen Schluck Tee und fragte: „Wissen Sie, wer bei der Geburt anwesend war?"

Mit leiserer Stimme sagte sie: „Ja, der Doktor war es." Sie führte eine Hand an ihren Mund, als wollte sie die letzten Worte festhalten, die ihr schon entwischt waren.

Mit Zurückhaltung in der Stimme fragte ich: „Doktor Jacobs half Julia ganz allein bei der Entbindung?"

Sie starrte mich ein paar lange Sekunden hindurch schweigend an, ihr Atem machte sanfte Zischer durch den stillen Raum. „Nein, nicht allein ... Julias Mutter war auch dabei."

„Margarete Heymann?"

Meina Sigges nickte schwerfällig, als könne sie selbst nicht glauben, was damals passiert war.

Ich atmete tief ein und ließ mir das durch den Kopf gehen. Margarete Heymann hatte das Heft fest in der Hand gehabt – nichts überließ sie dem Zufall. Es war ihr sogar gelungen, die Hebamme herauszuhalten. Nur Doktor Jacobs war eingeweiht gewesen, und der kochte sein eigenes Süppchen. Geistesgegenwärtig schüttelte ich den Kopf, bemüht, meine Gedanken klar zu halten. Hier trafen unterschiedliche Interessen aufeinander, die sich auf unheilvolle Art ergänzten. Margarete Heymann war daran interessiert, die Schwangerschaft ihrer Tochter geheim zu halten, während Dr. Jacobs auf diese Weise an „Ware" gelangte, die allerdings unter der Geburt verstarb. Dr. Menno Jacobs' Rechnung ging nicht auf. Ich fragte: „Und war sonst noch jemand dabei?"

„Nein, nur der Doktor und Margarete."

„Wissen Sie, warum das Baby starb? Was war die offizielle Todesursache?"

Sie seufzte tief und warf mir einen bekümmerten Blick zu. „Das habe ich nie erfahren, Herr Gerdes", sagte sie, mit heiserer Stimme. „Das müsste eigentlich in der Patientenakte, also im Geburtsprotokoll, stehen."

Mir war nur Julias Akte in die Hände gefallen. Vielleicht gab es eine eigene Patientenakte für das Kind, was ich aber bezweifelte. Ich sagte: „In der Patientenakte Julia Heymann ist nichts darüber vermerkt. Auch ein Geburtenprotokoll liegt der Akte nicht bei."

Ihr Gesicht spannte sich. „Ist das wahr? Das ist aber seltsam, das kann eigentlich nicht sein. Ich hatte das Protokoll gesehen, damals."

„Oder die entsprechenden Seiten wurden entfernt. Das lässt sich heute kaum mehr nachvollziehen", schlug ich vor.

„Das kann ich mir nicht vorstellen."

„Aber wenn Sie das Protokoll gesehen haben, müssten Sie doch wissen, woran das Kind verstorben war."

„Herr Gerdes, das ist so lange her, ich kann mich wirklich nicht erinnern. Wissen Sie, wie viele Geburten ich in den vielen Jahren betreut habe?"

Ich ließ diese Worte zwischen uns stehen, nahm die Teetasse an den Mund und leerte sie. Ich spürte, dass sie sich nicht erinnern wollte. Frau Sigges nippte an ihrem Tee und bot mir nochmals an, von den Schnittchen zu nehmen. Ich lehnte dankend ab. Die ganze Sache verbat mir jeden Appetit. Es fehlten wichtige Informationen, die ich mir von Frau Sigges erhoffte. „Frau Sigges, wie viele Geburten gab es denn im St.-Ludgerus-Hospital durchschnittlich?"

Sie zog nachdenklich die dünnen, nachgezeichneten Brauen zusammen. „Bis zur endgültigen Einstellung der Geburtshilfe 2012 waren es die letzten zehn Jahre etwa dreißig bis vierzig Entbindungen pro Jahr. Die Geburtenzahlen sanken seit den Sechzigerjahren kontinuierlich. Damals waren es noch etwa hundertfünfzig bis zweihundert."

Ich offenbarte Frau Sigges meine Erkenntnisse, die ich aus Gronewolds Listen gewinnen konnte: „Während der Jahre 1987 bis 1990 wiesen die Geburtszahlen eine signifikant höhere Geburtenrate aus, etwa dreihundert pro Jahr. Können Sie sich das erklären?“

Auf einmal bekam sie runde Augen, und mit den Schultern zuckend sagte sie: „Nei-in, nein, das kann ich mir nicht erklären.“ Ihre Stimme bekam plötzlich einen helleren Unterton, als sie fortfuhr: „Oh, doch! Gerade fällt es mir wieder ein. Das war ein Fehler in der Statistik! Wir hatten damals Probleme bei der Umstellung auf die Computertechnik.“ Sie fummelte nervös an der Innenseite ihres Kragens herum.

Dass die Liste handschriftlich erstellt wurde, sagte ich nicht. Aber ich konfrontierte sie mit meiner Schlussfolgerung – einem halb offiziellen Ermittlungsergebnis sozusagen: „Nach allem, was ich in Erfahrung bringen konnte, waren in den betreffenden Jahren viele der im St.-Ludgerus-Hospital entbundenen Säuglinge an kinderlose Paare auf dem Festland vermittelt worden. Was wissen Sie darüber?“ Das Wort „verkauft“ verkniff ich mir.

„W-as, w-ie bitte? Das kann ja gar nicht sein, das wäre ja ungeheuerlich! Wie können Sie so etwas behaupten, ohne ...“

Ich unterbrach sie. „Ich würde es nicht behaupten, wenn ich es nicht belegen könnte. Ich möchte mehr über die Hintergründe erfahren und in inwieweit Pfarrer Martin Sander darin verwickelt gewesen ist.“

Sie legte die Hand vor den Mund. „Pfarrer Martin Sander? Sie meinen, der Pfarrer hatte etwas damit zu tun? Wie kommen Sie denn darauf?“

„Sie haben von seinem Doppelleben gehört, vielleicht gibt es da einen Zusammenhang? Irgendwoher musste das Geld ja kommen“, mutmaßte ich.

In ihrem Gesicht spielte sich eine ganze Bühnenvorstellung unterschiedlichster Ausdrücke ab. Sie sagte: „Aber das bedeutet ja, dass die kleinen Babys gegen Geld weitervermittelt wurden. Meinen Sie das, Herr Gerdes? Die Babys wurden verkauft?“

Sie selbst benutzte dieses Wort, und ich bestätigte es mit einem Nicken.

Frau Sigges fragte: „Wieso sollte man so etwas Schreckliches tun?“

„Die Gier ist wie Schmelzwasser – ist ein Pfad versperrt, sucht es sich einen neuen“, philosophierte ich.

Ihr Gesicht war auf einmal grau, der Blick unruhig. Sie lächelte hilflos und sagte: „Wie?“ Frau Sigges zog ihre Schlussfolgerungen. „Wollen Sie damit andeuten, dass ich bei so etwas mitgemacht habe?“

„Ich will nichts andeuten“, ich betrat ein Minenfeld, „aber vielleicht haben Sie es stillschweigend geduldet?“

Sie bewegte ihren Kopf langsam hin und her, als würde sie einem kleinen Kind etwas verbieten. „Das ist doch totaler Quatsch! Was wollen Sie mir denn unterstellen?“ Ihre Stimme wurde lauter, ihr Atem hastig.

Beschwichtigend hob ich die Hände. „Wenn Sie nichts damit zu tun haben, können Sie ganz beruhigt sein. Ich möchte lediglich wissen, ob Sie von den illegalen Adoptionsgeschäften etwas mitbekommen haben?“

„Nein, selbstverständlich nicht! Wo denken Sie hin?“ Frau Sigges vergaß für einen Moment zu atmen, sie schnappte nach Luft. „Herr Gerdes, hätte ich mich denn sonst auf dieses Gespräch mit Ihnen eingelassen?“ Sie wartete einen Moment still im Sessel, schien neuen Mut zu fassen. Meina Sigges erhob sich und ich vermutete schon, dass die Audienz beendet war, aber sie bewegte sich mit knisterndem Kittel zum Sekretär, auf dem zwei bis drei Fotos standen. Behutsam zog sie eine Schublade heraus und nahm ein Foto mit einem schlichten, silberfarbenen Rahmen heraus. Sie drehte sich zu mir herum. Das Bild wie eine Reliquie fest umklammernd, kam sie fast feierlich auf mich zu.

Sie sagte im verbitterten Ton: „Das hier, das ist der eigentliche Grund, warum ich Sie sprechen musste, Herr Gerdes. Ich weiß, Sie sind kein schlechter Mensch, Ihnen kann ich es anvertrauen.“

Erst als ich sah, dass ihre Verzweiflung nicht wich, bemerkte ich ihre tiefe Sehnsucht danach, ihr Geheimnis mit jemandem teilen zu wollen. Sie legte mir das Bild in den Schoß und setzte sich wieder in den Sessel, lehnte sich aber nicht an. Es war still. Bis auf das Ticken der Wanduhr gab es keine Geräusche. Wir bewegten uns nicht, sondern saßen da wie ausgestellte Figuren in einem Wachskabinett. In ihren Augen, so verzweifelt sie auch blickten, war etwas, das ich nie zuvor in den Augen eines Menschen gesehen hatte, und auf einmal liefen die Tränen wieder. Die Finger bewegten sich in der anderen Handfläche und auf einmal steckte da ein

Papiertaschentuch, mit dem sie die Tränen trocknete. Sie lehnte ihren Kopf zurück und schloss die Augen. Ich blickte hinunter in meinen Schoß, nahm den Bilderrahmen in die Hand, hob ihn an, um die Frau auf dem Farbfoto besser betrachten zu können. Mir war sofort klar, dass ich dieses Gesicht schon einmal gesehen hatte. Es zeigte eine lächelnde Frau, draußen neben einer Katze hockend, etwa Mitte dreißig, braunes, schulterlanges Haar, freie Stirn und klare Augen. Ich schluckte trocken. Das Gesicht war etwas fülliger, aber die hohen Wangenknochen, die geschwungenen, vollen Lippen ... das konnte doch nicht sein!

Ich ließ den Rahmen sinken und blickte Meina Sigges an. Sie öffnete ihre Augen, aber sonst zeigte das Gesicht keine Regung. Ich schaute noch einmal auf die Fotografie – kein Zweifel. Diese Aufnahme war zwar Jahre später gemacht worden, doch die Ähnlichkeit mit dem Gesicht auf dem Foto in Rolf Heymanns Börse war unverkennbar. Es war Julia Heymann, etwa zehn Jahre nach ihrem angeblichen Suizid. Sie war nicht tot, sie hatte sich nicht das Leben genommen. Verwirrt blickte ich Meina Sigges an. Sie rührte sich endlich, nickte fast unmerklich. „Julia Heymann lebt“, sagte die Hebamme. Ein fast lautloses Seufzen folgte, und ich spürte, wie das Aussprechen dieses Satzes ihre Seele befreite.

„Was ist wirklich passiert?“, fragte ich.

Sie starrte hinaus aufs Meer, als wüsste sie nicht, wo sie beginnen sollte. „Ich erzähle Ihnen ein Familiengeheimnis, Herr Gerdes.“

„Das soll es auch bleiben."

Sie wandte mir ein müdes Gesicht zu, sah mich aus kummervollen Augen an, in denen neue Tränen schimmerten. „Ja, das war nicht einfach damals", kam in einem hauchdünnen, fast schmerzlichen Ton. „Julia vertraute sich mir unmittelbar nach der Entbindung an. Sie wollte weg von ihren Eltern und aus diesen Verhältnissen, und ... sie wollte allen richtig wehtun. Julia wollte es ihnen heimzahlen. Das sei die Quittung für viele Jahre Schikane durch ihre Mutter und wohl auch durch die Schulkameraden, wie sie sagte."

„Sie inszenierte ihren Suizid."

Meina Sigges nickte. „Und das machte sie sehr gründlich."

Ich schaute noch einmal aufs Bild, betrachtete den Hintergrund und versuchte schlau daraus zu werden. Verschwommenes Grün, Sträucher oder niedrige Bäume im Sommer. „Wohin hatte sie sich abgesetzt?", wollte ich wissen.

„Sie ging nach Schottland. Niemand würde dort nach ihr suchen, meinte sie."

„Nach Schottland?" Das brachte mich auf eine Idee. „Haben Sie noch Kontakt zu ihr?"

Frau Sigges nickte. „Ja, wir haben seit ungefähr dreiundzwanzig Jahren Kontakt. Mal mehr, mal weniger."

„Julia müsste heute um die ... fünfundvierzig Jahre alt sein."

Meina Sigges nickte.

Ich fragte: „Glauben Sie, dass Julia einem Gespräch zustimmen würde?“

Ihre Augen wurden rund, langsam hoben sich die Brauen wie schwergängige Jalousien. „Einem Gespräch mit ... mit Ihnen?“, fragte sie.

„Ja, ganz diskret. Selbstverständlich bleibt Julias neue Identität geheim.“

Frau Sigges dachte nach, sie sagte: „Ich kann mir vorstellen, dass sie mittlerweile offen dafür wäre, weil ihre harte Schale langsam aufbricht. Allerdings wohl nur, wenn ich ein gutes Wort für Sie einlege.“

Ich ermutigte sie: „Es wäre mir eine große Hilfe, Frau Sigges.“

Sie zögerte. „Wissen Sie, es würde mich freuen, wenn Julia einen Schlussstrich unter die Vergangenheit ziehen würde. Sie sollte ihren Groll gegen die Norderneyer endlich aufgeben. Über die Jahre war sie sehr verbittert geworden. Die harschen Worte in ihren Briefen sprechen für sich. Es wäre schön, wenn es Ihnen gelingt, Julia dazu zu bewegen, wieder nach Hause zu kommen. Das wäre wie eine ... Auferstehung von den Toten.“

Ich fragte: „Was wissen Sie über Julias Familienstand? Hat sie in der Zwischenzeit geheiratet oder lebt sie mit jemandem zusammen?“

„Ob sie heute mit jemandem zusammenlebt, weiß ich nicht. Darüber hat sie nie viel geschrieben, ihre Briefe waren ja leider immer nur kurz und knapp, oft waren es nur Karten in einem Umschlag. Sie wollte sich unter keinen Umständen verraten, falls die Post in falsche

Hände geraten sollte. Aber ich glaube nicht, dass sie geheiratet hat, ich hatte jedenfalls nicht den Eindruck. Ihr Freund Keno war ihre große Liebe, obwohl sie ja leider nie zusammengekommen sind." Sie schüttelte leicht den Kopf. „Ach, bitte verzeihen Sie, ich weiß gar nicht, inwieweit Sie informiert sind. Keno starb 2011 an Krebs."

Ich sagte ihr, dass ich es wusste. Ich fragte: „Wie ist Julias Anschrift und die Telefonnummer?"

„Julia lebt unter einem anderen Namen, Herr Gerdes. Bitte versprechen Sie mir, dass Sie sorgsam damit umgehen. Wenn das rauskommt, wäre der letzte Rest Vertrauen auch noch weg."

„Selbstverständlich, Frau Sigges. Sie können sich auf mich verlassen. Ich benötige diese Angaben nur, um mit Frau Heymann in Kontakt zu treten."

Sie schien beruhigt zu sein. „Julia heißt heute Shona MacKenzie." Frau Sigges hievte sich aus dem Sessel, ging wieder zum Sekretär und zog an einer anderen Schublade. Darin kramte sie herum, nahm einen weißen Umschlag heraus und las vor: „Shona wohnt in Dundee, in dem Stadtteil Broughty Ferry, in der Blake Avenue 56." Sie schaute in einem Verzeichnis nach und nannte mir zudem Julias Telefonnummer.

Ich notierte mir die Angaben im Smartphone, stand auf, bedankte mich und sagte: „Wenn Sie heute noch Kontakt mit ihr aufnehmen könnten, um mich gewissermaßen bei ihr anzumelden, wäre ich Ihnen sehr dankbar. Das würde mir sehr weiterhelfen!"

„Ja, das mache ich", versicherte sie.

„Darf ich Sie heute Nachmittag anrufen?"

Frau Sigges hob leicht ihre Hand, wie um ihre Zuverlässigkeit zu unterstreichen. „Ich erwarte Ihren Anruf heute Nachmittag." Ein unverbindliches Lächeln huschte über ihr Gesicht. Wir standen da und sahen uns an. Gern hätte ich das Lächeln auf ihrem Gesicht konserviert, aber Meina Sigges war müde und sehnte sich nach Ruhe. Von den zubereiteten Broten hatte ich kein einziges genommen, sie würde es an ihre Nordhelmer Nachbarn verfüttern müssen. Ich dankte für den Tee. Frau Sigges begleitete mich durch den Flur, ich nahm meine Jacke vom Bügel und zog sie mir im Gehen über. Dann trat ich durch die Haustür nach draußen, drehte mich zu ihr um und bedankte mich für ihr Vertrauen. Sie nickte, ohne den Kopf zu heben, machte die Tür fest zu und ging zurück in ihr stilles Reich mit Panoramablick.

Kapitel 19

Ich radelte zurück zu Antjes Wohnung und sah mir dort online die Flüge nach Schottland an. Sogar für diesen Abend war noch was zu bekommen, von Hamburg nach Glasgow. Diesen Flug speicherte ich vorsorglich ab. Gleich darauf machte ich im Inselmarkt Kruse ein paar Besorgungen und fütterte Antjes Kühlschrank damit. Ich bekam Hunger, machte mir ein einfaches Essen: leicht aufgeschlagene und gewürzte Eier mit Milch in der Pfanne verrührt, dazu Schinkenwürfel. Während des Essens ging ich die letzten Ereignisse noch einmal durch. Julia Heymann war am Leben, somit war sie eine weitere Verdächtige. Etwas unrühmlich: gerade erst wieder am Leben und schon verdächtig. Wenn sie es auch der Entfernung wegen nicht selbst getan hatte, sie könnte aber jemanden auf ihre Mutter und Dr. Jacobs angesetzt haben. Zudem fragte ich mich, ob Julia Heymann und Bonno Cornelius sich kannten. Cornelius machte aus seiner persönlichen Betroffenheit keinen Hehl. Er klagte über die seltsamen Vorkommnisse in der St.-Ludgerus-Klinik, machte die Verwechslung von Säuglingen publik, wenngleich mit angezogener Handbremse. War Bonno Cornelius der allzu willige Vollstrecker für Julia

Heymann? Es gab noch zu viele unbekannte Größen in dieser Gleichung: Was hatten Pfarrer Sander und Gronewold damit zu tun? Nach wie vor fehlte mir der Blick fürs Große und Ganze, was war die Schnittmenge in dem System Jacobs/Sander/Gronewold? Vielleicht würde das Gespräch mit Julia Heymann etwas ergeben, wenn es denn stattfände.

Gegen sechzehn Uhr rief ich Frau Sigges an. Sie sagte, Julia Heymann sei mit dem Gespräch einverstanden. Ich bedankte mich und sagte ihr, dass ich Frau Heymann noch heute anrufen würde. Kurz darauf wählte ich ihre Nummer mit der +44er-Vorwahl, ich vernahm ein förmliches: „Hello?"

Ich legte meine Stimme in manierliche Falten. „Guten Tag, spreche ich mit Shona MacKenzie?"

Ihre Antwort kam eisig und direkt wie ein Kundenservice für Gefrierschränke. „Sie sind Herr Gerdes, Meina Sigges hat Sie mir angekündigt."

Meine Stimme straffte sich. „Ganz genau."

Frau Heymanns Stimme klang rauchig. „Sie sind in Familienzusammenführung unterwegs, oder wie soll ich Ihren Anruf verstehen?"

Ich antwortete ebenso direkt. „Ganz bestimmt nicht. Wenn Frau Sigges das so gesagt hat, entspricht das wohl eher ihrem Wunsch." Ich ging aufs Ganze. „Ich bin mit privaten Ermittlungen betraut und bearbeite gerade einen Fall zum Tod von Doktor Jacobs. Es haben sich Zusammenhänge ergeben, die mich dazu veranlassen, mit Ihnen über ..."

Shona MacKenzie alias Julia Heymann fuhr hektisch dazwischen: „Das ist ziemlich viel Text, mit dem ich nichts anfangen kann." Sie unterbrach sich. „Was sagten Sie? Doktor Jacobs ist tot? Das ist ja ... äh, was habe ich damit zu tun?"

„Ich möchte mit Ihnen jetzt nicht über Doktor Jacobs sprechen, sondern über das, was Sie vor achtundzwanzig Jahren dazu bewogen hat, zu gehen."

„Als ob Sie das etwas anginge!", blaffte sie durch den Hörer.

Ich ließ es hinter schottischem Hochnebel verblassen, suchte nach anderen Worten. „Sie haben natürlich recht, es geht mich nichts an. Sie könnten mir aber durch das, was Sie erlebt haben, zu einer anderen Sichtweise auf das St.-Ludgerus-Hospital verhelfen ..."

Sie intervenierte, aber ihr Tonfall war jetzt weniger aggressiv: „Was kann ich dazu schon beitragen?"

„Frau MacKenzie, ich glaube, es ist auch in Ihrem Sinne, wenn wir am Telefon auf Einzelheiten verzichten. Sie brauchen sich keine Sorgen bezüglich Ihrer neuen Identität zu machen, die ich nach unserem Gespräch vergessen haben werde."

„Ha! Das klingt ja überzeugend!" Julia Heymann klang jetzt lockerer. „Na gut. Und darum wollen Sie nach Schottland kommen?"

„Ich sage es mal so, ich brauche dringend eine Luftveränderung."

„Das ist der Inselkoller, stimmt's?"

„Ich kann es nicht treffender sagen."

Eine Pause, ein Knistern in der Leitung – Nessi hatte angebissen. Dann sagte sie: „Meinetwegen, kommen Sie. Wann können Sie hier sein?"

Ich warf einen kurzen Blick in meinen Laptop, der Flug ging noch heute Abend. Ich sagte: „Morgen gegen zehn, schottischer Zeit?"

„Das passt."

„Bis dann."

„Und, Herr Gerdes?"

„Ja?"

Ein Zögern, dann: „Nennen Sie mich Julia."

„Gut. Ich bin Frank."

Wir legten auf, ich klickte auf „Buchen", umgehend ging die Bestätigung ein. Über die Homepage der Fluggesellschaft checkte ich ein, der Boardingpass mit dem QR-Code landete per E-Mail auf meinem Smartphone. Ich packte ein paar Sachen und schaute nebenbei auf den Abfahrtsplan der Frisia-Reederei. Die Fähre ging um fünf, Antje und ich würden uns verpassen – leider anders als geplant. Kein Sonnenuntergang auf der Promenade, kein gemeinsamer Spaziergang. Schade. Ich nahm meine Tasche und spazierte zum Anleger. Auf dem Weg rief ich Antje an und hielt sie auf dem Laufenden.

Sie war alles andere als begeistert. „Und du glaubst, wir sehen uns in diesem Leben noch mal wieder?"

„Ja, später", antwortete ich.

„Später ist auf der Walz. Du weißt nie, wann es bei dir einkehrt."

„Ich rechne mit übermorgen“, prognostizierte ich.

„Ich nehme dich beim Wort.“

„Dann machen wir einen Champagner auf“, schlug ich vor.

Antje lachte und fragte: „Aldi oder Brut?“

„Cuvée Brut 2002 liegt in deinem Kühlschrank bereit.“

Ihre Stimme bekam einen feierlichen Ton: „Oh, charmant, Herr Gerdes.“ Sie lachte wieder. „Hab einen guten Flug, mein Lieber. Bis dann!“

„Danke. Der Schlüssel liegt übrigens unter der Mülltonne.“

„Prima. Ich hoffe, es ist der Schlüssel zum Glück.“

Wir beendeten das Gespräch. Auf See kreuzten sich unsere Fähren. Als wir aneinander vorbeifuhren, winkten wir uns zu. Ein Bild des Schicksals? Wir fuhren so oft im Leben aneinander vorbei – für mehr hatte es nicht gereicht ...

An Land startete ich den Volvo und brauste davon. Ich schaffte es rechtzeitig nach Hamburg-Fuhlsbüttel und erreichte meinen Flieger.

Kapitel 20

Gegen null Uhr fünfzehn landete ich in Glasgow und übernachtete im Holiday Inn am Flughafen. Nach einer zu kurzen Nacht gab es Continental Breakfast, gleich darauf besorgte ich mir einen Mietwagen. Über den feuchten, mehrspurigen Motorway 8 passierte ich die Stadt, der trotz hochmoderner Bürogebäude am Fluss Clyde noch immer der Ruf einer Industrie- und Arbeiterstadt anhaftete. Der Straßenverlauf führte mich nach Norden. Linksverkehr und die Lenksäule auf der falschen Seite. Der Mietwagen kannte die Gegend gut. Er fuhr fast wie eines dieser selbstfahrenden Autos, und um den Schein zu wahren, legte ich die Hände ans Lenkrad. Das Chaos der viel befahrenen Schnellstraße lichtete sich und ich verspürte so etwas wie Befreiung, als die Sicht auf ein atemberaubendes Tal mit Feldern und Wiesen frei wurde. Wolken und Hügel berührten sich am Horizont, verbanden sich zu einem malerisch graublauen Ganzen. Ab hier ging es fast nur noch geradeaus, vorbei an Stirling Castle auf einer Anhöhe und dem hoch aufragenden Steinmonument, das dem schottischen Freiheitskämpfer William Wallace aus dem dreizehnten Jahrhundert gewidmet war.

Unterwegs malerische Wolken über sanft geschwungenen, schneelosen Hügeln mit Highland-Cattle und schroffen Felsen. Nach einer Stunde Fahrt wechselte ich auf die 90. Von der Friarton Bridge gab es einen fantastischen Blick auf die Umgebung von Perth. Die Schnellstraße führte mich weiter Richtung Osten zur Nordsee, nach Dundee. Laut Navigator war es noch eine Viertelstunde Fahrt am schmalen Meeresarm Firth of Tay entlang, der wie ein norwegischer Fjord anmutete. Über der Skyline sanfter Hügel hing die Vormittagssonne wie eine Goldmedaille, verliehen für gelungene Stadtentwicklung.

Ich stoppte den Wagen in einer der Parkbuchten der Broughty Ferry Road, stieg aus und ging die Böschung hinab. Geräusche wie von einem Hornissenschwarm von der nahegelegenen Werft und einer parkenden Ölplattform mit hohen, dünnen Stahltürmen, die wie Finger in den Himmel ragten. Eine kleine Formation gälisch kreischender Möwen setzte zur Landung an. Eine Division dunkler Wolken machte sich auf, Dundee zu erobern. Es würde nicht lange dauern, bis Regen einsetzte. Ich sog ein paarmal die frische, schottische Luft ein und machte mich wieder auf den Weg. Häuser und Grundstücke von halbhohen Natursteinmauern umgeben, sanfter Anstieg in nördlicher Richtung bis hinauf in die Blake Avenue. Vor mir stand die niedrige grau verputzte Doppelhaushälfte mit hellen Fenstern. Das Display im Armaturenbrett zeigte kurz nach zehn, schottische Zeit, auf meiner Armbanduhr war es kurz nach elf. Ich parkte den Wagen auf der schmalen Straße und begab mich zur Haustür. Der Eingang war umgeben von weiß gestrichenen Steinblöcken, die dem Haus optisch größere Stabilität verliehen. „Their Home Is Their Castle“. Vor der Tür saß eine bunte Katze mit rotbraun-schwarzen Flecken auf schneeweißem Fell, was ihrem Gesicht etwas Verwegenes verlieh. Ich drückte den Klingelknopf, die Katze miaute, und als sich die Tür öffnete, entwich der Stubentiger ins Haus.

Ich erkannte Julia Heymann sofort. Das Haar zu einem Zopf zusammengebunden, ihr Gesicht um eine Nuance älter, mit wenigen Fältchen um Mund und Kinn. Ihr braunes Haar zeigte dünne graue Strähnen, und in ihren Augen lag ein matter Schimmer. Argwohn und Skepsis spiegelten sich in dem Gesicht wider, als sei mein Besuch eine Bedrohung für ihr zweites Ich.

Das Erste, was sie sagte, war: „Ich hätte nie geglaubt, dass Sie es in der kurzen Zeit schaffen, Frank!“

Wir gaben uns die Hand, ich sagte: „Danke, dass Sie diesem Treffen zugestimmt haben, Julia.“

„Sind Sie wirklich Privatschnüffler, wie Meina sagte?“ Julia Heymann stand in der Tür und rührte sich nicht vom Fleck.

„Ganz richtig.“ Ich zeigte ihr meinen Personalausweis und den Ausweis des Bundes der Privatdetektive. Als ich beides wieder eingesteckt hatte, gab ich ihr meine Visitenkarte. „Und die können Sie gern behalten“, sagte ich.

Sie warf einen Blick drauf, steckte sie in die Gesäßtasche ihrer dunklen Jeans mit Designerriss über dem Knie und sagte: „Okay, kommen Sie herein." Julia Heymann ging voraus. Sie trug einen magentafarbenen Pullover mit V-Ausschnitt, und an den Füßen waren Pantoffeln im schottischen Tartanlook. Wir gingen durch einen schmalen Flur mit grauen Wänden, an der Garderobe hängte ich meine Jacke an einen Haken. Ihr Gesicht wirkte blass, mit Schatten unter dunklen Augen und einem verdrossenen Zug um die Mundwinkel. Sie hatte eine entschlossene Miene. Ihre Gesichtszüge ließen erkennen, dass sie sowohl starrköpfig als auch unerbittlich sein konnte. Geschwungene Augenbrauen signalisierten dagegen Interesse und dass sie für Neues offen war.

„Ich mache mir gerade einen Tee", sagte Frau Heymann. „Möchten Sie auch einen?"

„Sehr gern."

Ich folgte ihr in eine kleine Küche mit moderner Schrankfront und Arbeitsplatte auf der linken Seite, Tisch und Stühle waren an der Wand gegenüber – für mehr war kein Platz. Sie bot mir einen der beiden Stühle an, ich setzte mich. Frau Heymann nahm zwei Becher aus dem Schrank, ließ mich zwischen drei Geschmacksrichtungen wählen und goss heißes Wasser auf den Wildkirschtee. Meinen Becher stellte sie vor mich hin, dazu einen Zuckerpott. Sie selbst blieb angelehnt am Kühlschrank stehen, schlug einen Fuß über den anderen, vergrub eine Hand in ihrer Hosentasche und mit der anderen hielt sie den Becher. Julia unterbrach die Stille. „Sagen Sie mal ehrlich, sind Sie wirklich von sich aus hier oder hat Meina Sie geschickt?“ Ihr Blick war wieder voller Skepsis, als wollte sie zum Ausdruck bringen: Selbst wenn ich antwortete, sollte ich nicht denken, dass sie mir hundertprozentig glaubte.

Ich umsegelte die Spitze wie eine Möwe, antwortete mit einer Gegenfrage: „Warum sollte Frau Sigges mich schicken?“ Dabei gab ich Zucker in meinen Becher und rührte fast geräuschlos um.

Sie nahm einen Schluck aus ihrem Becher und sagte: „Meina hat mir mal geschrieben, ich soll wieder nach Norderney zurückkommen und einen Schlussstrich unter meine verkorkste Vergangenheit ziehen. Ich machte ihr aber keine Hoffnungen. Es würde mich nicht wundern, wenn sie es jetzt auf diese Weise versuchen würde.“

Ich sagte: „Das ist nicht der Anlass meines Besuches, das sagte ich bereits am Telefon. Entzweite Familien zu vereinen, gehört nicht zu meinen Aufgaben.“ Vielleicht war ich gestern nicht überzeugend genug, oder sie hatte es vergessen.

Ihr Gesicht wurde um eine Nuance energischer. „Das will ich Ihnen auch geraten haben, dann hätten Sie auf der Stelle wieder fahren können! Ich werde auf keinen Fall zurückkommen, das kann Meina sich aus dem Kopf schlagen!“

Dazu nickte ich stumm. Nachdem ich in meinen Becher gepustet und den ersten Schluck genommen hatte, kam ich endlich auf mein Anliegen zu sprechen: „Ich hatte gestern schon angedeutet, dass ich beauftragt wurde, bei der Aufklärung eines Mordfalls mitzuwirken. Ich weiß nicht, ob Sie das aus der Entfernung mitbekommen haben, es hat mittlerweile drei Mordfälle auf Norderney gegeben." Wenn man den Seemann in der Tonne hinzuzählte, waren es sogar vier. Jedoch war bis jetzt ungeklärt, unter welchen Umständen der Kolumbianer ums Leben kam – es mochte ein Unfall gewesen sein.

Julia nahm die Visitenkarte aus ihrer Tasche und warf einen kurzen Blick darauf. „Hier steht, dass Sie Ermittler für Wirtschaftskriminalität sind. Wie kommt es, dass Sie bei Mord ermitteln?"

„Das ist ein Freundschaftsdienst für eine gute Freundin."

„A-ha", sagte Julia gedehnt. Ihr wurde bewusst, dass ich ihr eine Frage gestellt hatte. „Hm, bis gestern wusste ich nichts von den Morden, aber Meina gab mir eine Zusammenfassung. Und sie meinte, ich sollte es mir von Ihnen erzählen lassen. Zwischenzeitlich habe ich das selbst im Internet recherchiert. Das ist ... schrecklich, was man da lesen musste, aber vielleicht haben die nur bekommen, was sie verdient haben." Ihr Blick glitt zur Seite.

Das war starker Tobak, ich ließ es mir aber nicht anmerken. Ich fragte gelassen: „Sie kennen die Getöteten?"

Einen Augenblick lang wurde sie bleich. Sie berappelte sich und sagte: „Pfarrer Sander und Jan, der Sohn meines damaligen Chefs Willem Gronewold, und ... Doktor Jacobs."

„Die Reihenfolge, wie sie getötet wurden, war eine andere. Aber es stimmt, was Sie sagen." Dass Julias Mutter möglicherweise ebenso dort einzureihen war, ließ sich allenfalls nur vermuten. „Ich wurde beauftragt, Ermittlungen zum Tod von Doktor Jacobs anzustellen, weil behördlicherseits nichts passierte. Für die Angehörigen ist diese Situation unerträglich." Pause. „Aber kommen wir jetzt zu Ihnen: Ich habe mit Ihrem Vater und mit Meina Sigges über Sie gesprochen."

„Dann wissen Sie ja, was bei mir zu Hause los war, als ich noch bei meinen Eltern wohnte. Und Meina hat Ihnen das mit meiner Schwangerschaft erzählt und warum ich es zu Hause nicht länger aushielt."

Ich bestätigte ihre Annahme mit einem Nicken und sagte: „Richtig. Und wenn ich Ihren Vater richtig verstanden habe, tut es ihm heute leid, dass er in diesen Dingen auf Ihre Mutter gehört hat. Kurze Zeit nach Ihrem Verschwinden trennten die beiden sich. Sie setzte sich mit Pfarrer Sander in die Schweiz ab."

Julia Heymann lauschte mit pochenden Schläfen. Ihr Gesicht bekam Farbe, dazu Zornesfalten, die sich tief in ihre Stirn eingruben. „Und jetzt ist Mutter tot. Meina hat mir das im Frühjahr letzten Jahres geschrieben, aber ich kann einfach keine Trauer empfinden. Das, was sie mir und meinem Vater angetan hat, kann ich nicht vergessen. Und Vater hat mich nie verteidigt."

Ich akzeptierte das, wollte nicht näher darauf eingehen. Es ging mich nichts an und es brachte mich auch nicht weiter. Ich lenkte unser Gespräch auf die St.-Ludgerus-Klinik. „Was mir im Zuge der Ermittlungen auffiel, ist, dass Sie alle Getöteten kannten oder in einer besonderen Beziehung zu ihnen standen, sogar zu Doktor Jacobs."

Frau Heymann bewegte sich nicht, rührte sich kein bisschen. Nach einer langen toten Sekunde runzelte sie die Stirn und nickte knapp. „Ups, jetzt macht mich der Satz von vorhin irgendwie verdächtig, oder?"

„Sie meinen, dass die bekommen haben, was sie verdienten?"

Julia nickte. „Natürlich hat keiner verdient, ermordet zu werden. Das war dumm von mir." Sie schüttelte den Kopf, als wollte sie solche Gedanken vertreiben. „Doktor Jacobs war der Arzt, der bei mir einen Kaiserschnitt machte."

„Meina Sigges hatte mir davon erzählt. Gab es Komplikationen unter der Geburt oder war der Kaiserschnitt ein ... geplanter Eingriff, wenn ich fragen darf?"

„Hat Meina Ihnen das denn nicht erzählt? Sie hat mich damals den ganzen schrecklichen Tag über begleitet." Julia machte eine Pause und nahm einen großen Schluck aus ihrem Becher.

Das machte mich stutzig. Frau Sigges erzählte mir, man habe sie zu spät gerufen, daher habe sie die Entbindung verpasst. Ich benötigte Details. „Was war denn so schrecklich an jenem Tag?", fragte ich vorsichtig, obwohl ich von der Totgeburt wusste.

„Das Baby ... es hatte am Abend vorher schon nicht mehr gestrampelt, was ganz untypisch war. Und als am nächsten Morgen immer noch keine Bewegung zu spüren war, machte Meina eine Ultraschalluntersuchung. Es waren kaum noch Herztöne zu hören ..." Julia sprach jetzt leiser weiter: „Doktor Jacobs entschied dann, das Baby per Kaiserschnitt zu holen. Aber das war sowieso schon zu spät."

„Sie meinen, Hebamme Meina Sigges war den ganzen Tag bei Ihnen? Also auch während der Entbindung?"

„Of course ... ja, klar! Sie war doch von meiner Mutter beauftragt worden, immer mal wieder ein Auge auf mich zu haben, damit ich nicht auf dumme Gedanken käme. Das alles sollte unbedingt geheim bleiben. Und ich durfte das Baby nicht behalten, Mutter hatte eine Pflegefamilie gefunden. Ich war bei meiner Tante regelrecht versteckt worden, während Mutter überall herumerzählte, dass ich auf einer Fortbildung wäre. Wenn ich heute daran denke, wird mir einfach nur schlecht. Ich hätte das niemals zulassen dürfen, aber ... damals war ich einfach nur dumm. Widerspruch hätten meine Eltern nie geduldet ..." Die Erinnerungen zerrten an ihr, sie sprudelten nur so aus ihr heraus: „Und an dem Tag, als das Baby geholt wurde, war es gut, dass Meina da war. Eigentlich wollte meine Mutter dabei sein, alles unter Kontrolle haben und so. Ich hatte Meina gesagt, dass ich Mutter nicht dabeihaben wollte, und sie hat sich für mich eingesetzt, wofür ich ihr noch heute so dankbar bin." Sie machte eine Pause, als erwarte sie eine Reaktion von mir, aber ich ermunterte sie, weiterzureden. „Als es dann so weit war, fragte Meina mich, ob ich von meinem Baby Abschied nehmen wollte. Dann legte sie es mir auf den Bauch, damit ich es noch einmal streicheln konnte." Julias Erzählung begann distanziert, mit einer leicht unterkühlten Stimme, als habe sie es tausendmal durchlebt und damit abgeschlossen. Doch dann röteten sich ihre Lider, und ein feuchter Schimmer ließ die Augen glänzen. Sie war den Tränen nah, auch wenn sie es zu verbergen suchte.

Ich ließ etwas Zeit verstreichen und fragte dann: „Haben Sie eine Idee, warum Frau Sigges mir gestern erzählte, dass sie bei der Entbindung nicht dabei gewesen wäre, sondern nur Doktor Jacobs und Ihre Mutter?"

Julia stellte den Becher zurück auf die Arbeitsplatte. Sie schluckte auf eine Weise, wie man schluckt, wenn man nicht weiß, was man sagen soll, aber sie gab sich Mühe. „Ich, ich weiß es nicht. *Das* hat sie gesagt? Vielleicht wollte sie nicht ... oder sie konnte nicht ..." Julias Gesicht war jetzt eigenartig ausdrucksvoll, ich sah einen Kampf darin, als sei sie bemüht, sich an zurechtgelegten Antworten entlangzuhangeln, und diese Sammlung war erschöpft. Es gelang ihr nicht, ihre Tränen zurückzuhalten. Sie nahm beide Hände vors Gesicht, die Tränen liefen in Strömen, sie kamen unter den Händen als glänzender Bach zum Vorschein. Julia Heymann schluchzte, und als sie sich etwas beruhigt hatte, schnäuzte sie in ein Papiertaschentuch. Sie nahm hektisch ihren Becher und trank, und auch ich nahm einen letzten Schluck.

Es war nicht leicht, einen kühlen Kopf zu bewahren und den Faden nicht zu verlieren. Entweder kam hier endlich die Wahrheit auf den Tisch oder ich wurde kackfrech belogen. Rolf Heymanns These, seine Tochter habe in Oldenburg entbunden, war endgültig vom Tisch. Die Neuigkeit, dass Hebamme Sigges bei der Entbindung doch anwesend gewesen war, überraschte mich sehr. Was mochte der Grund gewesen sein, mir das zu verheimlichen? Wusste sie von den Machenschaften Jacobs' und Sanders – war sie gar involviert? War es das schlechte Gewissen, das der Hebamme Tränen und wilde Träume bescherte, oder war noch nicht alles erzählt? Immer wieder begegnet einem so etwas: Man sieht jemanden, aber man weiß nichts vom ihm. Man sieht nette, freundliche Gesichter, ein offenes Lächeln und man hört freundlich klingende Worte, die einen vielleicht nicht weiterbringen, aber sie beruhigen die Nerven und lullen ein. Dann denkt man an alles Mögliche und vergisst, kritisch zu bleiben. Wie viel von Meina Sigges war echt, wie viel von ihr war Show, oder war es Julia Heymann, die mir etwas vorspielte? Mir blieb keine Wahl, als ihr weiter auf den Zahn zu fühlen. Julia behielt den Becher an den Lippen, atmete hinein. Ich konfrontierte sie mit der nächsten Frage: „Was glauben Sie, Julia, spielte Geld dabei eine Rolle?"

„Wie? Sie meinen, ob meine Mutter dafür Bares auf den Tisch gelegt hat?"

„Ich meinte es eigentlich umgekehrt."

„Are you ...? Sie spinnen wohl! Ich habe doch mein Baby nicht verkauft ..." Plötzlich fror ihre Hand auf dem Weg zu ihrem Mund ein, sie sah mich an, als könne sie selbst nicht glauben, was sie gerade gesagt hatte.

Ich fragte ruhig: „Sie haben Ihr Baby nicht verkauft? Meinen Sie, dass es gar nicht gestorben ist?"

Julia Heymann antwortete nicht, sie sah mich nur erschrocken an. Sie neigte sich ein wenig vor, und auf einmal, ohne dass tatsächlich eine Veränderung mit ihr vorgegangen wäre, wirkte sie wie ein gehetztes Tier. Ihr Blick war suchend, ihr Gesichtsausdruck nervös. Sie sagte: „Was soll diese Unterstellung? Der Junge war tot, noch bevor er auf die Welt kam! Kommen Sie, ich beweise es Ihnen." Sie knallte ihren Becher auf die Arbeitsplatte und eilte aus der Küche. Ich folgte ihr in ein kleines Wohnzimmer mit tristen Möbeln. An der Wand ein kleines Sofa, zwei Sessel mit abgewetzten Bezügen standen um einen tiefen Tisch herum. Gähnend und sich streckend die bunte Katze oben auf der Rückenlehne des Sofas, die Tatzen tief in den Bezug gegraben. Dunkelbraune Vorhänge auf beiden Seiten des Fensters, links ein Regalsystem mit integrierten Schrankelementen. Julia öffnete eine der Schranktüren, dahinter Ordner mit beschrifteten Rücken. Einen zog sie heraus und legte ihn auf den Tisch, sie setzte sich in einen Sessel. Ich setzte mich in den anderen, ihr schräg gegenüber. Dem Kätzchen war das zu hektisch, es entschwand in den Flur.

Aufgewühlt blätterte Julia Seiten und Klarsichthüllen durch, bis sie innehielt und einen handschriftlich ausgefüllten Vordruck aus einer Hülle zog. „Bitte sehr, hier ist der Totenschein. Ausgestellt von Doktor Jacobs persönlich." Sie gab mir das Schriftstück. Ich hielt das Papier in der Hand, schaute aber auf die Folie im Ordner, durch die ein Foto schimmerte, das hinter der Bescheinigung lag. Ich kannte es, hatte es erst gestern gesehen. Es war die Schwarz-Weiß-Aufnahme mit dem herangezoomten Gesicht eines lächelnden Kindes mit Wuschelschopf. Es war das gleiche Motiv, das ich bei Frau Sigges auf dem Nachtschrank gesehen hatte. Julia schaute erst irritiert, dann erschrocken. Schnell legte sie ihre Hände darauf.

Die Frage hing in der Luft, und mein Mund ließ heraus, was nicht zurückzuhalten war: „Julia, wer ist das Kind da auf dem Foto?" Ich zeigte auf ihre Hände.

Auf einmal zeigte sich Verzweiflung in ihrem Gesicht. Draußen am Himmel kreischten Möwen auf eine Weise, als hätte meine Frage der ganzen Welt Schmerz zugefügt, gleichzeitig spürte ich ein drückendes Gefühl in meiner Brust. Julia schlug unvermittelt die Augen nieder. Ich wartete. Ich hatte das Gefühl, dass das, was sie antworten würde, schon viel zu lange in ihr verborgen lag. Es war verwest und zu Staub zerfallen und der Staub hatte sich auf ihre Seele gelegt, nahm ihr für Jahrzehnte die Freude am Leben. Als sie aufsah, waren ihre Augen gerötet, voller Tränen und ihr Blick war unergründlich. Eine gespannte Sekunde lang herrschte Stille wie vor einem schweren Donnerschlag. Sie hielt die Luft an, als würde sie darauf warten, Worte zu hören, ohne sie selbst aussprechen zu müssen. Dann kamen sie. Julia hob langsam ihre Hände von dem Foto und sagte leise: „Dieses Kind ist Piet." Sie weinte hemmungslos, vergrub das Gesicht in ihren Armen. Julia weinte und schluchzte. Nach einer Weile legte ich eine Hand auf ihre Schulter, bis sie sich beruhigte. Sie holte tief Atem, ihr Mund zitterte, ihr ganzer Leib fing an zu zittern. Ich nahm eine Wolldecke von der Couch und legte sie ihr über die Schultern, Julia zog die Decke zusammen und wiegte sich vor und zurück. Allmählich ließ der Sturm in ihr nach. Sie saß mit erschöpftem Gesichtsausdruck da, ihr Gesicht hatte rote Flecken, die Augen blickten starr. Sie hob ihren Kopf und schaute mich wie von weit weg an.

Behutsam fragte ich: „Ihr Sohn, geboren am 5. April 1990 auf Norderney, war nicht gestorben, es war alles inszeniert, wie Ihr angeblicher Suizid?"

„Nein, so ... so war das nicht", ihre Worte wurden von tiefen Schluchzern unterbrochen. „Es waren ... Zwillinge ... Tomke starb ... in der sechsundzwanzigsten Schwangerschaftswoche, und sein Bruder Piet lebte aber weiter, er wuchs im Bauch neben seinem toten Bruder heran." Julia atmete tief ein, wurde ruhiger. Sie schnäuzte sich und erlangte allmählich ihre Fassung wieder. Nach ein paar stillen Sekunden fügte sie hinzu: „Es war eine ... Plazenta-Unverträglichkeit, es ist wie eine Stoffwechselerkrankung, sagte Doktor Jacobs damals. Tomke war einfach zu klein und zu leicht, er war nicht ausreichend versorgt worden. So etwas kommt vor. Es sollte aber verhindert werden, dass sein Brüderchen Piet als Frühchen zur Welt kam. Mutter wollte alles verheimlichen, da wäre ein Frühchen mit noch mehr Aufwand verbunden gewesen. Ich kam auf die Isolierstation, als ich einen hohen Blasensprung hatte. Man sagte mir, dass eine Überwachung der Schwangerschaft sehr wichtig sei. In der siebenunddreißigsten Woche wurde Piet mit Kaiserschnitt geholt, bevor es ... zu einer Vergiftung kam." Julia Heymann war beim schmerzvollsten Teil angelangt. Sie wägte jedes Wort ab, und es fiel ihr schwer, die richtigen zu finden. „Und dann ... als es so weit war, wurde mir Piet weggenommen, ich durfte ihn nicht einmal sehen ... und Tomke auch nicht. Meine Mutter hatte das so arrangiert, und Doktor Jacobs war damit einverstanden. Ich wurde gar nicht erst gefragt und Meina sagte nichts." Es entstand eine kleine Pause, dann fuhr sie fort: „Nur eins war ihr wichtig."

Ich fragte: „Und, was war das? Was war ihr wichtig?"

„Ich hatte die beiden tuscheln hören, Doktor Jacobs und Meina. Sie stritten sich, weil Meina darauf bestand, nicht in den Unterlagen vermerkt zu werden."

„Die Patientenakte habe ich gesehen. Sie gab nicht viel her. Außer dem Entbindungsdatum gab es keine Eintragungen zur Geburt, nicht mal ein Geburtenprotokoll."

Julia schien mich nicht zu verstehen, ihr Blick war abgeschweift, sie war ganz in sich versunken. Ich ließ sie in Ruhe, weil ich spürte, dass sie ihren Schmerz noch lange nicht überwunden hatte. Plötzlich begann sie zu flüstern, als spräche sie zu sich selbst: „Das zarte Gesicht durfte ich nie streicheln, es durfte mir nie vertraut werden. Ich durfte mich nie darüberbeugen, abends vor dem Schlafengehen, um es noch einmal zu küssen. Ich durfte nie mein Gesicht neben seines legen, den süßlichen Hauch aus seinem Mund spüren. Ich habe zu Gott gebetet, dass ich Piet eines Tages in meine Arme schließen kann. Manchmal habe ich mir vorgestellt, Piet habe sich nur verlaufen, er klopft gleich an die Tür und möchte ein Glas Milch oder etwas essen, um gleich danach wieder spielen zu gehen ...“

Ich nickte verständnisvoll und holte sie mit einer Frage aus ihren Gedanken zurück. „Julia, woher wusste Meina Sigges, dass Ihr Suizid nur vorgetäuscht war und Sie heute in Schottland leben? Das hatten Sie ihr nicht gesagt, oder?“

„Das wusste sie von meiner Freundin Fenja.“

„Fenja Groothuis, meinen Sie? Pastoralreferentin in der St.-Ludgerus-Kirche?“

Julia nickte. „Ja, ich hatte Fenja in meine Absichten eingeweiht, sie wusste einfach alles über mich, und nur ihr konnte ich mich damals anvertrauen. Sie half mir, nach Schottland zu kommen. Aber später missbrauchte sie mein Vertrauen.“

„Was war passiert?“

„Etwa fünf Jahre nach meinem Verschwinden vertraute sich Meina meiner Freundin Fenja an. Meina war drauf und dran, ihrem Leben ein Ende zu setzen. Ihr schlechtes Gewissen ließ sie nicht mehr ruhig schlafen. Was sie mir angetan hatte, plagte sie so sehr, dass sie mit der Schuld nicht mehr leben konnte. Sie machte sich solche Vorwürfe, sie glaubte ja, wegen meines Selbstmords schuldig geworden zu sein. Und dann erzählte Fenja ihr von der ... Inszenierung, damit Meina nicht länger von Schuldgefühlen geplagt wurde." Julia ließ die Decke von den Schultern gleiten, erhob sich aus dem Sessel, ging zu einer kleinen Anrichte, zog an der unteren Schublade und nahm einen Schuhkarton heraus. Sie setzte sich wieder, nahm behutsam den Deckel ab und legte ihn vor sich auf den Tisch. Dann begann sie, in einem Stapel alter Briefe und Postkarten zu graben. Etwa in der Mitte zog sie einen großen, braunen, in der Mitte geknickten Umschlag heraus. Sie öffnete ihn, zog einen doppelseitig beschriebenen Brief heraus und sagte: „In diesem Brief hat Fenja mir alles gebeichtet. Das tat schon sehr weh. Vor allem befürchtete ich, dass alles auffliegt und meine Eltern Wind davon bekommen, aber so war es nicht. Meina hielt tatsächlich dicht. Und Fenja versuchte, ihren Verrat irgendwie gutzumachen."

Ich betrachtete den geknickten Umschlag, schätzte sowohl die Größe des Umschlags als auch die des Kinderfotos ab und sagte: „Fenja fand heraus, wo Piet inzwischen lebt?"

Julias Brauen hoben sich verwundert, sie erzählte weiter: „Fenja hatte einen Privatdetektiv beauftragt, um Piet zu finden. Sie wollte mir damit zwar einen Gefallen tun, aber es wühlte mich nur auf. Sie hatte in mir diese alte Wunde aufgerissen." Julias Stimme sackte ab, sie schnäuzte sich erneut. „Der Detektiv fand heraus, wo Piet war. Der Mann machte ein paar Aufnahmen, und diese hier war die beste." Sie wies auf das Foto hinter der Folie.

„Darf ich erfahren, wo Piet heute lebt?"

Julia faltete den Brief auseinander. „Fenja schrieb mir damals, was der Detektiv herausgefunden hatte: Piet war krank, er hatte eine schwere Operation überstehen müssen, und seit 1992 lebt er bei Hermann und Hilde Lüske in Cloppenburg."

„Was?" Ich konnte nicht glauben, was sie gesagt hatte. Sie ließ mich Fenjas Brief sehen. Es stimmte. Ausgerechnet Cloppenburg – diese Stadt wollte mich nicht loslassen. „Er lebt da seit 1992? Wo war Piet die zwei Jahre zuvor?"

Julia hob die Schultern und machte ein ratloses Gesicht. „I don't ... ich weiß es nicht. Außer der Operation weiß ich nichts darüber."

Ich räusperte mich und fragte: „Haben Sie nie mit dem Gedanken gespielt, Kontakt zu Piet aufzunehmen?"

Sie zögerte, bevor sie antwortete: „Daran habe ich wirklich immer mal wieder gedacht, und dann hatte ich Angst, mit meinem Egoismus alles kaputtzumachen."

„Egoismus?“, fragte ich. „Piet ist Ihr Sohn.“

Julia hob die Hand. „Genug davon! Ich habe für mich entschieden, Piet nicht wiederzusehen, weil die Umstände ...“, sie atmete tief ein und sagte leise, „nein, darüber kann ... ich nicht sprechen.“ Es klang wie eine Vertröstung auf Sankt Nimmerlein. Vielleicht lag viel mehr Glut unter der Asche verborgen, als ich ahnte. Glut, die nicht erlöschen wollte. Ihr Mund bewegte sich, aber es kam kein Laut heraus. Mit einer abrupten Bewegung erhob sie sich, trat ans Fenster und sah auf die Straße.

In dieser Situation hielt ich es für unangebracht, auch noch Fragen nach dem Vater des Jungen zu stellen. Für heute waren es genug aufgerissene Wunden. Ich sagte: „Julia, haben Sie vielen Dank für Ihr Vertrauen. Sie können sich auf meine Diskretion verlassen. Darf ich mich gegebenenfalls wieder bei Ihnen melden?“

Mir den Rücken zugewandt, nickte sie stumm. „Ob der Schmerz jemals aufhört?“, fragte sie unvermittelt gegen die Fensterscheibe.

„Ich weiß es nicht. Ich vermute nicht. Aber vielleicht gibt es Wege, um damit zu leben. Sie haben Ihren Weg bestimmt schon für sich entdeckt.“

Julia drehte mir ihr Gesicht zu und sagte mit einer Stimme, die ihr nicht ganz gehorchte: „Sie haben recht. Nur der Schmerz ... der kommt immer wieder hoch.“

„Das sind die Narben, die uns ausmachen“, sagte ich leise.

Julia drehte sich ganz zu mir um, ihre Augen schimmerten feucht. Ein flüchtiges Lächeln kräuselte ihre Lippen.

Mein weiteres Vorgehen wollte ich mit ihr absprechen, ich sagte: „Gern möchte ich mehr über Piets erste zwei Lebensjahre erfahren und auch darüber, wie seine Kindheit und Jugend verliefen. Sind Sie damit einverstanden, wenn ich Familie Lüske einen Besuch abstatte?“

Sie dachte kurz darüber nach. „Ja, das dürfen Sie, aber verraten Sie mich unter keinen Umständen, Frank“, sagte sie mit deutlicher Betonung und presste die Lippen aufeinander. „Das ist meine einzige Bedingung“, fügte sie hinzu.

„Selbstverständlich. Machen Sie sich darüber keine Sorgen. Ich werde mich zu gegebener Zeit bei Ihnen melden, um Sie über Piet auf dem Laufenden zu halten.“

„Einverstanden.“

Ich hatte einen Samen Hoffnung in ihre Stimme gelegt. Allmählich sah ich ihre Gesichtszüge wieder fest werden, die vom heftigen Weinen weich geworden waren. Wir gaben uns die Hand und es gab noch eine letzte Frage, die ich ihr stellen musste: „Können Sie sich vorstellen, wer Doktor Jacobs, Pfarrer Sander und Jan Gronewold ermordet haben könnte?“

Die Antwort kam prompt: „Ich lebe seit achtundzwanzig Jahren in Schottland, und meine Gedanken sind ganz bei Piet. Für alles andere fehlt mir die Kraft.“ Sie warf den Kopf in den Nacken, dann wieder nach vorn und ihr Zopf schwang um sie herum, das Ende landete auf ihrer Schulter.

Ich hakte nach: „Also, Sie wissen es nicht?"

„Nein, woher?"

Ich verließ das Wohnzimmer und trat in den Flur, Julia kam hinterher. An der Garderobe gab sie mir meine Jacke.

Ich sah Julia Heymann direkt an und sagte: „Alles Gute für Sie. Und vielen Dank, dass Sie heute Zeit für mich hatten. Danke für Ihr Vertrauen."

„Ich danke Ihnen fürs Zuhören. Meina hatte mir gesagt, dass ich Ihnen vertrauen kann, und ich habe ein gutes Gefühl."

Ich ging durch die Haustür nach draußen, drehte mich noch einmal zu ihr um. Julia sah mich mit traurigen Augen an, aber sie sagte nichts mehr. Mir war, als wanke ich etwas, als hätte mich eine Böe erwischt, aber es war nur dieser traurige Blick. Ich drehte mich wieder zur Straße und ging zum Auto zurück. Als ich den Wagen gewendet hatte, war sie hinter der Tür verschwunden.

Kapitel 21

In mir hatte sich Unruhe breitgemacht, eine undefinierbare, befremdliche Unruhe. Das Gespräch war beendet, aber ich hatte das Gefühl, mit jemandem gesprochen zu haben, den es gar nicht gab. Vielleicht lag das in Julia Heymanns Absicht, gleichwohl wirkte sich das auf meine Ermittlungsergebnisse aus: Ich konnte sie nie als Zeugin anführen, sie war keine evidente Quelle, sie war offiziell nicht existent – sie war ein Geist.

Auf der Fahrt zurück zum Airport ging mir alles Mögliche durch den Kopf. Die schottische Landschaft lief als Hintergrundfilm ab für meine Gedanken, die sich schon wieder um die nächsten Schritte drehten. Dies war gleichzeitig eine meiner Schwächen. Ich habe es nie gelernt, den Augenblick zu genießen. Das Popcorn ist ausverkauft und der Film ist immer schon zu Ende, wenn ich noch an der Kinokasse stehe. Das machte mich zunehmend unzufrieden, und vielleicht war es auch das, woran Susanne an mir verzweifelte. Jedenfalls hielt sie mir dieses Defizit oft vor, und ich nahm es nicht ernst genug. Und im nächsten Moment war sie bei diesem Stefan ... Ich dachte genau noch drei Sekunden an Susanne, dann war ich wieder bei meinem Fall.

Julia Heymann lebte, einer ihrer Söhne hatte überlebt, und damit kamen weitere Personen ins Spiel, von denen ich bisher keine Ahnung hatte: die inoffiziellen Adoptiveltern. Das waren Umstände, die mich gedanklich zwischen Norderney und Cloppenburg hin und her zerrten. Fenja Groothuis rückte in den Fokus und jetzt auch Familie Lüske. Fenja war Julias Freundin, aber unbeteiligt an allem, was Julia angetan wurde. Gleichwohl hatte Fenja vermutlich nicht den blassesten Schimmer von Gronewolds illegalen Machenschaften. Aber sie half Julia beim Untertauchen – für mich ein schwarzer Fleck in der Biografie. Was wusste sie noch? Eine weitere ungeklärte Frage war, wer amtlicherseits den Handel mit Babys in legale Adoptionsverfahren umwandelte? Und: Wo war Piet heute? Ich nahm mir vor, seiner Spur zu folgen.

Unmittelbar nach der Landung in Hamburg rief ich Deeken in seinem Büro an. Vaske nahm ab. Er sagte, Deeken sei verhindert, aber er selbst könne mich auf den aktuellen Stand bringen.

Ich sagte: „Das wäre wirklich nett, Herr Vaske. Hat sich was ergeben?"

„In der Tat! Wir haben fremde DNA an zwei Tatorten sicherstellen und isolieren können. Die eine in der St.-Ludgerus-Kirche, in dem Mordfall Pfarrer Sander, und die zweite im Hotel Nordstern, im Mordfall Jan Gronewold. Die fremde DNA stammt aller Wahrscheinlichkeit nach von einem männlichen Täter. Ich sage „aller Wahrscheinlichkeit", weil das Zellmaterial aus der Blutspur des zweiten Tatorts leider nur sehr dürftig war für die schnelle DNA-Analyse."

„Eine schnelle DNA-Analyse?" Ich hatte davon gelesen, wusste aber nicht, dass sie in unseren Breiten bereits Verwendung fand.

„Ein ganz neues und schnelles Verfahren, das aber offiziell noch nicht angewendet wird", erklärte der Oberkommissar.

„Aber Sie haben es bereits?", fragte ich verwundert.

Vaske druckste herum: „Na ja, ich habe es quasi in Eigenregie organisiert, damit wir schneller vorankommen. In drei Minuten ist das Ergebnis da, und der Sequenzer ist nicht größer als ein USB-Stick."

„Und wie funktioniert es?"

„Für die schnelle Analyse benötigt man zweihundert SNPs, also Einzelnukleotid-Polymorphismen, die waren aber nicht in ausreichender Anzahl vorhanden." Vaske sprach plötzlich leiser, womöglich war Deeken ins Büro gekommen. „Der Haplotyp, also der haploide Genotyp, der sich auf die Nukleotidsequenz ein und desselben Chromosoms im Genom bezieht ..."

Der Satz riss ab. „Gib her ...! Mit wem sprichst du da?", bellte Deeken Vaske an, und in den Hörer: „Gerdes, wo zum Teufel steckst du?"

„Bin gerade aus Schottland zurück und jetzt auf dem Hamburger Flughafen."

„Schottland? Hast du hingeschmissen, Junge? Warum sagst du mir nichts davon?"

Ich dachte an die Highland-Cattle und entschied, nichts von meinem Gespräch mit Julia Heymann preiszugeben. Ich sagte: „Ich habe Freunde und Bekannte besucht."

„Freunde und Bekannte?"

„Es soll Leute geben, die so etwas haben." Deeken schnaubte, ich schob nach: „Ich ermittle aktuell in der Sache mit dem Babyhandel. Ich möchte wissen, wie das vonstattenging."

„Mach das, dann kommen wir uns wenigstens nicht in die Quere." Ruhiger fügte der Hauptkommissar hinzu: „Ich prophezeie dir, das ist ein Schuss in den Ofen. Bei der Hausdurchsuchung bei Gronewold haben wir umfangreiche Unterlagen sicherstellen können, von denen wir uns Aufschluss über den von dir kolportierten *Babyhandel* erhoffen. Wir haben das Jugendamt eingeschaltet, um die aufgefundenen Belege abzugleichen. Vielleicht war das alles ganz legal und du hast es nur in den falschen Hals gekriegt. Was ist, wenn Gronewold ein Kinderheim geplant hat? Schon mal darüber nachgedacht?"

„War das dieselbe Akte, die ich dir auf den Fotos gezeigt habe?"

„Schon möglich. Ich weiß nicht mehr, was auf deinen Bildern war. Jedenfalls war das heiße Luft. Warum sollte Gronewold Unterlagen bei sich aufbewahren, die ihn selbst belasten?"

„Jan Gronewold hat wohl kaum Bonno Cornelius damit beauftragt, legale Adoptionsunterlagen aus dem Hause Doktor Jacobs zu stehlen", sagte ich.

„Hm, da ist was dran", sagte er kleinlaut.

Ich schob Vaskes neuen Ermittlungsansatz durch den Hörer zurück: „Es gibt also neue verwertbare DNA-Spuren?"

„Vaske war mal wieder redselig, was? Ich sage dir mal in einfachen Worten, was Phase ist – es wird ohnehin bald in allen Zeitungen stehen: Wir haben männliche DNA als Täter-DNA identifizieren können. Ich erwäge eine DNA-Reihenuntersuchung für die ganze Insel. Männer im Alter von achtzehn bis siebzig Jahren werden Speichelproben abgeben müssen."

Ich räusperte mich. „Und wenn der Täter nur zu diesem Zweck auf die Insel kam, um gleich nach den Morden wieder abzureisen? So etwas soll es geben." Dabei musste ich an den Fahrraddieb denken, der zum Klauen auf die Insel kam.

Ich hörte Deeken eine Zigarette anstecken. „Mach die Sache nicht unnötig kompliziert, Gerdes! Das Täterprofil lässt auf einen Einheimischen schließen, sagt das LKA."

Ich machte einen verbalen Diener. „Oh, ihr habt ein Täterprofil. Na, da will ich nicht weiter stören."

„Wie freundlich von dir!" Er zog an seiner Fluppe. „Und du? Kommst du noch einmal auf die Insel oder willst du dir die Kurtaxe sparen?"

„Daran merkt man dein Alter – heute heißt es Gästebeitrag. Wenn alles nach Plan geht, werde ich morgen Abend zurück sein. Halte mich bis dahin auf dem Laufenden."

„Sonst noch was?“

„Ich denke darüber nach.“ Ich legte auf und durchsuchte das Smartphone nach den Kontaktdaten von Piets Pflegeeltern, Hermann und Hilde Lüske, ab. Das mobile Internet rückte mit der Anschrift heraus, und ich nahm mir vor, das Ehepaar am nächsten Vormittag unangekündigt aufzusuchen. Überraschungsbesuche bieten oft den Vorteil, dass mehr Wahrheit ans Licht kommt, als den Betreffenden lieb ist, weil die Zeit fehlt, sich etwas zurechtzulegen. Der Nachteil ist, dass man vor verschlossener Tür steht.

Ich machte mich auf den Weg nach Cloppenburg, checkte ein im Schäfers Hotel an der oberen Langen Straße. Am späten Abend machte ich einen ausgiebigen Spaziergang durch die Stadt. Der Schnee war größtenteils geschmolzen, Feuchtigkeit ließ die nahezu menschenleeren Straßen und Wege glitzern, hier und da stieg Dunst auf. Ich schlug meinen Jackenkragen hoch, vergrub die Hände in den Taschen. Der Lichtschein der Schaufensterreklame brach sich als kaleidoskopisches Farbenspiel auf feuchtem Untergrund. Aus einem geöffneten Fenster drang der melancholische Trompetenklang eines Miles Davis. Ich ließ meine Gedanken schweifen, dachte an den Mordfall von 2014 und daran, wie ich nach bitterer Selbsterkenntnis und Therapie wieder zu mir selbst gefunden hatte. Zurück auf meinem Zimmer meldete ich mich bei Antje. Ich schrieb ihr, dass ich morgen wieder nach Norderney zurückkäme. Sie antwortete, dass sie sich auf mich freute. Danach rief ich Susanne an. Wir sprachen wie gewohnt in einem distanziert frostigen Ton miteinander. Der Inhalt des Gesprächs war gewohnt anklagend, wenngleich sie mich zum Ende hin mit einer erschütternden Nachricht konfrontierte, die mich fast aus der Bahn warf. Wir vereinbarten, dass ich mich in den nächsten Tagen wieder bei ihr melden würde – darauf könne sie sich verlassen. In der Nacht machte ich wegen dieses Telefonats kein Auge zu. Am nächsten Morgen befuhr ich mit einem leichten Frühstück im Bauch die Famila-Brücke bis nach Lankum. Das Ehepaar Lüske lebte dort am Cappelner Damm, der Verbindungsstraße zwischen Kreisstadt und der Gemeinde Cappeln im Osten, die in meiner Jugend vor allem als Ausweichstrecke für feuchtfröhliche Partygänger bekannt war. Damals noch wenig befahren, heute fast Rennstrecke mit neuem Asphalt und schicken Wohnpalästen auf der Nordseite. In Höhe des Baumarktes stand ein mobiles Blitzgerät, das mir fast zum Verhängnis geworden wäre.

Das Wetter war hellgrau. Über mir ein schimmernder Himmel, der kurz davor war, aufzureißen. Die Lüskes wohnten in einem neuen Haus aus rotem Backstein, es war im Stile eines Bauernhauses errichtet, von der Größe eines Busdepots mit einem halbhohen Sandsteinportal als Einfahrt und circa zweitausend Quadratmetern sanft ansteigendem Rasen, auf dem nur noch wenig Schnee lag. Die Grünfläche reichte vom Rhododendron-Wall an der Straße bis zum Haus, das von einem schmalen Beet umgeben war. Links Nebengebäude, rechts Garage mit zwei breiten, weißen Toren. Ich fuhr über die Zufahrt aus hellem Kies, bis zu einer quadratischen Natursteinfläche, auf der ein schwarzer Mercedes vor sich hin glänzte. Hinter Fenstern brannte Licht, es war jemand zu Hause. Es war eines dieser gediegenen, soliden Häuser, die niemals als Bauernhaus genutzt worden waren, aber wegen der Nebengebäude und allem Drum und Dran den Eindruck fleißiger, bäuerlicher Betriebsamkeit erweckten – ein Vermögen wert. Von hier sah ich, dass es hinter dem Haus einen weitaus größeren Garten gab, mit Gewächshaus oder Wintergarten.

Ich stieg aus, näherte mich dem repräsentativen Hauseingang. Durch ein auf Kipp gestelltes Fenster dröhnte Schlagermusik, die Beats hämmerten penetrant – es war Andrea Berg. Ich drückte die Klingel und erwartete Kuhglocken, aber es kam lautes Schrillen. Andrea Berg hielt den Mund, dafür näherten sich Schritte hinter der Tür. Ein älterer Herr um die siebzig, sehr groß und schlank, öffnete die Haustür zwei Handbreit.

„Ja, bitte?", fragte der Mann mit sonorer Stimme.

Sein Blick war skeptisch, und ich hätte ihm gern gesagt, dass ich nicht gekommen war, um ihm die Wikipedia-Printausgabe zu verkaufen, aber ich sagte nur: „Guten Tag, mein Name ist Frank Gerdes. Ich möchte gern mit Piet Lüske sprechen."

„Wie? Ähm – Piet wohnt seit zehn Jahren nicht mehr hier. Es tut mir leid", sagte Herr Lüske übellaunig und schob die Tür wieder zu.

Ich beeilte mich zu sagen: „Vielleicht können Sie mir weiterhelfen, Herr Lüske?“

Die Tür stoppte. Er fragte: „Worum geht es denn?“

„Ich bin privater Ermittler, und meine Recherchen haben mich zu Ihnen geführt. Nun habe ich ein paar Fragen, deren Beantwortung mir sehr behilflich sein könnte. Sie haben dabei nichts zu befürchten.“

„Wieso? Hat Piet denn etwas ausgefressen?“, fragte Herr Lüske unsicher.

„Nicht dass ich wüsste. Ich habe lediglich ein paar Routinefragen, die selbstverständlich auch Sie beantworten können, Herr Lüske.“

Seine Augen musterten mich von oben bis unten, aber sie machten nicht den Eindruck, als wären sie mit dem Ergebnis zufrieden. „Warum sollte ich? Machen Sie, dass Sie hier wegkommen. Ich rufe die Polizei, wenn Sie nicht gehen!“ Die Tür ging wieder zu.

„Ganz wie Sie möchten.“ Ich hob beide Hände, wie um zu unterstreichen, dass ich seine Entscheidung respektierte, gleichzeitig baute ich Druck auf. „Wenn die Beamten erst mal da sind, lassen die sich nicht so einfach abwimmeln.“

Auf einmal öffnete sich die Tür wieder, Herr Lüske ging zwei Schritte auf mich zu, so, als würde er mir eine langen wollen. Ich legte instinktiv den Rückwärtsgang ein. Sein hartes Gesicht zeigte eine Spur Nervosität, er sagte: „Was bilden Sie sich ein?“

Ich sagte in einem beruhigenden Tonfall: „Es liegt ganz bei Ihnen. Ich mache Ihnen einen Vorschlag: Sie hören sich meine Fragen an, dann können Sie immer noch entscheiden, ob Sie darauf antworten. Ich möchte keine Auseinandersetzung mit Ihnen, das ist nicht meine Absicht."

Er brauchte ein paar Sekunden, bis er sichtlich abkühlte und fragte: „Können Sie sich eigentlich ausweisen?"

Ich zog die erforderlichen Dokumente aus der Tasche und reichte sie ihm. Nach einem prüfenden Blick auf die Karten wurde er zahmer. „Nun gut, Herr ...", sagte er mit eiserner Höflichkeit, dabei ließ er seinen Blick ein zweites Mal über die Visitenkarte schweifen, „... Gerdes", sagten wir gleichzeitig. Ich bekam die Dokumente zurück, die Visitenkarte ließ ich bei ihm. „Kommen Sie mit", sagte Herr Lüske. Er machte kehrt, ging ins Haus, und ich folgte ihm durch den breiten Flur. Ablegen durfte ich nicht, oder er hatte seine gute Kinderstube vergessen. Hermann Lüske ging leicht gebückt, so, als hätte er sich angewöhnt, Kollisionen mit niedrigen Türen zu vermeiden. Seine Arme waren lang, genau wie der Rumpf, und sein Gang war unsicher, als könne er die Spur nicht mehr halten. Vielleicht war es das Alter, vielleicht eine Krankheit. Weiter ging es durch ein Ess- und ein Wohnzimmer. Die Einrichtung geschmackvoll, an den Wänden hingen Gemälde mit Jagdmotiven. Herr Lüske führte mich am anderen Ende des Wohnzimmers durch eine Tür hinaus in einen Wintergarten. Ich stellte mich auf Frostbeulen ein, aber das Glashaus war beheizt, und ich vermied es, mit Steinen zu werfen.

Eine Frau etwa im selben Alter wie er saß rauchend in einem Korbsessel an einem runden Tisch, vertieft in ein Heft der Regenbogenpresse. Sie schaute auf, und als sie mich sah, fiel ihre Kinnlade herunter.

Ihr Mann sagte mit verkniffenem Mund: „Hilde, das ist Herr ...“, wieder schaute er auf die Visitenkarte, „... Gerdes. Er ist privater Ermittler und hat ein paar Fragen an Piet.“ Sein Mund wirkte dabei energisch und sein Kinn von der Seite viereckig.

Frau Lüske betrachtete mich mit einem missbilligenden Zug um die schmalen Lippen, nickte herablassend und sagte mit hoher, kratziger Stimme: „Piet wohnt hier nicht mehr, und wir können Ihnen auch nicht sagen, wo er gerade ist.“

Ich räusperte mich. „Guten Tag“, begrüßte ich sie. „Vielleicht können Sie mir dennoch einige Fragen beantworten“, sagte ich an beide gerichtet und wandte mich wieder an Hermann Lüske, „es sind nur wenige. Ich möchte Ihnen nicht unnötig die Zeit stehlen.“ Wie sehr Rentner und Pensionäre heutzutage unter Zeitdruck stehen, war mir bekannt. Herr Lüske nickte entgegenkommend, während sie weiterhin reserviert blieb.

Sie fragte: „Wieso? Was ist denn mit Piet?“

Dankenswerterweise übernahm Herr Lüske diesen Part: „Herr Gerdes will uns nur ein paar Routinefragen stellen. Vielleicht hören wir ihn uns erst einmal an“, schlug ihr Gatte vor. Dem Wörtchen „nur“ entnahm ich, dass seine Bereitschaft, mit mir zu sprechen, durchaus vorhanden war. Ich betrachtete ihn eingehender: Seine Gesichtshaut zeigte ein Muster aus geplatzten Äderchen, die Augenbrauen bildeten putzige Kurven und Winkel und die Augen lagen tief in seinem schmalen Gesicht.

Hilde Lüske zeterte unter der Oberfläche, ihre Lippen zuckten nervös, sie sagte aber nichts. Das silbergraue Haar war auftoupiert, an den Ohren baumelte schweres Gepränge mit leuchtenden Steinen. Ähnliche Steine fand man auch an ihren Fingern, die fleckig und ausgedörrt wirkten wie trockene Äste. Sie hatte dunkle Ringe unter den Augen, wie ein Kind, das am Vorabend zu lange ferngesehen hatte. Ihr Gesicht schien so welk und trocken, dass es zu Staub zerfallen würde, wenn man es berührte. Ihr Mund öffnete und schloss sich wieder, er wurde schmal und verkniffen. Sie war kurz davor, in die Luft zu gehen, das sah ich ihr an. Gleichzeitig schoss sie mit ihrem Blick einen giftigen Pfeil auf ihren Gatten ab, der sein Ziel offensichtlich verfehlte. Mit träger Ruhe sagte er, weit weniger höflich, als ich erwartet hätte: „Jetzt reg dich nicht auf, Hilde, und fange bloß nicht wieder das Nörgeln an. Ich denke, dass der Herr ..."

„Gerdes", sagte ich.

„... Gerdes gerade zum richtigen Zeitpunkt kommt."

Ihr Gesicht bekam Farbe, die Wangenknochen traten dagegen weiß hervor. Frau Lüske lachte spitz auf, und mit einer Spur Verbitterung in der Stimme sagte sie: „Ach, was weißt du schon, was gerade richtig ist?" Er antwortete nicht und bewegte sich auch nicht. Nichts bewegte sich. Sie bewegte sich nicht, die Luft bewegte sich nicht, der Garten bewegte sich nicht, nur ich bewegte mich.

Ich schaute hinaus in den immens großen Garten. In der Mitte des Rasens stand ein blattloser Baum, leuchtend rote Blätter lagen darunter. „Sagen Sie, ist das ein Amberbaum? Meine Eltern hatten damals einen in ihrem Garten", sagte ich wie beiläufig, als könne ein kleiner Themenwechsel die angespannte Situation etwas entschärfen.

Herr Lüske taute auf, die Strenge verschwand gänzlich aus seinem Gesicht. „Ja, ja, das ist ein Amberbaum. Ich liebe ihn geradezu, weil die Blätter so lange diese intensive Farbe haben, als würde der Herbst noch lange nicht aufhören. Der Baum verkürzt mir jedes Jahr den Winter, deswegen lasse ich die roten Blätter einfach liegen." Er lächelte tatsächlich. „Und sehen Sie die gelben Blüten da am Gehölz, rechts neben der kleinen Statue?"

Ich vergewisserte mich: „Sie meinen den Strauch mit den kleinen, buschigen Blüten?"

Herr Lüske nickte, er erklärte: „Das ist die Zaubernuss! Sie blüht im Winter, noch vor dem Blattaustrieb."

„Das ist ganz erstaunlich!", bestätigte ich.

Sein Gesichtsausdruck hatte jetzt etwas Verträumtes. „Und hier auf der linken Seite", er wies mit der Hand auf ein kleines Beet, „blüht die Schneerose, die allgemein auch Christrose genannt wird. Sie hat in diesem Jahr besonders viele Blütenknospen."

„Hermann, nun ist es genug! Herr Gerdes interessiert sich nicht wirklich für deine Pflanzen!", stieß Hilde Lüske wütend hervor. Eine Aschestange landete auf dem Vinylboden.

„Wie kannst du nur so etwas sagen? Natürlich interessiert er sich dafür, du hörst es doch", sagte Herr Lüske, ohne sich wirklich aufzuregen. Sie verstummte, schüttelte leicht mit dem Kopf und sah wieder in das Magazin. Er tat einen Schritt auf sie zu. „Machst du uns bitte einen Kaffee? Für mich heute ohne Koffein." Seine Wangenmuskeln arbeiteten unaufhörlich. Hilde Lüske schaute desinteressiert, sie wandte ihren Blick ab, als hätte sie seine Bitte nicht vernommen. Dann stieß sie eine Rauchwolke aus und sah ihr mit halb geschlossenen Augen hinterher. Herr Lüske ließ sich nicht abwimmeln, er blickte sie auffordernd an.

Nach einer kleinen Weile fragte sie mich: „Mit Milch und Zucker?"

Ich antwortete: „Nur Milch bitte."

Ihr Gesicht zeigte keine Veränderung, es blieb maskenhaft und undurchschaubar. Frau Lüske erhob und bewegte sich mit einer erstaunlichen Agilität ins Haus.

Mit einer Geste bot Herr Lüske mir einen Platz in einem der Korbsessel an. Ich öffnete meine Jacke, wir setzten uns. Er kam ins Plaudern: „Alles, was Sie hier sehen, habe ich mit diesen Händen hart erarbeitet." Herr Lüske zeigte mir seine Pranken. „Mein Vater war Landwirt, einfach und bescheiden. Er kam arm auf die Welt und ging noch ärmer von der Welt. Wir besaßen damals nie etwas. Irgendwann regte sich etwas in mir, ich wollte aus dieser Armut heraus und wollte nicht akzeptieren, dass es immer so weitergeht. Ich besuchte die Abendschule, holte das Abitur nach und ging an die Hochschule." Ein stolzes, schiefes Lächeln erschien auf seinem Mund. „Ich machte etwas aus mir, ich gründete ein mittelständisches Unternehmen für Zerspanungstechnik. Veredelung, Entgraten, Montage und Qualitätssicherung waren unsere Steckenpferde. Wir waren überaus erfolgreich, denn wir hatten Kunden in der ganzen Welt ..."

Ich hörte zu und erfuhr, wie sich der Mann mit Strebsamkeit, Ehrgeiz und angeborener Zuverlässigkeit hochgearbeitet hatte. Vielleicht war auch das ein oder andere Bubenstück dabei, das schiefe Lächeln ließ so etwas erahnen. Herr Lüske würdigte mich während der Erzählung nur selten eines Blickes, ich nahm deshalb die Gelegenheit wahr, mich umzuschauen. Der Wintergarten, ausstaffiert mit Kunstblumen, Fensterbildern und Wohnaccessoires aus dem Kluge-Hausfrau-Katalog leuchtete in den Frühlingsfarben Weiß, Gelb und Grün. Panoramablick ins Morgenland, zur Südostseite des Gartens. An der Wand gegenüber zwei weiß lackierte Anrichten, darauf Familienfotos und noch mehr Auszeichnungen diverser Innungen.

Frau Lüske kam mit vollem Tablett in den Wintergarten zurück. Und Herr Lüske beendete seine Businessbiografie mit den Worten: „... nie wieder Armut, sondern nur noch die angenehmen Seiten des Lebens genießen: Kultur, Reisen, ein schönes Haus und andere schöne Dinge."

„Da fehlte nur noch das Kind zum Glück ...", sagte ich leichthin.

Hilde Lüske blieb wie angewurzelt stehen. Sie blickte mich entgeistert an. „Was fällt Ihnen ein?", fragte sie schroff. Und mit Nachdruck: „Sie kommen hierher und ..."

„Was ist nun mit dem Kaffee?", fiel Herr Lüske ihr laut ins Wort. Seine Frau löste sich aus ihrer Erstarrtheit und stellte das Tablett etwas zu hart auf den Tisch. Darauf standen drei zerbrechliche, grünbraune Tassen und zwei Kannen aus derselben Familie. Hilde Lüske verteilte die Tassen, stellte Sahne und Zucker für uns alle erreichbar in die Mitte, schenkte Kaffee ein und setzte sich wieder.

Ihr Hermann tat zwei Stücke Zucker in seinen Kaffee, nahm den Löffel, rührte um und sagte: „Sie liegen gar nicht so falsch, Herr Gerdes. Viele Jahre hofften wir, dass uns das Glück eines leiblichen Kindes beschieden sein würde, aber dieser Wunsch ging leider nie in Erfüllung."

Hilde Lüske schnappte nach Luft, sie gab ihm Zeichen, er aber schien nicht verstehen zu wollen. Sie protestierte: „Hermann, das geht Herrn Gerdes wirklich nichts an!" Sie schüttelte mit dem Kopf. „Ich möchte nicht, dass wir hier und jetzt über Persönliches reden", sagte sie aufgebracht und vermied es, mich anzusehen, während ich Sahne in meinen Kaffee goss, umrührte und einen Schluck aus der Tasse nahm.

Herr Lüske ließ sich nicht aus der Ruhe bringen. „Hilde, genau das ist unser Problem! Wir machen immer alles nur mit uns selbst ab. Mit unseren Sorgen haben wir uns nie jemandem anvertraut, wir haben nie um Hilfe gebeten."

„Wie kommst du denn jetzt darauf? Welche Sorgen denn?", stieß sie heftig hervor. Nach einer Weile sagte sie etwas ruhiger: „Du kennst meine Haltung. Es ist nur eine Sache der inneren Stärke."

Herr Lüske wurde ungehalten, blickte entweder in den Garten oder auf den Tisch, aber er schaute seiner Frau nie in die Augen. Als er weiterredete, klang es fast wie ein Befreiungsschlag: „Und so stark, wie du es mir seit fünfzig Jahren einredest, bin ich nicht." Er machte eine abwertende Handbewegung. „Außerdem haben wir hier einen Gast, vor dem wir das jetzt nicht klären müssen!" Er wandte sich direkt an mich: „Herr Gerdes, was möchten Sie über Piet wissen?"

Während seine Gattin kopfschüttelnd nach der Zigarettenpackung griff und sich eine weitere Zigarette ansteckte, überdachte ich die Situation. Man vermutet, dass Paare, die die meisten Kreuzwege ihres Lebens bereits hinter sich haben, ihrem Schicksal gelassener entgegensehen. Doch zwischen Hermann und Hilde Lüske hatte sich Frust angestaut, der nie richtig verarbeitet worden war. Heute erschien ich auf der Bildfläche und bekam den Haufen um die Ohren gehauen – ich war am richtigen Ort, zu einer ungünstigen Zeit. Für Eheprobleme waren andere zuständig.

Ich wollte mein eigentliches Ziel nicht aus den Augen verlieren.

Ein, zwei Sekunden waren vergangen, ich fragte: „Wenn ich Ihre Antwort richtig deute, ist Piet also nicht Ihr leiblicher Sohn?"

Herr Lüske antwortete: „Und wenn ich Ihre Frage richtig deute, wussten Sie das bereits."

Dieses Spiel ließ sich beliebig fortführen, ich vermied es, gab ihm einfach recht: „Ich bin nicht gekommen, um Ihnen moralische Vorhaltungen zu machen oder strafrechtliche Konsequenzen anzudrohen, das liegt generell nicht in meiner Absicht. Ich glaube, dass jetzt Umstände eingetreten sind, die, sagen wir mal, es erfordern, Hintergründe über Piets Herkunft und Adoption offenzulegen, die de jure keine war."

Hilde Lüske zischte erneut: „Was erlauben Sie sich, Gerdes? Wer gibt Ihnen das Recht, ...?"

Ich hob meine Hand. „Ich nehme mir selbst das Recht", unterbrach ich sie schroff, „um Piets willen, und um derer willen, die auf ganz ähnliche Weise aus denselben Gründen in fremden Familien aufwachsen mussten."

Frau Lüskes Antwort erfolgte zunächst stumm, es war ein verächtliches Verziehen der Oberlippe. Sie nahm ihr Räucherstäbchen aus dem Gesicht und richtete sich auf. „Sie wissen gar nichts, und Sie kennen *unseren* Piet ja nicht mal!" Sie sagte „unseren" so ungewöhnlich, dass ich nicht wusste, wie sie es verstanden haben wollte. Besitzanspruch oder das Gegenteil, Distanzierung.

Ich machte eine vage Handbewegung und entgegnete höflich: „Darum bin ich hier, ich möchte ihn kennenlernen und ich hoffe, dass Sie mir dabei helfen können."

Hermann Lüske unterbrach unseren kleinen Schlagabtausch. „Ich weiß nicht, wie viel und welche Informationen Sie von uns verlangen können. Sie haben gar keine rechtliche Handhabe, wenn ich das richtig sehe."

Wenn es nur irgendetwas gab, das sie aus dem Elfenbeinturm ihrer Selbstgerechtigkeit vertreiben könnte. Ich hob meine Handflächen an. „Verlangen kann ich nichts, aber ich weiß, an wen ich mich wenden werde, wenn man mir Märchen als Wahrheit verkauft. Und glauben Sie mir, die Behörden sind in diesen Tagen dankbar für jeden Tipp." Es klang wie eine Drohung, und das sollte es auch sein. Darauf folgte Stille. Hermann Lüske zog ein Stofftaschentuch aus seiner Hosentasche, betupfte damit die Stirn und steckte es wieder ein. Jeder von uns nahm einen Schluck goldbraunen Kaffees, und Frau Lüske öffnete eine bunte Keksdose mit aufgeprägten Hafengrüßen aus Greetsiel, die sie sich von einer Anrichte geangelt hatte. Vielleicht war es ihre Art, das Kriegsbeil zu begraben. Herr Lüske fingerte eine Butterbrezel aus der Dose und knabberte daran. Ich deutete dieses Verhalten als stillschweigendes Zugeständnis, meine Fragen stellen zu dürfen.

Noch bevor ich loslegen konnte, begann Hilde Lüske, ganz von allein zu erzählen. Ganz von selbst zündete ihre Stimme die nächste Stufe, sie bekam einen geplagten Unterton. Und diese Stimme sagte: „Wir bekamen Piet, als er zwei Jahre alt war.“ Sie räusperte sich. „Wir wussten, dass er eine Odyssee hinter sich hatte, und er brauchte dringend eine stabile, verlässliche Familie.“

„Darf ich Sie etwas fragen?“, warf ich ein.

Ihre Lippen spannten sich über den Zähnen, als trage sie eine Zahnspange. Es war ein breites, aufgesetztes Lächeln. Sie sagte übertrieben freundlich: „Ja, Herr Gerdes, das dürfen Sie.“

„Wer vermittelte Ihnen den Jungen?“

Hermann Lüske übernahm das Reden: „Das war Pastor Sander, ein sehr netter und fürsorglicher Pastor aus dem Bistum Osnabrück. Er kümmerte sich sehr aufopferungsvoll um die kleinen Schützlinge, die ihm anvertraut waren. Sein Ruf war tadellos.“

Ich fragte weiter: „Wie und wo haben Sie ihn kennengelernt?“

Frau Lüske kam ihrem Mann zuvor: „Das war ... ja, 1989 lernten wir ihn kennen. Wir bekamen den Tipp von einer guten Freundin hier aus Cloppenburg. Es hieß, Pastor Sander würde ganz unbürokratisch bedürftige Kinder an kinderlose Paare vermitteln.“ Sie machte eine Pause und trank einen Schluck Kaffee. „Wir besuchten eine seiner Vortragsveranstaltungen in der Akademie Kevelaer, und im Anschluss wandten wir uns mit unserem Anliegen direkt an den feinen Gottesmann. Es war unsere wohldurchdachte Entscheidung, als Reaktion auf seinen ermutigenden Vortrag. Wir haben nichts Unbedachtes getan."

„Hatte Pastor Sander erzählt, woher die Kinder stammten?", fragte ich.

Sie überlegte kurz. „Nicht direkt. Er sagte nur, dass Säuglinge immer wieder anonym abgegeben wurden, oder alleinerziehende Mütter wären mit ihrer neuen Situation völlig überfordert. Und er meinte, dass außergewöhnliche Umstände schnelle, unbürokratische Maßnahmen erforderten."

„Und wie ging es weiter?"

Frau Lüske zog an ihrer Zigarette, Herr Lüske antwortete: „Tja, auch uns gegenüber war Pastor Sander überaus zuvorkommend. Gegen Aufpreis setzte er uns weiter oben auf die Warteliste, und dann dauerte es nur wenige Wochen, bis Piet zu uns nach Hause kam. Damals wohnten wir noch im Inselviertel."

Es klang nach einer ausgeklügelten Geschäftsidee: fachbezogene Vorträge für eine fest definierte Zielgruppe, Kundenakquirierung unter dem Deckmantel der Kirche und von den Behörden vollkommen unbehelligt. Raffinierter ging es kaum. Für mich wurde aber nicht deutlich, ob die Lüskes sich der Tragweite ihres Handelns bewusst waren, ich hakte nach: „Bitte verstehen Sie mich nicht falsch: Es liegt mir fern, Ihr Verhalten in irgendeiner Weise zu kritisieren oder gar moralisch zu verurteilen. Ich gehe davon aus, dass Sie das Beste für den kleinen Piet wollten. Aber es war Ihnen schon bewusst, dass diese Art der Adoption illegal ist, und wenn die Behörden ..."

„Was heißt hier illegal?“, unterbrach Frau Lüske mich. „Es war schlichtweg unwürdig, ja erniedrigend, dass uns seitens der Behörden kein Kind anvertraut wurde!“ Sie drückte ihre Zigarette im Aschenbecher aus.

„Warum verwehrte man Ihnen das?“, fragte ich, zaghafter, als mir zumute war.

Ihre Antwort war längeres Schweigen. Frau Lüske entfernte mit dem Fingernagel einen Tabakkrümel zwischen ihren Schneidezähnen, steckte sich eine weitere Zigarette an, ließ Dunst ab und sagte mit leerer Stimme: „Ich hatte damals gerade eine Entziehungskur hinter mir.“

Ich wollte intervenieren. „Hm. Vorausgesetzt, sie verlief erfolgreich, wäre das ...“

Schnell fügte sie hinzu: „Und wir waren beide über vierzig.“

„Das wäre bestimmt kein Ausschlusskriterium gewesen, vermute ich.“

Ihr Mann Hermann gab eine Insiderinformation zum Besten, die sein Ego-Denkmal zum Sturz brachte. Er sagte: „Was Sie noch wissen müssen, ist, dass die Geschäfte in meinem Betrieb nicht immer so optimal liefen, wie ich es vorhin beschrieben habe.“ Er machte eine kurze Pause. „Anfang bis Mitte der Achtzigerjahre musste ich enorm viel Kapital in die computergestützte Verarbeitung stecken und die Kosten amortisierten sich viel zu langsam, es kam nicht genug dabei herum. Die Folge waren Probleme und Stress, und dieser Stress schlug mir aufs Herz. Ich erlitt einen Infarkt. Mir wurden vier Stents gesetzt, die fast alle verstopften, als Abwehrreaktion meines Organismus auf die Fremdkörper. Es folgte eine Bypassoperation, und kurze Zeit später erlitt ich einen zweiten Herzinfarkt. Es war ein Hin und Her, und das Ende vom Lied war, dass wir als Paar für eine Adoption nicht mehr infrage kamen."

Ich folgerte: „Und dann kam Ihnen das Angebot von Pastor Sander sehr gelegen. Sie zahlten einen festgesetzten Betrag." Beide nickten, aber in ihren Gesichtern regte sich nichts. Wechselweise betrachtete ich die beiden und fragte: „Wie verlief die geschäftliche Transaktion? Erhielten Sie Dokumente, die Sie als Adoptiveltern auswiesen?"

Herr Lüske leerte seine Tasse in einem Zug, er rekapitulierte: „Nachdem wir die fünfzigtausend D-Mark auf das Konto von Pastor Sander überwiesen hatten, erhielten wir die Adoptionspapiere schnell und unbürokratisch. Pastor Sander hatte Wort gehalten, er kümmerte sich um alle diese Formalitäten. Wir brauchten gar nichts zu unternehmen."

„Welches Amt hatte die Papiere ausgestellt?"

Hermann Lüske antwortete: „Die waren vom Jugendamt in Norden, Außenstelle Norderney."

„Und wie ... kam Piet dann zu Ihnen? Wie lief das praktisch ab?"

Frau Lüske paffte gegen die Decke aus Acrylglas, betrachtete mich abschätzig und sagte: „Wir machten telefonisch ab, an welchem Tag und zu welcher Uhrzeit der Junge gebracht wird. Es war ganz einfach!"

„War es Pastor Sander persönlich, der ihn brachte?"

Hermann beugte sich leicht nach vorne und sagte: „Nein, nein, wo denken Sie hin, der Pastor war doch viel zu beschäftigt. Er hatte oft in der Schweiz zu tun, wenn ich mich richtig erinnere. Er schickte jemanden ... wie war noch sein Name ... ich komme gleich drauf ..."

Frau Lüske war wieder am Ball. „Cor... Cornelius oder so ähnlich. Ja, jetzt weiß ich es wieder, Bonno Cornelius hieß der freundliche Herr, der uns Piet gebracht hat."

Der Name schlug bei mir ein wie eine Unterwasserbombe. Dieser Name verursachte in mir dumpfe Übelkeit. Er war aalglatt und kaum irgendwo festzumachen. Bonno Cornelius war offensichtlich in allem involviert, was Geld einbrachte, und vermutlich war seine jüngste PR-Aktion um vertauschte Babys nur ein weiteres Mittel, um Dr. Jacobs und Pfarrer Sander gemeinschaftlich zu erpressen. Was war, wenn er hinter all den Morden steckte, weil sie nicht bereit waren, zu zahlen? Bezüglich der DNA-Analyse sollte ich Deeken den Tipp geben, sich zuallererst Cornelius zur Brust zu nehmen.

Frau Lüske starrte mich mit Augen an, die nur ein schmaler Schimmer zwischen engen Lidern waren. Sie fragte: „Das interessiert Sie nicht?"

„Ganz im Gegenteil, Frau Lüske. Sie erinnern sich nach so vielen Jahren noch so gut an den Namen?"

„Ja, der war so besonders. Noch im selben Jahr schrieb ich ihm eine Dankeskarte, darum prägte sich mir sein Name ein."

Ich fragte sehr behutsam: „Wissen Sie, dass Pastor Sander im Januar auf Norderney umgebracht wurde?“

Als Antwort sahen sie einander kurz an, blieben einen Moment vollkommen stumm. Herr Lüske brach die Stille: „Ja, davon haben wir gehört, und wir können es einfach nicht glauben. Wer kann etwas so Grauenvolles getan haben?“

„Das entzieht sich meiner Kenntnis, die Ermittlungen dauern noch an.“ Ich vollzog einen Themenwechsel, wollte etwas über Piets Kindheit und Jugend in Erfahrung bringen, auch für seine Mutter Julia Heymann: „Noch einmal zurück zu Piet. Wie hatte er sich gemacht? Wie war Piet in seiner Kindheit?“

Frau Lüske löste ihren Mann wieder ab: „Er war unser ganzer Sonnenschein. Piet war ein aufgeweckter Junge, er lachte viel, aber er hatte auch seine ruhigen, in sich gekehrten Phasen.“

Ich gab einen Schuss ins Blaue ab: „Und wie ging es ihm gesundheitlich? Hatte er die Operation gut überstanden?“

Hilde und Hermann Lüske blickten mich entgeistert an. Hilde fragte aufgeregt: „Seine ... was? Woher wissen Sie ... davon?“

Mit wohlwollender Stimme antwortete ich: „Ich erhielt bisher nur wenig Einblick in Piets erste Lebensjahre, aber diese Information war dabei.“

Hermann Lüske kratzte sich am Hinterkopf und sagte: „Da sind Sie uns gegenüber im Vorteil, denn wir wurden überhaupt nicht auf so etwas vorbereitet. Herr Cornelius übergab uns den Jungen, ohne uns in Kenntnis zu setzen. Und als wir sahen, dass Piet im ... Genitalbereich eine auffällige Narbe hatte, wandten wir uns an Pastor Sander. Es gab wohl eine große Operation, über die er uns irrtümlicherweise nicht informiert hatte. Er bot uns an, Piet wieder zurückzunehmen, aber das lehnten wir ab. Piet ist doch kein Objekt, das man einfach so umtauschen kann. Gleich darauf sandte Pastor Sander uns eine Auflistung der Elternpaare zu, die Piet vorher schon aufgenommen hatten. Offenbar waren sie alle mit Piets Entwicklung überfordert, oder er entsprach nicht ihren Vorstellungen von einem perfekten Kind."

Plötzlich erhob sich seine Frau, ging ins Haus und kam mit einem gefalteten Blatt Papier zurück. Sie nahm es auseinander, darin lag ein weiterer Zettel. „Hier, sehen Sie selbst", sagte sie und reichte mir die kurze Auflistung, die Sanders Brief beigelegt war. Piets erste Pflegeeltern waren Michael und Rita Bahlmann, wohnhaft in Osnabrück. Am 20. Dezember wurde Piet an die Familie Weerts in Aurich weitergegeben. Nach nur einem Monat nahm Familie Brandes in Oldenburg ihn in Obhut, und während dieser Zeit, am 23. Februar 1991, wurde Piet operiert, über Anamnese und Diagnose verriet das Schriftstück nichts. Ein ein Jahr später, am 1. März 1992, waren Hermann und Hilde Lüske als neues Zuhause angegeben.

Ich fragte: „Darf ich ein Foto davon machen?"

Frau Lüske überlegte und stimmte zu, mit der Auflage, die Daten vertraulich zu behandeln. Ich fotografierte die Auflistung mit dem Smartphone und reichte sie ihr zurück. Ich sagte: „Piet hatte schon früh ein bewegtes Leben. Haben Sie sich bei den ersten Pflegefamilien erkundigt, was der Grund für die Operation gewesen war?"

Frau Lüske antwortete: „Ja, das haben wir. Piets Schicksal bewegte uns natürlich. Wir erkundigten uns bei Georg und Sylvia Brandes, und sie meinten, dass Piets Geschlecht unmittelbar nach der Geburt nicht bestimmt werden konnte. Er war so etwas wie ein ... wie sagt man – Zwitter? Wir hatten keine Ahnung, was das wirklich bedeutete, aber Herr Brandes meinte, dass seit der OP alles in Ordnung sei. Also nahmen wir Piet vorbehaltlos an und schenkten ihm unsere ganze Liebe. Er sollte es gut bei uns haben. Wir gaben uns alle Mühe, und wir können mit Stolz sagen, dass uns das sehr gut gelungen ist. Piet entwickelte sich prächtig."

Ich sah zu Hermann Lüske, wie sein Blick zu Boden wanderte und dort kleben blieb. Dabei biss er sich auf die Unterlippe. Nach einer Weile sagte er: „Ich habe versucht, zu verstehen, was mit Piet los ist. Ich habe mich durchgefragt, habe Bibliotheken durchforstet und mit Ärzten gesprochen. Heutzutage ist das alles einfacher geworden durch das Internet, aber damals gab es das ja nicht. Nach allem, was ich aus der medizinischen Literatur herausfinden konnte, litt Piet während der embryonalen Phase unter einer hormonellen Störung, bei der sich sowohl weibliche als auch männliche Geschlechtsorgane gebildet hatten. Die Medizin spricht von einem Pseudohermaphroditismus, in Verbindung mit einer Hypospadie, einem Spaltpenis. Beides wurde zwar operativ behoben, aber Piet blieb dennoch unfruchtbar, weil die Hoden nicht ... ausreichend entwickelt sind." Ich sah, wie sich Hermann Lüskes Gesichtsmuskeln verhärteten.

Ich sagte: „Das tut mir leid für ihn. Ich bin sicher, er erlebte dennoch eine behütete Kindheit bei Ihnen."

Hilde Lüske nickte und sagte: „Oh ja, Herr Gerdes! Wir haben alles dafür getan, dass es ihm an nichts mangelte."

Ich nickte.

Herr Lüske nahm einen Fuß über sein Knie und massierte den Knöchel mit nervöser Hand. Ich ließ meinen Blick zur Anrichte mit den Familienfotos wandern. Sie zeigten die ganze Familie am Strand, in einem Freizeitpark und Piet mit anderen Kindern, offenbar auf einer Geburtstagsparty. Ich wies auf ein Bild ganz links und fragte: „Ist er das?"

Hermann Lüske schaute ebenfalls hin und sagte: „Ja, das ist Piet." Das Foto zeigte ihn im Alter von etwa zehn oder elf, mit Tutu und in Ballettschuhen, in einer typischen Pose an der Ballettstange. Frau Lüske schwieg, sie strahlte auf einmal Unbehagen aus. Es gefiel ihr vielleicht nicht, auf dieses Foto angesprochen zu werden. Ihr Gesicht veränderte sich, es wirkte beklommen.

Ich fragte ohne Schärfe in der Stimme: „Fühlte sich Piet in seinem Jungenkörper wohl, Frau Lüske?" Ich wandte mich halb dem Bild hinter mir zu, als könne ich auch von dort eine Antwort bekommen, wenn sie nicht reden wollte.

Ihr Blick begann umherzuflackern, vermutlich auf der Suche nach etwas, mit dem sie werfen konnte. Als sie nichts fand, hob sie die Schultern. Sie hatte keine Antwort parat, keine befriedigende oder sie zierte sich. Bittend sah sie mich an und sagte: „Lassen Sie Piet in Ruhe!" Hilde Lüske sah hilfesuchend zu ihrem Mann, der rot anlief und zu einer Erwiderung ansetzte. Sie hielt ihn jedoch zurück, indem sie ihre Hand hob. Und auf einmal fand sie Worte, um das zu beschreiben, was so schmerzhaft für sie war: „Immer öfter zeigte sich, dass Piet ... viel mehr Weibliches in sich hatte, als uns bewusst war. Er spielte lieber mit Puppen, als mit seinen Kumpels auf den Bolzplatz zu gehen. Und auch das Tanzen und das Ballett hatte er immer geliebt. Als Nächstes ließ Piet seine Haare lang wachsen, er nahm meine Nähmaschine und schneiderte sich Röcke, und später schminkte er sich sogar. Wir ... wir wollten das eigentlich nicht sehen, nicht wahrhaben, wir haben weggeschaut. Doch Piet verhielt sich nicht wie ein typischer Junge. Man sah es an seinen Bewegungen, so, wie er sich gab. Und das wurde immer ausgeprägter, je älter er wurde." Hilde zog am Glimmstängel, wieder stieß sie eine Rauchwolke aus, dieses Mal langsamer. „Verstehen Sie mich nicht falsch: nicht dass wir sein Verhalten nicht akzeptierten, aber es war schon auffällig." Hilde Lüskes Stimme wurde flach, ihr Gesicht bekam einen kummervollen Ausdruck. Sie hob den Blick, wie um sich zu vergewissern, dass ich aufpasste. Ich nickte, um das zu bestätigen, sagte aber nichts.

Herr Lüske stand auf, stellte ein Fenster auf Kipp und setzte sich wieder. Er sagte: „Piet fühlte sich zu Mädchen hingezogen, das merkte man. Auch schon vor der Pubertät. Aber nie auf eine Weise, dass er ... um sie warb oder mit ihnen flirtete. Sondern eher, um ihr Verhalten und ihre Vorlieben für Jungs und andere Dinge zu kopieren. Er fühlte sich unter Mädchen gleichberechtigt." Seine Stimme klang jetzt steif und erschöpft. Eine Pause, er schüttelte leicht den Kopf. „Ich konnte mir das zunächst nicht erklären, denn das passte nicht zum medizinischen Befund. Seine XY-Chromosomen sprachen ja eindeutig für Piets Männlichkeit. Vielleicht entwickelten sich Testosteron und Keimdrüsen nicht entsprechend – ich weiß es nicht."

Ich fragte: „Sie meinen, die Operation im Kleinkindalter war zu früh?"

Er schaute zunächst seine Frau an, dann wanderte sein Blick zurück zu mir. „Ja, Herr Gerdes. Nach heutiger Kenntnis werden Operationen zur Geschlechtsangleichung bei Intersexualität erst für das späte Jugend- oder frühe Erwachsenenalter empfohlen, wenn sich die Identität ausgebildet hat. Da ist wohl mehr daran beteiligt als Biologie und Chemie."

Hilde Lüske begann zu schluchzen. Sie zog ein Papiertaschentuch aus der Hosentasche und schnäuzte sich.

Ihr Mann warf mir währenddessen einen bedeutungsschweren Blick zu. Er sagte: „Als Piet heranwuchs, stellte sich bei einer Routineuntersuchung heraus, dass sich Eierstöcke und Gebärmutter bei ihm gebildet hatten."

Die Augen seiner Frau schwammen in Tränen, als sie mich ansah. Sie war in großer Erregung und schwankte zwischen Unruhe und Zusammenbruch. Ihr Blick wanderte in die Ferne, und ich spürte, dass sie unmittelbar davor war, die eigentliche Katastrophe der Familie Lüske zu erzählen. Ihr Blick kehrte von dem fernen Gipfel zurück. Ihr kleines, festes Kinn wandte sich mir wieder zu. Sie hatte womöglich begriffen, dass es keinen Sinn hatte, sich weiter zu verstellen. „Wir ... wir waren uns danach einig, dass Piet niemals erfahren durfte, dass wir nicht seine leiblichen Eltern sind ..."

Die Katze war aus dem Sack, ich konnte nicht glauben, was ich hörte. Es ist bekannt, dass so etwas nie gut geht. Aber ich hütete mich davor, ihr das jetzt zu sagen.

Frau Lüske erzählte weiter: „Wir waren der Meinung, dass es besser wäre, ihn glauben zu lassen, dass *wir* seine Eltern sind, weil es keine anderen gab. Wir wollten Rücksicht auf seine Gefühle nehmen, weil wir Angst hatten, ihn zu verlieren." Sie schluckte trocken. „Aber es half alles nichts. Eines Tages fand er es selbst heraus ..." Sie brach in heftiges Weinen aus, verbarg ihr Gesicht in den Händen und schluchzte mit gedehnten, kehligen Lauten.

Hermann Lüskes Gesicht zuckte. Er übernahm die weitere Schilderung, teils mit brüchiger Stimme: „Ich weiß ... nicht mehr genau, wie es ... passierte. Eines Abends, Piet war siebzehn, stand er ... mit einem Foto vor uns in der Wohnzimmertür. Auf diesem Foto waren Hilde und ich mit einigen Freunden. Wir feierten Party auf Mallorca. Auf der Rückseite der Fotografie stand das Datum: 1. April 1990."

Ich bekam Gänsehaut am ganzen Körper, ich sagte: „Fast zur selben Zeit wurde Piet geboren – am 5. April 1990."

Herr Lüske nickte zögernd und ergänzte: „Auf dem Partyfoto war Hilde kein bisschen schwanger. Und weil wir Piet das nicht sofort erklären konnten, machte er sich selbst auf die Suche. Wie ein Verrückter durchsuchte er das ganze Haus. Er setzte mich unter Druck, gefälligst auch den Wandsafe zu öffnen, was ich schlussendlich getan habe." Hermann Lüske begann am ganzen Körper zu zittern. „In dem Safe lagen die Adoptionspapiere, die ich all die Jahre versteckt hielt. Piet muss das geahnt haben. Nachdem er sie durchgelesen hatte, war unser Familienidyll auf einen Schlag Vergangenheit." Herr Lüske ließ die Schultern hängen und flüsterte fast: „Vorher spielte sich Piets Leben in unserem ab, und als er die Wahrheit kannte, verblasste diese Seite in uns, wir bekamen Angst. Wir wussten auf einmal, dass wir ihn verlieren würden." Eine gute halbe Minute hörten wir nur das Ticken der altmodischen Wanduhr.

Ich unterbrach das Schweigen. „Wie ging es weiter, wenn ich fragen darf?"

Hilde Lüske beruhigte sich. „Wir wissen nicht, ob er herausfand, wo er tatsächlich geboren wurde und wer seine biologischen Eltern sind." Sie hob und senkte ihre Schultern. „Wir können es nur vermuten. Vielleicht gaben die Adoptionspapiere etwas her, das ihn weiterbrachte." Sie wandte den Blick ab, stand auf, ging zu einem der großen Fenster, blickte hinaus in den Garten und sprach zur Christrose: „Innerhalb weniger Tage hatte Piet seine Sachen gepackt und war weg, und ...", sie schaute hinunter in ihre Hände mit dem Papiertaschentuch, „seitdem haben wir nie wieder etwas von ihm gehört."

Ihr Mann erhob sich ebenfalls und stellte sich neben sie. Ihre Blicke berührten sich nicht, man nahm sich hier auch nicht in den Arm. Das Paar sagte nichts, fand seine gemeinsame Sprache nicht mehr. Es schaute hinaus in den Garten und schüttelte unisono leicht die Köpfe.

Kapitel 22

Ich weiß nicht mehr, was ich noch sagte oder wie ich mich verabschiedete. Einfühlsame Worte werden es schon gewesen sein. Und jetzt, vier Stunden nach dem Gespräch, saß ich auf der Fähre an einem Tisch und starrte durch schmutzige Scheiben das Meer an. Ich blickte durch das Fenster, ohne konkret etwas zu sehen. Mühsam sortierte ich die Puzzleteile, die immer zahlreicher geworden waren. Mir blieb nichts anderes übrig, als intuitiv dem Weg zu folgen, der mir am vielversprechendsten erschien – das machte ich ohnehin die ganze Zeit. Ich dachte an die Menschen, die mir bisher begegnet waren, und an ihre Geschichten, an das traurige Paar Hermann und Hilde Lüske mit einem Familiengeheimnis, das keins mehr war. Nach anfänglichem Zaudern gewährten sie mir Einblick in das Geschäftsgebaren des Systems Sander/Jacobs/Cornelius. Der Name Gronewold fiel jedoch nicht, was mich verwirrte. Und am Ende des Gesprächs herrschte eine merkwürdige Abbruchstimmung in dem stillen Wintergarten, als seien Herr und Frau Lüske entfernte Verwandte auf Abschiedstour, unmittelbar vor einer Auswanderung. Piet hatte den Kontakt zu ihnen abgebrochen. Beide wirkten verunsichert, entwurzelt und ohne festen Haltepunkt.

Ich hatte selbst einmal Eltern, die beide schon tot sind. Sie kamen bei einem Unfall ums Leben, als ich siebzehn war. Mein Vater war Polizist, er arbeitete bei der Kriminalpolizei, meine Mutter war Schneiderin, sie arbeitete von zu Hause aus und war immer erreichbar für mich. Die Erinnerung an sie ist nur noch blass, das Lachen, die Stimmen, die gütige Hand meiner Mutter. Eltern und Kinder – im Allgemeinen sind sie nur selten glücklich miteinander. Manche Eltern sind zu jung, manche zu alt, manche sterben zu früh, manche sehr spät. Und umgekehrt geben Kinder dem Leben eine neue Richtung vor. Es ist nicht immer die Richtung, die man sich wünscht, aber vielleicht die, die man braucht. Manchmal sind Eltern und Kinder so gegensätzlich wie Frost und Hitze, all die Jahre des kurzen Lebens, die aufreibenden Tage und Nächte. Ich sah mir das Foto an, das ich bei den Lüskes gemacht hatte, und prägte mir die Auflistung der Pflegefamilien ein, bei denen Piet in seinen ersten beiden Lebensjahren untergekommen war. Auch sie waren nicht zusammen glücklich geworden.

Die Fähre näherte sich gegen 16 Uhr dem Anleger, unter einer tiefen, satten Wintersonne, die sich im Hafennebel verlor. Nach dem Ausstieg ließ ich es langsam angehen. Ich ging ein paar Schritte und blieb stehen. Ich dachte an meine Frau Susanne und an das, was ihr jetzt bevorstand – und auch mir. Eine Entscheidung für oder gegen unsere Ehe zu treffen, drängte sich nun geradezu auf. Das allzu bequeme Vorsichherschieben war vorbei, vor diesen Gedanken kann man nicht weglaufen.

Man kann vor der Insel weglaufen, den Menschen, den Touristen und alledem, aber nicht vor der Verantwortung, die sich tief unten regt, irgendwann hochsteigt, anklopft und sich einnistet.

Ich sah auf mein Smartphone. Es wäre an der Zeit, Deeken anzurufen, ihn über die Handlangertätigkeiten des Bonno Cornelius aufzuklären – auch er steckte knietief in den Geschäften mit den Scheinadoptionen. Vielleicht konnte Deeken sich die DNA-Reihenuntersuchung sparen, wenn er sich Cornelius als Ersten vorknöpfte. Mir ging noch etwas anderes durch den Kopf. Ich hatte das Gefühl, etwas nicht zu Ende gebracht zu haben. Seit dem Mord an Jan Gronewold im Nordstern war ich Fenja Groothuis aus dem Weg gegangen. Der Tod ihres Liebhabers musste auch für sie ein entsetzlicher Schock gewesen sein. Zudem überlegte ich, auch Nele Gronewold-Hansen einen Kondolenzbesuch abzustatten, verwarf es aber. Wir bewegten uns auf zwei völlig verschiedenen Planeten, unser Abschied sollte endgültig sein. Also klingelte ich Fenja über mein Smartphone an, wir vereinbarten ein Treffen in etwa einer halben Stunde. Fenja schlug dafür die Stella-Maris-Kirche vor. Daraufhin rief ich Antje an, um ihr zu sagen, dass ich wieder im Lande war. Wir verabredeten uns für den Abend. Als Überraschung sollte es etwas aus dem Meer geben. Wie recht sie damit hatte, konnte niemand ahnen ...

Kapitel 23

Ich spazierte direkt in die weiße Kirche in die Goebenstraße. Mein letzter Besuch war erst fünf Tage her, es kam mir vor wie ein ganzes Jahr. Fenja wartete im unbeleuchteten Kirchenschiff. Niemand sonst war da. Im Halbdunkel sah ich in ihr blasses, sommersprossiges Gesicht, umrahmt von kupferrotem Haar, im Kontrast dazu eine dunkelgrüne Bluse und dunkelgraue Jeans. Schweigend gab Fenja mir die Hand mit einer hauchdünnen Schweißschicht an der Innenfläche. Sie wirkte besorgt, es ging ihr nicht gut, das sah ich ihr an. Auch ihr schüchterner Blick irritierte mich etwas. Mein Verhalten im ehemaligen Hotel Nordstern neulich zählte nicht gerade zu den Glanzlichtern meiner Karriere. Wegen der Spitzelaktion im Schrank hatte ich mit einer kräftigen Ohrfeige von ihr gerechnet. Ich war nicht hier, um sie wegen ihrer Liebschaft mit Gronewold zu verurteilen – sie wird ihre Gründe gehabt haben. Fenja war definitiv in Trauer, ich bekundete ihr mein Beileid. Nach ein paar stillen Sekunden begaben wir uns in die hinteren Räume.

„Falls du dich wunderst, Frank, warum wir uns hier treffen und nicht bei mir zu Hause", begann Fenja unser Gespräch, als wir im Konferenzraum angekommen waren, „Raik soll von alldem besser nichts erfahren." Sie schaltete das Licht ein.

Ich fragte: „Er weiß also nichts von Jan Gronewold und dem, was im Nordstern passierte?"

Hitzige Flecken flammten auf ihrem Hals auf, und ihre Mundwinkel kringelten sich, bevor sie sagte: „Raik weiß nur, was in den Zeitungen und in den Medien steht, er weiß, dass Jan Gronewold umgebracht wurde – mehr nicht." Sie hob ihre flache Hand. „Und das soll bitte auch so bleiben, weil ... na ja ... das ist ganz allein meine Sache – und Sache der Polizei natürlich."

„Ich habe nicht vor, mit Raik darüber zu sprechen. Sei unbesorgt", erwiderte ich.

Fenja lächelte ein schwaches, unsicheres Lächeln. „Danke, Frank", hauchte sie.

Ich merkte ihr an, wie sehr ihr das alles zusetzte. „Gibt es jemanden, dem du dich anvertrauen kannst, der dir hilft, dieses ... Trauma zu verarbeiten?"

Fenja nickte entschieden, ihre Mundwinkel kringelten sich stärker. „Ich habe eine gute Freundin, sie ist Psychologin." Ihre Worte kamen kühl und überlegt, aber nur wenige Sekunden später wurden ihre Augenränder rot und feucht, es platzte nur so aus ihr heraus. Fenja erzählte mir von dem schwierigen Verhältnis zwischen Gronewold und seiner Frau Nele. Unter ihrer Fuchtel habe er gestanden, Nele sei unerträglich gewesen. Das waren alles Dinge, die Jan ihr erzählt hatte. Ich sagte Fenja nicht, dass ich Nele gut kannte, und ich vermied es, ihr zu sagen, dass ich Gronewolds

Schilderungen kaum Bedeutung beimaß. Ich wertete ihre Erzählung nicht, sondern hörte nur zu. Fenja beschrieb, wie Jan Gronewold und sie sich im Laufe der Jahre näherkamen. Schon seit der Schulzeit kannten sie sich, aber Jan habe nie Interesse an ihr gezeigt. Vor ungefähr zehn Jahren kamen sie ins Gespräch, sie unterhielten sich über ihre Beziehungen, und da habe es zwischen ihnen gefunkt. Zunächst fand sie ihn sympathisch, später wurden ihre Gefühle für ihn intensiver. Sie trafen sich regelmäßig im Hotel, seit der Zeit, als es noch in Betrieb war. Die Liebe nahm zu, aber sie konnten sich nicht vorstellen, ihre Ehen deswegen aufs Spiel zu setzen, wollten vielmehr ihre Partner in die Beziehung integrieren. Fenja und Jan strebten offene Ehen an. Kein Betrug, kein Techtelmechtel und keine Heimlichtuerei hinterm Rücken – das war der Plan. Fenja wollte Nele mit offenem Visier begegnen, auch ihren Raik darin einweihen, wenn die Zeit reif dafür sei. Jan tat sich schwer damit, wollte noch etwas warten, Fenja habe keinen Druck auf ihn ausüben wollen. Während sie sprach, überdachte ich die Konstellation aller Beteiligten: Eifersucht war noch immer ein klassisches Motiv für Mord. Möglicherweise war es Fenja entgangen, dass Nele, Raik oder sogar beide Wind von ihrer Affäre bekommen hatten. Eine offene Ehe ist nicht jedermanns Sache, vielleicht war einem der Kragen geplatzt. Die Morde an Pfarrer Martin Sander und Dr. Menno Jacobs wollten jedoch nicht so recht da hineinpassen. Gehörte Jan Gronewold also in eine besondere Kategorie? Das widerspräche der aufgefundenen DNA-Sequenz, die die Fälle Pfarrer Sander und Jan Gronewold verband. Die Wahrheit lag irgendwo dazwischen.

Mit glänzenden Augen ließ Fenja die Erinnerungen an ihren Liebhaber lebendig werden: „Sein schönes Gesicht, und die durchdringenden, blauen Augen ... seine sinnlichen Lippen. Und seine Hände liebte ich mehr als alles andere ... sie waren wie vom Bildhauer geformt ..."

Ich verbuchte solche Erzählungen unter Trauerbewältigung. Es war Fenjas Weg, damit fertigzuwerden. Auf einmal, innerhalb weniger Sekunden, veränderte sich ihr Gesicht. Es schien mehr und mehr vor Elend zu zerfließen, es verwandelte sich zu einem Sinnbild für alles, was in den letzten Jahren schiefgelaufen war, für alles Unausgesprochene, das ihre Ehe mit Raik belastete. Und aus seinen Erzählungen auf Fenjas Party wusste ich, dass die beiden schwere Zeiten hinter sich hatten. Fenjas Lippen begannen zu zittern, der Glanz ihrer Augen erlosch.

Ich wollte sie auf andere Gedanken bringen. „Fenja, offen gesagt, ich hatte mit Vorwürfen von dir gerechnet."

Sie sah mich abwartend an und fragte: „Weil du Jan und mich in flagranti erwischt hast?" Ich nickte. Sie fügte hinzu: „Im Nachhinein habe ich mich eher gewundert, dass die Polizei mich nicht festgenommen hat."

„Und was glaubst du, warum du nicht verhaftet wurdest?“, fragte ich vorsichtig.

„Entweder weil du deinen Mund hieltst oder ... weil die Polizei mich als Täterin ausschließen konnte.“ Ich schwieg, als ich sah, dass Fenja noch etwas sagen wollte: „Denn ich weiß, dass du nicht für dich allein ermittelst, sondern mit der Polizei gemeinsame Sache machst, und ich weiß, dass du in Schottland bei Julia warst.“

Ich war ehrlich überrascht. „Woher?“

Sie antwortete nicht sofort. „Das mit der Polizei hat Hauptkommissar Deeken angedeutet, alles andere habe ich von Meina Sigges. Sie hat sich mir vorgestern anvertraut. Sie sagte, dass du bei ihr warst. Das Gespräch mit dir gab ihr den letzten Anstoß, sich zu öffnen. Meina kann die Vergangenheit nun nicht länger verschweigen, meinte sie. Jetzt, an ihrem Lebensende, wollte sie mit sich ins Reine kommen.“

Grundsätzlich bin ich für die Wahrheit, aber wenn Frau Sigges das überall herausposaunte, lief Julia Heymanns zweite Identität Gefahr, aufzufliegen. „Und was hast du ihr daraufhin gesagt?“, wollte ich wissen.

„Ich sagte, solange sie damit nur zu mir käme, wäre es in Ordnung. Ich trage das gern mit. Allerdings dürfe sie wegen Julia damit nicht an die Öffentlichkeit gehen, und sie war einverstanden.“

„Wenn Meina Sigges sich daran hält, bleibt Julia Heymann weiter unbehelligt“, folgerte ich und sagte, so ruhig ich konnte: „Julia erzählte mir, dass du ihr damals dabei geholfen hast, nach Schottland zu gehen.“

Fenja sah mich ungerührt an, inzwischen gefeit vor Fallstricken und ungerechtfertigten Annahmen. Sie wusste, dass meine Fragen nicht in diese Kategorien gehörten. Sie sagte: „Geht das direkt weiter an die Polizei, muss ich mich deswegen vor Gericht verantworten – ist es das, was du von mir willst?" Ihre vollen Lippen verzogen sich. „Oder warum wolltest du mich wirklich sprechen?"

„Glaubst du das, Fenja? Hast du nicht gemerkt, dass wir auf mehreren Ebenen die gleiche Sprache sprechen?", fragte ich mit einer gehörigen Schippe Empathie in der Stimme. Ihre Freundin Julia zu schützen, hatte für Fenja oberste Priorität, das spürte ich. Aber ich spürte auch, wie sich ganz allmählich zwischen uns etwas zum Positiven verändert hatte.

Fenja fasste Vertrauen und Mut. „Ich habe Julia damals nicht allein geholfen."

„Nicht?"

„Nein." Sie lächelte, fast verlegen. „Wie hätte ich wissen können, wie man das macht? Da war jemand mit Verbindungen, der kannte sich aus in der Szene, der war mal eine Zeit lang in London und als er wieder zurückkam, überraschte er uns mit bunten Pillen, diesen chemischen Muntermachern ..."

Ich wusste, was sie meinte. „Ecstasy."

„Ja, das war es. Jedenfalls kannte er jemanden, der einen anonym über den Kanal bringen konnte, mit irgendeinem Frachtschiff von Rotterdam aus. Bis nach Schottland kämpfte Julia sich dann selbst durch – keine Ahnung wie."

„Wie hieß denn dieser Szenetyp, der ihr dabei half?"

Es zuckte um ihre Mundwinkel, und sie hielt den Blick gesenkt. „Den kennst du sowieso nicht, er heißt Bonno Cornelius."

„Aso." Darauf hätte ich selbst kommen können. Norderney, die Königin der Nordsee, wurde insgeheim von einem Tausendsassa regiert.

Fenja sprach weiter: „Bonno war ein wenig älter als wir und ziemlich durchgeknallt. Der war sogar mal Krankenpfleger und glaubte, einen Skandal mit vertauschten Babys aufgedeckt zu haben. Das war Anfang der Neunzigerjahre. Das stellte sich irgendwann als Irrtum heraus, und er flog aus der Klinik."

Mein letzter Stand war, dass er freiwillig ging. Ich behielt es im Hinterkopf und sagte: „Davon habe ich gehört. Was macht er heute?"

Jetzt sah Fenja mich mit ihren großen grünen Augen direkt an. „Mal sah man ihn Taxi fahren, ein anderes Mal im Supermarkt Lebensmittel in die Regale einsortieren. Gelegenheitsjobs, nehme ich an. Aber das ist schon eine Weile her. Heute würde ich ihm nicht mal einen Verbandswechsel zutrauen. Alkohol und Drogen haben ihre Spuren hinterlassen, der Jüngste ist er ja auch nicht mehr."

Skeptische Stille. Ich war in Gedanken schon weiter, musste an Julias Worte denken, als sie fast am Ende unseres Gesprächs sagte: *Ich habe für mich entschieden, Piet nicht wiederzusehen, weil die Umstände ... nein, darüber kann ... ich nicht sprechen.* Was waren das für

Umstände, die Julia quälten? Gab es etwas, das ich nicht einmal ahnte, oder sah ich Gespenster? Bei aller Liebe zum Puzzlespiel – ich dachte spekulativ, und mit Annahmen musste man vorsichtig sein.

Fenja guckte säuerlich. „Was ist? War das mit dem Ecstasy zu viel für dich?"

„Nun, das ... nein. Ich ...", begann ich kryptisch.

„Was!?"

Ich fing von vorne an. „Das Gespräch mit Julia. Ich hänge dem noch etwas nach. Es ist, nun ja, vielleicht ist es nicht wichtig, aber ich werde den Gedanken nicht los, dass Julia etwas belastete, etwas, das sie ihrer Lebensfreude beraubt hat. Ein Unglück vielleicht, das seit Langem auf ihrer Seele lastet." Ich schüttelte langsam mit dem Kopf und fügte hinzu: „Es ist nur eine Ahnung."

Eine langsame Rötung kroch Fenjas Wangen hinauf. Es war faszinierend – sie konnte noch röter werden.

Nun sah ich ihr fest in die Augen. „Fenja, gibt es etwas, woran deine Freundin heute noch zu knabbern hat?"

Auf einmal glänzte Schweiß auf ihrer Stirn wie unangemeldeter Besuch aus Jugendtagen. Sie biss sich auf die Unterlippe. „Ja, das ... gibt es leider wirklich." Ihr Blick glitt wieder hinunter zu Boden, weiter übers Parkett und zurück zu mir, als dachte sie darüber nach, inwieweit sie mir etwas von großer Wichtigkeit anvertrauen konnte. „Ich muss dir was zeigen, Frank, aber dafür gehen wir besser ins Büro, nach nebenan." Fenja wandte sich um, ich folgte ihr in den Bürotrakt, durch den ich schon mit Pater Hans gegangen war. Sie blieb links vor einer der Türen stehen, zog einen Schlüsselbund aus der Tasche und schloss ein Büro auf. Wir betraten den Raum, Fenja drückte den Lichtschalter, Neonlicht flackerte auf. In der Mitte standen sich zwei helle Schreibtische gegenüber, beide mit Büroutensilien bestückt. Rechts an der Wand ein halbhoher Aktenschrank mit Schubladen. Fenja ging zum rechten Tisch, hob eine Ecke der dunkelbraunen Schreibunterlage an und nahm den darunter liegenden Schlüssel an sich. Sie ging zum Aktenschrank, entriegelte die unterste Schublade und zog sie heraus. Fenja warf mir einen einladenden Blick zu, ich trat näher und sah hinunter in das offene Schubfach. Diverse Gegenstände waren darin: eine verschlissene Ausweismappe, ein altes Handyaufladegerät, Musikkassette, Diktiergerät mit Minikassette, eine zerkratzte Armbanduhr, Etui für Visitenkarten und etwas, das ich nicht erkennen konnte, weil es hochgerutscht war. Fenja erklärte: „Das sind alles Dinge, die ich gestern von unserer Sekretärin übernommen habe. Sie wollte das restliche Zeug aus den Wohnungsauflösungen loswerden." Fenja nahm die Musikkassette heraus, sie sagte: „Auch die hier war dabei, sie stammte aus Keno Schnieders Wohnung. Ich habe mir die Kassette gestern Abend noch angehört, weil Julias und Kenos Namen darauf stehen." Sie seufzte und sagte weiter: „Eigentlich hatte ich Musik erwartet, aber was ich dann hörte, machte mich vollkommen fertig.“ Die Farbe in ihrem Gesicht verblasste zusehends. „Ich ... na ja, wenn du das gehört hast, weißt du, wovon ich rede.“ Sie sah mich mit entschuldigendem Blick an: „Ach, du kennst ihn ja nicht: Keno Schnieder war ...“

Ich führte ihren Satz zu Ende: „... war Julias Jugendfreund und vermutlich der Vater von Piet.“

„Du weißt es?“ Fenja sah aufrichtig erstaunt aus.

„Rolf Heymann, Julias Vater, erzählte mir von ihm. Keno starb 2011, glaube ich.“

Fenja wies auf das Etikett der Musikkassette. Wo bei anderen „The Greatest Hits“ stand, waren hier die Worte „Für Julia / Für Keno“ zu lesen. Fenjas Gesicht zeigte Betroffenheit. „Die liegt hier schon so lange, und ich wusste es nicht. Hätte ich die Aufnahme früher gehört, wäre mein Leben komplett anders verlaufen. Ich denke, es ist an der Zeit, den Inhalt mit jemandem zu teilen, der an der Wahrheit interessiert ist und den Dingen ehrlich auf den Grund geht, so wie du.“

Rechts neben dem Büroschrank stand ein schwarz- und silberfarbener Radiorekorder, wie sie in den Achtzigerjahren hergestellt wurden, einer, mit dem man Livemitschnitte vom laufenden Radioprogramm machen konnte. Durch Drücken der „Eject“-Taste öffnete sie das Kassettenfach. Fenja steckte die Kassette hinein, spulte das Band an eine bestimmte Stelle und sagte: „Auf dieser Kassette nahmen Julia und Keno wechselseitig Botschaften auf, die sie sich zugeschickt haben. Die vorletzte und letzte Aufnahme auf der Kassette spiele ich dir vor. Zuerst die letzte Nachricht von Keno, danach Julias Antwort." Fenja drückte die „Play"-Taste, das Band lief an:

„... *ich war mir ja unsicher, wie es mit mir in der Firma weitergehen soll, wenn ich die Prüfung erst mal geschafft habe. Da meinte der Kollege zu mir, ich sollte den Chef einfach frech danach fragen. Schließlich würde ich gute Arbeit machen. Und das habe ich gestern nach Feierabend gemacht. Ich hab an seine Tür geklopft, er hat mich hereingebeten, und nachdem ich ihn gefragt habe, hat er sofort Ja gesagt! Ist das nicht toll, dass mich die Firma übernehmen will? Ich bin so was von erleichtert! So, liebe Julia, das waren meine Neuigkeiten. Ich denke jeden Tag unheimlich viel an dich und hoffe, dass es dir gut geht! Ich liebe dich und kann es gar nicht erwarten, dich wieder in den Armen zu halten. Ich küsse dich, liebste Julia!*"

Als Nächstes kamen Klickgeräusche, die Aufnahme war beendet.

„Jetzt kommt Julias Text", schob Fenja dazwischen.

Es klickte wieder, man hörte leise Musik. Es klang wie „Good Times" von der Gruppe Chic, der alte Discokracher. Weiter passierte nichts. Plötzlich eine entsetzt klingende Stimme, so laut, dass ich erschrak – es war Julia: „*Jan, was machst du hier ...? Wie bist du hier reinge...?*" Der Satz brach ab, es folgten Geraschel, ein Quietschen und eine unterdrückte, gepresste Stimme, als würde ihr der Mund zugehalten. Es quietschte und raschelte unentwegt, als bewegten sich Menschen hektisch auf einem Bett. Julias Stimme klang gequält, immer verzweifelter. Fenja und ich schauten uns an. Die Situation war beängstigend, und wir erlebten das zeitversetzt mit. Julia wimmerte, wir hörten ruckartige Bewegungen, als würde sie sich heftig wehren. Auf einmal eine männliche, fast ekstatische Stimme: *„Jetzt bist du fällig, Schlampe. Hast du's vergessen? Du gehörst jetzt mir.*" Offenbar hatte Julia ihren Mund unter seiner Hand losreißen können, die Folge war ein entsetzliches: *„Nein, lass mich! Neeeeeiiiin, neeeeeeeiiiiiiiiinnn ...!*" Die männliche Stimme lachte dreckig, stöhnte. Kein Zweifel, wir waren Ohrenzeugen einer Vergewaltigung, die vor achtundzwanzig Jahren geschah. Nach einer Weile verebbten die Geräusche, und wieder die männliche Stimme: *„Wenn du was sagst, bist du tot!*" Eine Gürtelschnalle klimperte, eine Tür klappte, gefolgt von heftigen Schluchzern. Fenja schaltete den Rekorder ab, sie atmete heftig.

Eine endlose Sekunde verhakten sich unsere Blicke. Ich sagte: „Julia nannte den Namen Jan", und fügte hinzu: „Jan Gronewold?"

Fenjas Augen wirkten müde. „Das macht mich so fertig. Stell dir vor, vielleicht ist *er* der Vater von Piet, denn Keno und Julia haben nie miteinander geschlafen. Julia verriet es mir, unmittelbar bevor sie wegging."

„Wenn das stimmt, wäre es in etwa nachvollziehbar, warum Julia ihrer Mutter freie Hand ließ."

Fenja schaute irritiert drein. „Du meinst, auch Julia wollte heimlich entbinden und das Kind anschließend weggeben? Glaubst du, Julia und ihre Mutter haben das gemeinsam geplant?“

Ich hob die Schultern. „Ich weiß es nicht, zumindest wäre es denkbar. Julia wurde vergewaltigt, wie wir jetzt wissen. Was geht einer jungen Frau durch den Kopf, wenn sie erfährt, dass sie nach der Vergewaltigung schwanger ist?“

Eine Antwort erübrigte sich, Fenja starrte mich nur an. Das größte Problem bei meinen Ermittlungen war, dass mir unentwegt Halbwahrheiten aufgetischt wurden, und es war mühsam, Essenzielles aus der trüben Suppe herauszufischen. Jan Gronewolds Stimme war definitiv auf der Aufnahme herauszuhören. Es war die Stimme eines Vergewaltigers. Diese Straftat war zwar verjährt, aber es war nachvollziehbar, warum Gronewold ein Interesse an Julias Krankenakte hatte. Vermutlich wähnte er sich zeitlebens sicher, solange Dr. Jacobs lebte und ihn schützte. Aber nach dessen Tod war dieses Gleichgewicht ins Wanken geraten, er konnte es sich nicht leisten, seinen Ruf zu verlieren, unabhängig davon, ob die Straftat verjährt war oder nicht. Fenjas gelebter Traum mit ihrem Liebhaber Jan war zu einem Albtraum verkümmert. Es war an der Zeit aufzuwachen, und ich war gekommen, um sie zu wecken.

Kapitel 24

Ich zeigte auf den Radiorekorder. „Was denkst du, wie ist die Sekretärin an die Kassette gekommen?“

Fenja nahm sie aus dem Gerät, legte sie wieder in die Schublade und verriegelte sie. „Nach Kenos Tod beauftragten uns die Eltern, seine Wohnung aufzulösen. Wir sollten Möbel und die vielen technischen Geräte und Werkzeuge, die er besaß, für einen guten Zweck verkaufen.“ Fenja strich sich eine Welle aus den Augen. „Da kam ganz schön was zusammen, kann ich dir sagen. Es war eine beträchtliche Summe zugunsten unserer Sozialarbeit. Die Sachen hier in der Schublade waren übrig geblieben.“

Ich blickte noch einmal in die Schublade. „Wer hat das durchgeführt, also die Auswertung und den Verkauf? War das jemand aus der Entrümpelungsgruppe? Du zeigtest mir doch ein Foto davon.“

Sie nickte zur Tür hin. „Schauen wir es uns noch einmal an, ich zeige dir die Leute“, schlug Fenja vor. Wir gingen zurück in den Konferenzraum und blieben beim Bild stehen. „Die hier hatten das alles gewuppt.“ Fenja zeigte auf das mir bekannte Gruppenfoto von 2012. „Eine ganz tolle Truppe ist das.“

Ich sah mir noch einmal die Gesichter der jungen Männer an, etwa im Alter von siebzehn bis fünfundzwanzig. Sie standen um ein altes Sofa herum. Drei Jungs dahinter, zwei saßen. Ein Kerl lag quer auf den Beinen derer, die es sich auf dem Sofa gemütlich gemacht hatten. Er stützte seinen Kopf mit angewinkeltem Arm. Links und rechts bogen sich zwei weitere Burschen ins Bild. Alle trugen T-Shirt und Bluejeans, sie lächelten breit. Manche hielten halb volle Bierflaschen ins Bild. Im Hintergrund ein paar Schränke mit offenen Schubladen. Diakon Tjark Risius erkannte ich wieder, und dann war da noch ein anderer junger Mann, dessen Gesicht mir zwar bekannt vorkam, ich aber nicht einordnen konnte. Er stand hinter dem Sofa, etwa in der Mitte.

Fenja erzählte wie aus einem Prospekt für Nachlassverwalter: „Immer mehr ältere Menschen gehen ohne Familienanschluss von uns, oder deren Kinder wohnen nicht auf der Insel und kümmern sich nicht um die Hinterlassenschaften. Sie wollen mit dem alten Krempel, wie sie sagen, nichts zu tun haben. Die Möbel werden zwar der Kirche überlassen, dafür müssen wir die Wohnungen aber selbst leer räumen."

Ich zeigte auf den jungen Mann in der Mitte. „Kannst du mir sagen, wer das ist? Ich meine, ihn schon einmal gesehen zu haben."

„Das ist Peter. Er kam 2007 auf die Insel und war uns innerhalb kürzester Zeit ein unentbehrlicher Schatz geworden. Peter engagierte sich überall, er stürzte sich praktisch in jede Art von Arbeit und war an allem interessiert. Etwa seit vier Jahren war er – oder besser, sie – in unserer Gemeindebücherei und im Gemeindebüro tätig. Buchhaltung, Schreibarbeiten, Materialeinkauf und auch der Verkauf von Möbeln und der Gegenstände, die wir gespendet bekommen hatten."

Ich sah Fenja nachdenklich an und fragte: „Was meinst du mit – *oder besser, sie*?"

„Peter ist intersexuell. Er fühlte sich nie wohl in seinem Körper, er lehnte ihn geradezu ab. Das ist kein Geheimnis, auch wenn das nicht jeder sofort versteht. Peter bezeichnete sich selbst als Gefangene in einem männlichen Körper, im Kopf sei er schon immer eine Frau gewesen. Bei seinen Eltern stieß er damit auf Unverständnis, darum war er von zu Hause ausgezogen und brach den Kontakt ab. Als er auf die Insel kam, vertraute er uns an, sich operieren lassen zu wollen. 2014 war es so weit, Peter ist seit der Operation Vergangenheit."

Ich verstummte. Die Geschichte passte eins zu eins zu Piet Lüske. „Wie ist Peters Nachname?", fragte ich.

„Nicht Peter, sondern Carina", entgegnete sie nachdrücklich. „Heute heißt *sie* Carina Lüske."

Ein weiteres Puzzleteil fügte sich in das Gesamtbild, ich brachte die Fakten in die richtige Reihenfolge: „Das wird jetzt sehr interessant, Fenja. Der Sohn deiner Freundin Julia heißt Piet, wie du weißt. Piet wurde während seiner ersten zwei Lebensjahre von einer Familie zur nächsten weitergereicht, schließlich landete er bei Hermann und Hilde Lüske. Ich habe das Ehepaar Lüske heute Vormittag besucht."

Fenja hob die Augenbrauen: „Lüske?" Sie guckte bestürzt. „Ja, dieser Name stand in dem Bericht des Privatdetektivs. Ich hatte ihn ganz vergessen. Den Bericht habe ich das letzte Mal vor fünfundzwanzig Jahren gelesen."

Ich setzte meinen Bericht fort: „Die Lüskes erzählten mir, dass Piets Geschlecht bei der Geburt wegen eines Gendefekts nicht genügend ausgebildet war, um es eindeutig bestimmen zu können. Bereits im Alter von ein bis zwei Jahren wurde ein angleichender Eingriff vorgenommen, man entschied sich damals fürs männliche Geschlecht. Das war zu früh und offenbar die falsche Entscheidung, denn Piet empfand von seiner Kindheit an weiblich. Zudem erfuhr er erst mit siebzehn, dass er adoptiert worden war, und das brachte das Fass zum Überlaufen. Mit einer gehörigen Portion Wut im Bauch packte er seine Sachen und zog aus. Wohin es ihn verschlug, können seine Eltern nicht sagen, der Kontakt war seitdem abgebrochen. Das, was du mir gerade erzählt hast, ist vielleicht die Fortsetzung seiner traurigen Biografie."

Fenja schaute mich fassungslos an. „Das ist unglaublich! Der kleine Piet ist demnach unser Peter?"

„Und der große Peter ist die große Carina", führte ich ihren Gedanken weiter.

„Dann ist Carina schlussendlich nach Hause gekommen, zurück auf die Insel, in die Heimat ihrer Mutter, ihrer Familie, zurück zu ihren Wurzeln."

Fenja wandte sich dem Foto rechts daneben zu, aufgenommen 2016 auf dem Norderneyer Flugplatz. Dort waren alle Gesichter der Entrümpelungstruppe noch einmal zu sehen, ein wenig älter, mit viel Sonne im Gesicht. Manche trugen bunte Nylonanzüge und in den Händen gepackte Fallschirme. Am Fenster der einmotorigen Cessna die einzige Frau auf dem Bild, mit frostkalten Augen. Es war nicht einfach, sie mit dem Peter im Bild daneben in Übereinstimmung zu bringen. Das Gesicht hatte eine Veränderung durchgemacht, und es schaute zufrieden, als sei Carina dort angekommen, wohin sie gehörte, nur die Augen waren unverändert frostig. Ganz zu Beginn sah ich sie hier in diesem Raum, unmittelbar nach der Infoveranstaltung, danach auf Fenjas Party und später auf der Vernissage. Eine kleine Frau mit schmalen, eckigen Schultern.

„Carina ist Pilotin?" Ich zeigte auf das Cockpit.

Fenja nickte knapp. „Sie hat 2016 den Pilotenschein gemacht, wir waren alle sehr stolz auf sie. Auf diesen Traum hatte sie leidenschaftlich hingearbeitet und viel Zeit und Geld dafür investiert. Wir sammelten sogar etwas Geld und bekamen dafür einen Gratisflug, als sie bestanden hatte."

Ich überlegte. „Du sagtest, dass Carina den Verkauf aus Kenos Nachlass organisierte? Dann weiß sie von der Kassette?"

„Wir haben nie darüber gesprochen." Fenja überlegte. „Aber es ist schon verrückt ..."

„Was?"

Sie legte ihren Kopf schräg. „Nun ja, Carina, das Kind von Julia, hat eine Kassette ihrer Mutter in ihrer Schublade liegen, vielleicht längere Zeit, ohne es zu wissen." Fenja war noch nicht fertig. Sie atmete tief ein und aus und grub dabei in ihrer Erinnerung. „Und wenn ich es mir recht überlege, gab es wirklich einen Knacks bei ihr. Vor ungefähr sechs oder sieben Jahren veränderte sich ihre Persönlichkeit. Sie wirkte nicht mehr so fröhlich, eher verschlossen. Ich dachte, dass es mit der geplanten Geschlechtsangleichung und den vorbereitenden Untersuchungen zu tun hatte, aber es kann natürlich etwas anderes gewesen sein." Sie blickte mich voll an. „Hilft dir das weiter?"

Ich nickte langsam. „Irgendwo klingelt's." Ich verarbeitete Fenjas Info. Falls Carina hier an Ort und Stelle ihre Nachforschungen fortgesetzt haben sollte, könnte sie herausgefunden haben, wer ihre Mutter war. Aber von wem hatte sie diese Informationen? Es gab einen Mann, der viel zu sagen hatte – wenn er wollte ... Auch wenn ich die Antwort schon erahnte, fragte ich: „Kennen Carina und Bonno Cornelius sich?"

„Ob sie sich kennen? Sie sind fast wie ... Vater und Tochter. Das ist eben Carinas soziale Ader. Sie besucht ihn oft und hilft ihm, über die Runden zu kommen. Carina hat in Bonno so etwas wie einen Verbündeten gefunden."

Fenjas Antwort verschlug mir die Sprache. Drückendes Schweigen senkte sich über uns. Nun erkannte ich das vollständige Bild. Hier auf der Insel, hier im Büro, hier bei Fenja, in ihren Worten fand ich das letzte Puzzleteil und wusste, wonach ich so lange im Dunkeln herumgestochert hatte. Jetzt waren alle Teile beisammen und ich brauchte sie nur richtig zusammenzufügen. Es war, als hätte ich die ganze Zeit auf die Rückseite eines gestickten Motivs gestarrt, mit wirren Fäden und verstopften Enden. Nun gab es keine losen Stellen mehr, an denen noch hantiert werden müsste. Das Werk war vollendet, die Struktur, das fertige Motiv lag offen auf dem Tisch. Es gab keinen Zweifel: Carina war bestens informiert, sie kannte den Inhalt der Kassette. Sie rächte ihre vermeintlich tote Mutter, rächte ihr junges verpfuschtes Leben, ob aus irrer Liebe, wahnwitziger Verzweiflung oder einer Mischung von beidem. Carina rächte sich an all jenen, die das Schicksal ihrer Mutter aus niederträchtigen, egoistischen Motiven manipulierten.

Darauf wäre man nicht gekommen: Carina Lüske verkörperte den diskreten Idealtyp – unverdächtig und vordergründig mit sich selbst und ihrer Arbeit am meisten beschäftigt. Jener Teil der Maschine, der nie knirscht, ist häufig der, auf den man zu wenig achtet. Es ging voran, die Wahrheit und damit die Auflösung des Falls lagen quasi hinter der nächsten Ecke. Aber hinter welcher?

„Kann ich mit Carina sprechen?“, fragte ich.

„Tja, eigentlich wäre sie heute hier, aber sie hat sich gestern krankgemeldet.“

Ich schaute skeptisch, zückte mein Smartphone und öffnete noch einmal Piets Biografie der ersten beiden

Jahre. Die Daten bereiteten mir Kopfzerbrechen. Sie hatten Ähnlichkeit mit ... War das möglich ...? Auf einmal wurde mir die Bedeutung des Ganzen schlagartig bewusst. Der Raum begann sich zu drehen, Übelkeit überfiel mich. Ich wartete eine Weile und tat etwas, was ich nicht gerne tat: Ich wählte auf dem Smartphone den Anschluss von Hauptkommissar Deeken an. Nach zehnmaligem Klingeln nahm er ab – für seine Verhältnisse blitzschnell.

„Was gibt's?", meldete er sich.

„Frank Gerdes hier."

„Das steht auf meinem Display – erzähl mir was Neues! Halt! Erst erzähl ich *dir* was Neues, dann kannst du dir die Fragerei sparen. Hör zu, wir haben uns diesen Bonno Cornelius mal vorgeknöpft. Du kannst dich zufrieden zurücklehnen, Gerdes. Cornelius ist 'ne Bazille, der hat überall seine Pfoten drin. Wir haben ihm Handel und Besitz von Kokain nachweisen können. Und seit ich ihm sagte, dass wir das alles zur Anklage bringen würden, geht ihm die Düse. Und nicht nur das, der hat Angst um sein Leben. Jetzt, wo Sander, Jacobs und Gronewold tot sind, befürchtet er, das nächste Opfer zu sein. Außerdem ist niemand mehr da, der es ihm übel nimmt, wenn er sein Gewissen erleichtert. Gute Ausgangslage für ein Verhör!"

Ich fragte: „Sagte er auch etwas zu den illegalen Adoptionen?"

„Lass die Fragerei, Gerdes! Was du offenbar nicht aus ihm herausprügeln konntest, ist mir mühelos gelungen:

Ende der Achtziger bis Anfang der Neunziger gab es unter dem Deckmantel des Ludgerus-Krankenhauses jede Menge inoffizielle Entbindungen. Sozialfälle konnten auf diese Weise ihre Bälger loswerden und gleichzeitig das Taschengeld aufbessern. Es gab Bares für Halbgares, und das cash auf die Hand. Jacobs und Sander wiederum kassierten aus den illegalen Adoptionen. Etwa dreihundert Geburten pro Jahr, zwischen 1987 bis 1990. Das ergibt ein ordentliches Sümmchen." Deeken übertraf sich selbst in seiner zynischen Ausdrucksweise.

Ich überschlug die Gesamtsumme, die durch den Babyhandel eingenommen wurde: Vorausgesetzt, alle Adoptiveltern zahlten denselben Preis, wäre das ein Millionenbetrag im zweistelligen Bereich. Eine andere Frage, die mich beschäftigte, schob ich dazwischen: „Was mich interessiert, ist, wer die Adoptionspapiere ausstellte."

„Was? Das sind doch jetzt Peanuts, Gerdes! Cornelius hatte jede Menge Handlanger, ein ganzes Netzwerk, könnte man sagen. Aber darum kümmern wir uns später."

„Er ist also nicht der Serienmörder?", fragte ich.

„Ähm – nein. Die isolierte DNA stimmt nicht mit seiner überein. Deshalb werden wir in den nächsten Tagen alle männlichen Inselbewohner zum DNA-Reihentest einladen. Das hatte ich dir ja bereits erklärt. Die Vorbereitungen laufen schon."

„Dann gebe ich dir den Tipp, in diesem Fall mit einer Frau zu beginnen. Es ist Carina Lüske, die Sekretärin der Sankt-Ludgerus-Kirche."

Deeken kriegte Schnappatmung. „Sag mal, drehst du jetzt vollkommen durch? Hörst du mir eigentlich zu oder verschwende ich hier meine Zeit? Die DNA des Täters stammt von einem *Mann*. Das habe ich dir heute Vormittag schon gesagt."

„Carina Lüske ist erst seit 2014 eine Frau, zuvor hieß sie Piet oder Peter Lüske. Carina ist die leibliche Tochter von Julia Heymann und sie ..."

„Du schmeißt da was durcheinander", unterbrach er mich mit heiserer Stimme. „Wir sind so nah dran und werden unsere Ermittlungsergebnisse in diesen Tagen mithilfe des DNA-Tests verifizieren – und damit basta! Komm jetzt also bitte nicht mit irgendwelchen windigen Theorien um die Ecke!"

Ich kapitulierte, zog Plan B aus der Tasche: „Meinetwegen. Ich rufe eigentlich aus einem ganz anderen Grund an, ich möchte dich um einen Datenabgleich bitten. Ist doch möglich, oder?"

„Sicher", antwortete Deeken gönnerhaft. „Worum geht es?"

Ich stellte das Smartphone auf „Mithören" und las aus Piets Vita vor: „Julia Heymanns Sohn Piet wurde siebzehn Tage nach seiner Geburt, also am 22. April 1990, bei einer Pflegefamilie untergebracht. Alles mit dem Segen und forciert von Piets Großmutter Margarete. Wann kam Margarete ums Leben?"

„Warte mal!" Ich hörte ihn in Papieren blättern. „Das war am 22. April vergangenen Jahres. Aber diese Information stammt von dir selbst. Was soll das, Gerdes?"

„Ihr habt es hoffentlich nachgeprüft. Ich wollte es von dir bestätigt haben."

„Ja, sicher ..."

„Fällt dir was auf, Deeken?"

Er stutzte. „Hm, das war am selben Tag, aber achtundzwanzig Jahre später", sagte er kleinlaut. Und dann lauter: „Worauf willst du hinaus?"

„Ich lese weiter aus der Liste vor: Die erste Familie reichte Piet weiter, weil sie anscheinend überfordert war. Piet wurde am 20. Dezember 1990 von einem Paar aus Aurich adoptiert, der Name tut jetzt nichts zur Sache. Ich möchte von dir bestätigt haben, wann Pfarrer Martin Sander getötet wurde?"

„Das war am ... zwanzigsten", Deeken stockte.

„Ja?", hakte ich nach.

„Am 20. Dezember", kam es jetzt verhaltener aus ihm heraus.

„Okay, weiter: Die Adoptivmutter verstarb, der Vater reichte Piet weiter an ein Paar in Oldenburg. Das war am 16. Januar 1991. Wann ertrank Doktor Jacobs im Norderneyer Hafenbecken?"

„Das war ... ebenfalls am 16. Januar", sagte er irritiert.

„Nächster Programmpunkt auf der Liste: Am 23. Februar 1991 wurde Piet operiert. Es war ein geschlechtsangleichender Eingriff. Jan Gronewold wurde getötet am ...?"

„Mein Gott!", platzte es aus Deeken heraus. „Gronewold wurde am 23. Februar ermordet!" Deeken dachte nach und fügte hinzu: „Gibt es eine Verbindung zwischen den Adoptionseltern und den Opfern oder geht es nur um die Daten?“

„Eine Verbindung habe ich nicht erkennen können, es geht primär um die Daten“, sagte ich und kam jetzt selbst ins Stolpern: „Letzter Punkt auf meiner Liste ist der ... 1. März 1992.“

„Was ist denn an diesem Tag passiert?“, fragte Deeken, als ich nicht weitersprach. „Gerdes, bist du noch da?“

Ich sagte: „Piet bekam sein endgültiges Zuhause bei der Familie Lüske.“

„Der 1. März?“, fragte Deeken und fügte hinzu, „Moment! Der ist ja ...“

„Heute!“, fiel ich ihm ins Wort. „Heute ist doch der 1. März!“ Ich zögerte, während ich nachdachte, und sagte: „Deeken, es gibt noch jemanden, der akut bedroht ist!“

„Wer sollte das sein – dieser Cornelius etwa?“

Ich ließ mir das durch den Kopf gehen. Cornelius war zu einem Verbündeten Carinas geworden, eine Gefahr für ihn konnte ich ausschließen. Die Hebamme Meina Sigges vielleicht? Wohl kaum, sie hatte in weiser Voraussicht dafür gesorgt, nicht in Erscheinung zu treten. Sie tauchte in keiner Akte auf.

Ich sagte: „Nein.“

„Nein?“

„Nein. Jemand, der in den Neunzigerjahren den Papierkram erledigte, der damals illegale Adoptionspapiere ausstellte.“

Fenja, die unserem Gespräch folgte, flüsterte mir zu: „Das Rathaus. Frag da mal nach.“

Sie hatte recht. Ich sagte Deeken: „Kümmere dich um Carina Lüske, ich versuche es im Rathaus."

„Geht in Ordnung, Gerdes. Und wenn das 'ne Finte ist, dreh ich dir den ..."

Ich legte auf und starrte aus dem Bürofenster auf das blaugraue, stillstehende Winterbild dahinter. Die Dämmerung hatte eingesetzt. In meiner Magengrube spürte ich ein seltsames Ziehen, wie eine düstere Ahnung von etwas, das ich nicht mehr aufhalten konnte. Ich starrte Fenja an und fuhr mir mit der Hand durchs Haar. „Wen kann ich da fragen, Fenja? Ich brauche einen zuverlässigen Tipp. Irgendjemand, der sich in der Geschichte des Rathauses auskennt."

Sie dachte nach, legte ihre linke Hand in den Nacken und rieb ihn. Ihre rechte Hand legte sie in die Beuge des anderen Armes. Sie senkte den Blick, ihre Antwort kam zögerlich: „Mir fällt da nur Sina ein. Sina Ihnken, Norderneys Paradiesvögelchen. Du hast sie bestimmt auf meiner Party gesehen."

Ich schob die Unterlippe vor. „Kann sein." Ich wartete etwas. „Und wo finde ich sie?"

„Sina arbeitet im Kulturamt." Fenja schaute auf die Uhr. „Heute ist Donnerstag, das Rathaus hat bis achtzehn Uhr geöffnet. Wenn du dich beeilst, triffst du sie bestimmt noch an."

Kapitel 25

Ich beeilte mich, aus der Kirche zu kommen. Draußen ging die Sonne unter, es war fast windstill. Dichter Dunst geschmolzenen Schnees hing in der Luft. Die Menschen gingen angestrengt, als wateten sie durch Gelatine. Ich ging zurück zum Klamottendenkmal, bog links in den Herrenpfad, am Ende der Adolfsreihe gelangte ich auf den beleuchteten Kurplatz. Das helle Rathaus rechts war dem Badehaus vorgelagert, mit einem unscheinbaren Säulengang und einer ebenso unscheinbaren Glastür. Ich ging darauf zu, als im selben Augenblick eine große, auffällig gekleidete Frau herauskam, deren Habitus dem eines bunten Fabelwesens nicht unähnlich war. Die dunklen Haare hochtoupiert, der magentafarbene Pony zu einer Tolle drapiert, ein dunkelgrüner Fascinator mit langen, wippenden Fasanenfedern schräg am Kopf. Ein braunes, hochwangiges Gesicht mit schmalen Augen in aufregender Kriegsbemalung – die deutsche Antwort auf Grace Jones, ein Hauch jamaikanischen Karnevals erfüllte für kurze Zeit den Platz. Ihr schmaler Oberkörper war eingehüllt in eine blaugrün schimmernde Jacke, dazu schwarze Stoffhose mit Schlag und silbernen Heels. Fenja hatte recht, ich hatte Sina Ihnken tatsächlich auf der Geburtstagsparty gesehen – sie war der auffällige Teil des Fruchtbarkeitstanzes. Gerade war sie dabei, die Rathaustür hinter sich abzuschließen. Sie drehte sich und kam geradewegs auf mich zu.

Ich fragte: „Entschuldigung! Hat das Rathaus geschlossen?"

„Alle geschlossen zum Friseur." Sie lachte schallend mit tiefer, kehliger Stimme und klopfte mir auf die Schulter zum Zeichen, dass das ein Witz gewesen war. Es gab also Spaßklarinetten auf der Insel. Sie setzte sich in Bewegung, auf eine Weise, als würde sie gern bleiben.

„Das ist sehr schade", sagte ich allzu bedeutungsvoll.

„Na ja, mich haben Sie ja noch erwischt", stellte Frau Ihnken mit einem Augenzwinkern fest. Als sie den Mund aufmachte, verschwand ihr Kinn darunter und auf den Zähnen zeigten sich Tabakflecken.

„Ob Sie mir vielleicht weiterhelfen könnten, Frau Ihnken? Sie sind mir von Fenja Groothuis empfohlen worden."

Sina Ihnken zeigte sich überrascht. „Oh, Fenjas Freunde sind natürlich auch meine Freunde", sagte sie mit einem verkrampften Lächeln. Genau genommen war es kein Lächeln, eher ein offener Mund mit hochgebogenen Winkeln. Die Pause war auffällig lang. Vielleicht wollte sie umgarnt werden. Ich nannte ihr meinen Namen und skizzierte meinen ungefähren Beweggrund, was sie womöglich weniger misstrauisch machte. Frau Ihnken musterte mich von oben bis unten. Es war lange her, dass mich jemand so herausfordernd angesehen hatte. Sie kam einen Schritt näher, sah mich scharf an, mit einem Blick, den ich nicht deuten konnte, und sagte mit ihrer tiefen Stimme: „Sollte das mit Fenja nicht stimmen, Frank Gerdes“, sie bohrte mir einen spitzen Zeigefinger in die Brust, „ziehe ich dir das Fell über die Ohren.“ Ihr Bass sank ein paar Oktaven tiefer, sie beugte sich noch weiter vor. „Verstehen wir uns?“

Ich nickte zustimmend, bedauerte mich im selben Moment selbst dafür, wegen einer einzigen Frage mein Leben aufs Spiel zu setzen.

„Was möchtest du wissen, Herr Privatermittler?“ Ihre Zungenspitze erschien zwischen den Zähnen.

Ich wechselte ebenfalls ins vertrauliche Du und fragte: „Du arbeitest schon einige Zeit in der Stadtverwaltung?“

„Das kann man wohl sagen. Seit meiner Ausbildung 1985, gefühlt also mein ganzes Leben. Damals noch mit schwarz-weiß gestreifter Nenahose und Walkman auf den Lauschern“, lächelte sie. „Angefangen habe ich damals in der Friedrichstraße, später der Umzug 2006 hierher an den Kurplatz.“ Sie vollzog eine auffällige Geste, geeignet für die große Bühne. „Alles mitgemacht!“ Mit der rechten Hand prüfte sie den tadellosen Sitz ihrer Magentalocke, und ich merkte ihr an, sie genoss es, gefragt zu werden.

„Dann weißt du vielleicht noch, wer Ende der Achtzigerjahre mit der Verwaltung von Adoptionen betraut war?“

Sie leckte sich die Lippen. „Das ist jetzt nicht dein Ernst! Ha! Ich kann nicht glauben, dass du ausgerechnet danach fragst."

„Wieso?"

„Na, weil das damals intern ein Aufreger war." Sie sah mich streng an, so streng, als würde sie gleich mit Wattebäuschchen schmeißen.

„Inwiefern?"

Sie stieß einen dünnen Seufzer aus. „Na, Adoptionen! Hallo?! Von denen gab es hier naturgemäß nicht so viele, und ausgerechnet unsere unterbeschäftigte Teilzeittippse Gesa sollte die neue Stelle ganz allein managen, damit sie noch weniger zu tun hatte, als sie ohnehin schon machte. Die ganze Belegschaft verstand das nicht." Sina zuckte mit den Schultern. „Na ja, irgendwann war ja auch Schluss, sie war nur noch Arztgattin und Galeristin." Beim letzten Wort setzte sie Anführungszeichen in die Luft.

„Gesa, also Gesa Jacobs, wickelte die Adoptionen ab?"

„Man suchte halt eine Beschäftigung für sie. Dabei war Gesa öfter an der Côte d'Azur als ich am Weststrand von Norderney." Sie hob ihre langen Arme. „Woher sie die Urlaubstage nahm, war mir schleierhaft", plauderte Sina aus, wie man es eher in der Büroküche unter Kollegen erwartet.

„Das ist interessant! Vielen Dank für die Auskunft!", sagte ich und gab ihr die Hand. Ihre war kalt, aber die Augen blickten lodernd und neugierig.

„Wie – das war's schon?", schnarrte sie.

„Die Zeit drängt“, sagte ich und lächelte schief.

„Wer sich keine Zeit nimmt, der läuft am Leben vorbei, Frank Gerdes!“

Ich wusste in etwa, was sie meinte. Sie würde es verkraften. Ich hob nur noch die Hand und machte mich auf die Socken.

Die Welt ist eine Insel. Wie unter einem Brennglas waren alle Beteiligten auf Norderney versammelt, wenngleich ich mit Witwe Jacobs am allerwenigsten gerechnet hatte. Ich wählte Deeken an, um ihm mitzuteilen, für wen er schleunigst Personenschutz abzustellen hatte. Aber er sagte kein Wort, die Mailbox war angesprungen. Ich hinterließ die wichtigsten Fakten auf Band, in der Hoffnung, er würde es bald abhören, aber darauf konnte ich mich nicht verlassen. Auf schnellstem Weg musste ich jetzt zu Gesa Jacobs. Das Smartphone spuckte ihre Adresse aus: Sie wohnte in einem Seitenweg, zwischen Karl-Rieger-Weg und Südstrandpolder. Es war das einzige Haus dort, offenbar eine entlegene Gegend, zu weit für einen Sprint mit dem Rad. Es musste viel schneller gehen. Ich griff in die Jackentasche. Glücklicherweise schlummerte noch Antjes Fiat-Schlüssel darin. Und das dazugehörige Auto stand nur wenige Meter von hier entfernt, auf einem Parkplatz hinter dem klassizistischen Gebäude der Frisia-Reederei. Manchmal braucht es ein wenig Glück.

Kapitel 26

Der kleine Fiat startete auf Anhieb. Im Eiltempo fuhr ich über die Hafenstraße in Richtung Fähranleger, unmittelbar vor dem Hafenamt kurvte ich links in die Deichstraße, schnitt Kurven und überholte alles, was nicht bei drei auf dem Süddeich war. Aufgebracht gestikulierende Fahrer und wildes Gehupe die gesamte rasante Fahrt über. Das Handy vibrierte, Antje rief an. Ich stellte das Smartphone auf „frei sprechen“ und erklärte ihr in kurzen Sätzen, dass ich Gesa Jacobs einen Besuch abstatten wollte. Alles Weitere später. Und falls ich mich heute Abend verspätete, solle sie sich keine Sorgen machen. Antje meinte, das mit den Sorgen sei ihre Sache, und ich sagte, sie habe recht. Wir legten auf.

Mittlerweile war es dunkel geworden. Ich folgte dem Verlauf der Richthofenstraße, die in den wenig befahrenen Karl-Rieger-Weg mündete, hier verlangsamte ich das Tempo. Irgendwo zwischen Industriegebiet und Dünensender machte ich den gepflasterten Seitenweg aus, in dem Frau Jacobs wohnte. Ich stoppte am rechten Fahrbahnrand, probierte es noch einmal bei Deeken. Er ging nicht ran. Ich legte das Smartphone beiseite, wollte gerade zurücksetzen, als ein dunkler SUV aus dem Seitenweg schoss und mein Heck um wenige Zentimeter verfehlte. Der SUV schlingerte, der Fahrer konnte das Fahrzeug nur mit Mühe in der Spur halten. Es brauste in hohem Tempo davon, ich befürchtete das Schlimmste. Sofort setzte ich zurück, bog in den Weg ein und fuhr etwa zweihundert Meter bis zu einem Haus. Ich zog die Handbremse, nahm den Gang raus, ließ den Motor laufen, kletterte aus der Büchse, näherte mich dem Haus. Die Fenster waren erleuchtet, die Haustür stand weit offen. Dort blieb ich stehen und rief in den Flur hinein: „Frau Jacobs? Hallo?“ Keine Reaktion, kein Geräusch. Ich betrat den Bungalow, ging durch den hell erleuchteten Flur, gelangte bis ins Wohnzimmer. Ein großer, gemütlicher Raum mit Ledercouches, erleuchteten Tisch- und Stehlampen und Kunstdrucken von Poppe Folkerts an den Wänden. Wieder rief ich: „Frau Jacobs?“ Nichts tat sich. Ich schaute schnell in die anderen Zimmer, das Haus war verwaist.

Der rasende SUV, die offene Haustür – Gesa Jacobs war offenbar von Carina Lüske entführt worden. Ich spurtete zurück zum Wagen, wendete, fuhr den Weg zurück und bog am Ende rechts ab, auf die noch warme Spur des SUV. Nähe Jugendherberge stoppte ich, checkte die Umgebung via Smartphone ab. Wohin könnte Carina Lüske gefahren sein? In der näheren Umgebung waren Camping- und Golfplatz, der Leuchtturm und der Flugplatz im Grohdepolder. Der Flugplatz! Carina besaß eine Fluglizenz, und sie liebte das Fliegen. Ich steckte das Handy in meine Jackentasche, fuhr wieder an.

Die Milchscheibe des Vollmonds leuchtete die Landschaft kaltweiß aus, sie lag da wie ausgestorben. In einiger Entfernung sah ich vereinzelt Wohnwagen, sie erinnerten an Grabsteine. Über mir spuckte der pulsierende Leuchtturm seine Lichtwellen in die Ewigkeit. Unmittelbar vor dem Turm gab es rechts einen Weg zum Inselairport, dessen Asphalt im Mondlicht glitzerte. Ich nahm den Fuß vom Gas, trat die Kupplung durch und löschte die Scheinwerfer. In einigem Abstand zum Flughafengebäude kam der Wagen zum Halten. Ich stellte den Motor ab, stieg aus und schloss die Tür durch vorsichtiges Andrücken. Es war mucksmäuschenstill, kein Lüftchen regte sich. Die Sterne waren groß und funkelten wie erstarrtes Feuerwerk. Geduckt näherte ich mich dem Flughafengebäude mit Restaurant und integriertem Tower – alles dunkel und verlassen. Plötzlich ein polterndes Geräusch, es kam von der Rückseite. Ich pirschte am Gebäude entlang und über eine Anhöhe bis zu einer Reihe Garagen mit einem alten Schienenbus. In etwa hundert Metern Entfernung machte sich jemand an einem Hangar zu schaffen, der im Mondlicht schimmerte wie eine Perlmuttschatulle. Davor parkte der dunkle SUV. Im Licht der Scheinwerfer schob Carina Lüske das schwere Hangartor auf, machte Licht, eilte zum Fahrzeug zurück und stellte den Motor ab. Ich hatte sie gefunden! Carina zog etwas von der Gestalt eines Menschen vom Rücksitz, schulterte es angestrengt und verschwand damit in den Hangar. Ich nutzte die Gelegenheit, rannte seitwärts über den Rasen und stoppte meinen Sprint am Heck des SUV. Aus der Halle drangen Stimmen.

Eine männliche Stimme sagte: „Bald ist es vorbei, Carina. Du kannst stolz auf dich sein!“

Carina antwortete: „Ich tue das für uns beide, Piet. Verstehst du? Damit wir das alles endlich hinter uns lassen können!“

Ich sah nicht, wer mit wem sprach – ich konnte mir keinen Reim darauf machen. Mit wem sprach Carina da? Mit Piet? Wer war dann Carina? Julia Heymann hatte mir erzählt, dass Piets Zwillingsbruder unter der Schwangerschaft gestorben war, sie hatte mir sogar den Totenschein gezeigt. Hatte der Junge doch überlebt oder hatte ich falsche Schlüsse gezogen? Was war davon zu halten?

Von hier aus sah ich den Mann nicht. Ich hörte ihn sagen: „Wenn die Jacobs-Schnepfe erst mal als Fischfutter in der Nordsee liegt, hat sie endlich gekriegt, was sie verdient – genau wie ihr Macker.“

Ich bewegte mich lautlos um den Wagen herum, um beide ins Blickfeld zu bekommen.

Carina stand mit dem Rücken zu mir. Ich hörte sie sagen: „Das waren wir Mama schuldig, ihr Tod durfte nicht ungesühnt bleiben. Gleich ist es geschafft, wir haben gründlich aufgeräumt, Piet. Mama wäre stolz auf uns beide gewesen.“

Carinas Gesprächspartner blieb verborgen, ich wagte einen Blick über das Autodach hinweg. Jetzt sah ich es: Carina sprach ... mit niemandem! Sie war allein! Sie sprach mit sich selbst, mit ihrem anderen Ich, namens Piet. Carina hantierte an der einzigen Cessna herum, die im Hangar stand. Die Motorhaube war auf einer Seite hochgeklappt. In ihrem Gürtel steckte gut sichtbar eine schwarze Pistole.

Mit ihrer männlichen Stimme sagte sie: „Die Jacobs wird leiden müssen, für all das, was sie uns und den anderen Kindern angetan hat." Eine Pause. „Aber denk dran, du musst weit genug raus, wegen der Strömung!"

Die weibliche Stimme antwortete: „Ich fliege nicht erst seit gestern, Piet. Daran habe ich natürlich gedacht! Der Pfarrer, der Doktor und der Immobilienaffe haben's schon hinter sich. Da werde ich am Ende schon keinen Fehler machen."

Plötzlich meldete sich mein Handy in der Jackentasche, es war auf „lautlos" gestellt, aber es rappelte. Ich duckte mich tiefer, griff in die Tasche, zog es halb heraus und schaltete es ab. Als ich hochblickte, war Carina verschwunden. Irgendwo im hinteren Bereich fiel krachend eine Tür ins Schloss. Stille. Ich wartete vier, fünf Sekunden, richtete mich halb auf und blickte durch die Autoscheiben in das Innere des Fahrzeugs, um für einen eventuellen Rückzug vorbereitet zu sein. Die Türen waren unverschlossen, der Schlüssel steckte – das genügte. Auf leisen Sohlen schlich ich zum Hangar, blieb links vor der Torzarge stehen. Die Cessna war vorzeitig aus dem Winterschlaf geholt worden. Beide Türen standen offen, die Innenbeleuchtung brannte. Von Frau Jacobs keine Spur. Vielleicht lag sie auf dem Rücksitz, den ich von hier nicht einsehen konnte. Hinter mir auf einmal eine Bewegung. Während meiner Drehung traf mich etwas am Hinterkopf, was für neue Sternbilder sorgte – erst blendend weißes Licht, dann ein schwarzes Loch.

Kapitel 27

Es brummte. In meinem Schädel brummte es und um das Zwerchfell herum auch. Es war ein anhaltendes, sogar hörbares Brummen, es schien nicht mit meinem Kopfschmerz in Verbindung zu stehen. Genau – ich war niedergeschlagen worden. Ich versuchte, die Augen zu öffnen, mich zu bewegen und meinen Hinterkopf zu befühlen, das alles gelang nicht. Um mich herum alles in Bewegung. Das Brummen kam von einem Verbrennungsmotor, meine Hände waren auf dem Rücken zusammengebunden und ich hatte einen bitteren Geschmack im Mund. Langsam kriegte ich die Augen auf und realisierte, wo ich war: Ich saß in Form eines Fragezeichens auf der Rückbank der Cessna, und die war in der Luft. Langsam bewegte ich den Kopf zum rechten Fenster, ich schaute hinunter auf die Insel mit ihren beleuchteten Straßen und Häusern. Weiter hinten der blinkende Leuchtturm. Wir flogen nach Norden, hinaus aufs offene Meer. Mir wurde eiskalt, aber die Adrenalinproduktion sprudelte. Ich sah Carina Lüske schräg vor mir am Steuerknüppel mit geradem Rücken und zusammengebissenen Zähnen. Ich sah die harten Konturen ihres Gesichts, die sich vor dem Licht des Armaturenbretts abzeichneten. Sie schaute zum Sitz des

Co-Piloten, auf dem noch jemand saß oder lag. Aber diese Person, soweit ich das sehen konnte, rührte sich nicht. Gesa Jacobs vielleicht, bewusstlos oder tot. Ich zog an meinen Fesseln, befühlte das Material, es dehnte sich leicht – vermutlich ein Kabel.

„Carina“, sagte ich viel zu leise, das Brummen des Motors übertrug sich allzu laut auf den Innenraum. Ich beugte mich vor. „Carina!“, sagte ich viel lauter. Sie blickte sich erschreckt um, ohne in hektische Bewegungen zu verfallen. Offenbar war ich zu früh aus meiner Bewusstlosigkeit erwacht, das entnahm ich ihrem entgeisterten Gesichtsausdruck. Ich nutzte diesen Überraschungsmoment, wollte sie in ein Gespräch verwickeln. „Carina, endlich habe ich Sie gefunden! Ich grüße Sie von Ihrer Mutter!“

„Wie? Was ... was soll das?“, rief sie. Sie war auf der Suche nach den richtigen Worten: „Meine Mutter ... sie ist tot. Und diejenigen, die ihr das angetan haben, werden dafür bezahlen – bis auf den letzten Penny!“

„Carina, wie viele müssen noch sterben, bis Sie glauben, Ihre Mutter gerächt zu haben, obwohl sie lebt? Ich rede nicht von Ihrer Adoptivmutter Hilde Lüske, sondern von Julia Heymann“, sagte ich und bewegte dabei unablässig meine Handgelenke, um die Fessel zu dehnen.

Carina Lüske schaltete ein Licht ein, um mich betrachten zu können, wie ich da auf der Rückbank mehr lag als saß. Die Hände nach hinten gebunden, die Haare zerzaust, Hinterkopf womöglich blutverkrustet. Bei dieser Beleuchtung wirkte ihr Gesicht fast eckig mit tiefen Furchen links und rechts des Mundes.

Sie bewegte ihren Kopf mit einem kleinen Ruck. „Wa... was wissen Sie denn schon davon?“, krächzte sie.

„Eine Menge, vermute ich! Ich habe mit allen gesprochen: mit Ihrem Großvater Rolf Heymann, mit Ihrer Freundin Fenja Groothuis, mit Bonno Cornelius und sogar mit Ihrer Mutter Julia ...“

Blitzschnell griff Carina nach etwas, das auf der Armatur lag, und schlug mir damit hart ins Gesicht. Ein entsetzlicher Schmerz durchfuhr meine Gesichtsnerven, ich schrie auf. Mit einem Auge sah ich, dass es sich bei dem Gegenstand um die Pistole handelte. Sie hatte mir den Griff durchs Gesicht gezogen, mein rechtes Auge nur um wenige Zentimeter verfehlt. Ich drehte den Kopf zur Seite, sah wieder aus dem Fenster, ich brauchte eine Verschnaufpause.

Vollmond am wolkenlosen Himmel, funkelnde Sterne, darunter das dunkle, glitzernde Meer. Ein romantisches Motiv, wenn einem danach war. Von der Insel war nichts mehr zu sehen. Unter uns mehrere Containerschiffe aus Übersee, unterwegs von und nach Hamburg oder zum Jade-Weser-Port, wie glitzernde Perlen an einer Schnur. Plötzlich sackte die Cessna ab. Ich sah wieder nach vorn, Carina Lüske griff nach der Steuerung und zog daran, die Maschine stieg wieder. Es war höchste Zeit, umzukehren. Ich musste sie auf andere Gedanken bringen. Sie schaute sich verächtlich nach mir um und wieder nach vorn. Es war mir nicht ganz klar, was hinter ihrer energischen Stirn vor sich ging, tippte aber darauf, dass sie Gesa Jacobs und mich über der Nordsee aus dem Flugzeug werfen wollte – Überlebenschance wenige Minuten bei dieser Kälte.

Ich wagte es, Carina erneut anzusprechen, ließ nicht locker. Ich rief: „Hören Sie, ich sage die Wahrheit! Ich habe tatsächlich mit Ihrer leiblichen Mutter gesprochen. Sie lebt! Sie hat sich nicht umgebracht!" Während ich sprach, versuchte ich, aus den Armaturen schlau zu werden. Ich erinnerte mich dunkel an die wichtigsten Anzeigen: Luftgeschwindigkeit, Höhenmesser, Steigmesser ...

„Du lügst, Schwachkopf! So wie alle mich immer nur angelogen haben!", schrie sie fast hysterisch.

„Nein!", gab ich zurück. „Ihre Mutter Julia inszenierte 1990 ihren Selbstmord. Sie wollte, dass ihre Eltern leiden, für all das, was sie ihr angetan hatten und worin auch Doktor Jacobs und Pfarrer Sander ihre Finger mit im Spiel hatten."

Carina schaute mich irritiert an. „Sie wissen davon, was damals mit den Babys passiert ist? Sie wissen von diesen dreckigen Geschäften?"

„Ich weiß es, und die Polizei weiß es inzwischen auch. Wir wissen, was Jan Gronewold Ihrer Mutter angetan hat, die Kassettenaufnahme bezeugt es." Carina riss ihre Augen noch weiter auf. Ich sagte: „Fenja und ich haben die Aufnahme gehört." Sie ließ kurz ihren Blick sinken, ich redete einfach weiter: „Anschließend wurden Sie von Sander und Jacobs illegal zur Adoption freigegeben und dafür haben die ihre Hand aufgehalten. Ich weiß, was Sie durchmachen mussten, ich kenne Ihre Geschichte. Hilde und Hermann Lüske haben es mir erzählt. Man verordnete Ihnen viel zu früh ein Geschlecht, ohne Ihre Entwicklung abzuwarten, ohne Sie selbst zu fragen. Aber Sie haben es geschafft, sich aus den gesellschaftlichen Zwängen zu befreien. Ich weiß, was Ihre Trauer und Ihre Wut ausgelöst hat. Sie sehnen sich nach Gerechtigkeit, nach Vergeltung und Wiedergutmachung. Gerechtigkeit wird es geben, aber dafür braucht es Sie, Carina!" Ich griff tief in die emotionale Kiste. „Ohne Sie wird es niemanden mehr geben, der es öffentlich macht. Sie sind der lebende Beweis für das menschenverachtende System, das Jacobs und Sander installiert und worunter so viele gelitten haben oder heute noch leiden! Die meisten Betroffenen ahnen noch gar nicht, aus welchen Familien sie kommen, wonach sie sich sehnen, was sie vermissen. Die Opfer dieses Systems spürten schon immer eine gewisse Leere, eine Leere, die nur Sie ausfüllen können, Carina. Sie sollten umkehren und dem Ganzen ein Ende bereiten. Bringen Sie uns sicher wieder nach Hause, damit die Wahrheit bekannt wird!" Sie schaute stur nach vorn, ins tiefschwarze Dunkel. Plötzlich ein Blitz aus den aufgetürmten Wolken vor uns wie eine düstere Vorwarnung. Ich sagte: „Wir fliegen in die falsche Richtung. Kehren Sie um, dann wird alles gut! Ich helfe Ihnen dabei, Frau Jacobs vor ein Gericht zu bringen."

Jäh warf Carina ihren Kopf herum, die Linien ihrer Wangen wurden schärfer. „Pah! Das ist doch Geschwätz, es ist noch nicht vorbei!", rief sie wütend. „Die Arzthure hier", sie nahm die Pistole und zeigte damit auf Gesa Jacobs, „hat ihre gerechte Strafe noch nicht gekriegt."

In mir ballte sich eine Faust. Carina war ein harter Brocken, ließ sich nicht so leicht umstimmen. Ich zog kontinuierlich an dem Kabel, das meine Handgelenke umschloss. Es weitete sich immer mehr. Der Höhenmesser zeigte tausendsiebenhundert Fuß, mit fallender Tendenz, der Zeiger des Steigmessers wanderte nach unten, die Luftgeschwindigkeit betrug hundertvierzig Knoten – Tendenz steigend. Das war keine optimale Fluglage, wenn ich mich recht erinnerte. Vielleicht war es Carinas Absicht, ihrem Leben ein Ende zu setzen und uns mit in die Tiefe zu reißen. Damit war ich nicht einverstanden, ich hatte ein Date mit Antje, und ich wollte nicht, dass sie sich Sorgen machte. Noch einmal konzentrierte ich mich auf die Armaturen, auf das Funkgerät und die Steuerung. Wenn Carina mich denn ließe, würde ich mir durchaus zutrauen, die Lenkung zu übernehmen ...

Ich bemühte mich weiter, Carina Lüske in ein Gespräch zu verwickeln. „Ist das Frau Jacobs? Was haben Sie vor, Carina? Sagen Sie es mir!"

Sie warf den Kopf in den Nacken, zog höhnisch ihre Oberlippe zurück. „Auf die Alte wartet die Seebestattung, und auf dich auch – *das* habe ich vor!"

Also kein erweiterter Suizid, Carina war die Einzige mit Rückflugticket. Die Faust in meiner Magengrube öffnete und ballte sich wieder, nun aber fester. Ich sah an der Rückenlehne vorbei, wie Frau Jacobs aus ihrer Ohnmacht erwachte. Sie bewegte ihren Kopf und als sie registrierte, wo sie sich befand, wiegte sie ihren schmalen Oberkörper nach vorn, als habe sie Bauchschmerzen. Jetzt sah ich, dass sie gefesselt und geknebelt war. Gesa Jacobs drehte sich mühsam nach rechts zum Fenster, blickte hinaus. Sie schrie in den Knebel hinein und begann mit hysterischem Schaukeln. Carina fasste die Pistole am Lauf und schlug dreimal brutal auf Frau Jacobs ein. Stöhnend sank sie in den Sitz zurück. Die Pilotin meinte es sehr ernst, mir wurde noch kälter, aber die Fesseln gaben mittlerweile nach.

Ich sagte: „Carina, ich kann verstehen, dass Sie ..."

Sie lachte auf. Es war ein hysterisches, unkontrolliertes Lachen, als sei sie verwirrt oder mit der Situation überfordert. Wahrscheinlich hatte sie sich das alles einfacher vorgestellt, ich hatte ihren Plan durchkreuzt – sie musste improvisieren, und das gehörte nicht zu ihren Stärken. Carina Lüske schrie gegen den Nachthimmel: „Was kannst du? Du verstehst gar nichts!" Sie schaute wieder mich an. „Du hast nicht die geringste Ahnung, was ich durchmachen musste!"

Es gelang mir, eine Hand aus der Fessel zu ziehen und gleich darauf die zweite. Ich war fest entschlossen, direkt und unmittelbar loszuschlagen. Trotzdem hatte ich das Gefühl, als gäbe es einen perfekten Augenblick, die perfekte Sekunde zwischen all den anderen Sekunden. Vorsichtig bewegte ich mich vor, hielt das Gespräch am Laufen, damit sie keinen Verdacht schöpfte. Ich sagte: „Sie haben recht, das weiß ich wirklich nicht! Ich habe ja mit Ihren Adoptiveltern gesprochen. Heute haben sie viel mehr Verständnis für Ihre Situation, als Sie glauben. Und Ihre wirkliche Mutter Julia möchte Sie liebend gern wiedersehen. Sie befand sich damals selbst in einer Notlage! Heute lebt sie unter neuem Namen in Schottland. Fragen Sie Bonno Cornelius, er hat ihr damals geholfen, außer Landes zu kommen."

Sie blickte mich schweigend an. Für einen Moment glaubte ich, eine Mischung aus Melancholie und Mutlosigkeit in ihren Augen zu sehen, nach wenigen Sekunden veränderte sich ihr Blick, er wurde kalt. Sie schaute wieder nach vorn, behielt ihre Verletztheit für sich, als sei sie längst über alle Fragen hinweg, als sei alles Lüge, was ich von mir gab. Die Würfel waren gefallen, aber ich wusste nicht welche, bis Carina mich erneut anschaute. Es glitzerte gefährlich in ihren Augen, der Blick verhieß nichts Gutes. Dann ging alles sehr schnell. Ich reagierte instinktiv, als sie mit triumphierendem Blick die HK 9 auf mich richtete. Ich schlug gegen die Waffe, ein Schuss löste sich, das Neun-Millimeter-Projektil verschwand im Rücksitz, fünf Zentimeter neben meinem Oberarm. Ich bog Carinas Arm wie einen Hebel mit aller Kraft hinter den Sitz. Sie schrie auf, die Pistole polterte herunter, rutschte unter den Sitz. Mit der rechten Hand versetzte ich ihr einen Kantenschlag gegen den Hals und einen gezielten Faustschlag gegen die Kinnspitze. Carina zeigte keine Gegenwehr, sie war bewusstlos, rutschte den Sitz hinab und schob mit ihrem Knie eine schwarze Schieberstange in die Armatur. Das Flugzeug bekam Schub, die Nase stieg an und taumelte leicht. Die Trimmung musste nachjustiert werden, aber ich wusste nicht mehr richtig, wie man das machte. Ich beugte mich nach vorn, versuchte die Lenkung zu packen, aber Carina lag mir im Weg. Mit einer Hand griff ich nach dem Steuerknüppel, das langte aber nicht. Ich zwängte mich mit aller Kraft zwischen den Sitzen durch, drückte Carina zur Seite und zog die Schieberstange zurück. Die Maschine beruhigte sich, kam in die Waagerechte. Ich hielt das Steuer für ungefähr eine Minute fest und ließ es wieder los, um mich um Gesa Jacobs zu kümmern. Ich zog ihr den Knebel aus dem Mund und fühlte den Puls an der Halsschlagader – der war schwach, aber wenigstens vorhanden. Umständlich zerrte ich Carina auf Frau Jacobs Seite und kletterte auf den Pilotensitz. Die Maschine ging in den Sinkflug. Ich behielt sowohl den Höhenmesser als auch den Steigmesser im Blick, zog am Steuerknüppel, um ein Trudeln zu verhindern. Das reichte aber nicht aus. Ganz leicht schob ich die Schieberstange wieder nach vorn, um den Schub zu erhöhen. Als Nächstes vollzog ich eine leichte Rechtskurve, um zu testen, wie sich die Maschine verhielt – sie reagierte, wie ich es erwartete. Mit Blick auf den Fluglageanzeiger wendete ich die Cessna bei fünfundzwanzig Grad Querneigung, während ich das Absinken mit stetigem Zug am Steuerknüppel kompensierte. Zu Beginn der Drehung orientierte ich mich an der Position des Mondes, der allmählich hinter einer Wolkenwand verschwand, irgendwann entdeckte ich den Kurskreisel. Die Anzeige „180“ auf dem Display bestätigte mir die vollzogene Kehrtwendung nach Süden, zurück nach Norderney. Am linken Rand der Armatur leuchteten zwei Anzeigen sowohl für den rechten als auch für den linken Tank, beide befanden sich im roten Bereich, und das machte mir Sorgen. Vermutlich war Carina nicht mehr zum Tanken gekommen, als sie sich auch noch um mich kümmern musste. Ich sah aus meinem Fenster. Container von Wolken stapelten sich wie von einem Leck geschlagenen Frachter. Über der See kam Gewitter angerollt. Grollen und Wetterleuchten durch dunkle Massen, die in meinem Rücken aus Nord heraufzogen. Gesa Jacobs und Carina Lüske lagen einträchtig beieinander. Ich hatte keine Ahnung, wie es weitergehen sollte. Vor vielen Jahren ließ ein Freund mich ans Ruder, um mich mit den Basics vertraut zu machen. Start und Landung waren exklusive – allenfalls als guter Beobachter.

Bei einer Höhe von zweitausend Fuß und der Geschwindigkeit von einhundertzehn Knoten versuchte ich mich am Funkgerät. Ich drückte Knöpfe, drehte an Reglern und betätigte die Kippschalter auf drei Ebenen rechts vom Altimeter. Den Kopfhörer mit integriertem Mikrofon schob ich mir über die Ohren und drückte die „Mic“-Taste, aber die Funkkiste war tot. Als

Nächstes suchte ich in den Jackentaschen nach meinem Handy – es war nicht mehr da. Verdammt! Ich war auf mich allein gestellt. Mir blieb nichts anderes übrig, als die Maschine zurückzufliegen und irgendwie runterzubringen. Ich schätzte die bisherige Flugzeit auf zwanzig Minuten, dasselbe also auch für den Rückflug. Unten das glänzend schwarze Meer, mit feinem Baumrindenmuster. Ein Anblick, der mich fühlen ließ, wie klein und unbedeutend wir sind auf der dünnen Erdkruste, zwischen Feuer und dem unendlichen All. Die Lichter der Insel waren noch nicht auszumachen, mit Ausnahme des Leuchtfeuers, und ich hoffte, dass es die richtige Insel war. Sie lag so still vor uns, dass wir uns genauso gut auf dem Grunde des Meeres hätten befinden können oder einsam und verloren im All – so in etwa mussten Jim Lovell und die Apollo-13-Crew empfunden haben, 1970 auf ihrer dramatischen Rückkehr zur Erde. Würde ich jetzt verschwinden, wüsste niemand, wo ich geblieben war, und nur wenige würden mich vermissen, mit Ausnahme des Finanzamts vielleicht. Antje wohl auch. Für einen Moment schloss ich die Augen, sah Antje vor mir, ihr Gesicht, ihr Lächeln, ihren Blick ...

Ich öffnete meine Augen, sah noch einmal zum Funkgerät. Jetzt erst entdeckte ich die Taste „Com", die ich drückte. Das Gerät erwachte zum Leben, Frequenzen leuchteten auf, aber ich hatte nicht die blasseste Ahnung, welche die richtige war. Das Gerät war auf 121,50 Megahertz eingestellt. Ich sprach ins Mikrofon: „Hier ist Cessna ...", ich nannte die Typenbezeichnung des Flugzeugs, „... eins sieben zwei im Anflug auf Norderney. Hört mich jemand?“ Ich konzentrierte mich auf vollständige Angaben für einen Notruf: „Mayday, Mayday, Mayday! Hier ist Cessna eins sieben zwei mit unerfahrenem Piloten im Anflug auf Norderney, aus Richtung Norden. Meine Flughöhe beträgt zweitausendeinhundert Fuß, Geschwindigkeit hundertzehn Knoten. Ich benötige Anweisung! Luftraum nördlich vor Norderney und über der Insel freihalten! Ich benötige Anweisung zur Landung!“

Atmosphärisches Rauschen, dabei blieb es. Ich wiederholte die Durchsage, keine Antwort. Ich wiederholte sie ein drittes Mal. Plötzlich: „Hallo, Cessna eins sieben zwei, hier ist die Flugleitung Bremen! Sie befinden sich im Anflug auf Norderney?“

„Roger! Das ist richtig!“, antwortete ich.

„Wie zum Teufel ...“ Er unterbrach sich. „Die Flugleitung auf Norderney ist um diese Zeit nicht besetzt!“

„Für eine kurzfristige Besetzung wäre ich Ihnen sehr dankbar! Wenn ich die Anzeige hier richtig deute, ist der Sprit bald aufgebraucht!“, gab ich zurück.

„Wie kommen Sie denn dazu, unter derartigen Bedingungen über der Nordsee zu kreisen? Ist das ein Scherz?“

„Kein Scherz – ich wurde entführt. Erklärung später!“

Der Fluglotse keuchte und sagte: „Um Himmels willen! Ich werde einen SAR-Einsatz veranlassen!“

„Machen Sie das! Bitte vergessen Sie nicht, mir jemanden ans Mikro zu holen, der mir Anweisungen zur

Landung geben kann. In etwa zehn Minuten erreiche ich die Insel."

„Das mache ich selbst! Wie viel beträgt Ihre Flug...?" Ein Knistern. Die Kommunikation war abgebrochen.

Ich antwortete trotzdem, in der Hoffnung, dass Bremen mich hörte: „Meine Flughöhe beträgt zweitausendeinhundert Fuß, bei einhundertzehn Knoten!"

Das Rauschen hörte auf, dann wieder die Stimme: „Verstanden! Verringern Sie jetzt die Flughöhe auf eintausendachthundert Fuß. Wissen Sie, wie man das macht?"

„Ja, ich probiere das mal." Dabei schob ich das Steuerrad nach vorn, die Maschine sank, ich behielt den Höhenmesser im Blick. Zunächst bewegte sich der schmale Zeiger gegen den Uhrzeigersinn, der breite folgte sehr viel langsamer.

„Es funktioniert", sagte ich.

„Gut! Drosseln Sie jetzt das Tempo auf fünfundachtzig Knoten, um das LL100 zu sparen, also, ich meine das AvGas, den Treibstoff."

„Muss ich dazu an der roten Schieberstange ziehen?"

„Nein, die schwarze!" Er machte eine kurze Pause und ergänzte: „Apropos, wie steht der rote Schieber?"

„Die Stange ist vollständig drin."

„Dann hören Sie zu: Ziehen Sie die rote Stange so weit raus, bis der Motor etwas stottert, dann schieben Sie sie langsam wieder rein, bis der Motor wieder rundläuft. Dann fliegen Sie nicht mit der vollen Mischung. Kriegen Sie das hin?"

„Müsste gehen.“ Ich betätigte den roten Schieber, und auch an der schwarzen Stange zog ich gemäß der Anweisung, um Sprit zu sparen. Das bestätigte ich mit: „Beide Schieber korrigiert!“

„Hervorragend! Ich habe Sie übrigens auf meinem Radar, die Hilfsmannschaften sind unterwegs. Versuchen Sie, ruhig zu bleiben, und bewahren Sie einen kühlen Kopf, dann sollte auch die Landung gelingen!“ Wenige Minuten später kam das nächste Kommando: „Flughöhe weiter verringern auf tausend Fuß. Achten Sie darauf, dass die Sinkrate nicht mehr als zweihundertfünfzig bis dreihundert Fuß pro Minute beträgt. Das sind auf dem Steigmesser zwei bis drei Striche unter null. Kennen Sie sich damit aus?“

Mit dem Blick zum Steigmesser antwortete ich: „Nur ungefähr. Aber es geht klar, bin im grünen Bereich.“

Ich schaute nach vorn durch die Scheibe. Vereinzelt waren Lichter auszumachen, der Hafen rechts oben etwas dunkler, in der Mitte die Häuser und Straßen der Stadt, der blinkende Leuchtturm links oben, und im Osten gab es kein künstliches Licht. Der friedliche Anblick von hier oben konnte nicht darüber hinwegtäuschen, dass wir uns in Lebensgefahr befanden, ein Szenario, das ich nie würde vergessen können. Jedes noch so kleine Detail prägte sich mir ein. Auf dem Sozius regte sich Frau Jacobs, sie erwachte in einem unpassenden Moment, aber es gab auch keinen passenden. Sie riss erschreckt die Augen auf, begann gellend zu schreien. Das ertrug ich ein paar Sekunden, dann redete ich ihr beruhigend zu. Gesa Jacobs' Jammern wurde zu einem lang gezogenen Stöhnen. Ihr Gesicht hatte dunkle Flecken auf Schläfen und Wangen, Carinas Schläge hatten ihr stark zugesetzt.

Im Kopfhörer wieder die blecherne Stimme: „Flughöhe auf ... Knoten ver...! Hören Sie mi...? Bitte ...stätigen!"

„Bitte Anweisungen wiederholen, die Verbindung ist schlecht!"

Ein Knistern, aber keine Antwort.

Frau Jacobs hielt sich die Hand vor den Mund, schaute abwechselnd von Carina zu mir und aus dem Fenster. Ihr dämmerte anscheinend, was inzwischen passiert war. Mit beiden Händen klammerte sie sich am Sitz fest.

Ich sagte, so vorsichtig ich konnte: „Frau Jacobs, können Sie zufällig ein Kleinflugzeug fliegen?"

Verstört schüttelte sie den Kopf. „Werden wir das hier überleben?"

„Wenn wir zusammenarbeiten, sehe ich gute Chancen", antwortete ich mit fester Stimme und achtete auf die Sinkrate.

Auf einmal streckte sie ihre Hand aus, sie umfasste mein Handgelenk und stöhnte. Sie hatte Todesangst.

Eindringlich sagte ich: „Hören Sie, Frau Jacobs, wir sind jetzt ein Team, ich brauche Ihre Unterstützung! Machen Sie mit?"

Frau Jacobs nahm ihren Arm wieder zurück. Sie nickte stumm, ihr Gesicht spiegelte Entsetzen wider. „Aber ... aber ... was kann ich denn ... tun?"

Ich sprach laut, aber dennoch besonnen: „Im Moment helfen Sie mir am meisten, wenn Sie sich ruhig verhalten. Kriegen Sie das hin?"

Frau Jacobs nickte wieder. Das Licht der Armaturen spiegelte sich auf ihrer nassen Stirn, große Schweißtropfen hatten sich dort gebildet. Vor uns funkelten die Lichter der Insel wie ein Haufen Sterne, kollektiv vom Himmel gefallen mit dem Blinkfeuer als hellem Pulsar. Das Flugzeug ruckelte, es sackte plötzlich ab. Frau Jacobs stieß einen spitzen Schrei aus, hatte sich aber schnell wieder in der Gewalt. Der Motor fing an zu stottern, eine Warnleuchte erschien über der Füllanzeige für das AvGas. „Flugleitung Bremen, hier ist Cessna eins sieben zwei. Der Treibstoff ist aufgebraucht, der Motor stottert."

Ein Knistern. „Verdammter Mi... Verflucht!" Die Flugleitung kratzte den letzten Rest behördlicher Sachlichkeit zusammen. „Hören Sie, die Insel liegt direkt vor Ihnen, gehen Sie weiter in den Sinkflug. Verringern Sie ... dabei ... ziehen Sie die Landekla..."

Ich hatte ungefähr verstanden. Der Motor spuckte ein paar Verpuffungen aus, die Funkverbindung brach ab, vermutlich weil die Flughöhe zu tief war. Wir befanden uns noch über der See, und vom Flugplatz war nichts zu sehen, dennoch bereitete ich mich auf die Landung vor. Die Chance, unmittelbar vor der Küste zu landen und damit zu überleben, stand jedenfalls besser, als geradewegs vom Himmel zu plumpsen. In kleinen Intervallen schob ich das Steuerrad in die Armatur.

Das Flugzeug sank kontrolliert ab, der Motor erstarb gänzlich. Wir segelten nur noch, es ging rapide abwärts. Ich krallte mich am Steuerknüppel fest, die Maschine rüttelte, die Nordsee kam immer näher. Gelegentlich versuchte ich, die Maschine etwas hochzuziehen, sie in die Waagerechte zu bekommen, um einen steilen Aufprall zu verhindern. Knapp über dem Meer gelang es mir, die Cessna einigermaßen in die Waage zu bringen. Ich vollzog eine Neunzig-Grad-Wende nach links, um einen Crash auf den Strand oder die Promenade zu vermeiden. Frau Jacobs schrie wie eine Furie, und Carina gab erste Lebenszeichen von sich. „Nicht jetzt", dachte ich nur, mein Herz schlug wie ein Schwergewichtsboxer, als wollte es den Brustkorb sprengen. Ich spürte das Adrenalin durch meinen Körper jagen. Auf einmal kam mir der graue Kippschalter in den Sinn, damals wurde der unmittelbar vor der Landung betätigt. Geistesgegenwärtig drückte ich den hinunter, die Landeklappen fuhren aus. Die Maschine bremste ab, bekam kurz Auftrieb. Dann war der Moment da, das Fahrwerk berührte die grafitfarbenen Wogen. Zunächst tauchten die Räder ein, als Nächstes das Gestänge. Die Bremswirkung schüttelte die Cessna durch. Wir drei schrien laut auf – expressives Rudelsingen sozusagen. Die Wasseroberfläche bremste die Maschine hart ab, unser Tempo war zu hoch, wir kippten vornüber. Fast wäre es zu einem Überschlag gekommen, in letzter Sekunde kippte die Cessna zurück, sodass wir mit der Schnauze voran ins Wasser einsanken, bis zur Frontscheibe.

Jeder hielt sich mit letzten Kräften irgendwo fest, die Erschöpfung zerrte an uns. Keuchendes Atmen und Stöhnen. Aus der Entfernung sah ich ein Schnellboot mit Suchscheinwerfern auf uns zukommen, über uns kreiste ein Helikopter und auf der Promenade zuckten die Blaulichter zweier oder dreier Fahrzeuge. Ich hatte das Gefühl, in einer Seifenblase zu stecken, die jeden Augenblick zerplatzen konnte. Die harten Konturen der Nordsee verschwammen in den Tränen, die sich in meinen Augen sammelten. Wütend ballte ich die Fäuste gegen diesen Irrsinn. Wir waren nur mit knapper Not dem Tod entkommen, und Norderney einer Katastrophe. Norderney – eine ganz eigene Welt. Es war jene Art von Welt, die nichts von all dem ahnte, was vor der Küste ein Ende gefunden hatte. Es waren die katastrophalen Auswirkungen falscher Entscheidungen, die hier vor rund dreißig Jahren ihren Anfang genommen hatten. Und es waren die zwanghafte Befriedigung eines Rachegefühls, ein Betäuben der Angst vor Lieblosigkeit und Einsamkeit und der Überlebenskampf, der schlagartig beginnt, wenn man erkennt, wie vergänglich man ist.

Ich schaute hinüber zu diesem Frostland, der Nordstrand lag direkt vor uns. Es hätte nicht mehr viel gefehlt und ... ich wollte nicht daran denken.

Kapitel 28

Mit einem Becher heißen Tees in den Händen und einer Wolldecke um meine Schultern saß ich Deeken gegenüber, in einem Raum der Hafenverwaltung. Zwischen uns eine leere Tischplatte mit abgestoßenen Ecken auf Metallbeinen. Carina Lüske war in Gewahrsam genommen worden, nachdem sie und ich aus dem Flugzeug in den Seenotkreuzer Bernhard Gruben der DGzRS geklettert waren. Frau Jacobs wurde fast zeitgleich von den Rettern der SAR-Staffel aus der Cessna geborgen und mit dem Helikopter in eine Klinik geflogen. Deeken und ich saßen uns schweigend gegenüber, nachdem ich ihm ausführlich erzählt hatte, was seit unserem letzten Telefonat passiert war. Durch die angelehnte Tür hörte man die erleichterten Leute der Rettungsmannschaften über die Gänge gehen, Zeit für die Nachbesprechung, Zeit für lautes, befreiendes Lachen. Vor zehn Minuten hatte jemand heiße Getränke gebracht. Die letzten Formalitäten wurden abgehandelt, die letzten zuckenden Blaulichter waren abgeschaltet worden.

„Bist du zufrieden, Gerdes?“, wollte Deeken wissen, dabei sah er mich muffelig an.

Meine Lippen waren ganz trocken, trotz des Tees. Ich mochte nicht reden. Erst als sein nicht enden wollender, mürrischer Blick mich langweilte, antwortete ich: „Zufrieden wie ein Metzger unter Vegetariern. Auf diesen Höllenritt hätte ich gern verzichtet. Ansonsten lebe ich und bin unverletzt – damit kann ich zufrieden sein."

„Und deine Reisegefährten auch. Was wollte der oder die Lüske denn da draußen? Nordlichter bewundern?"

„Carina Lüske wollte Frau Jacobs lebendig einer Seebestattung zuführen, weil Carinas Mutter offenbar das gleiche Martyrium erlitten hatte."

„Offenbar?"

„Offenbar. Sie ging ins Wasser, aber ihre Leiche wurde nie gefunden." Ich hütete mich, ihm von Julia Heymanns zweiter Identität zu erzählen. Darauf hatte ich ihr mein Wort gegeben.

„Und du glaubst, dass der oder die Lüske hinter den Morden an Sander, Jacobs und Gronewold steckt?"

„Für mich gibt es keinen Zweifel, dass Carina Lüske die Morde begangen ..."

Deeken unterbrach mich schroff: „Gerdes, der Staatsanwalt will Beweise, keine Mutmaßungen!"

„Sobald ihr Carinas DNA identifiziert und mit eurer Spur verglichen habt, werdet ihr den Beweis haben. Außerdem halte ich sie für geständig. Indirekt hatte sie es mir gegenüber schon zugegeben."

„Nun gut, schau'n wir mal. Sobald der medizinische Check durch ist, unterhalte ich mich mit ihm oder ihr. Das wird eine lange Nacht." Vaske kam rein, Deeken vollzog einen rasanten Themenwechsel: „Und du ... verlässt die Insel schon so bald ... schon morgen?"

Ich sagte: „Du scheinst es ja nicht erwarten zu können. Woran liegt's? Planst du für morgen eine Pressekonferenz, auf der du mich nicht sehen willst?"

Deeken glotzte betreten. Er hatte recht, ich wollte die Insel bald verlassen, aber den genauen Zeitpunkt wollte ich nicht nennen, ohne ihn mit Antje abgesprochen zu haben.

„Ich werde abreisen, wenn mir danach ist, bis dahin mache ich einen Bogen um die Polizei. Du hast also freies Schussfeld." Und an Oberkommissar Ralf Vaske gerichtet: „Passen Sie gut auf sich auf, nicht dass Sie vor seine Flinte geraten."

Vaske kam auf mich zu, ich stellte den Teebecher auf den Tisch und erhob mich vom Stuhl. Vaske gab mir die Hand, er sagte: „Machen Sie's gut, Herr Gerdes. Ohne Ihren Tipp wären wir wohl nicht so weit gekommen. Der Reihentest hätte jedenfalls kein Ergebnis geliefert."

„Na, na, na", sagte Deeken. Er führte Daumen und Zeigefinger bis auf einen kleinen Spalt zusammen. „Wir waren *so* nah dran!" Er grinste und kniff die Augen zusammen. Ich nahm die Decke von den Schultern und reichte sie Vaske. Es klopfte, Vaske rief „Herein!", die Tür öffnete sich, Antje stand da mit besorgtem Gesicht. Ich sah sie nur an, sie aber starrte fassungslos in mein ramponiertes Gesicht.

Deeken feixte: „Kommen Sie herein! Ja, er ist es, auch wenn man es nicht sofort erkennt." Und an mich gerichtet: „Ich habe mir erlaubt, deiner kleinen Freundin Bescheid zu geben."

Endlich mal etwas richtig gemacht, dachte ich, verkniff es mir aber. Antje kam auf mich zu, wir umarmten uns lang und fest. Mich überkam ein wohliges Gefühl, das ich lange vermisst hatte. Die warme Sehnsucht, das schneller schlagende Herz, das Ziehen in der Magengegend. Deeken erhob sich, er verließ mit Vaske den Raum. Antje begutachtete die blutunterlaufenen Partien in meinem Gesicht. „Oh, Frank. Was ist passiert? Deeken meinte, es ging um Leben und Tod", sagte sie und lächelte sanft mit traurigen Augen.

„Ausnahmsweise übertreibt er einmal nicht." Ich sah mich kurz um. „Lass uns hier verschwinden. Unterwegs erzähle ich es dir."

Kapitel 29

Wir verließen das Verwaltungsgebäude, wechselten die Straßenseite, passierten einen Supermarkt und entschieden uns für den Weg über den Deich, zurück zum Weststrand. Es war lausig, die Kälte lag wie eine zerbrochene Fensterscheibe über der kargen, vom Mond beschienenen Landschaft. Der Nachthimmel stand hoch und fleckig über dem Meer, wie ein gefärbtes Laken, das jemand dort zum Trocknen aufgehängt hatte. Die Gewitterwolken waren über der Nordsee stecken geblieben. Wir gingen nebeneinander, zunächst ohne etwas zu sagen. Sie schob ihren Arm unter meinen, allmählich kehrte so etwas wie Ruhe ein. Aber ich war noch nicht fertig, eines gab es noch zu tun. Einen Menschen musste ich noch enttäuschen, vielleicht sogar verletzen. Ich wusste nicht, wie ich es ihr sagen sollte. Noch hatte ich ihr nicht gesagt, was ich für sie empfand. Jedenfalls nicht so, dass sie es hören konnte – von Angesicht zu Angesicht, ohne Fluchtmöglichkeit, ohne Netz und doppelten Boden.

Ich begann mit den Ereignissen des Tages, die in drei gepasst hätten. Ich erzählte Antje von den problematischen Umständen, die Carina Lüske zu einer Mörderin werden ließen: ihr trauriges Schicksal, im falschen

Körper geboren sowie Opfer einer illegalen Adoption gewesen zu sein. Letzteres geplant und durchgeführt von ihrer Großmutter Margarete Heymann, Pfarrer Sander und Dr. Jacobs. Antje sagte kaum etwas, aber sie hörte genau hin, während wir durch die Nacht stapften.

In der Wohnung angekommen, gab ich ihr den Autoschlüssel zurück, und ich erklärte, wo das Auto jetzt stand. Ich wollte wissen, ob ihre Freundin Sabine Bakker bereits angefragt hatte, was bei meinen Ermittlungen herausgekommen war. Antje sagte, Sabine Bakker sei eine sehr geduldige Frau, das würde sie nicht tun. Für morgen hatten sie sich verabredet, da wollte Antje ihrer Freundin die Ergebnisse schonend erzählen.

Ich sagte: „Das ist noch rechtzeitig, bevor die Medien das ausschlachten. Für morgen setzt Deeken eine Pressekonferenz an, danach wird kein Halten sein. Bitte richte deiner Freundin Sabine aus, dass ich der Polizei nichts von ihrem Verhältnis mit Doktor Jacobs erzählt habe. Ich konnte sie da komplett heraushalten." Dabei fiel mir ein, dass ich Julia Heymann versprochen hatte, sie über aktuelle Ereignisse, ihren Sohn betreffend, zu informieren. Das dürfte kein einfaches Gespräch werden. Auf einen Tag mehr oder weniger würde es aber nicht ankommen. Ich nahm mir vor, das Telefonat von Hamburg aus zu führen.

Nach dem Essen setzten wir uns auf die Couch. Antje öffnete wie versprochen den Cuvée Brut und schenkte uns ein, aber die Stimmung blieb gedämpft. Als sie sich neben mich setzte, sah sie mich an. „Das, was dir heute passiert ist, muss dich sehr mitgenommen haben. Willst du dich lieber schlafen legen? Du musst völlig fertig sein ..."

„Nein, nein, es ist alles gut ..."

Wir nahmen die Gläser, stießen an, tranken von dem Champagner und stellten ihn zurück auf den Tisch.

Sie rutschte näher an mich heran, legte einen Arm um mich und führte mit der anderen Hand eine meiner Haarsträhnen hinters Ohr, auf dem Rückweg strich sie mir mit der flachen Hand über die stoppelige Wange. „Frank, ich bin so glücklich, dass dir nichts passiert ist!" Sie schmiegte sich fest an mich, küsste mich leicht auf die Wange. „Du bist dem Tod von der Schippe gesprungen, es hätte leicht vorbei sein können."

„Mmh, es hat nicht viel gefehlt, da gebe ich dir recht." Ich strich ihr sanft über die Wange.

Sie lächelte unsicher. „Bedrückt dich noch etwas anderes?"

Ich nickte. „Susanne rief mich gestern Abend an." Antje löste ihre Umarmung. Ich sprach weiter: „Sie erzählte mir, dass sie vor ein paar Wochen Knoten in ihrer Brust entdeckt hat, und nach eingehender Untersuchung wurde Brustkrebs diagnostiziert."

„Oh, das ... das tut mir leid." Antjes Augen zeigten tiefe Betroffenheit.

„Ihr Plan ist nun, dass sie beruflich kürzertreten möchte. Sie will sich ganz auf die Therapie konzentrieren." Ich machte eine kurze Pause und sagte weiter: „Antje, ich will Susanne in dieser Zeit beistehen, ich möchte ihr eine Stütze sein. Susanne braucht mich, das sagte sie mir gestern. Und ich habe mich entschlossen, zu ihr zurückzukehren."

Antjes Augen veränderten sich, ihre Stimme kam von weit her: „Das kommt mir ... bekannt vor."

Ich spürte einen Kloß im Hals, sie hatte recht. Vor vier Jahren standen wir vor einer ähnlichen Situation. Meine psychische Verfassung war der Grund, warum aus unserer gemeinsamen, wiedererwachten Zukunft nichts wurde, wie auch schon dreißig Jahre zuvor. Unsere Leben wären vielleicht anders verlaufen, wenn wir von Beginn an offen über unsere Gefühle geredet hätten. Letztlich war es immer der Verstand, der das Herz bestimmte – niemals umgekehrt.

Antjes Augen liefen über, ärgerlich wischte sie die Tränen weg, ihre Lippen strafften sich um schwierige Worte: „Warum ...", sie sah mich an, als wüsste ich die Antwort, „... warum ist das immer so schwierig mit uns beiden?"

Vor langer Zeit waren Antje und ich uns sehr nah. So nah, dass wir uns nichts vorzumachen brauchten. Wir liebten uns, und es gab keinen Grund, das nicht zu tun, bis unsere unterschiedlichen Vorstellungen von der Zukunft nicht mehr übereinstimmten. Irgendwann glaubten wir zu wissen: Wir haben nur dieses eine Leben, und es kann kompliziert sein, Ja zueinander zu sagen, wenn das Leben gegensätzliche Anforderungen an uns stellt. Wir waren noch sehr jung damals – frei, unabhängig, aber mit unterschiedlichen Bedürfnissen.

Jeder hatte sich für seinen Weg entschieden, und wieder hatten wir solch einen Punkt erreicht. Der Fall um Dr. Jacobs war gelöst, unsere Beziehung war es nicht. Es sah so aus, als wäre es einfacher, Weltkonflikte zu lösen als persönliche. Antjes vorsichtige Worte rissen mich aus meinen Überlegungen. Sie sagte mit sanfter Stimme: „Ich kann dich in deiner Situation gut verstehen. Wahrscheinlich hätte ich mich genauso entschieden."

„Ich danke dir für dein Verständnis, Antje", sagte ich leise.

„Dann wird es also wieder nichts mit uns beiden?" Ihre Stimme klang frustriert. „Fällt für uns jetzt der endgültige Vorhang, Frank?" Es war mehr eine Feststellung als eine Frage. „Jedes Mal tut es weh, und jedes Mal denke ich, dass es mir nicht so schwerfallen wird, wegen der Übung. Verstehst du? Aber so ist es nicht!" Ihre Lippen zuckten, aber sie fing nicht wieder zu weinen an.

Ich hob leicht die Schultern, sagte in verständnisvollem Ton: „Mir geht es ganz ähnlich, Antje."

„Ich glaube, wir entwickeln uns zu einem vergrämten Liebespaar, auf Distanz und mit ewig blutendem Herzen ..." Ein resigniertes Lächeln huschte über ihr Gesicht, es war verschwunden, bevor ich es richtig wahrnehmen konnte. „War das unser dritter und letzter Akt?", fragte sie mit unheilvollem Fragezeichen am Schluss.

Anstelle einer Antwort umarmten wir uns. Ich sah das Pulsieren des Blutes an der Seite ihres Halses, die helle Haut in ihrer Halsgrube, eine Haarsträhne entlang ihrer Wange und ihren weichen Mund. Langsam fanden unsere Lippen zueinander. Für einen Moment hielt sie inne, sie fragte: „Denkst du, dass das jetzt richtig ist?“

„Und was denkst du?“

„Ich meine, nach all den Jahren haben wir uns das verdient. Dieser Moment gehört uns.“ Antje wartete einen Augenblick und sagte leichthin: „Und es würde zu den Dingen gehören, die ich bis zum Ende meines Lebens bereuen würde, wenn wir es nicht täten.“ Sie kam wieder näher.

Ich fragte leise: „Schon mal daran gedacht, dass es bis zum Lebensende auch wehtun könnte?“

„Nein, bisher noch nicht“, flüsterte sie. Ihr Gesicht war ganz nahe, der Atem heiß, ihr Duft betörend. Sie stellte keine weiteren Fragen, sie schloss die Augen, ich auch.

Wir küssten uns.

Danksagung

Ich danke meiner wundervollen Frau Ursula (Thema Botanik u. v. m.) sowie Wolfgang van Velzen (Norderney), Manfred Bätje (Stadtarchiv Norderney), Bonno Eberhardt (Norderney-Chronist †2018), Ursula Eberhardt (Norderney-Kennerin), Angela Papenfuß (Heimatverein Norderney), Heiko Papenfuß (Norderney), Hannah-Maria Yuile (Glasgow und Dundee), Wolfgang de Boer und Gerd Harms (Flughafen/Tower Norderney), Daniel Einhaus (Pilot), Martin Withake (Pilot), Ursula Willenborg (Krankenhausseelsorge), Heike Goldyn (Hebamme), Erster Polizeihauptkommissar Thomas Elsner (Polizeiakademie Niedersachsen), Michael Terwelp, Maria Drees, Marco Seitter, Christian Paap, Heinrich Rottmann.

„Novemberblut“

TOMAS CRAMER

Kriminalroman

Es sind neue Indizien aufgetaucht, die in einer norddeutschen Kleinstadt zur Aufklärung eines Discomordes in den 80er Jahren führen könnten. Der Ermittler Frank Gerdes stellt sich dieser Herausforderung, als ihm ein Foto zugespielt wird, das ihn mit seiner eigenen Vergangenheit konfrontiert.

Ein Geflecht aus Missbrauch, Eifersucht, Erpressung, aber auch das kleinstädtische Milieu, lassen seine Bemühungen fast scheitern, als sich Gerdes persönlichen Übergriffen ausgesetzt sieht ...

Novemberblut ist ein aufwühlender Kriminalroman um Verfehlungen, verdrängte Schuld und späte Vergeltung - ein Klassentreffen in der Provinz, zu dem man nicht eingeladen wurde und erst recht nie vorhatte zu erscheinen.

NIEMEYER KRIMI
Nov
TOMAS CRAMER
em
Kriminalroman
ber
blut
CW Niemeyer
CW Niemeyer

Im Verlag CW Niemeyer bereits erschienen ...

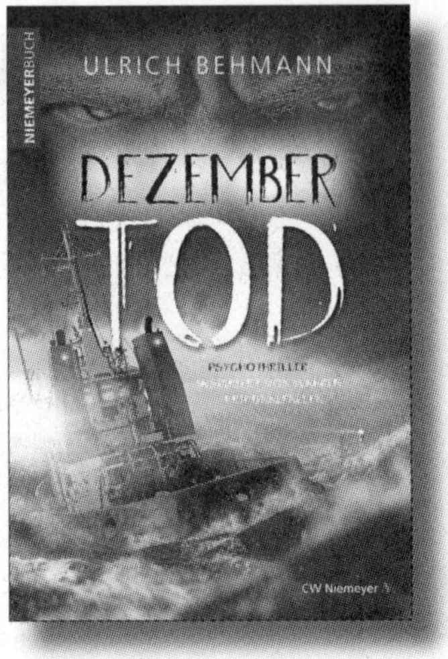

Auf der von einem Orkan aufgewühlten Nordsee wird ein Fischkutter von einer Riesenwelle verschluckt. Von der dreiköpfigen Besatzung fehlt jede Spur. Im Weserbergland und an der Küste geht ein sadistischer Psychopath auf die Jagd nach jungen Frauen. Er will seine Fantasien an ihnen ausleben, seinen Opfern beim Sterben zuschauen. Gefühle wie Mitleid und Schuld sind ihm fremd. Er kennt kein Erbarmen. Dieser Mann kann nur leben, wenn er tötet. Was haben das Schiffsunglück vor der ostfriesischen Küste und mehrere Frauenmorde im Weserbergland und an der Nordsee miteinander zu tun? Wird es Kriminalhauptkommissarin Herma van Dyck und ihrem Chef Kurt Brenner gelingen, den unheimlichen Serientäter zu fassen? Oder wird am Ende das Böse über das Gute siegen und die Jägerin zur Gejagten?

Ulrich Behmann. Dezembertod
448 Seiten. Klappenbroschur. ISBN 978-3-8271-9505-0
E-Book 978-3-8271-8562-4 (Pdf)
978-3-8271-8361-3 (Epub)

Im Verlag CW Niemeyer bereits erschienen ...

Schnelle Schritte, keuchender Atem. Sekunden später fällt vor den Augen von Thies und Tine ein Mann von der Brücke und baumelt an einem Strick. Es stellt sich heraus, Selbstmord scheidet aus. Wer hat den Mann erhängt?
Was hat dieser Fall mit rätselhaften Morden aus dem letzten Jahr zu tun? Sind die drei Ermittler von der Küste – Tomke, Hajo und Carsten – dem richtigen Täter auf der Spur?
Aber nicht nur diese Fragen stellen sich. Wer bedroht Tomke auf solch subtile Weise? Immer mehr hat sie das Gefühl, im Netz einer Spinne zu sitzen. Sie bekommt gefährliche Geschenke, entgeht nur knapp einem Brandanschlag und es geht weiter – die Angst bleibt. Die Kommissarin erkennt: Ihr Verfolger kommt immer näher, wann schlägt er endgültig zu?
Ach ja … noch etwas … wie kommt das Messer in Oma Jettchens Brust?

Gaby Kaden. KüstenNetz
432 Seiten. Klappenbroschur. ISBN 978-3-8271-9548-7
E-Book 978-3-8271-8577-8 (Pdf)
978-3-8271-8376-7 (Epub)

Im Verlag CW Niemeyer bereits erschienen ...

Der vierte Fall auf Langeoog

Wer ist bloß die Frau in der Ferienwohnung im Süderdünenring? Martin von Schlechtinger könnte schwören, dass es sich um seine Tochter Gina Marie handelt. Hat sie etwas mit dem jungen Burschen zu tun, der morgens tot am Strand liegt? Als Inselpolizist Onno Federsen auch noch herausfindet, dass Gina Marie von der Polizei gesucht wird, muss Martin handeln. Gemeinsam mit Inselpolizistin Lotta Dönges und Nina Moretti will er der Sache auf den Grund gehen. Zwielichtige Gestalten tauchen auf der Insel auf. Dabei ist nicht immer klar, wer die Guten und wer die Bösen sind.

Micha Krämer. Mordsbrandung
384 Seiten. Klappenbroschur. ISBN 978-3-8271-9496-1
E-Book 978-3-8271-8556-3 (Pdf)
978-3-8271-8355-2 (Epub)
